Daughters of Time

時の娘たち

Art and Nature in Antebellum American Prose

鷲津浩子

南雲堂

Hiroko Washizu

Daughters of Time
Art and Nature in Antebellum American Prose

Science! True daughter of Old Time thou art!
—Edgar Allan Poe,"Sonnet—To Science"

装幀
岡孝治

意匠
泡坂妻夫

時の娘たち　目次

時の娘たち

To Dr. Ihab Hassan
who taught me the ordinariness of being great,
To my friends
who taught me the greatness of being ordinary
And
To Kyuichiro Washizu (1921-1981)
and Wakana Washizu (1921-2003)
As ever

序論

「アメリカ」文学という謎

以前から不思議に思い、いまだにきちんとした答えの用意ができていない疑問がある。それは、少なくとも当人にとっては微妙かつ重大な問題で、下手をすると糊口を凌ぐ糧を失いかねないほどの大問題なのだが、どうにも答えの出しようがないのだ。

「アメリカ」文学とは何か。

英文学なら理解できる。英語で書かれた文献をあつかう学問、つまり「英文・学」というわけだ。仏文学もしかり。フランス語で書くアフリカ作家も、ポストコロニアリズムの問題をしばらく棚上げすれば、仏文学の範疇に入れられるだろう。長い歴史を誇る独文学には、オーストリア文学が含まれる。けれども、ドイツ連邦が成立したのは一八一五年、ドイツ帝国にいたっては一八七一年を待たなくてはならない。

つまり、大方の場合、どうやら国名らしきものを冠してはいても、それはその言語が使用されている主要な国（何がどうして「主要」なのかは、この際、問わないでおく）を代表として、その言語で書かれた文献を指すというのが、通り相場らしいのだ。

もちろん、「アメリカ」文学を「アメリカ語」で書かれた文献と主張できないこともない。ノア・ウェブスターを盾にとってアメリカ語に執着し、アメリカにはアメリカ独自の言語があることを言い立てることもできるだろう。それよりも何よりも、アメリカニズムを前面に出し、マクドナルドとミッキー・マウスで武装して、世界を星条旗一色に染めながら席巻していく「アメリカ」を忘れることなど不可能だ。

だが、それでも、なおかつ疑問は残る。たとえエルヴィス・プレスリーやマリリン・モンローがアメリカのポップ・カルチャーの伝道師であっても、そしてカルチュラル・スタディーズ全盛の今の時代にあっても、「アメリカ」の「文化」を語ることならできるだろうが、「アメリカ」文学を正確に定義することなどできるのだろうか。なぜ、アメリカだけがことさら国名を主張するのか。いったい「アメリカ」文学とは何なのだ。

このたぶん解答の出ない疑問に対して、暫定的でしかも独善的な解答を、疑問符をたくさんつけたまま提出してみようというのが、本書の試みである。きちんと整理された解答を用意するよりは、むしろ壮大な失敗をお見せしようと思っている。その際、本書が採択したアプローチは、「アート」や「ネイチャー」が現在とは別の意味を持っていた南北戦争前のアメリカを再構築し、そこに「文学」を置き直してみることである。そして、この作業によって、願わくば「アメリカ」文学という「国《くに》」文学がいかに形成されていったかを垣間見ることができればと思っている。

1

確かに、「アート」あるいは「ネイチャー」には、多種多様な意味がある。だが、本書で問題にしている二語は、およそ独立革命から南北戦争にいたるまでのアメリカで使われていた意味であって、いま現在、ふつうに使われている意味、たとえばモナリザやフランス印象派のような「芸術」をさすのでもなければ、野外観察者《ナチュラリスト》や環境保全家《エコロジスト》の思い描く「自然」でもないことを最初にお断りしておく。現在使われている意味がここで扱っている散文にまったく見られないとまで言い切れる勇気はないが、少なくとも現在の価値基準や意味をこの時期のアメリカで書かれた散文に押しつける時代錯誤の誤謬は避けたい。

序論の1では「ネイチャー」の概念を、2では「アート」の概念をとらえなおし、それぞれの変遷を追うことにしよう。アートがネイチャーに遅れて登場するのは、ネイチャーがすでに中世のヨーロッパ学問体系に属していたのに対して、アートが学問体系に積極的に参画するのには、およそガリレオ・ガリレイからアイザック・ニュートンまでの時期にわたる「知識／科学革命《サイエンティフィック・レヴォリューション》」を待たなくてはならなかったからである。[1] そして、序論の3では、独立革命から南北戦争にいたるまでのアメリカという限定された時代・地域コンテクストの中で、この二語の変遷を論じてみることにしよう。

この一見ありきたりの「アート」と「ネイチャー」という二語は、古くはギリシャ思想に始まり、それを吸収しようとつとめた中世のアリストテレス・スコラ学派に継承され、知識革命を経たあとまで生きながらえながら、産業革命と啓蒙主義思想の拡がりとほぼ期を同じくして他語に置換されていったものたちである。したがって、この二語の意味するものの変遷を辿ることによって、啓蒙主義思想の落とし子「新国家」アメリカの輪郭を浮き彫りにすることができるだろうというのが、本書の目論見となる。さらに欲を出して、この時期にアメリカで書かれた文学を視野に入れれば、もしかすると「アメリカ」文学という謎を解く鍵を、手に入れられないまでも、垣間見ることならできるかもしれないというのが、本書の皮算用となる。

ギリシャ思想のネイチャー、あるいはもっと厳密に言えば中世のアリストテレス・スコラ学派が咀嚼し自家薬籠中のものとした意味でのネイチャーは、スーパーネイチャー（超自然）との関連で論じられる（図1）。ネイチャーが可視で人知の及ぶ形而下現象界《フィジックス》一般をさすのに対して、スーパーネイチャーは不可視で人知を超えた形而上本質界《メタフィジックス》をさす。さらには、ネイチャーを対象にした学問が、ナチュラル・フィロソフィあるいはナチュラル・サイエンスと呼ばれたのに対して、スーパーネイチャーを対象とした学問は、モラル・フィロソフィあるいはモラル・サイエンスと呼ばれた。当時は、サイエンスとフィロソフィのいずれもが学問をあらわしていたためだが、この呼び名についての議論は、のちになって学問の専門化がおきたときに、ふたたび登場することになる。

スーパーネイチャー／メタフィジックスとネイチャー／フィジックスの関係は、「スーパー」または「メタ」という接頭辞ですでに明らかだが、蛇足を承知でつけ加えれば次のようになるだろう。たとえば、この四角い机やあの丸型の机、そちらの黄色い机やあちらの赤い机は、それぞれ個々の机でありネイチャーの世界に属するのに対して、どんな机も包含する「机」という概念《アイディア》は、スーパーネイチャーの世界に属する。より正確を期するならば、アリストテレス・スコラ学派では、「机」というスーパーネイチャー界

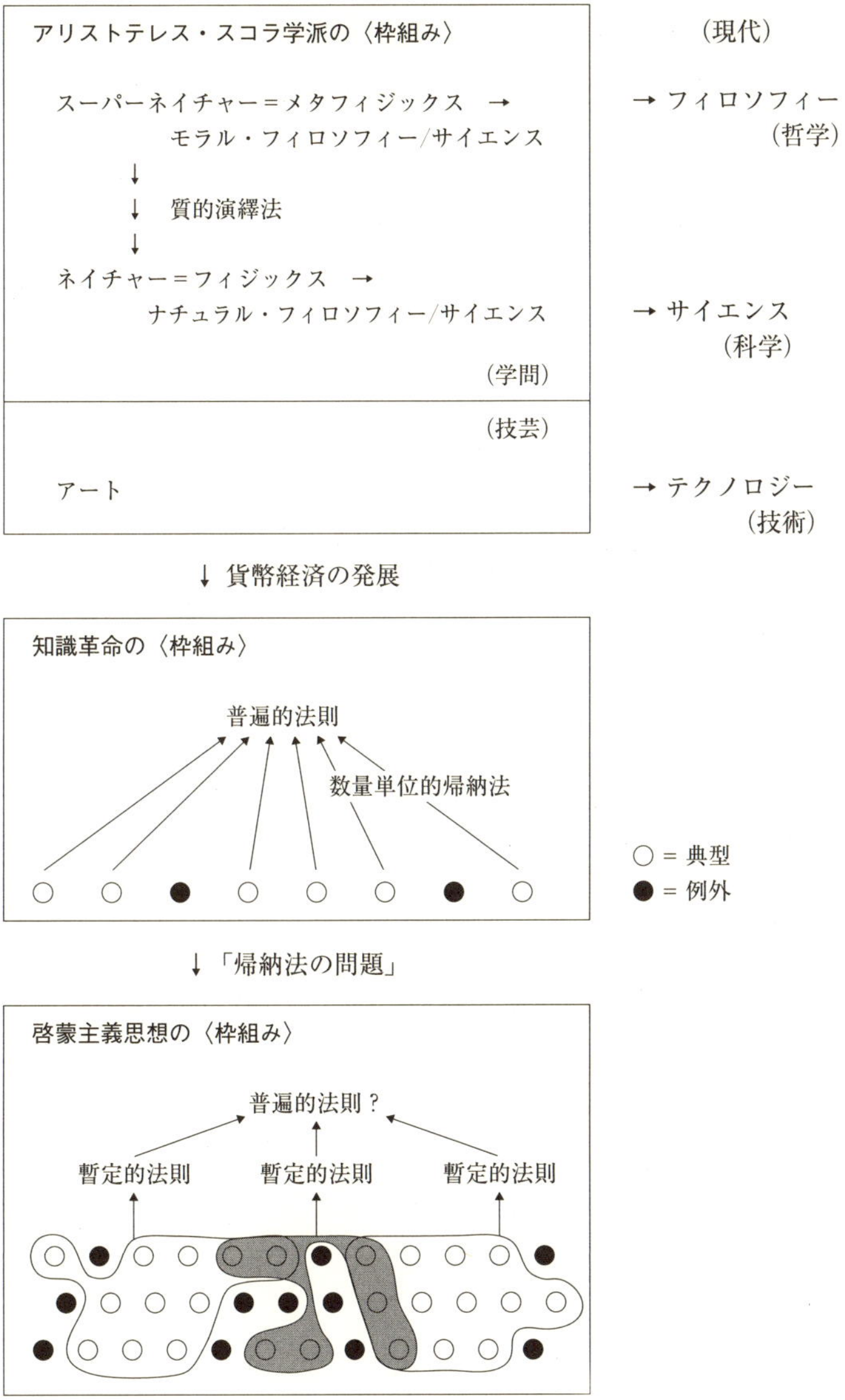

図1 〈知識の枠組み〉の変遷

のイデアがネイチャー界で実際の形態あるいは様相を持ったのが、あの机やこの机なのである。つまり、ネイチャー界にある机はスーパーネイチャー界にあるイデアの「机」を模倣したものであり、ネイチャー界のあの机やこの机は「机」という本質《ネイチャー》をスーパーネイチャーによって付与された個別の例ということになる。これが非常に簡略化したアリストテレス・スコラ学派の方法論なのだが、ここではネイチャーをスーパーネイチャーによって本質的・演繹的に説明するのがその特徴であることを念のため確認しておくことにしよう。この概観は、のちほど知識革命を論じるときに再登場する。

また、ネイチャー界が土、水、空気、火の四要素からなっているのに対して、スーパーネイチャー界はこの四要素の他に人知を超えた神の領域に属する要素、すなわち第五の要素を持つと信じられていた。けれども、この本質中の本質である第五要素《クウィンテッセンス》は不可視ではあるが、ときたま可視の状態で人前にたちあらわれることがある。これが、奇跡あるいは驚異と呼ばれるもので、神秘的なものを意味する「オカルト」に「隠された」という意味があるのはこのためである。このあたりの議論は、のちに自然誌《ナチュラル・ヒストリー》を論じるときに蒸し返される。[2]

というわけで、ここまでまことにおおざっぱに中世の世界観・宇宙観を概観してきたわけだが、それらがおそろしいくらい退屈で静的であったことは想像に難くない。神がときたま奇跡や驚異をおこすことはあっても、知識の枠組み自体を崩壊させるような大変化が入りこむ余地はない。ネイチャーは常にスーパーネイチャーによって説明され、説明のつかないものはスーパーネイチャー界に隠されたオカルトとみなされてすんでいたからである。

けれども、この穏やかで平和な世界にも、いつか変革の時が訪れることになる。それがいわゆる知識革命なのだが、この革命は一朝一夕に起きたものではない。その萌芽は、既に中世末期、黒死病を生き延びた人々がそれまで多人数で所有していた富を再配分し、十字軍の旗印の下に事実上の外国との交易が始まったとき、つまり貨幣経済の発展に見られる。

たとえば、それまで、牛一頭を羊二匹と物々交換していたとしよう。この場合、牛は牛という本質《ネイチャー》を失うことはないし、羊はあくまで羊である。ところが、牛を仮に一〇〇ヘロハ[3]という貨幣単位に置き換えると、まったく牛とは別の本質を持った二〇ヘロハの椅子五脚と交換できることになる。あるいは、両替が可能になれば、牛一〇〇ヘロハは（換金の手数料をひいても）八〇ハガヒの本と等価値ということになるのだ。さらには、商品さえも必要ない事態も可能となる。貨幣と貨幣同士の、あるいは貨幣すら介入しない証書だけの経済が成り立つからだ。こうして、貨幣単位による価値の互換は、それまでの牛は牛、椅子は椅子、本は本という本質による価値体系を根本的に変え、他のものにも置換が可能な数量単位を中心にすえることとなった。

しかも、数量単位による価値体系の確立は、スーパーネイチャーとネイチャーの関係にも変化をもたらさざるをえなかった。それまで、たとえば牛は牛の本質を保証するスーパーネイチャーによって牛であり、同様に椅子も椅子、本も本だったのだが、単に一〇〇ヘロハ、二〇ヘロハ、八〇ハガヒの物品ということになれば、貨幣単位だけを仲立ちとした交換が可能になり、スーパーネイチャーの出番は必要なくなる。つまり、それまでスーパーネイチャーの存在から演繹されていたネイチャーの質的価値は、スーパーネイチャー介入の必要のない数量単位に変貌を遂げたことになる。

さらには、一〇〇ヘロハや二〇ヘロハや八〇ハガヒが、目に見えるものであることも重要だろう。スーパーネイチャーが不可視で人知を超えた存在だったのに対して、貨幣経済は硬貨であろうと借用証書であろうと手形であろうと、視覚でとらえられるし、したがって人の理解が容易となる。つまり、貨幣経済の発展は、ネイチャーを数量単位化し、視覚に訴える形で示すという結果をもたらしたことになる。さらに、もう少しつっこんでいえば、それまで牛や椅子や本を買うときには、視覚だけでなく、聴覚や臭覚や触覚や味覚という他の四感覚をも動員して判断を下していたものが、貨幣とそのたぐいでは視覚に極端に比重が傾いた判断となっていったのである。

じつは、これは何も、貨幣だけに限ったことではない。アルフレッド・W・クロスビーが『現実の尺度』で指摘しているように、同時期に同様の数量単位化と視覚化もまた進行した。たとえば、聴覚でとらえる時間の流れとしての音楽を音符という単位によって切りとり、楽譜という目に見える形にすること。二次元のキャンバスに描かれていた平べったい絵を、画家あるいは鑑賞者の目からの距離を単位化することによって切りとり、遠いものを小さく近いものを大きく描くことによって、あたかも三次元の実物を見ているような遠近法を導入すること。それまで「牛二頭羊三匹を売り、布一反を買った」と文章で書いていたものを貸方・借方に分けて数量単位で書き、一目で収支決算のわかる複式帳簿を採用すること。これらはすべて、数量単位化とそれにともなう視覚化の例である。

知識革命の重要な特徴のひとつは、スーパーネイチャーの退却と数量単位の視覚化にある。もちろん、こうして数量単位化され視覚化されたネイチャー界では、もはや大前提（スーパーネイチャー）から本質的演繹的に個別例を説明することは不可能だ。そこで、代わって登場したのが帰納法、つまりネイチャー界から充分なだけの実例や標本を集め、数量単位化することによって、それらに共通する法則を発見しようとする方法だった。個別的具体例から普遍的原則を導きだそうとするこの考え方は、一般にこの方法論の雄フランシス・ベーコンに敬意を払ってベーコニアニズムと呼ばれている。それまでの大前提から個別例を説明する本質的演繹的方法論の崩壊と、それに代わる個別例から普遍法則を導きだそうとする数量的帰納的方法論への転換は、「知識革命」と呼ぶのにふさわしいものだった。

だが、ここで忘れてはならないのは、それまでの普遍的大前提から個別的具体例を説明していたのが、個別的具体例から普遍的大原則を導きだすことに変化したとしても、しかもその変化がいかにスーパーネイチャーの退却を余儀なくさせるほど斬新であろうと、結局のところは普遍と個別の関係が逆転しただけで、登場する項目に変化はないということである。このことは、のちに啓蒙主義思想を語るときに重要な問題として再浮上する。

こうして知識革命を経験し、具体例から普遍法則を導きだす方法論が次第に広まると、ネイチャーの見方自体も変革を遂げることになる。ネイチャーは、ベーコニアニズムに必要な具体例を潤沢に提供してくれる豊饒な貯蔵倉庫となったのだ。けれども、この豊饒な貯蔵倉庫には、利点だけがあるわけではなかった。具体例が次第に増えてくると、今度は逆に、ベーコニアニズムの欠点が問題化してくることになる。

確かに、この方法論は、個別例の数が普遍の法則を導きだすのに必要で充分な数だったときには、機能していた。ところが、潤沢に個別例を提供してくれるはずの豊饒な倉庫には、必要充分な量を超えた数限りない個体が存在することがわかってきたのだ。具体例が増えるにつれて、ことに大探検時代の到来と外国交易の発展によって、それまで見たことも聞いたこともなかった実例や標本が大量に流入するにおよんで、事態は紛糾を極めることになる。つまり、蒐集した実例のどれが「典型」で、どれが「例外」なのかを判断するのが、困難になったのである。たとえば、ジェイムズ・クック船長のオーストラリア探検に同行した博物学者ジョゼフ・バンクスが発見したカモノハシは、カモの嘴《くちばし》（ハシ）を持ちながらも卵生し母乳で成育する動物なのだが、これは鳥類の例外なのか、哺乳類の例外なのか（図2ａｂ）。

じつは、「典型」と「例外」の区別は、困難どころではなく、不可能といってもよかった。というのも、「典型」と「例外」を区別するには、何らかの基準あるいは法則が必要となるからだ。こうして、ニワトリとタマゴの関係、キャッチ22、正式には「帰納法の問題」と呼ばれる問題が登場することになる。すなわち、普遍的な法則を樹立するためには数多くの個別例が必要だが、その個別例が典型なのか例外なのかを判断するには一定の法則が必要とされたのである。

この永久循環する帰納法の問題に、ある意味で解答を与えようとした、あるいは解答が不可能なまでも少なくともこの永久循環をひとときの間でもくい止めてみようと試みたのが、啓蒙主義思想の正体だったのではないだろうか。スーパーネイチャーという普遍の大原則からネイチャーの個別例を質的演繹的に説明していたアリストテレス・スコラ学派が、知識革命を経てネイチャー界に属する多くの個別例から数量的帰納的に法則を導きだそうとするベーコニアニズムに移行しては見たものの、帰納法の問題が登場すると、啓蒙主義思想はこぞって、スーパーネイチャーほどの大前提ではないにしても、暫定的な、けれども多数のものにあてはまる法則を発見しようと躍起となったのである。啓蒙主義思想の旗印が「普遍」であるのも、無理はない。だが、先に予告したとおり、ここでの登場項目はひとつも変わってはいない。ただ、普遍に重点をおくか、具体に注目するかだけの違いである。この二項対立が問題化されるには、ニーチェ以降の思索家たちを待たねばならなかった。もっとも、すでにすべてを包括する大前提スーパーネイチャ

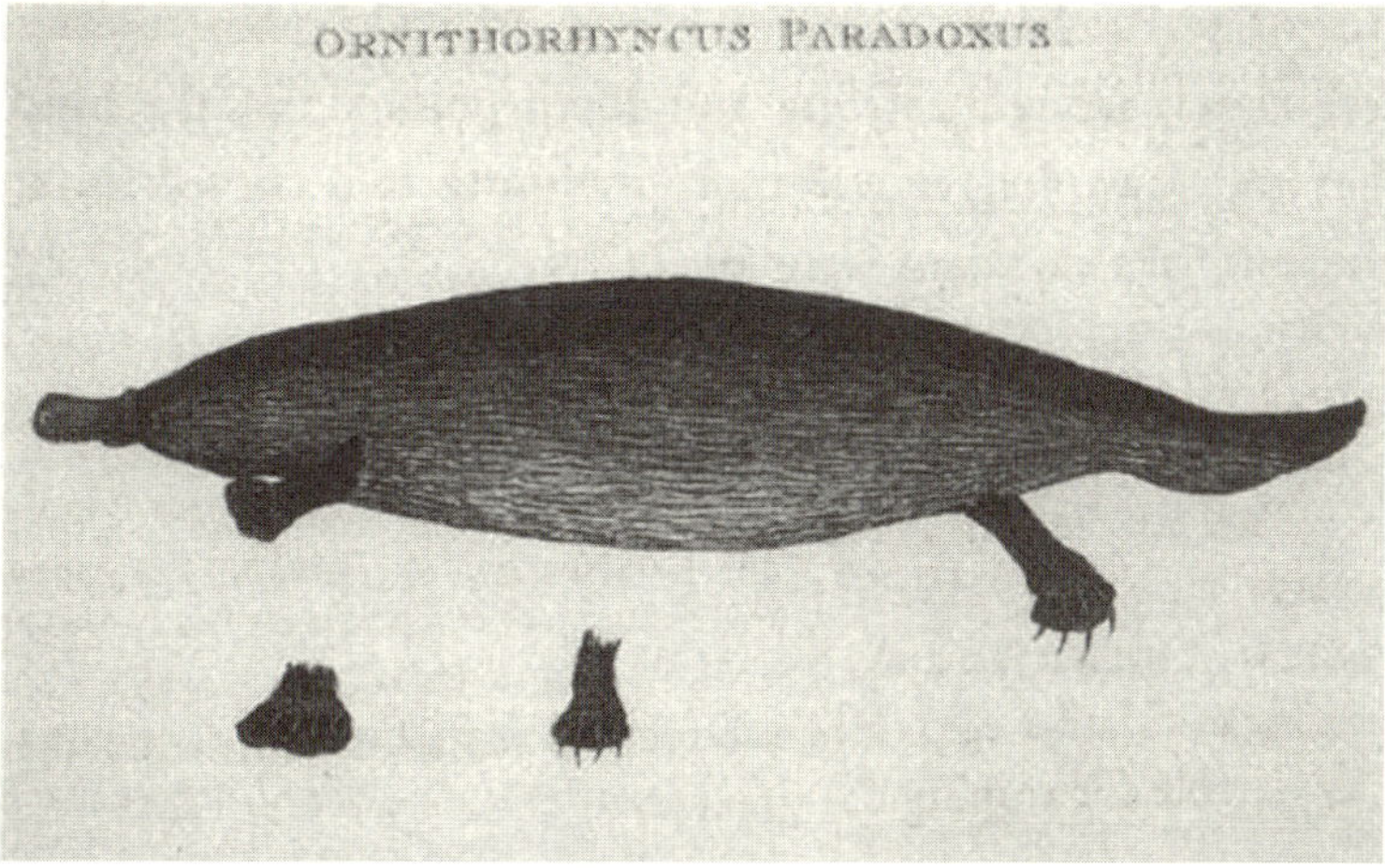

図 2a　ジョン・ハンター船長によって描写されたカモノハシ（1789年）

図 2b　バーレイ・ヘッズ保護区で撮影されたカモノハシ（1972年）

ーあるいは神が退座を余儀なくされたことだけは、間違いのない事実だったのだが。

したがって、ミシェル・フーコーが『言葉と物』でとりあげた啓蒙主義思想が生み出した人間についての学問体系、すなわち生科学、言語学、経済学は、いずれも標本、実例、統計によって蒐集された膨大な具体例を、法則の形に体系化して整えようと試みた学問であるといえよう。あるいは、当時流行の先端だった人相学や骨相学や頭蓋学なども、現在では疑似科学に分類されてはいるものの、正常人と異常人の区別を典型と例外によって測る物差しとなるはずの体系的「科学」だった。また、現在問い直されているジェンダーやエスニシティの問題も、典型と例外の区別を付けるための枠組みだったと考えられる。そして、これはまだ証明もされていない私見なのだが、本書が冒頭で疑問として呈した「アメリカ」は、このような啓蒙主義思想の壮大な実験室だったのではないだろうか。「アメリカ」そのものが、典型・例外を含めた多くの個別例から何らかの普遍的法則を導きだそうとするための大規模な帰納法を実行する場だったのではないだろうか。

2

さて、啓蒙主義思想という枠組み内のアメリカの「アート」を語るには、話をふたたびギリシャ思想とそれを自家薬籠中のものにした中世のアリストテレス・スコラ学派へと戻さなくてはならない。実は、先ほどスーパーネイチャーとネイチャーの上下関連を述べたときには、この両者の関係の下にもうひとつアートがあることを故意に述べなかった。中世の世界観・宇宙観では、上にスーパーネイチャー、中にネイチャー、下にアートという三層構造があったのである。けれども、アートは、中世の修道院や大学では、ネイチャー／フィジックスやスーパーネイチャー／メタフィジックスのような学問の対象とはみなされていず、いわば継子のような存在だった。そこで、ここから先では、中世の学問に黙殺されていたアートが知識革命を期にひとりだちし、やがて無視できない存在になる様子を描いていくことにしよう。

ネイチャーがその上部にあるスーパーネイチャーを模倣し具現化したものであり、いわゆる「自然」ではなかったように、アートもまた註釈を必要とする。それは、人間の手でネイチャーを模倣し具現化したもの、たとえば蟹のハサミを紙を切るハサミに応用するようなもので、現在の一般的意味「美術」よりはむしろ実用技術《プラクティカル・アート》や手工業《メカニカル・アート》あるいは工芸《アーツ・アンド・クラフツ》品のアートに属するものだった。したがって、中世の大学では、神の領域スーパーネイチャーや神の言葉《ワード》に当たる聖書《スクリプチャー》を研究するモラル・フィロソフィー、神の御業《ワーク》の発現としての自然《ネイチャー》を研究するナチュラル・フィロソフィーは学問《サイエンス》の中に含まれても、職人仕事のアートは除外されていた。大学や修道院の学問的エリートとその他の人たちの格差は、非常に大きかったのだ。

アートの地位向上は、知識革命とともにやってくる。これが典型的にあらわれている例が、ガリレオと望遠鏡だろう。もちろん、望遠鏡ができるには、ガラスが生み出され、レンズとして磨かれ、その組み合わせによってものが大きく見えるという発見がなければならなかった。だが、ガラスを作るのも、レンズを削り組み合わせるのも、職人の手仕事であり、高尚な学問を専門とする大学人が手を染めるような仕事ではなかった。そして、望遠鏡は遠くのものを近くに見るために水夫や旅人が使う道具、せいぜい王侯貴族の玩具であって、学問の道具ではなかった。

これを変えたのが、一六〇九年にガリレオが望遠鏡を月面に向けたときだった。なんと、そこには、想像されていた天上の世界はなくて、地球と同様に突起や陥没のある土地が見えたのである。この発見は、重大な発想の転換を要求する。つまり、それまでの天上はスーパーネイチャーの特徴である第五要素《クウィンテッセンス》を持ち、四大要素からなるネイチャーとは本質的に異なる場所と思われていたのが、実は地上のネイチャーと変わらないことがわかったからだ。天上の月もまた地球と同じだとすれば、地球で成立する法則は天上でも成立するはずではないか。ここに見られるのは知識《サイエンス》の変革であり、そこには技芸《アート》に属し学問の道具とはみなされていなかった望遠鏡の参加が不可欠だった。

ガリレオはこのほかにも望遠鏡を使って木星の四衛星を発見しているのだが、こういった発見を他人と共有するためには、是非とも他の学者にも望遠鏡を所有してもらう必要があった。だが、当時、それだけ精密で学問的に有効な望遠鏡を作れる者は、ガリレオ自身をおいて他にいなかった。こうして、それまで職人の仕事と思われていた望遠鏡づくりは知識人の手へと昇格する。そして同時に、個人的発見を共同体のものとして承認する機関としての学術協会（たとえば「山猫党」）も誕生することになる。

あるいは、フィレンツェ大聖堂サンタ・マリア・デル・フィオーレの丸天井《ドゥオーモ》を作るときの職人と学者の協力体制をとりあげてもいいだろう。学者パオロ・デル・ポッツォ・トスカネッリの建築「理論《サイエンス》」は、建築「技術《アート》」者フィリッポ・ブルネルスキの手によって実践にうつされ、現在にまで残る美しい丸天井が完成したのである。中世の大学にあった学者と職人の隔たりは、ルネサンス期そしてそれとほぼ時を同じくして進行していった知識革命の時期に、かなり近づいていったといえる。

ところで、ここで是非とも言及しておかなければならないのは、機器類だろう。知識革命の時代に、特にロンドン王立協会を舞台として、一回限りの個人的「体験《エクスペリエンス》」が同条件ならば万人に反復可能な「実験《エクスペリメント》」に変貌していったことは、たとえばピーター・ディアの『法則と経験』やスティーヴン・シェイピンの『真なるものの社会史』に詳しいが、同時期、実験のために、測量や航海のために、そしてときには単なる見世物のために、正確な機器が必需品となった。それは、たとえば人間の五感（ことに視覚）をより鋭利に正確にする機器類で、前述の望遠鏡のほかにも、顕微鏡、温度計、気圧計、四分儀、時計などがあった。これらの機器が共通して持つ特徴は観察・観測への寄与であり、マスマティカル・インストゥルメント、フィロソフィカル・インストゥルメントなどと呼ばれた。

これらの機器は、時代が下るにつれて、正確性を増し、使い勝手の良いものとなり、種類も多くなっていった。望遠鏡には反射鏡が応用され、気圧計や温度計は精度を高め、四分儀は八分儀・六分儀として緯度の確定に役立ち、正確に出発点の時刻を保持できる時計クロノメターで経度が確定できるようになると、地球上の位置を計測できるようなり、正確な地図の作製が可能になった。さらには、秤は細かい単位まで測定可能になり、真空ポンプは真空に近い状態を作り出すようになった。だが、この発展には、裏の側面もあったことも忘れてはなるまい。ただでさえ数多くなりすぎた実例は、機器の発達とともにますます多種多様化し、ベーコニアニズムが目指していた実例から導きだされるはずの普遍的法則をさらに手の届かないものにしていったのである。

当然のことながら、ここでも「帰納法の問題」が起きる。いったい何が典型で何が例外なのか。こればかりは、どんな正確な機器でも測りとることはできなかった。啓蒙主義思想は、この膨大で雑然とした財産を受け継ぎ、それに何とか対処しようとして、いわゆる学問体系を作りださずにはいられなかったのである。それが、まっとうな「学問」であろうとなかろうと。差別や搾取を正当化する枠組みを生み出す装置を作りだすことになろうと。そして、「アメリカ」という鵺《ぬえ》のような怪物を背負い込むことになろうと。

3

さて、やっと話は十八世紀末のアメリカとなる。本書であつかう時期は、独立革命後から南北戦争前まで、およそ一七八〇年代から一八五〇年代にわたる八〇年間だが、この時代区分に特に積極的な理由があるわけではない。強いて言えば、ボストンにアメリカ学術協会が設立された年から、ロンドンで開催された世界初の万国博覧会に続く十年間ということになろうか。したがって、文学史的には「アメリカ」文学の萌芽期からロマンティシズムの隆盛期にあたることになる。

当然といえば当然なのだが、ヨーロッパから植民地アメリカに渡ってきたのは、フィロソフィやサイエンスよりもアートが先だった。もっともだろう。ネイティヴ・アメリカンがいるものの、敵か味方かを見きわめるのに困難を極めるような状況で、人跡未踏としか思えない荒地と魑魅魍魎が跋扈しかねない暗闇の支配する新天地では、生存が第一の関心事だった。こんな時、抽象論や理論は役には立たないし、必要もない。必要なのは、今日を生きのびる術《アート》である。かのウィリアム・ブラッドフォードやジョン・ウィンスロップですら、神を語るのと同時に、あるいはそれ以上に食料と疫病の心配をしている。もちろん、神の加護のおかげで救われたことをつけ加えるのも忘れはしないが。

あるいは、ベンジャミン・フランクリンを考えてみてもいいだろう。この植民地きっての「学者」は、凧を使って雷が電気であることを発見した学問的業績で知られているが、その業績ですら避雷針の発明に応用してしまうほど、「実《じつ》」を尊ぶ人物だった。その他にも、暦じたい実用的なものなのにさらに実践を説く格言を刷り込み、職人たちにも開かれた公共図書館を発案し、ストーヴを改良し、独立革命時代の駐仏大使を務め、実践的立身出世物語の自伝を執筆する、ありとあらゆる実践と実用と実益の化身といえる人物だった。理論性と抽象性を求められるはずの「学者」が、これほどまでに実践と実用と実益を重んじた例は、それほど多くはないだろう。しかも、彼自身その道徳を体現したばかりか、積極的に説く唱道者でもあったのである。

そもそも実用技術《プラクティカル・アート》や手工業《メカニカル・アート》というアートは、原材料は豊富なのに人手が足りず、したがって徒弟制とギルド制が未発達だったアメリカに、機械の導入を容易にした。機械によって代行可能な部分には人手をかけず、人間にしかできないところに人手を回したのである。イギリスでは機械を失業の原因とした職工ラダイトたちが機械打ち壊しの暴動（一八一一―一六年）を起こしていた時期に、アメリカでは機械は歓迎されないまでも必需品となっていた。したがって、「テクノロジー」という言葉がアメリカで新しい意味を付加されたとしても、何の不思議もないだろう。そもそも「技芸《アート》に関する論説・論文」という意味だったテクノロジーに「サイエンスを実用的なアートに応用したもの」という新しい意味が付与されたのは、一八二六年、ジェイコブ・ビゲロウがハーヴァード大学で行った講演のこと、ラダイトたちの暴動からわずか十年しかたっていない時だった。こうして、ギリシャ思想に端を発し、中世のアリストテレス・スコラ学派に継承され、知識革命を生き延びてきた「アート」は、産業革命を経ることによって、そして啓蒙主義思想の大実験室アメリカへと渡ることによって、サイエンスと結託した「テクノロジー」へと変貌を遂げたのである。

本書の第一部が「アート」となっているのは、以上のような理由による。第一章で、中世には職人技芸としてほとんど省みられることのなかったアートが、アメリカという新天地を得てテクノロジーへと変貌する過程を述べた後、第二章では、旧大陸から持ち込まれたアートがアメリカという土地で、しかも文学作品の中でいかに描かれたかを論じよう。そして、第三章では、当時最先端のテクノロジーがいかに文学作品に影響を与えているかを、具体例をあげて考察してみることにする。

ところで、中世の上下関係の中で最下位にあったアートがアメリカでテクノロジーとして花開いたのに対して、その上位にあったナチュラル・フィロソフィ／サイエンスやモラル・フィロソフィ／サイエンスは、どこへ行ってしまったのだろうか。それが、本書の第二部の主題である。

それまでナチュラル・フィロソファーあるいはマン・オヴ・サイエンスと呼ばれていた学者が、「サイエンティスト」という新語で呼ばれるようになったのは、一八三四年、ウィリアム・ヒューエルが匿名で、メアリー・フェアファックス・ソマーヴィル夫人の科学入門書の書評を書いた時とされている。[4] 村上陽一郎の指摘によれば、音楽全般を対象とする場合には「ミュージシャン」のように -ian の語尾をもつ呼称となるのに対して、ヴァイオリンやピアノといった個々の楽器を専門とする者は「ヴァイオリニスト」、「ピアニスト」と -ist の語尾をつけた呼称で呼ばれることからわかるとおり、「サイエンティスト」も -ist の語尾を持ったときから専門化した現在の意味の「科学者」という意味になるという。このことから、アートからテクノロジーへの変貌と同様のことが見えてくるだろう。つまり、中世にネイチャーを学問対象としていたナチュラル・フィロソフィ／サイエンスは、十九世紀の初頭に近代科学《サイエンス》へと変身をとげたのである。第二部の第一章と第二章では、ナチュラル・フィロソフィが近代科学へと移行していった時期、ことに一八三〇年代から四〇年代にかけてアメリカで隆盛を誇示しながらもその後急速に衰退していった学問として自然誌《ナチュラル・ヒストリー》をとりあげ、それがいかにアメリカの文化的独立という啓蒙主義思想の実験室としてのスローガンにかかわっていったかを検討してみよう。

それでは、ナチュラル・フィロソフィが近代科学へと変貌を遂げている時期、中世にスーパーネイチャーを対象としていたモラル・フィロソフィ／サイエンスはどこへ行ってしまったのだろうか。前述したように、知識革命と期を同じくしてスーパーネイチャーは世界観・宇宙観から後退していった。これに代わるものとして、啓蒙主義思想は、具体例から暫定的な普遍法則を作ろうとした。これが、おそらく、啓蒙主義思想以降今日にいたるまで「フィロソフィ」あるいは「哲学」と呼ばれているものの正体なのだろう。少なくとも、初期のエマソンが自然誌の手法を真似て学問の体系を立てようとしたとき、彼のとった方法はこれにかなり近いものだった。あるいは、晩年のエドガー・アラン・ポウが『ユリイカ』で説いた宇宙像は、消滅してしまったスーパーネイチャーを再現しようとした試みであったともいえる。第二部の第三章は、このようなポウの試みを再現しようとするものである。

さて、いよいよ、冒頭で提出し、おそらく解答がでないと予告しておいた大疑問にふたたび向き合うときが来たようである。「アメリカ」文学とは何か。

本書で扱っているのは、おもに南北戦争前のアメリカ散文である。そこには、独立戦争と一八一二年戦争を経て、政治的にだけでなく、経済的・文化的にも独立しようとしたアメリカがある。換言するならば、アートがテクノロジーに、ナチュラル・フィロソファーがサイエンティストに変貌していったのとほぼ時を同じくして、北アメリカ大陸にできた国は「アメリカ」という国家になろうとしていたことになる。そして、このことは、啓蒙主義思想時代のテクロジーやサイエンスがそうであったように、「アメリカ」にも、暫定的ではあれ「普遍的」な法則を出そうとする努力があったことを示すのではないだろうか。たとえ「暫定的」と「普遍的」が矛盾する概念であったとしても。

いまの学界の趨勢はマルティカルチュラリズムであって、決して統一的な概念の「アメリカ」を求めてはいない。けれども、少なくとも十八世紀末から十九世紀半ばまでの「アメリカ」は啓蒙主義思想の壮大な実験室、大規模な帰納法を実行する場として、矛盾を抱えながらも何らかの「暫定的」で「普遍的」な法則を見いだそうとしていたのではないだろうか。

現在わたしたちが「アメリカ文学」と言うとき、それが「アメリカ文・学」であるとは思っていない。それは「アメリカ」という国名を冠した文学をさしていると思っている。だとしたら、わたしたちは啓蒙主義思想時代の「暫定的」で「普遍的」な法則を求める努力を、知らず知らずのうちに、あるいは好むと好まざるとにかかわらず、引き継いでいるのではないか。何のことはない、西洋哲学の二項対立を超えようとしたニーチェのあとになっても、その他数多くのデリダたちやサイードたちのあとになっても、わたしたちはまだまだアメリカ啓蒙主義思想時代のしっぽを引きずっているのである。

第一部　アート

第一章

アメリカン・テクノロジーへの道

テクノロジーとアメリカ文学を論じるについては、レオ・マークスの古典的名著『庭園のなかの機械』（一九六四年）を避けては通れないだろう。マークスは十九世紀アメリカ文学に見られる田園とテクノロジーのイメージをとりあげ、前者が人跡未踏の荒野と人工化が極端に進んだ都市との中間地帯として想像された庭園のイメージとして、後者がその庭園に突然侵入してくる蒸気機関車の形を借りた機械のイメージとして捉えられることを指摘している。

このうち、庭園のイメージは「新エデンの園アメリカ」という理念と結びつき、新しい田園観を生み出した。たとえば、トマス・ジェファソンが理想とする自らの手で土地を開墾する自由農民《ヨーマン・ファーマー》の姿がこの典型といえるだろう。この庭園が持つイメージと対照関係にある機械には、正負両面のイメージがある。負のイメージが、庭園の秩序と調和を犯す侵入者としてのそれであり、平和な楽園に騒音と煤煙を運んでくる蒸気機関車がその典型例であることは、あらためて確認するまでもない。

これに対して、正の機械のイメージは、荒野を居住可能な環境（庭園）に変えていくテクノロジーの力であり、この典型例もまた蒸気機関車である（図3）。つまり、蒸気機関車は、都市文明を人跡未踏の荒野にもたらす鋼鉄の使者であるとともに、日常生活に疲れた都市居住者の田園漫遊を可能にする輸送手段であるという二重の意味を持っていたのだ。この正のイメージとあいまって、荒野を疾走していく蒸気機関車の力強さは、人々を驚嘆させた。このような畏怖の念を、マークスは「テクノロジカル・サブライム」と名付けている。『庭園のなかの機械』は、アメリカという庭園のなかでの正と負の両面を持つ機械のせめぎあいを十九世紀アメリカ文学の作品に読みとったものであるといえよう。

けれども、一九七〇年代にテクノロジーの意義が問い直されるようになると、マークスの「庭園」と「機械」も見直されるようになった。果たしてテクノロジーはすべての問題を解決できるのか。その進歩を過信するあまり、弊害を過小評価してきたのではないか。否定的な側面、ことに女性の抑圧、黒人の差別、労働者の疎外を無視してきたのではないか。帝国主義的側面に目をつぶり、環境問題を棚上げにしてきたのではないか。あるいは、果たして「庭園」は、荒野と都市の中間地帯として周囲から切り離せるのか。「庭園」自体が文化的構築物・イデオロギーではないのか。さらには、マークスの「庭園」の基本概念でありながら不問に付されてきた「新エデンの園アメリカ」という理念も、疑問視されるようになった。「新エデンの園」もまた、作られたイデオロギーなのではないか。

もちろん、このような批判にはそれぞれ利点があり、マークスの議論の欠陥を補って余りあるものがあ

図3　ジョン・ガスト「アメリカの進歩」(1872年)

る。けれども、マークスの議論にもその批判勢力にも共通して見られるのは、テクノロジー自体の存在を自明の既成事実としている点ではなかろうか。テクノロジーはどの時代にも同じものだったわけではない。テクノロジーがテクノロジーとして生まれるにはそれなりの契機が必要であったし、その後の「発展」にも特定の時代の特定の場所と状況が必要だった。

本章が目指しているのは、テクノロジー、ことにアメリカン・テクノロジー成立までの道筋をたどり、その概略図を描くことである。上にあげた問題点に対して無関心ではないが、それらの詳細に紙数を費やすことは本意ではない。本章の対象範囲は、歴史上の出来事をとらえて大まかに区切るならば、アメリカン・テクノロジーが世界的に認知された一八五一年のロンドンはクリスタル・パレスの万国工業製品大博覧会までの時期となる。けれども、その起源がいつどこにあるのかという議論には、註釈が必要になるだろう。というのも、厳密に言うならば、テクノロジーとそれを可能にした近代科学の確立には、序論でも触れたように、十九世紀初頭まで待たなければならないからである。したがって、それ以前にこの両者の前身がどのような変遷をたどり、どのような経緯でテクノロジーと近代科学として出会うことになったのか、これが本章の1の話題となる。

ところで、テクノロジーと近代科学の成立が十九世紀初頭であったことは、舞台をアメリカに転じたとき、大きな意味を持ってくる。独立革命から半世紀、一八一二年戦争後のアメリカでは、旧統治国イギリスからの政治的独立だけではなく、経済的・文化的独立が叫ばれていた。このような時代背景のなかで、新生テクノロジーはリパブリカニズムと結びついて独特の発展経過をたどっていく。そこで、アメリカという独特な土壌でのテクノロジー振興の必要性を説く具体例としてジェイコブ・ビゲロウを論じることが、本章2の中心となる。

本章の3では、アメリカン・テクノロジーによって生み出された製品の特徴をさらに具体的に論じることにしよう。その第一は、ヨーロッパの工芸に伝統的な基盤を持ちながらもアメリカで独自の発展を遂げた時計であり、第二は、イギリスで改良された蒸気機関のアメリカ的発展例としての蒸気船と蒸気機関車である。

1

「テクノロジー」ということばが現在の意味で用いられるようになったのは、それほど昔のことではない。『オクスフォード英語辞典』によれば、その誕生は十七世紀のこと、「アートに関する論説・論文」の意味となっている。けれども、このことばが「サイエンスを実用的なアートに応用したもの」という限定された意味で使われだすのは、一八二六年ジェイコブ・ビゲロウがハーヴァード大学でおこなったラムフォード記念講演からだといわれている。[1] この記念講演は、二九年と三一年に『テクノロジーの初歩』という表題で出版された後、四〇年と四二年にマサチューセッツ州教育委員会の学校図書シリーズの一環として『サイエンスの応用との関連で考察した有用技芸《ユースフル・アート》』という表題で再版される。「テクノロジー」ということばにサイエンスの裏付けが必要不可欠となるのはこの時点、十九世紀の初めにすぎない。

それでは、なぜこの時代にテクノロジーが現在の意味を持ちはじめたのだろうか。この問いにそれなりの答えを出すには、ビゲロウの定義にある「アート」と「サイエンス」の変遷を序論で概観したよりもさらに詳細にたどる必要があるだろう。

シルヴィオ・A・ベディーニによれば、中世ヨーロッパでは、大学で教えられる「純粋」理論（フィロソフィ／サイエンス）と職人の実用技芸（アート）とのあいだには大きな隔たりがあった。アートについていえば、航海術や天文学の発達によって正確な計測量機器に対する需要が増したにもかかわらず、依然としてギルド徒弟制による伝統的な経験則が支配していたし、したがって大学で教えられていた「純粋」

理論フィロソフィから見れば、このような非体系的で実用的な手工芸《メカニカル・アート》は学問的価値のない俗事とみなされた。

これに対して大学で教えられていたのは、アリストテレス・スコラ学派の流れを汲む学問体系だった。つまり、神＝スーパーネイチャー（超自然）あるいは形而上本質界《メタフィジックス》をあつかうモラル・フィロソフィに対して、神業の顕在的発現としてのネイチャーあるいは形而下現象界《フィジックス》をあつかう学問の理論体系がナチュラル・フィロソフィだったのである。このような学問の特徴は「自然という書物《ブック・オヴ・ネイチャー》」という比喩に端的にあらわれている。つまり、ネイチャーには神＝スーパーネイチャーが予定した調和があり、個別の造化物にはそれぞれその予定調和に寄与する目的があるのだから、聖書《スクリプチャー》が神の言葉《ワード》として解釈されるように、自然《ネイチャー》もまた神の御業《ワーク》として解釈され読みとられる必要があるというわけだ。このもっとも有名な例は、ドングリには樫の木に育つための資質《ネイチャー》があるというものだろう。ここに見られるのは、神というスーパーネイチャー、予定調和という目的によってネイチャーを解釈しようとする方法論であり、アートとは隔絶した純粋理論である。

けれども、いわゆる知識革命を機に、このナチュラル・フィロソフィは変貌をとげはじめる。おおよそガリレオからニュートンまでの時期にまたがってヨーロッパを舞台に展開したこの「革命」は、トマス・S・クーンによれば「パラダイムの変換」と定義され、また今様にいえば「エピステーメーの転換」とでもなるのだろうが、その大きな特徴はネイチャー解釈の方法の変化にあった。この変化をごく単純化して説明するならば、神＝スーパーネイチャーという大前提から個別の事例を質的に説明するそれまでのナチュラル・フィロソフィの方法への疑問、そして多数の具体例を数量的に分析することから全体を統合する普遍的な法則・理論を導きだす「新学問《ニュー・サイエンス》」の方法の登場ということになるだろう。

このうち、ネイチャー解釈の質的説明から数量的分析への変化については、アルフレッド・W・クロスビーの『現実の尺度』に詳しい。クロスビーによると、知識革命の前提として、貨幣経済の発達した中世後期に、貨幣のようにものを単位化・数量化して考える不変で共通した尺度が誕生した。[2] これが典型的にあらわれているのが、絶対時間（時計、暦）、絶対空間（地図）、数学の三尺度であり、それぞれを単位化し視覚化した実例が、楽譜、遠近法、複式記入簿記であることは、すでに序論でも紹介したとおりである。

この数量化への変遷の究極にあるのが、アイザック・ニュートンの『ナチュラル・フィロソフィの数学原理』（一六八七年）だろう。それまで神の存在を大前提としていた「ナチュラル・フィロソフィ」を「数学」によって数量化しようとする試みは、自然界におけるスーパーネイチャーの矮小化という意味で、パラダイムの変換と呼ぶにふさわしい。もちろん、ニュートン自身の心づもりでは、ネイチャーの数学的処理によってスーパーネイチャー＝神の意匠を証明できるはずだったのだが。そして、彼から派生したニュートニアニズムのその後の発展は、創始者の意図に反して、神の存在を次第にないがしろにしていくことになったのだが。

知識革命はまた、スーパーネイチャーという大前提からネイチャーを説明する演繹法（ドングリには樫になる予定調和が組み込まれている）から、個々の事例から法則を導きだす帰納法（多くの実例が示すように、ドングリは樫になるという法則に従っている）への変化と考えることもできる。たとえばフランシス・ベーコンの経験主義《エンピリシズム》では、経験を認識の根拠として、その積み重ねと分析によって多くの事例を網羅し、そこから普遍の法則を導きだそうとする方法論をとることになる。このような新しい方法論としてのベーコニアニズムは、それまで理論一辺倒であった学問に事実《マター・オヴ・ファクト》という問題を導入することによって、理論と実践の距離を縮めたのである。

　ウィリアム・イーモンの指摘によれば、事実という具体例とそこから導きだされる理論との接近の背景には、十六世紀に流行した「神秘の書《ブック・オヴ・シークレット》」の存在が無関係ではない。アリストテレス・スコラ学派の「自然という書物」が神業の顕在化したネイチャーの解釈をめざしていたのに対して、この「神秘の書」はネイチャー界に潜在する（本来の字義での「オカルト」）不可思議を単にスーパーネイチャーを写しとったものとしてではなく、もっと積極的に人間の実利と向上のために活用しようとする、きわめて実利実用性に富んだ技術《アート》をめざしていた。旧学問が前提としていた神というスーパーネイチャー――神の御業の発現としてのネイチャー――ネイチャーの模倣としてのアートという確固とした上下関係の差異は、この新学問において、スーパーネイチャーの後退、そしてネイチャーとアートとの接近へと変化している。

　けれども、ネイチャーとアートの接近あるいは理論と実践の共存を約束するはずの経験主義は、また別の問題を内包していた。知識革命時代に個人的で反復不可能な「経験《エクスペリエンス》」が同じ条件下ならば万人が反復できる「実験《エクスペリメント》」へと変化した事情は、ピーター・ディアの『法則と経験』に詳しいが、その結果として体験／実験の信頼性《オーセンティシティ》／典拠《オーソリティ》が問題となったのである。たとえば、ガリレオ・ガリレイが木星の四衛星を発見したとき、この発見を可能にする望遠鏡を製作できた者はガリレオ本人以外にはいなかった。したがって、この発見を正式に承認されたものにするには、望遠鏡を所有する者たちの共同体が必要だった。この共同体は、目ざといことで定評のある動物の名をとって「山猫党」と名のっている。

とはいえ、どうしても信頼性／典拠の証明という問題が残ってしまう。何が本当で、何が偽物なのか。あるいは、誰が信頼できて、誰が信頼できないのか。スティーヴン・シェイピンの『真なるものの社会史』は、十七世紀のイングランドで体験／実験の信頼できる典拠として、自ら財産を持ち、したがって何の権威権力にも束縛される必要のない「紳士《ジェントルマン》」という社会的地位が求められたこと、その結果としてロンドン王立協会が誕生したことを説いている。

　こうして、自然現象が数量化され実験によって再構成可能であるということになれば、それまでの神学的世界観が影をひそめ、機械論《メカニズム》による世界観が勢いを増したとしても不思議ではないだろう。ルネ・デカルトに代表される機械論は、世界を機械（ことに時計）に見たて、部品の組み合わせによって動く機械が分析可能なように、世界もまた分析可能であると考えた。当時の時計は、クリスチャン・ホイヘンスの振り子時計発明によって急速に進歩した技術の最先端であり、「時計じかけの宇宙」として機械論の比喩にも使われた。時計技術はまた、天体の動きを機械によって再現した天球儀や、人間や動物の動きを模したからくり人形にも応用され、理性によって解読可能な大宇宙《マクロコスモス》・小宇宙《ミクロコスモス》の視覚化という企てに手を貸した。

　けれども、このような変質があったにせよ、ナチュラル・フィロソフィが知識革命を機に一気に近代科学によって駆逐されたわけではない。確かに、神というスーパーネイチャーからネイチャーを説明する演繹法には疑問が呈されたものの、神の存在は形を変えて、ネイチャーの事象を超えた普遍の法則や宇宙の摂理が存在するという考え方に残り、ロマンティシズムに影響を与えている。たとえば、カニンガムとジャーダイン共編の『ロマンティシズムと諸科学』によれば、この傾向は機械論《メカニズム》や経験主義《エンピリシズム》によるネイチャー観に反旗を翻したロマンティシズム、ことにフリードリッヒ・シェリングの自然哲学《ナチュールフィロソフィ》に顕著に見られる。また、アメリカに目を転じても、たとえばラルフ・ウォルド・エマソンの「自然」論、なかでも「大霊」はこのような考え方ぬきには語れないだろう。[3]

　それでは、どの時点をとって近代科学は誕生したといえるのだろうか。ナチュラル・フィロソフィはいつごろ衰退し、近代科学の時代が到来したのだろうか。

　それまでナチュラル・フィロソファーまたはマン・オヴ・サイエンスという名で呼ばれていた専門家たちがサイエンティストという名で呼ばれるようになったのは、一八三四年に匿名でウィリアム・ヒューエルが書いたメアリー・フェアファックス・ソマーヴィル夫人の科学入門書に対する書評で「物質界全体の知識を学ぶ者」を「サイエンティスト」と名付けたのが最初とされている。[4] それまでの「マン・オヴ・サイエンス」が知識人を男性とする暗黙の了解を前提としていたのに対し、性別を云々しないですむ「サイエンティスト」という用語の発明は、近代科学の成立と無縁ではない。繰り返しになるが、村上陽一郎が指摘しているように、たとえば音楽《ミュージック》全般の専門家が「ミュージシャン」であるのに対して、ピアノやヴァイオリンという個々の楽器の専門家が「ピアニスト」や「ヴァイオリニスト」であるように、「サイエンティスト」のように -ist という語尾をともなったことばはきわめて狭義の専門性を意味する。つまり、この時点で「サイエンス」はそれまでの広範囲な学問という意味から狭義の近代「科学」を意味することに移行していったと考えられるのである。

　したがって、前述したビゲロウの「テクノロジー」定義は、以上のような歴史的状況のなかで解釈されなければならないだろう。「サイエンスを実用的なアートに応用」するためには、サイエンスが観念的理論のナチュラル・フィロソフィから脱却して、個別の事例の数量的処理から普遍の法則を導きだす実践的学問として再定義される必要があったし、さらには、この観念的理論から実践的学問への転換にともない、当然の帰着として学問の細分化・専門化が進む必要があった。この変化が顕在化しはじめたのが十九世紀前半のことであり、したがってサイエンスの応用としてのテクノロジーの登場も同時代のことになる。サイエンスの裏付けを要求するテクノロジー誕生のためには、包括的な理論すなわちナチュラル・フィロソフィから離れ、細分化され専門化された近代科学の実践的アートへと接近することが不可欠だったのである。

もちろん、これにともなって、実践から理論への接近があったことも忘れてはならないだろう。実験や観測・観察に人間の五感以上のものが必要となったとき、たとえば望遠鏡や顕微鏡、実験装置や計量機器を作るアートの発展ぬきには、知識革命は不可能だった。けれども、その知識革命といえども、実践から生まれた理論をふたたびアートに還元し応用するまでにはいたらなかった。たとえば十七世紀に印刷術の進歩が出版界や学問の世界を変えることがあったものの、その技術革新には専門的な科学理論の裏付けがあったわけではない。あるいは、火薬が大砲に応用されるにも、磁性が羅針盤に応用されるにも、火薬学・弾道学や磁気学の理論が経験則以上に必要とされたわけではなかった。

これに対して、十八世紀後半に始まった産業革命は、それまでの職人仕事から工場制生産への移行を促すことになった。このことは、職人アートの伝統的な経験則にかわって、サイエンスの理論体系が要求されるようになったことを意味する。この時代、イギリスでは織物産業が発展したが、この発展にもっとも寄与したのが蒸気機関だった。もちろん、それまでも、蒸気機関は利用されていなかったわけではないのだが、新技術につきものの故障や爆発事故は、トライアル・アンド・エラー、職人の経験と勘によって加減されていた。この蒸気機関の事故に空気圧に関する理論で対抗したのが、かのジェイムズ・ワットであり、理論が蒸気機関の技術革新に少なからず貢献することになった。産業革命を背景にして、伝統的職人の手になるアートは、サイエンスの裏付けを要求するテクノロジー、工場制産業へと変換を余儀なくされたのである。

十九世紀初頭に近代科学とテクノロジーの誕生が同時進行したことは、舞台を同時代のアメリカに転じたとき、より大きな意味を持ってくるだろう。一七七六年に独立宣言したばかりのこの新国家では、その地勢的・政治的・経済的・文化的特質から、テクノロジーに対する独特の姿勢が形成されていく。そこで、次項ではアメリカン・テクノロジーの特質を歴史的状況のなかで考察してみることにしよう。

2

産業革命のテクノロジーは、輸入されたときから既に新大陸にとって大きな意味を持っていた。もちろん、アメリカが産業革命の否定的側面に無関心だったわけではない。ことに、独立前後の愛国心昂揚のためにことさら旧統治国の悪徳を強調する論理は、かの地の産業革命による劣悪な生活労働状況や機械的な作業の無味乾燥さを指摘するのが常套手段となっていた。

「建国の父」のひとりトマス・ジェファソンもまた、アメリカの「庭園」をイギリス流「都市」化の波から守ろうとした人物だった。『ヴァージニア州に関する覚書』は、フランソワ・マルボワの質問に答える形式を踏みながらも、ジェファソン自身のアメリカ、特にヴァージニアに対する思想を披瀝したものとなっている。ことに、第六問「鉱物、植物、動物の産物」では、当初の質問の目的から外れて、当時のヨーロッパきっての自然誌《ナチュラル・ヒストリー》の重鎮ビュフォン伯やレナール師が提唱した新大陸生物劣化説に対して実例を挙げて反駁している。たとえば、ヨーロッパに勝るとも劣らない動物の大きさや植物の生産性、インディアンの美徳、そして短い歴史のなかで戦術にワシントン、物理にフランクリン、天文にリッテンハウスを輩出した国の将来性。この自国擁護の姿勢は、第十九問「製造業」で「土地を自らの手で耕す者」を神の選民と定義したとき、アメリカの農場に対するヨーロッパの工場という図式で表現されことになる。「我らの工房はヨーロッパにとどめておこうではないか」(一六四－六五)。けれども、この時代にあっても、ことに大規模農業に不向きなマサチューセッツ州や印刷業や工業を中心としたフィラデルフィアを抱える東部に対して、ジェファソンの「庭園」擁護説は、多勢に無勢にすぎなかった。時代の大勢は既に、「荒野」を「庭園」へと開墾しようとする企画自体に、新しい科学と結びついた新しいテクノロジーの参画を期待していたのである。[5]

　さて、独立から半世紀、すでに建国の礎《いしずえ》と読みかえられたテクノロジーを検討するため、再びビゲロウの『テクノロジーの初歩』に登場してもらうことにしよう。一八二九年の初版は、本文二一章からなり、それぞれ個々のアート、たとえば印刷術や建築術、動力機械や金属溶接、染色技術やガラス技術についての説明となっている。けれども、ここで問題にしたいのは、この詳細かつ具体的なアートの説明じたいではない。この本文には「広告」と称する序文がつけられていて、なぜ今このようなアートが必要とされるのかが力説されている。あるいは、「序論」で、これまで別個のものと考えられてきたサイエンスとアートとの接点を論じ、サイエンスの理論をアートに応用する必然性を説いている。この「広告」と「序論」には、この時代のこの国のテクノロジーに関する認識が凝縮されているといっても過言ではないだろう。そこで、この両者に見られるテクノロジーに対する姿勢を俯瞰してみることにしよう。[6]

まず、「広告」では、この本がラムフォード記念講演をもとに構成されたことが述べられた後、テクノロジーの必要性が以下の三点にまとめられている。すなわち、第一にテクノロジーの知識は公益にかない、今の時代の状況改善に貢献していること、第二にテクノロジーの進歩にアメリカが貢献していること、そして第三にサイエンスが応用されたテクノロジーは社会全体の公益を助長し、ひいては公益を追求するものに利潤をもたらすことの三点である。ここに共通してうかがえるのは、進歩・公益・貢献という実利的概念であろう。

このうち「進歩」という概念には、十八世紀ヨーロッパ啓蒙主義思想の影響がうかがえる。この影響下のアメリカ独立革命指導者たちは、たとえばI・バーナード・コーエンの指摘（一九九五年）にあるように、サイエンスを人間理性の最高の表現と考えていた。サイエンスとその応用であるテクノロジーの進歩は、したがって人間理性の自然現象界に対する勝利を意味することになる。ビゲロウが「今の時代の状況改善に貢献している」というのは、この意味においてである。啓蒙主義思想はまた、神というスーパーネイチャーによって定められた権利を王侯貴族が持っていたのに対して、普通の人間にも幸福の追求というネイチャーによって定められた生得の権利《ナチュラル・ライト》があると主張することにもなる。トマス・ペインがこのような「生得の権利」の論客の雄であったことはいうまでもない。この考え方は、一方では統治国からの植民地独立の起爆剤となったのだが、他方ではこの幸福の追求に必要不可欠なものとして近代科学とテクノロジーを位置づけることになった。こうして独立革命前後のアメリカという状況を付加された近代科学とテクノロジーは、幸福の追求という裏付けとともに進歩を余儀なくされ、建国思想の使徒として再定義されていくことになる。

したがって、ビゲロウのテクノロジーが「公益」と「貢献」を強調するのも無理はないだろう。ことに、旧統治国との違いを際だたせる必要性にせまられたとき、自国の公益に貢献することを要求されても不思議ではない。ジョン・F・カッソンの指摘にもあるように、アメリカン・テクノロジーの特徴は、それが個人個人が互いに対する責任を果たす「公徳」に基づいた社会を目指すリパブリカニズムと結びついたところにある。さらには、時代の最先端を行く科学とテクノロジーの新しさが、アメリカという新国家に受け入れられたことも忘れてはならないだろう。しかも、旧世界のナチュラル・フィロソフィという純粋理論とアートという実用技術が分裂した状況ではなく、新世界には近代科学と新生テクノロジーの緊密な関係があるというわけだ。ビゲロウがテクノロジーの分野におけるアメリカの貢献を自認する背景には、この新機軸があったことになる。

「序論」の前半もまた、この新機軸の文脈に沿ったものとなっている。サイエンスとアートの違いは絶対的なものではなく程度の問題であることから説きおこし、両者のあいだには密接な関係があることを指摘した後で、ビゲロウは近代テクノロジーの特徴を旧アートとの対比で六点をあげている。すなわち、知識の蓄積があること、才能を個人が独占することなく社会全体に還元できること、予備知識や経済計画や機械の駆使によって才覚や肉体の限界を補えること、コストや労働や時間を節約する方策があること、技芸に近代科学理論を応用できること、近代理論の発展に基づいた帰納法による思考が定着したことの六点である。ここで強調されているのは、新世界にふさわしい新テクノロジーであり、それはまた、サイエンスの「原理原則と因果関係の知識の上に構築された」アートであり、「物理《フィジカル》と哲理《モラル》の両世界を支配すること」(四)を可能にする技術である。旧ナチュラル・フィロソフィとモラル・フィロソフィの違いとなっていた形而下現象界《フィジックス》と形而上本質界《メタフィジックス》との差異は、ここにいたって解体されないまでも矮小化し、両者まとめて旧学問《サイエンス》として新科学《サイエンス》の軍門に降ることになる。

「序文」の後半では、テクノロジーの恩恵が語られている。ここでのビゲロウは、前半でテクノロジーの新しさを説いていたにもかかわらず、あるいはそれをより一層印象づけようとするあまり、時代錯誤を犯している。つまり、現在の世界があるのも、これすなわちすべて科学理論の実践的応用の賜物として、過去からの例を引いてくるのだ。たとえば、印刷機が知識の普及を助け中世の暗黒時代に終わりを告げたこと、火薬が戦争の形態を変え精神が肉体を支配できることを示したこと、磁性の発見が新大陸の発見と新しい富をもたらしたことなど(四)。この三例は、いずれも経験によって獲得された技術であって、テクノロジーが必要不可欠としている科学理論の裏付けがあるわけではない。したがって、ビゲロウは、彼自身の現在の視点を歴史に投影することによって、過去を故意に誤読していることになる。

さらには、テクノロジーが将来もたらすだろう恩恵についても、あきらかに現在の視点から語っている。コストの削減と労働力の機械による代替によって公共の安寧と個人の快楽がますます確保されること、国富《ナショナル・ウェルス》に奉仕すること、技術が影響を与え続け利潤を保証し続ける限り進歩に終わりはないこと(五)、そしてテクノロジーの原理の知識が万人に必須の教養になる日も近い(六)と結んでいる。ここに見られる無邪気で無反省な楽観主義は、前述した「宣伝」とも共通するものだが、当時の時代状況と無縁ではない。それは、独立宣言から半世紀の（そして一八一二年戦争後の）アメリカであり、旧世界ことに旧統治国からの文化的・経済的独立の必要性を力説せざるをえなかったアメリカである。この意味で、ビゲロウの『テクノロジーの初歩』の「宣伝」と「序論」は、新国家にふさわしい新技術の力を強調したアメリカ独立宣言であり、エマソンの「アメリカの学者」に対応するテクノロジー・ヴァージョンであると解釈できるだろう。残念ながら、この声明はあまりにも楽観的で無邪気であるために、現在ではむしろ途方もない法螺話のように聞こえてしまうのだが。そして、もちろん、この無邪気な楽観主義の無反省な信奉がその後のテクノロジー濫用を招いたことも厳然たる事実なのだが。

3

ところで、十九世紀前半のアメリカン・テクノロジーの特徴のひとつとして、その製品の無骨なまでに質素で実用的な点があげられるだろう。事実、一八五一年、ロンドンのクリスタル・パレス博覧会に出品されたアメリカ工業製品は、実用第一、最低限の装飾しか施されていない簡素さで注目を集めた。それでは、このようなアメリカ製品の特徴には、どんな意味があるのだろうか。前項では、アメリカン・テクノロジー誕生の時代背景をとりあげたので、この項では実際の製品からその特徴を考察してみることにしよう。

もちろん、アメリカ製品の実用的な特徴は、アメリカン・テクノロジーの誕生とともに始まったわけではないし、クリスタル・パレス博覧会で初めて発見されたわけでもない。その特徴は、すでに植民地時代のアメリカ製品に色濃くあらわれている。けれども、この特徴を形成した要因については、諸説多岐にわたり特定が難しい。たとえば、プロテスタンティズムという宗教的背景（これにも諸説があって、主導権を清教徒とするものや長老派教会とするものがある）、ベーコニアニズムという実践的思想の存在、既成のものが何もない新環境へ適応する必要性、原材料が豊富なのに比較して慢性的に不足している労働力などである。このうちのいくつかの要因については後述のアメリカ時計産業で触れるが、ここではまず、アメリカ製品の実用的な特徴の形成に貢献した代表として、ベンジャミン・フランクリンをとりあげてみよう。

周知の通り、フランクリンの活躍は多方面にわたる。格言つきの暦の発行者、電力と磁力の研究者、避雷針の発明家かつストーヴの改良者、公共図書館の設立者、独立戦争時代の駐仏大使、『自伝』の執筆者、実用の道徳唱道者《モラル・フィロソファー》（旧世界の哲理学者《モラル・フィロソファー》の形而上理論に対して、なんと実利実践的なことか！）。けれども、ここで一番大きな意味を持つのは、電気の研究ことに稲妻実験と避雷針発明との関係である。稲妻の電気性を最初に発見したのはフランクリンだったのか、それともダリバールだったのかという議論はさておくとして、稲妻の電気性を実地検証によって証明したこと、そしてその理論を避雷針発明に応用したことの二点は、フランクリン自身の業績に数えることができる。この二点に共通している姿勢は、「実地」であろう。室内の放電実験だけではなく屋外での稲妻の実地検分、電気理論だけではなく実際に実地に役立つ雷除け。フランクリンの電気研究は、机上の空論や実験室の範例に偏向しない、いわゆるベーコニアニズムの方法にのっとったものであり、実地検証の結果とそこから帰納される理論が実用に直接応用されたことで、ことさら有意義なものとなった。ビゲロウが『テクノロジーの初歩』で理論と実用技術の融合を新生アメリカン・テクノロジーの長所と自負したとき、それにはもちろんフランクリンという優れた先達があったのである。

さらには、『自伝』を通じて、フランクリンは空理空論ではない実利実用の精神の体現者となっていく。『自伝』執筆の動機だけでも充分に実利的だ。貧しい少年時代から身を起こし富と名声を得た幸せな老人と自己評価するとき、そしてその一代記を「後世の人たちが自分たちの生涯に照らし合わせ、手本にしようとする」(三)かもしれないと自負するとき、『自伝』は成功の秘訣を解き明かした実用本の体裁をとることになる。その著者は、実利実用の精神を体現する使徒の役割を引き受けることになる。したがって、一八二四年にフィラデルフィアで実用教育向上のための組織が設立されたとき、創設者たちがフランクリン協会と名乗ったとしても、何の不思議もないだろう。もっとも、現在のアメリカで「ベン・フランクリン」といえば全国展開している安売り雑貨店だと知ったら、この実用の唱道者は何を思うだろうか。

さて、十八世紀に実用の精神の体現者としてのフランクリンを生んだアメリカは、十九世紀中葉になると実用と結びついたテクノロジーの発展で、旧世界から刮目されることになる。ここではまず、クリスタル・パレス博覧会で注目された一例として時計をとりあげてみることにしよう。

この時明らかになった新旧世界の時計の違いは、ヨーロッパのそれがむしろ装飾品に近いほどまで飾り立てられているのに対して、アメリカのそれは時計以外の機能をまったく持たない実用第一のものだった点である。前述したように、ヨーロッパ知識革命時代には「時計じかけの宇宙」という比喩が生まれ、時計じかけのからくり人形や天球儀が作られ、時計が計時以外の機能を合わせ持つようになったのだが、同じ時計はアメリカに移植されると別の発展を遂げていった。時計は、旧世界に技術の伝統を持ちながらも、新しいアメリカン・テクノロジーによって旧世界の伝統とは異なった製品に生まれ変わったのである。それは、その名に「アメリカ式」と冠された製造法で、互換可能な部品を使って大量生産された、新時代の新テクノロジーによる時計だった。

「アメリカ式製造法」が誕生した背景には、アメリカの特殊事情がある。ヨーロッパ時計産業は、徒弟制に基づいたギルド制に守られ、金属製の内部部品製作と収納容器製作との分業化が進んだものの、多くの製造過程は手工業に頼ったままだった。これに対してアメリカの時計産業では、広い国土に少数の住民という慢性的労働力不足のため、機械で代用できるところは人手に頼らない方策が模索された。製造過程の簡素化と機械製造の導入がこれにあたる。この交換可能な部品による時計の大量生産の形態がこの時代に誕生したことは、たとえばハーマン・メルヴィルの短編「鐘楼」を解釈するときに、新しい鍵を提供してくれるだろう。[7] あるいは、労働の機械による置換は、E・マイケル・ジョーンズが指摘しているように、「テクノロジカル・サブライム」の一形態とも考えられる。ピューリタニズムにみられる精神/肉体の二項対立は、機械による肉体労働の代行によって、肉体を離脱したより高尚な精神に近づけるという機械信仰を生みだしたのである。

さらには、労働者の絶対数が不足している上に、「自由」を独立理念に標榜するアメリカでは、ヨーロッパ式の伝統的徒弟制もギルド制も根付かなかった。[8] 逃亡徒弟ベンジャミン・フランクリンの例は、あまりにも有名だろう。あるいは、ナサニエル・ホーソンの短編「僕の親戚、モリヌー少佐」で、主人公の青年ロビンが宿屋の亭主に逃亡徒弟扱いされる場面を思いおこしてもいいだろう。また、同じホーソンの「美のアーティスト」で主人公のオーウェン・ウォーランドが美の象徴としての蝶々を作ったとき、なぜそれが時計の部品を使ったものでなくてはならなかったのかという疑問にも、時計の歴史と当時のアメリカ時計産業界における徒弟制の消長が大きな影を落としている。[9]

さらにアメリカ時計産業の機械導入に拍車をかけたのが、豊富な木材資源の存在であった。すべて金属製のヨーロッパ製品に対し、アメリカの時計は、試行錯誤の末、収納容器を木製に内部部品は金属製にという形（いわゆる「おじいさんの時計」）に落ち着いていくのだが、この内部と外部の材料の違いがアメリカ時計産業のさらなる分業化を促進した。分業化は機械導入を容易にし、機械導入に有利な互換性のある部品が考案された。互換性のある部品による機械化は、大量生産を可能にした。アメリカの時計が実用第一で簡素であることは、このアメリカ式製造法と無縁ではない。もちろん、実用第一主義がアメリカ式製造法を可能にしたのか、アメリカ式製造法が実用第一で簡素な時計を生んだのかは、容易に判別しがたいのだが。

またこの時期、多くの産業の工業化にともなって時間給の概念が生まれたことも、時計の大量生産の誘因となった。工業化以前の職人や農夫の仕事は、自分の都合のいいときに一段落し、一日の労働時間の長短は仕事の進捗状況によって左右されていた。けれども、工場勤務・会社勤務では、時間どおりに出勤し、時間いっぱい働かなければならない。そこでの労働は、親時計《マスター・クロック》の制御による子時計《スレイヴ・クロック》によって管理されている。こうして、時計は工業化時代の時間厳守、そしてそれにともなう能率強化の象徴となっていく。エドガー・アラン・ポウの「陥穽と振り子」の舞台はスペイン異端審問だが、その背景にはこの時代の時計観が影響を与えている。ポウの「告げ口心臓」の死番虫《デス・ウォッチ》、「ある苦境」の大時計もまた、同じ時計観をぬきには語れないだろう。[10]

さらには、蒸気機関車の登場によって、時刻表がますます時間厳守を要求することになったことも忘れてはならない。汽車に乗るためには、時間どおり《オン・タイム》に駅に行ったのでは遅すぎる。汽車に間に合う《イン・タイム》ためには、汽車より先に駅で待機していなければならないのだ。また、鉄道網の全国展開にしたがって時間帯が導入され、一定地域という空間による時間支配の形態が生まれ、時計の存在を避けがたいものとしていった。レオ・マークスの「機械」が「庭園」にもたらしたものは、速度と力強さ、騒音と煤煙だけではなかった。それはまた、時間意識の変革ももたらすものだった。

　ところで、この時間意識変革の一因ともなった蒸気機関車もまた、アメリカン・テクノロジーの代表例と言えるだろう。

　機関車の動力源としての蒸気機関は、十七世紀後半のイギリスの炭坑で実用化され、その後ジェイムズ・ワットの改良を経て繊維産業に導入された。これに対して、同時代のアメリカ繊維業界では、燃料源の石炭が不足していたことも手伝って、蒸気機関の導入は遅れ、豊富な水力を活用した工場が発達した。メルヴィルの「乙女たちの地獄」の製紙工場のモデルといわれているマサチューセッツ州ローウェルの繊維工場もまたこの形態のものであり、近郷農家の若い女性たちを当時の家庭構造を模倣した父権主義的労働条件で働かせている。

　蒸気機関のアメリカ独自の発展形態は、広大な国土に対応する実用的な輸送手段、すなわち蒸気船と蒸気機関車に見られる。この輸送機関はいずれもイギリスで開発されたものであったが、たとえばイギリスの蒸気船が運河中心の引き船であったのに対し、アメリカでは最初から河川や湖に焦点を当てた広範囲の交通手段を目指していた。一八〇七年のロバート・フルトンによる蒸気船ハドソン川航行は、その後の蒸

図4　A. J. ラッセル「最後の線路敷設によって東西が結ばれた」(1869年)

気船定期運航の嚆矢となった。さらには、ヒンドルとルーバーが指摘しているように、「蒸気船はミシシッピー川を全国的な交通網に変えた」(二一六)のである。マーク・トウェインの『ハックルベリー・フィンの冒険』は、この川の全国的交通網という性格ぬきでは語れないだろう。

汽車がもたらした同様のさらに大規模な変化は、マークスを始め多くの研究者たちが論じているので、ここでは鉄道による全国制覇の象徴として「黄金の犬釘」の挿話(図4)を紹介するにとどめよう。時は一八六九年五月十日月曜日、所はユタ州プロモントリー、アメリカ大陸の東西から延長されてきた鉄道網が出会い、ここに大陸横断鉄道が完成した。[11] 最後の一本の犬釘を線路に打ち込む槌音は、鉄道とともに延長されてきた電信線によって全国発信される手はずになっていた。残念ながら、この記念すべき瞬間の発信は現地時間の混乱により失敗に終わるのだが、大陸横断鉄道の完成は祝典の儀式だけで終わるものではなかった。全国鉄道網の完成は広大な国土を持つアメリカ全土を統合するものとして歓迎された。また、全国鉄道網にともなう全国規模で展開した多産業組織の繁栄と暴挙は、たとえばフランク・ノリスの小麦三部作の構想を可能にした。さらには、鉄道拠点としての新都市シカゴの発展も無視できない。そして、現地時間の混乱を解決するため、一八八三年十一月一八日、標準時と時間帯が全国的に導入された。蒸気機関車というテクノロジーはこうして、アメリカ自体の地勢的・政治的・経済的・文化的地図を描きかえていくのである。

　この序章は、アメリカン・テクノロジー成立までの道筋をたどるために出発した。その発展形式の典型例として蒸気機関車をとりあげたところで、この序章の旅に終わりを告げることにしよう。レオ・マークスの「機械」から始まった道は、同じ機械の登場で一応の終焉を迎える。けれども、線路はまだ続いている。アメリカン・テクノロジーの道のりはまだ、ほんの端緒を迎えたにすぎない。これから先の旅は、第二章の「からくり三態」と、第三章の「移動する基軸」へと分岐していくことになる。

第二章

からくり三態

十九世紀前半のアメリカのテクノロジーの話をするのに、からくり人形から始めるには、それだけの理由が必要だろう。というのも、からくり人形は時計の部品から作られているため、時計と同様に、いくつかの面白い問題を提示すると思われるからだ。

たとえば、第一章で論じたように、知識革命は「時計じかけの宇宙」という比喩であらわされる機械論《メカニズム》による宇宙観を生み出した。つまり、ネイチャーは、それまで信じられていたように人知を超えたスーパーネイチャー＝神によって予め定められた調和の中に配置された存在ではなく、ちょうど時計が精巧に作られた個々の具体的な部品をそれぞれの場所に配置し組み合わせることによって製作可能な機巧《メカニズム》であるように、自然現象界にある個々の具体的な事例を充分に蒐集し組み立てることで再現できると考えるようになったのである。その方法論の理論的背景がベーコニアニズムであり、個々の標本・実例・統計の蒐集が唱道されたことは、前述のとおりである。

この「時計じかけの宇宙」を文字通り機械じかけで再現して見せたのが、アストラリウム（天球儀）であり、プラネタリウム（星座投影機）であり、オーラリ（太陽系儀）であった。これに対して、この比喩を天上の星々ではなく地上の生物に応用したのが、からくり人形となっている。言い換えるならば、からくり人形の発想の裏には、人間を含む生物もまた時計のように分解でき分析できるはずだという発想があったことになる。

ことに、十八世紀ヨーロッパ啓蒙主義思想時代はまた、からくり人形の全盛時代でもあった。主なものをあげただけでも、メイヤルデの馬車（一七三一年）・白鳥（一七三三年）、ヴォカンソンのフルート吹き（一七三八年）・太鼓叩き（一七三八年）・アヒル（一七三八年）（図5a–d）、カミュの四輪馬車（?–）、ジャケ・ドロス父子の書記（一七七〇年）・画家（一七七二年）・女性音楽家（一七七三年）などがあげられる。人間とは何か、人間を人間たらしめているものは何かという啓蒙主義思想の問いは、機械論によってある種の答えを提示されていた。それは、一方では人間もまた他の生物と同様に個々の部品を組み合わせていくことによって再現できるはずだという楽観的な発想であり、他方では人間は個々の部品を組み合わせることでできあがっている時計、つまり機械と変わらないのではないかという危惧と恐怖であった。[1]

この章であつかうのは、そのヨーロッパ啓蒙主義思想の中で以上述べたような位置を占めていたからくり人形が、十九世紀前半のアメリカという「新天地」に渡ってきたとき、作家たちによってどんな意匠を与えられたかという問題である。あるいは、次のように言い換えてもいいかもしれない。なぜ十九世紀前

図5a　H. グレイヴロットによる、1739年に展示されたヴォカンソンのアヒルの様子

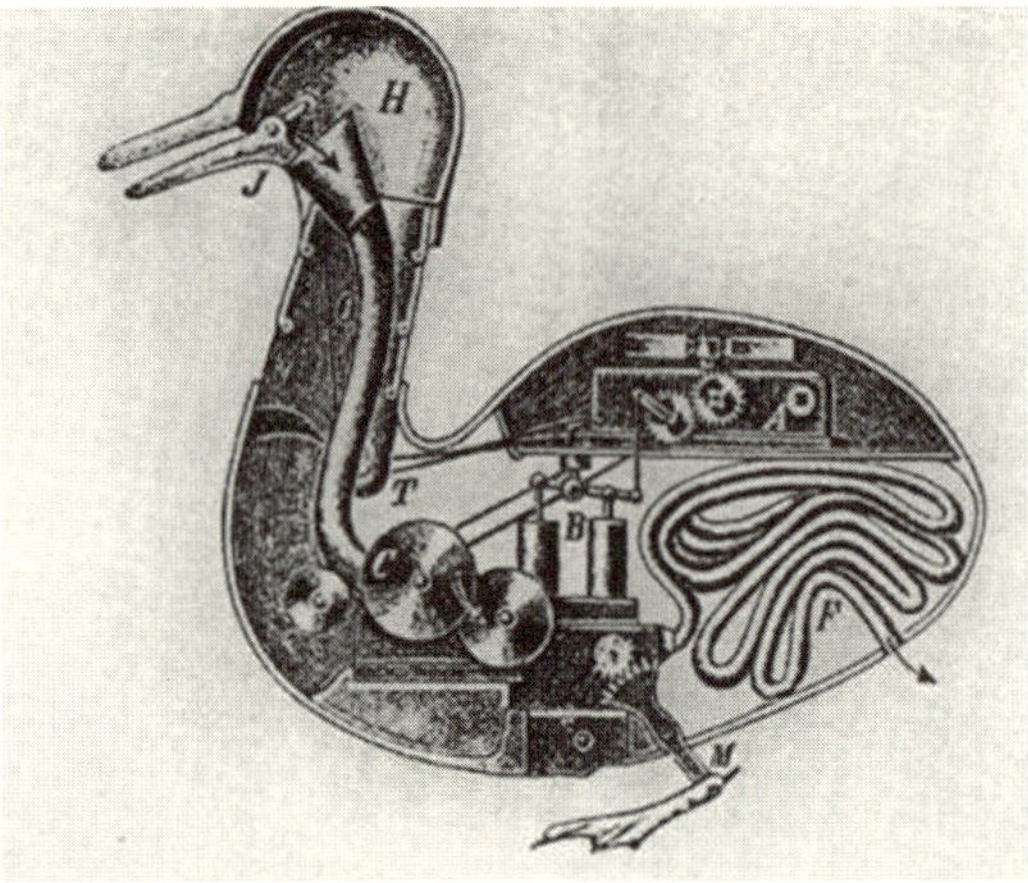

図 5b　ヴォカンソンのアヒルの内部と称される図
［実際にはこの図のような内部構造ではなかった］

図 5c & d　1890年代に撮影されたヴォカンソンのアヒルの残骸とされる写真

半のアメリカでメルヴィルはルネサンス期の時計職人を描く必要があったのか。なぜ同時期にホーソンは時計の部品で蝶々を作る「美のアーティスト」を創作する必要があったのか。なぜポウはヨーロッパから持ち込まれた見世物のからくり人形の謎を解いてみせる必要があったのか。なぜこれらの作家たちは、そろいもそろって、けれどもそれぞれ独自のやり方で、からくり人形ととりくむ必然性があったのか。

答えは、それほど簡単ではない。けれども、なぜと考える過程には、からくり箱を覗きこむ以上のありとあらゆる楽しみが待ち受けていることだろう。

1 二つの時計

ハーマン・メルヴィル「鐘楼」

ハーマン・メルヴィルの「鐘楼」に機械文明への批判あるいは奴隷反乱の比喩を読みとるとき、その時計は明らかに産業革命以降の機械のイメージ、人間性否定の象徴となっている。[1] この二つの読みのうち、機械文明批判としての読みが機械による人間殺害という比較的単純な図式であるのに対して、奴隷反乱の比喩としての読みは、奴隷を機械扱いする主人の「非人間性」と奴隷の「人間性」回復に向けての反乱というひとひねりした図式となっている点で違いはあるものの、いずれの読みも人間対機械という二項対立を前提として、後者による前者の優越性逆転を読みとったものである点では変わらない。ここに見られるのは、デカルト流の二元論であり、産業革命以降の機械嫌いの思想である。しかも、ここで嫌悪の対象となっている「機械」とは、ヘンリー・アダムズの「発電機」であり、レオ・マークスの指摘する「蒸気機関車」なのだ。けれども、「鐘楼」に登場する機械はそのいずれでもない。それは、ルネサンス期の時計じかけのからくり人形にすぎない。

ゲルハルト・ドールン゠フォン・ロッスムによれば、時間認識の変革は、機械じかけの時計が登場した十四世紀と時間給賃金が一般化した十九世紀の二度おきている。[2] すると、「鐘楼」には、二種類の時計あるいは時計観が存在していることになるだろう。だとすれば、「鐘楼」執筆当時の時計観を作品にあてはめるだけでは、その舞台となっている時代の時計が表象していた世界観・宇宙観を充分に把握できないことになる。知識革命がパラダイム変換を意味するならば、革命以前のパラダイムを再構築するためには、革命以降のパラダイムによって価値判断するという時代錯誤は避けなければならない。

本章の目的は「鐘楼」に見られる二つの時計と時計観を明らかにすることであり、その手段は時計という機械自体の持っている歴史と変遷をたどることである。

1

ルイス・マムフォードが『技能と文明』のなかで「工業時代の鍵となる機械は蒸気機関ではなくて時計」(一八―二一)としているのには、おそらく誇張があるのだろうが、確かに科学技術の粋を結集した機械としての時計には、そのときどきの特徴があらわれている。時計の持つ意味は、その技術上の改良とともに時代によって変化しているのだ。

時に対する意識改革が最初におきたのは十四世紀、回転する分銅の速度を一定に保つ脱進機が発明されたときだった(図6)。このような機械じかけの時計の登場により、時の計測は日時計や水時計・砂時計に見られる自然現象への依存を離れ、一定の時の長さ(時間)と不変の刻限(時刻)を基調とするものとなった。この時代の時計は、脱進機から発生するコチコチという規則正しい音とともに、秩序と時間厳守という新興中産階級の美徳を象徴するものとなっていく。

十六世紀に分銅伝動にかわって発明されたゼンマイ伝動装置とそれに付随する円錐滑車(図7)は小型

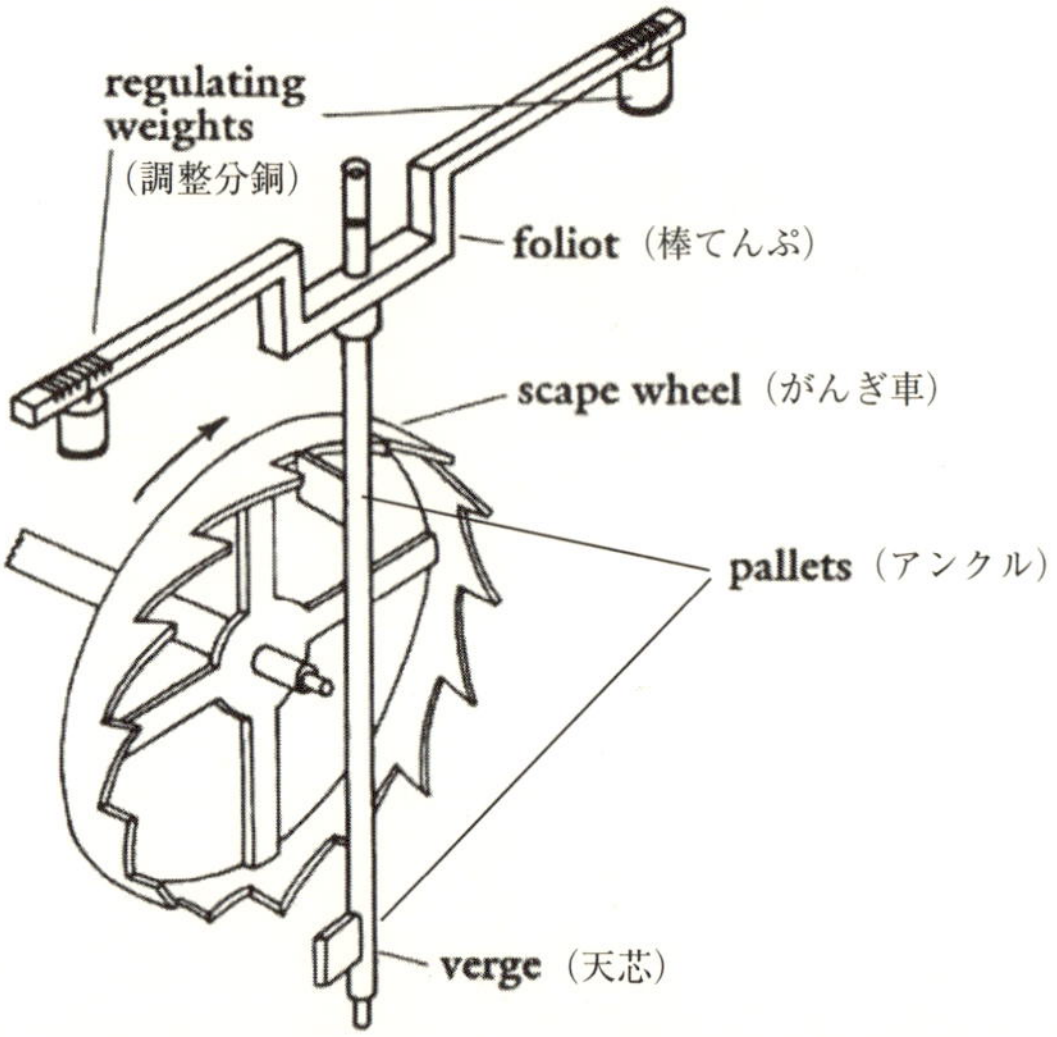

図6　ヴァージ=フォリオット脱進機

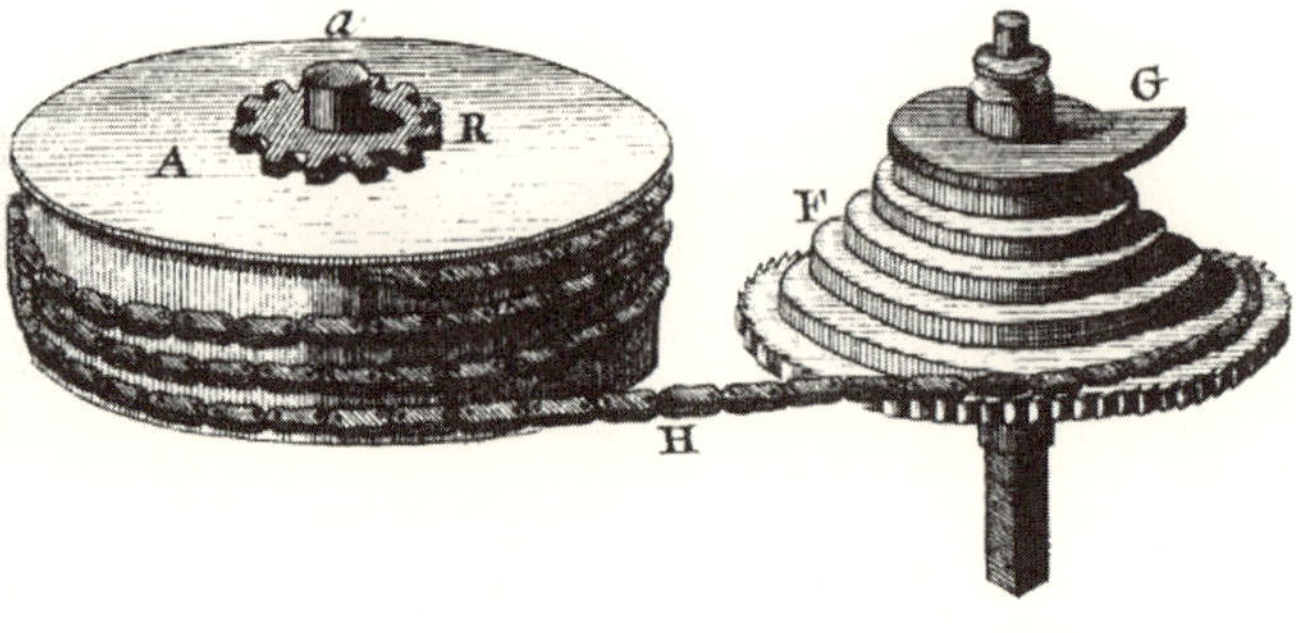

図7　円錐滑車（右）とぜんまい箱（左）

化を可能にし、それまで宮廷・教会や共同体にしか所有不可能だった時計を家庭用・個人用にした。都市化や黒死病というこの時代の社会不安を背景にして、時計は身近にあって「死を忘れるな」という格言を体現するもの、終末論の時を刻むもの、時の倹約を思い出させるものとなった。

十七世紀半ばになると、クリスチャン・ホイヘンスの振り子応用が、いわゆる「時計革命」をもたらす。正確な時を刻む時計の登場は、当時の新しい学問と結びついて「時計じかけの宇宙」という比喩を生み出した。この思想は、それまでの人知不可能なスーパーネイチャーに支配された世界観や魔術的宇宙観とは異なり、宇宙を予定調和のとれた機械とみなすもので、その調和に組み込まれている自然現象は機械の部品のように分析可能であり、また新学問によって分析されなければならないと考えた。ここに、知識革命の基盤が形成される。

さて、宇宙が予定調和のとれた機械だということになれば、その宇宙は機械じかけによって再現できるだろう。実際、F・C・ヘイバーによれば、十六世紀末期に改築されたストラスブール教会の時計塔（図8）は、万物創世を機械じかけによって再現した天文時計となっている。クラウス・モーリスとオットー・マイヤー共編の『時計じかけの宇宙』という本には、一五五〇年から一六五〇年にかけて同様の思想のもとに製作されたからくり時計が数多く紹介されている。

この「時計じかけの宇宙」という思想はまた、予定調和という意匠《デザイン》を創り出した神を時計職人にたとえる比喩を生み出し、さらにその比喩から神学上の論争が派生した。つまり、宇宙の調和はすべて万物創世時に神によって意図されたものなのか、それとも故障した時計が修繕を必要とするように「時計職人の神」が時折おこす奇跡によって修正の必要があるのかという論争である。この論争はまた、神の全知と全

図8　1574年に完成したストラスブール教会の天文時計

能が両立しないことを証明する結果ともなった。もし神が全知ならば宇宙の調和は万物創世の時にすべて計画されているはずで、すると神が全能の力を発揮する余地はない。逆に神が全能の力を発揮して宇宙の調和を修正するならば、万物創世時の予定調和は不完全であったことになり、神の全知を否定することになる。

以上のような歴史の概観からも、産業革命以前の時計には、革命以降の機械に見られるような否定的イメージはなく、むしろ肯定的な秩序や調和をあらわすものだったことがわかるだろう。ことにルネサンス期の時計は、単なる時を告げる機械というよりは、宇宙観・世界観を表象するものだったのである。けれども、十八世紀後半からの産業革命は、社会変化だけでなく時と時計に対する意識変化ももたらした。工業労働時間と時間給から「時は金なり」という倫理観が強化され、交通手段の発展とともに時間厳守の規律が浸透すると、時計は労働管理の道具であるだけでなく、管理社会全般の象徴となっていく。自主性・自発性をことさら重んじるロマンティシズムにとって、時計は人間を管理する機械であり、人間性を否定する元凶となったのである。

このような時計観の変遷、ことに産業革命以前とそれ以降の時計観の違いは、「鐘楼」に登場するルネサンス期の時計の特徴を説明するだろう。それは人間性を否定する機械ではなくて、むしろ宇宙全体を機械にたとえる思想を示すものとなっている。この時計の特徴はまた、バンナドンナの「傲慢」をも説明するだろう。彼には時計じかけの宇宙を創造した時計職人の神としての役割が与えられている。機械工《メカニシャン》と呼ばれるのも、宇宙の機構《メカニズム》を司る者だからである。だとすれば、その傲慢を単純に「狂った科学者」の傲慢と解釈するだけでは不充分だろう。「狂った科学者」がロマンティシズム的解釈にすぎないのに対して、バンナドンナの姿にはルネサンス期の「時計職人の神」の似姿が重ねられている。

けれども、この神の似姿が町の人々の解釈によって作られたものであることも忘れてはならないだろう。時計職人の神としてのバンナドンナの「秘密の意匠《シークレット・デザイン》」は、最後まで直接明らかにされることはない。からくり人形製作の動機も方法も推定されているだけで、本当のところは特定されないままに終わっている。「真相解明は特異な事項に間接的に言及することになろうが、そのいずれも明確なものではなく、当面の課題の範囲を超えている」(二六九)のである。宇宙の予定調和という神の意匠が究極のところ不可知であるように、バンナドンナの意匠もまた推測の域を出ることはない。

この「秘密の意匠」を前述した神学上の意匠論争とからめて考えれば、バンナドンナの死が時計の修理中と推測される理由もわかるだろう。この時計職人の神は、自ら作り出した世界を修繕中に、自ら作り出した創造物によって殺されている。その全知は創造した宇宙に欠陥があったことによって否定され、その全能は殺害されることによって発揮されることはない。この意味で、バンナドンナの死は、彼自身の制作になる「時計じかけの宇宙」というひとつの世界観の終焉を示していることになる。

ところで、宇宙を予定調和のとれた時計に見立てる機械論《メカニズム》の思想からはまた、その調和の一部である人間を機械にたとえる思想が導きだされても不思議ではない。だとしたら、機械によって人工生命を作り出せるのではないか、たとえ精神を持つ人間そのものを作り出せなくても、その似姿なら作り出せるのではないか。実際、機械論が提唱された時代はまたからくり人形が工夫製作された時代でもあった。[3] こうして、からくり人形は、機械は人間をどれだけ模倣できるのか、機械と人間はどれだけ違うのかという問いを顕在化したものとなる。

町の人々によるバンナドンナからくり人形制作の動機解釈もまた、こうした機械論にのっとったものとなっている。塔の上に立つ鐘守の姿には遠目では人格が認められず、その動作も意志を持った人間のそれよりも機械に近い。それならば、この生身《ヴァイタル》の鐘守を機械に代用させた方が正確だ。機械《メカニカル》の鐘守には人間の動きを真似させるだけでなく、知性と意志を持った見せかけを与えることもできるだろう。ここでの論理は、人間が機械に置き換え可能であるという点で、機械論による人間観を示している。

　これと表裏一体となっているのが、実際に鐘楼に運びあげられた重い物体をめぐる推測である。目撃者はこの物体を生身の人間ではないかと疑う。疑念を晴らすべく出向いた行政長官たちは、この人形に「断続的なゼンマイじかけのような微かな動き」（二六〇）を見とり、「血の通った仲間がいるわけでもないのに」（二六一）バンナドンナはひとりぼっちではないと考える。帰り際には階上に足音が聞こえたと思う。ここでの長官たちは、機械とおぼしきものに生身の人間の特徴を見ている。そして、機械と生身の人間の違いは、いみじくもバンナドンナ自身が階上には「誰もいない」と断言したときのことばにあらわれている。「ノー・ソウル（魂なし）」（二六五）と。

　実は、人間と機械の関係をめぐっては、永年にわたって論争が戦わされてきた。[4] すなわち、機械論《メカニズム》と生気論《ヴァイタリズム》の論争である。機械論は、人間も巧妙な時計じかけの機械であり、精神もそのしくみのひとつにすぎないと主張し、生気論は、精神（魂）を人間固有のものとみなし、機械は人間の創造物なのだから精神を持つことはできないと主張する。ジョン・コーエンの指摘によれば、この二説の対立は、デカルトが人間を精神と肉体の二元論でとらえ、肉体を機械にたとえたことに端を発するのだが、精神＝人間／肉体＝機械という二項対立において、前者を強調すれば生気論、後者を強調すれば機械論となる。デカルト自身、フランシーヌという名のからくり人形を所有していたという伝説があることも注目に値するだろう。サイモン・シェイファーが指摘しているように（一九九九年）、自動人形の中には、機械がどれだけ人間を模倣できるのか、人間はどれだけ機械と違うのかという問いが顕在化している（一二六）。

こうして機械論は世界観だけでなく、人間観へと拡張され、十八世紀になるとラ・メトリの『人間機械論』へと結実していく。医師ラ・メトリは、人間の精神状態が肉体の状況によって左右される症例から、人間もまた肉体に支配された機械であると考えた。ヴォルテールに「プロメテウスのライヴァル」と呼ばれたヴォカンソンのアヒルやそのほか本章の冒頭「からくり三態」であげた例は、すべてこの時代のものである。

同様の機械論は、国家を人間の体にたとえれば、国体論へと発展する。予定調和の思想からは、秩序と権力を重視する絶対主義が生まれても不思議ではない。国家は時計じかけのように神によってあらかじめ決められた秩序に従い、君主はその秩序を司る絶対的な権威となる。このように、ルネサンス期のヨーロッパ大陸では、機械論が圧倒的優位を誇っていた。これに対する生気論が文字通り息を吹き返すのは、産業革命以降、機械による管理に対して「人間性」の重要性が叫ばれるようになってからのこと、「民主主義」の政治形態になってからのことである。

けれども、産業革命を背景に社会に機械が浸透すると、機械論もまた新しい意味合いを帯びてくるようになる。人間が機械と変わらないならば、機械が人間にとってかわる日が来るのではないか、そもそも人間に奉仕するために奴隷や女中の代替品として生み出されたはずの機械が、その創造主たる人間に反抗するのではないか。こうして人間機械論は、機械に対する恐怖へと形を変えていく。あるいは、機械嫌いの思想の根底には、人間もまた時計じかけの機械にすぎないのではないかという恐怖と懸念があるといってもいいだろう。

バンナドンナが単なるルネサンス期の機械工でなくなるのも、町の人々の解釈の中でこの懸念が具現化していく時である。機械の鐘守を工夫していた機械工は、このからくり人形を手始めとして「人類全体の便宜と名誉を促進するための」(二七〇)奴隷の製作を思いつく。この「鉄の奴隷」(二七一)は、神の創造物の長所を集結し、さらに改良を加えたものとして、人類に奉仕するものとなるのだ。ここに見られるのは、奴隷による労働の肩代わりと、機械によるその奴隷労働の肩代わりという発想である。

だが、この発想が町の人々の解釈であることも忘れてはならないだろう。バンナドンナが機械の鐘守の着想を得たきっかけも町の人々の解釈ならば、その着想の発展としての鉄の奴隷という発想も、町の人々の解釈にすぎない。しかも、鐘守人形と製作予定の鉄の奴隷テイラスとは別物なのである。町の人々の解釈でも、鐘守人形は鉄の奴隷制作の「はじめの一歩」(二七二)とされている。テイラス自体は、まだ製作されてもいない発想だけのものなのだ。だとすれば、機械による奴隷労働の肩代わりという発想は、バンナドンナ本人のものというよりは、町の人々のものということになろう。実際、この町の人々の発想には、十九世紀中葉のアメリカの機械観・技術観のもうひとつの側面があらわれている。

2

十八世紀末から十九世紀中葉にかけて飛躍的に発展した技術革新は、数多くの発明・改良を生み出した。

目立った例だけをとりあげてみても、ヨーロッパではチャールズ・バベージの計算器（一八三六年）（図9）やアレグサンダー・ベインのファックスの前身（一八四三年）、アメリカではイーライ・ホイットニーの綿繰機（一七九四年）（図10）、ロバート・フルトンの蒸気船（一八〇七年）（図11a-c）、一八三〇年代の近距離鉄道の全国展開などがあげられる。ことに十九世紀前半には、「ヤンキー・インジェニュイティ」と呼ばれる創意工夫の才が、アメリカに世界中の耳目を集めることになった。一八五一年にロンドンのクリスタル・パレスで開催された世界初の万国博覧会で注目された「アメリカ式製造法」がその具体例である。そこでまず、この製造法を時計産業とのからみで見ていくことにしよう。[5]

産業革命を境にして時計観の変革があったことは前述したが、十九世紀前半のアメリカ東部での時計産業もまた独自の発展を遂げていた。豊富にあった木材を利用して木製の時計を製造することから始まったこの地の時計産業は、十九世紀初頭にイーライ・テリーによって製造・販売方法に特筆すべき改良が加えられる。均質で交換可能な部品を工場管理で機械によって大量生産し、行商で大量販売したのである。この生産方式がいわゆる「アメリカ式製造法」と呼ばれるもので、十九世紀半ばまでに確立され、安価な時計の大量生産を可能にした。皮肉なことに、産業革命以降に時間給賃金の計測器として管理社会の象徴となった時計もまた、そのじつアメリカ式製造法による工場管理と大量生産によって作られていたのである。

このアメリカ式製造法は、時計産業に大きな変化をもたらした。第一に、均質で交換可能な部品の制作が分業化を決定的に押し進めた。アメリカの時計が木材と金属の組み合わせであったことも、この傾向を助長した。また、ヨーロッパの伝統的時計産業が、ギルドと徒弟制を基本とする職人技術に立脚していた

図9　1836年制作のチャールズ・バベージ「計算器」第一号

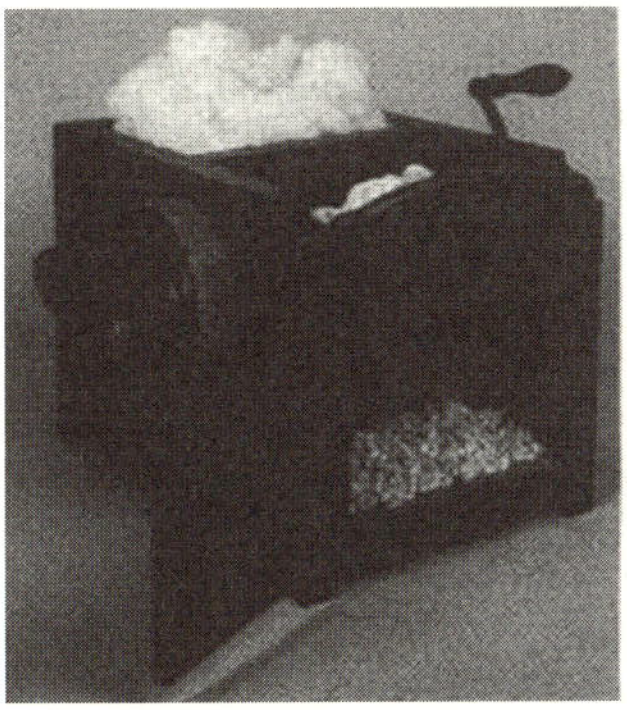

図10　イーライ・ホイットニーの綿繰機

図 11a　1809年に特許取得のために描かれたロバート・フルトンの蒸気船

図 11b　フルトンのノートに描かれた蒸気船「ノース・リヴァー」のスケッチ

図 11c　蒸気船「ノース・リヴァー」の機構

のに対し、その伝統のないアメリカでは分業化が浸透しやすい素地があったともいえよう。第二に、この分業に見合うだけの機械化が進んだ。徒弟制度に必要な人的資源に恵まれない状況では、機械で置換可能なものは機械にという発想が生まれても不思議ではない。この他にも、分業の工場への集中化、分業を監督するための管理職の発生、部品調達や人材確保のための仲介人の登場などが変化に数えられる。こうして、十九世紀前半の時計産業は、アメリカ式製造法を採用することによって変化を遂げ、また社会的変化をもたらすことにもなったのである。

ところで、上記の変化の第二点は、前述した「鐘楼」の町の人々のテイラス待望論と関連づけられるだろう。実際、ユージン・S・ファーガソンが指摘しているように、アメリカ式製造法における機械導入はほとんど強迫観念のようになり、人間の労働をまったく不要にしかねない勢いだった。さらには、レオ・マークスが『庭園のなかの機械』で指摘しているように、十九世紀中葉のアメリカには、機械に対する恐怖と同時に「テクノロジカル・サブライム」と呼ばれる機械信仰があった。デカルト流の精神と肉体の二元論がアメリカ式製造法の機械技術に結びつくと、機械に肉体の役割を代用させることができれば、それだけ精神が純化できるという思想が生まれたのである。[6]

「鐘楼」の町の人々のテイラス解釈にも、同様の思想が見られるだろう。問題は生身の奴隷なのではない。あるいは、機械に生身の奴隷の比喩を見ることなのではない。生身の奴隷を機械に置き換えた鉄の奴隷が問題なのだ。肉体に課せられた労働を肩代わりしてくれる機械が核心なのだ。機械による肉体労働の肩代わりという町の人々の発想は、作品の舞台となっているルネサンス期のものではなく、作品執筆時の十九世紀半ばのものである。この意味で、町の人々の鉄の奴隷に対する待望論は、きわめて時代の特徴をあらわしているといえよう。

したがって、このテイラス待望論に続く町の人々のバンナドンナ像は、ルネサンス期の機械工のイメージを否定されて、十九世紀アメリカの「実践的物質主義者」（二七二）のそれとなっていく。彼と無縁とされる「時代の荒唐無稽な妄想」（二七二）には、ルネサンス期の生命観が列挙されることになる。たとえば、学者が推断する巧妙な機械と下等動物との関連性、ナチュラル・フィロソファーが熱望する生命の源泉の秘密、錬金術師が追及する実験室での生命創造、神知学者が信奉する神賜の生命喚起力。これに対して、バンナドンナにとっては「常識こそが神業、機械こそが奇跡、プロメテウスこそが機械工を讃える名前、人間こそが神」（二七二）となる。

けれども、バンナドンナは実際には鉄の奴隷を創りだすこともなければ、実践的物質主義者として腕を振るうこともない。というのも、彼はおそらく自作のからくり人形に頭を打たれたのだろう、死んでしまうからである。後に残ったのは、町の人々のイメージの中で鉄の奴隷制作をもくろむ現代のプロメテウスの像だけである。あるいは、バンナドンナがルネサンス期の機械工から十九世紀の技術者に変身するのは、その死後、町の人々の解釈を通じてであるといってもいいだろう。逆に言うならば、町の人々のテクノロジカル・サブライムに対する期待と実践的物質主義者としてのバンナドンナのイメージには、十九世紀半ばのアメリカのテクノロジー観があらわれていることになる。

ルネサンス期の時計職人バンナドンナと十九世紀のテクノロジー観を持つ町の人々との対比は、ユーナの顔をめぐる両者の見解の相違にもあらわれている。町の代表である行政長官たちは、ユーナの顔がその仲間と似ていないことを問題視し、時の乙女すべての同一性を前提とした発言をする。これに対して、バンナドンナは多様性・独自性を擁護する。「芸術には複製の可能性を阻む法則がある」(二六二)と。そして、以前に制作した市璽《しじ》の頭像が百人百様であったことに言及する。長官たちが複製という同一性・均一性を要求するものに与するのに対して、バンナドンナは複製の互換性を否定している。この両者の違いは、アメリカ式製造法の最大の特徴となっている「均質で交換可能な部品」を思い出せば、別の意味合いを帯びてくることだろう。ここでもまた、長官たちを含む町の人々には十九世紀的技術観が見受けられるのである。

けれども、バンナドンナの発言が実は長官たちによって枠付けされたものであることもまた忘れてはならない。ユーナの顔が他の人形と違うことを指摘しているのは副長官であり、その違いに意味があると主張しているのは長官である。バンナドンナがユーナの顔の違いに気づくのは、この二人の視線をたどったからにすぎない。また、複製の可能性についての発言も、長官たちがひきだしたものとなっている。バンナドンナは「芸術には法則がある」と言いかけて途中で言葉を切っている。それがどんな法則であるかは、長官たちが二度たずねて初めて明かされるのだ。しかも、「複製の可能性を阻む」実例が市壐からユーナへと転換するや否や、バンナドンナの発言は長官たちの別の話題で中断させられている。こうして、ルネサンス期の機械工は、町の人々の十九世紀的テクノロジー観によって定義され、鉄の奴隷制作をもくろむ現代のプロメテウスへと祭り上げられていく。

バンナドンナ本人が十九世紀的技術論とは無縁であることは、彼が分業というものをまったく認めていないところにも見られるだろう。鐘の過重を心配する行政官には、耳を貸さない。鐘の鋳型を制作中に職人が尻込みすると、その主犯を殴打殺害する。「彼の特質のひとつは、詳細にいたるまで〔中略〕自分自身でできることは他人に任せようとしないことだった」（二六一）。その死も、ひとりで時計の最終調整をこなしているときだった。この点でも、バンナドンナはルネサンス期の機械工なのであり、神にたとえられる時計職人なのである。

したがって、バンナドンナの死はひとつの価値観の終焉をあらわすことになるだろう。それは「時計じかけの宇宙」という世界観の崩壊であり、予定調和の創造者としての神の死となっている。この意味で、バンナドンナの死が、鐘楼の時計が初めて時を告げるように自分で設定した時刻、すなわち午後一時であったのは、興味深い。それは、正午という絶頂点を過ぎた時点であり、しかも「数字の一（figure I）」であると同時に「私」という人物（figure "I"）も示唆している。逆に言うならば、バンナドンナの死が午後一時でなければならなかったのは、それがひとつの価値観の終焉と結びついているからなのだ。このことはまた、時計が持つもうひとつの意味を体現していることになるだろう。すなわち、それは「時の死（death of the hour）」を表わし、終末の刻を告げているのである。

バンナドンナの死による価値観の終焉はまた、町の人々の新しい価値観を誘引する。その死の真相も、解釈によって構築されたものとなっている。町の人々は機械工が塔の上に立つ鐘守の姿から機械に代行させることを思いついたと推測するのだが、「鐘楼」という作品でバンナドンナが最初に姿をあらわすのも、彼が完成した塔の上に立ったときである。こうして、町の人々の解釈はバンナドンナを鐘守と同じ位置に置く。すると、鐘突人形を創造したバンナドンナ自身もまた、機械による代行を免れえないことになる。からくり人形によるバンナドンナ殺害は、この入れ換えをあらわす。これが、彼の死の真相、あるいは町の人々によって構築された死の真相である。そして、町の人々の解釈は、明らかに機械による代行を是認する方向へ向かっている。したがって、バンナドンナの死後、人形が処分された後で、「近隣で最も頑健な男」(二七四)が鐘を突いたとき、それは崩れる運命にあるのだ。機械による代行の方向は、もはや引き戻せない。

しかも、バンナドンナの死の真相の解釈は、彼による職人殺害を裏返しに再現したものとなっている。いずれの場合にも、その殺害は殴打によるものでありながら、職人がその職分を忘れたために殺害されたのに対して、からくり人形はその職分に忠実であったためにバンナドンナを殺害したことになっている。さらには、いずれの場合にも犯罪を町の人々が隠匿している。職人殺害の時はバンナドンナを見逃すことによって、バンナドンナ殺害の時はその犯人と目されるからくり人形を海に沈めることによって、犯罪は秘密裡に処理される。一方が積極的な犯人隠匿なら、他方は消極的な犯人処分となっている。

このように考えれば、バンナドンナの死後に突然あらわれたスパニエル犬にも、意味があることになるだろう。職人殺害は、鋳型にする金属を溶かしている時、「束縛を離れた(unleashed)金属が猟犬のようにほえたてていた」（二五八）時である。バンナドンナ殺害が彼による職人殺害の再演ならば、犬綱を解かれた（unleashed）猟犬スパニエルが、バンナドンナの死後、彼の創作になるからくり人形と運命をともにしたと噂されても不思議ではない。

こうしてバンナドンナはその死後、町の人々によって解釈され、変身させられていく。この意味で、バンナドンナの殺害に直接手を下したのはからくり人形だったかもしれないが、真犯人はむしろ町の人々であるともいえるだろう。バンナドンナが表象するルネサンス期の時計観・世界観は、彼自身が創り出したからくり人形によって最後の時を告げられ、町の人々に代表される十九世紀の時計観・世界観によって置換されていく。

3

さて、以上の考察から、「鐘楼」には二つの時計あるいは時計観が存在することが読みとれたわけだが、するとメルヴィル自身がこの作品の最後につけた註釈が問題となるだろう。「あるイタリアの時代をことさらとりあげたことに固執する必要はない」（二七五）とするこの註釈は、この作品を十九世紀の時代コンテクストだけで解釈するのに都合のいい根拠となっている。けれども、もし「あるイタリアの時代」にこだわらなくてもいいのなら、別のどの時代でもよかったはずだ。あるいは、まったく固執する必要がないのだったら、この註釈さえも不必要であったはずだ。

けれども、「鐘楼」に見られる二つの時計観は、この註釈にも別の解釈をつけ加えるだろう。すなわち、新しい世界観によって古い世界観が終焉を迎え、置換されていく状況を描くには、ルネサンスを舞台として、その世界観を体現した時計職人の死をとりあげる必要があったのである。こうして「鐘楼」の舞台となっているルネサンス期は、むしろナサニエル・ホーソンが『緋文字』の序文「税関」で述べている「中立地帯」、すなわち現実と架空とが出会う場所となる。そして、もちろん、「鐘楼」という作品自体も、現実と架空が出会う中立地帯に構築された、新しい世界観と古い世界観の出会う場となる。そこでは、ルネサンス期の時計観と十九世紀の時計観が二つとも同時に登場することに意味があるのだ。

2

機械じかけの蝶々

ナサニエル・ホーソン「美のアーティスト」

ナサニエル・ホーソンの「美のアーティスト」については、以前に短編集『旧い牧師館の苔』の隠された意匠を論じたときに、他の四作品とのからみで論じたことがある。[1] ここで旧論を詳細に再現するつもりはないが、その論旨の中核だけを述べておけば、次のようになるだろう。すなわち、この短編集では、最初の作品「旧牧師館」と最後の作品「ヴァーチュオーソの蒐集品」が外枠となる物語を構成し、作家・作品・鑑賞者という三者の関係を示していること、そして二番目の作品「痣」、ほぼ中央に位置する作品「フェザートップ」、そして最後から二番目の作品「美のアーティスト」が内枠の物語、つまり作品創作時の精神《スピリット》と物質《マター》の関係を示していること、したがってこのような二重の枠構造を持つ『旧い牧師館の苔』という短編集自体が、作品創作の段階からその作品が鑑賞者に評価されるまでの寓話になっているというものだった。

この短編集の枠構造の中に置かれた「美のアーティスト」は、「美」という精神的《スピリチュアル》なものを時計の部品という素材《マテリアル》で表現しようとしているアーティストの物語ということになる。もちろん、本稿は以上のような論旨を変えようとするものではない。けれども、「美」を表現する素材がなぜ時計の部品なのかという必然性については、充分に論証したとは言いがたい。そこで、ここでは時計の部品を使った「機械じかけの蝶々」そのものに注目することによって、「美のアーティスト」を読み直してみることにしよう。すると、そこには十九世紀前半に急速に変化していった時計や時計観が垣間見られるはずである。[2]

1

本章のタイトル「機械じかけの蝶々」は、同じ短編集に収録されている「ラパチーニの娘」の序文からとったものである。この序文で、ホーソンは「ラパチーニの娘」本文を書いたとされるフランス人作家を発明し、自分の名字から最後のeを除いたサンザシの花を意味するフランス語で呼んでいる。また、このオベピーヌ氏の作品として、自分自身の短編小説のタイトルをあたかも分厚い本であるかのようにフランス語化している。「美のアーティスト」は、五冊からなる「美のアーティスト、あるいは機械じかけの蝶々（*L'Artiste du Beau; ou le Papillon Méchanique*）」の一部なのだ。だが、この副題は、「美のアーティスト」に新しい側面を付け加えるだろう。というのも、それがオーウェン・ウォーランドの作品が持つ二面性を伝えるものだからだ。「機械じかけの蝶々」は、一方には蝶々という生命、他方には時計の部品という機械が共存するからくり人形となっている。

実は、からくり人形には長い歴史がある。神話上のものでは「痣」のエイルマーが言及しているピュグマリオーンのガラテアも含まれるが、実在のものとしてはアレクサンドリアのヘロンによる空気力を使ったからくり人形（紀元後六二年頃）が初期のものだろう。「美のアーティスト」でも、オーウェンが病気回復のあと子供のような顔つきになったときに語った、以前に本で読んだからくりの不思議があげられている。このうち、アルベルトゥス・マグヌスの真鍮製召使いとロジャー・ベーコンの話をする真鍮の首はいずれも十三世紀のものであり、カミュの馬車とヴォカンソンのアヒルは時代が下って十八世紀、時計の部品を使ったものとなっている。実際、十八世紀は時計の部品を使ったからくり人形の最盛期だった。[3] けれども、ここで問題にしたいのはからくり人形自体の歴史というよりはむしろ、その歴史の背後にある思想であり、からくり人形の中に顕在化している人間と機械との相違点である。この相違点はまた、メルヴィルの「鐘楼」を論じたときにすでに述べたように、生気論《ヴァイタリズム》と機械論《メカニズム》の対立とに呼応している。

　以上のようなからくり人形の歴史的背景は、「美のアーティスト」のアニーのことばに疑問を投げかけるだろう。彼女はオーウェンの試みを機械に生命を吹き込むものとしてとらえ、オーウェンもまた「物体の精神化 (sprititualization of matter) とは、なんと不思議な考えだろう」(四五九) と言っているのだが、実際に彼がめざしているのは「美という精神に形を与え、動かすこと」(四五二) であり、機械による生命の再現あるいは「精神の物体化 (materialization of spirit)」なのである。からくり人形をめぐる機械論と生気論でいいかえるならば、オーウェンの試みは精神までも含めた生命を機械によって再現できるとする機械論に、アニーのことばには機械はそれ自体では精神を持たず、生命となるためには精神を込めなくてはならないとする生気論に近いものが認められる。前述の例で示すならば、アニーの考える機械じかけの蝶々はピュグマリオーンのガラテアであり、オーウェンのそれはヴォカンソンのアヒルとなる。したがって、アニーがオーウェンの試みを途中で頓挫させる第三の人物となっていても不思議ではないだろう。また、結婚祝いにもらった蝶々について「これ、生きてるの?」(四七一–四七二) とくりかえすだけで、その本質を理解できないとしても不思議ではないだろう。さらには、オーウェンについてこの誤解を敷衍するならば、自分の想像力でアニーに持ち合わせてもいない美点を見いだし（四六四）、彼女を「力と美のあいだの通訳者」（四六八）と過信するオーウェンは、機械論を体現することしかできないはずの時計じかけの蝶々に、生気論を体現した「精神のこめられた機械（spiritualized mechanism）」（四六九）を誤って期待することにもなる。このようなオーウェンにとっては、ヴォカンソンのアヒルはもはや「単なるまやかし」（四六五）としか見えない。したがって、こうした誤解のもとに製作された蝶々は、もちろん失敗作とならざるをえない。「この蝶々は、いまやはるか昔の若い頃に夢見たものとは違っている」（四七一）のだ。

ところで、ピュグマリオーンのガラテアとヴォカンソンのアヒルとの比較は、からくり人形についてのいまひとつの特徴を明らかにするだろう。というのも、前者が神話上のものであり、人間が作った肉体に神が精神を与えることによって生命体となったのに対し、後者は実在したものであり、生命体自体を機械じかけで再現しようとするものだからである。つまり、前者には神の介在が必要であるのに対し、後者は神の介在ぬきで生命体を機械で再現しようとするものなのだ。ここにあるのは、生命体に関する思想、あるいはもっと大袈裟にいうならば宇宙観の違いである。ことに、時計の部品を使った生命体復元（からくり人形）や天体の動きの模倣（アストラリウム、オラーリ、プラネタリウム）の背景には、宇宙全体を予定調和のとれた機械とみなす思想がある。こうした「時計じかけの宇宙」には、「時計職人の神」が天地創造の時にあらかじめ仕組んだ法則や調和があり、人間はそれを機械によって再現できるというわけだ。実際、十八世紀までの時計は、刻限を知らせるためのものよりも、むしろこうした宇宙観を表現するためのものだった。

このような「時計じかけの宇宙」という考え方は、オーウェンが作っている蝶々が時計じかけでなくてはならない理由を示唆するだろう。それは、美という精神的なものが象徴的にあらわしている宇宙観を、時計じかけという機械によって写しとろうとする試みであり、「機巧に隠された謎にせまろうとする」(四五〇)試みであり、「自然の美しい動きを模倣する」(四五〇)試みである。ちなみに、師匠ピーター・ホーヴェンデンの引退後、オーウェンが作ったり直したりする時計は、音色が出る装置が付加されていたり、踊る人形や葬列が時刻ごとに登場したりするものとなっている。ことに、この最後のものは、時計じかけのからくり人形の歴史にも実在するもので、黒死病と社会不安を背景にして「死を忘れるな」という教訓をあらわすとともに、その窮極の結末「時の死」を表現したものとなっていた。

ところで、時計が持つ二面性、すなわち宇宙観を体現する機能と刻限を告げる機能の二面は、オーウェンとホーヴェンデンの対立と呼応している。弟子が非実用的ではあるが一種の宇宙観を体現した時計細工を目指しているのに対して、「人生には、時計じかけのように、鉛の錘によって刻まれる規則がなくてはならない」(四五五)と考える師匠は、時計の実用性しか認めようとしない。彼にはオーウェンの試みが「太陽を軌道から外し、時の流れを乱す」(四四八)ものとしか思えないし、その「冷たく創造力の欠如した明敏さ」(四五六)のために、オーウェンの試みを挫折させる第二の人物となる。彼が認めるのは、実用性であり、鍛冶屋ロバート・ダンフォースであり、その技《アート》を象徴する炉なのである。

この実用性一点張りの鍛冶屋が、「平凡な機械が持つ融通のきかない規則性に対して並外れた嫌悪感」(四五〇)を抱く時計職人と対比されていることは、いまさら指摘するまでもない。だが、ここでは、この二人の違いを端的に示すものとして、オーウェンが永久機関を作っているという噂に注目してみることにしよう。この作品で永久機関が初めて登場するのは冒頭部分、ホーヴェンデンとアニーが腕を組んで時計屋の前を通る場面で、引退した時計職人がオーウェンの仕事ぶりを評して、永久機関を作ろうなど考えるとは途方もない大馬鹿だと言い放つ（四四七）ところである。この評価をダンフォースは噂として率直にオーウェンにぶつけるのだが、これに対する答えは永久機関は不可能であり、「物質《マター》に欺かれて頭がおかしくなった人ぐらいしか騙せやしない」（四五三）というものだった。そして、もし永久機関が可能だとしても、それはいま蒸気機関や水力が生み出している目的にかなうだけで、自分は新しい綿織機の発明者になる気はないと、オーウェンは断言する。

　それでは、なぜここで永久機関が問題になるのだろうか。永久機関の基本原理は入力エネルギーより多くの出力エネルギーを得るというものだが、もちろんこれは熱力学の第一法則に反するものであり、歴史上なんどもその不可能性がくりかえし証明されている。にもかかわらず、米国特許局は一八三〇年に実際に動く見本なしに永久機関を登録することを禁じなければならなかった。中でも有名なのは、一八一二年にフィラデルフィアで起きたチャールズ・レッドヘファー事件で、時計の部品を利用した永久機関を標榜したが、歯車の動きがおかしいことから怪しまれ、蒸気船で有名なロバート・フルトンによってその欺瞞を暴かれている。フルトンは機械から出ているガットを二階までたどり、L型ハンドルを回している男が隠れていることを発見した。事態がよくのみこめていないこの男は、発見時ハンドルを回しながらパンを齧っていたという。レッドヘファーの永久機関自体は、このとき怒った群衆によって破壊されている。また、アイザイア・ルーケンスが作った模写二体のうち一体は、チャールズ・ウィルソン・ピールの博物館に収められたが、一八五四年の火災で焼失し、もう一体はフランクリン協会に収容され、コールマン・セラーズによってその欺瞞を暴露されている。[4]

以上のような永久機関をめぐる背景は、「美のアーティスト」のオーウェンとダンフォースの違いに新しい側面を付加することだろう。すなわち、実用性を重んじるダンフォース（およびホーヴェンデン）にとっては、オーエンの実用性を超えるからくりは永久機関のように怪し気なものとしか見えないのに対して、美という精神的なものをからくりによって表現しようとしているオーウェンにとっては、永久機関は逆に精神性の欠如した物質に欺かれた人々が妄想するものであり、せいぜい蒸気機関や水力を使った実用機械にしか応用できないことになる。前者にとっての永久機関は後者の非実用性をあらわすものだが、後者にとってのそれは前者が是認する実用に転じる可能性を示していることになる。したがって、ダンフォースはオーウェンの試みを中絶させる第一の人物とならざるをえない。

さて、以上のように、ダンフォースは鍛冶屋が持つ実用性のために、ホーヴェンデンは時計職人が信じる規則性のために、そしてアニーはオーウェンの試みを機械に精神を込めることと誤解したために、機械じかけの蝶々は製造過程で三度その成長を妨げられることになるのだが、アニーの誤解を信じたオーウェンによって実際に完成された機械じかけの蝶々を破壊したのは、ダンフォースとアニーの間に生まれた赤子の手だった。そこで、次項では、この赤子、ことにその手について考えてみることにしよう。

2

アニーとダンフォースの子供について考察するためには、まず「美のアーティスト」における世代差について述べておく必要があるだろう。この作品に登場するのは三世代、ホーヴェンデンに代表される引退した時計職人の世代、ダンフォースに代表される現役職人の世代、そしてダンフォース＝ホーヴェンデンの血縁にあたる赤子の世代である。

このうち、ホーヴェンデンの引退については、彼自身が次のように述べている。「時計職人は、歯車の中の歯車のために頭を悩まし、健康を害し、細かいものを見る視力を失う。［中略］そして、人生の半ばか、せいぜいその少し後で商売ができなくなるが、ほかのことができようもなく、安逸な暮らしを営むには蓄えもない」（四四九）。

このことばには、十九世紀初頭アメリカ東部での時計業界の実状が垣間見られる。第一章ですでに指摘したことだが、ギルド制を基盤として親方・職人・徒弟という身分制度が発達したヨーロッパとは異なり、アメリカ東部では初期の段階から人的資源の慢性的不足や産業伝統の欠如のために、徒弟制度は充分に発達しなかった。このことは、たとえば時代はさかのぼるが、ベンジャミン・フランクリンが徒弟時代に逃亡したにもかかわらず、その後名声を博したことを想起してみてもいいだろう。ちなみに、この時代の徒弟向きの本には「逃げ出したとしても、皆がフランクリンになれるわけではない」との忠告が載っている。あるいは、ナサニエル・ホーソンの「僕の親戚、モリヌー少佐」で、宿屋の主人がロビンをからかうのに、逃亡徒弟に見立てているのを思い出してもいい。

また、すでに第一章でメルヴィルの「鐘楼」を論じたときにも指摘したことだが、ヨーロッパでは金属の部品に金属の箱を使って組み立てられていた時計は、アメリカでは試行錯誤の末に金属の部品に豊富な木材を使った箱をつけるという形（いわゆる「おじいさんの時計」）に落ち着いたため、ことさら分業化が促進された。十九世紀初頭にはイーライ・テリーによって改良が加えられ、均質で交換可能な部品を工場管理で機械によって大量生産する「アメリカ式製造法」が確立された。このような時代コンテクストの中で、ホーヴェンデンのような家内手工業の職人は引退においこまれ、衰退したとしても不思議ではない。たとえオーウェンが親方の技をそのまま受け継いだとしても、時代にはすでにそれを受け入れる余地はなかったのである。[5]

ホーヴェンデンの家庭内手工業がすでに衰退してしまったものであったのに対して、ダンフォースの鍛冶屋はそれなりの隆盛を極めているように見える。確かに、赤々と燃える炉や槌のたてる音は、彼の力とその技の実用性を示している。けれども、ダンフォースが永久機関に言及したときオーウェンが示唆しているように、時代はすでに蒸気や水力による綿織機の時代なのであり、蒸気機関車の台頭期だった。鍛冶屋もまた、遅かれ早かれ、工場制の重工業にとってかわられる運命にあった。このうち蒸気機関車については、オーウェンが「普通の機械が持つ融通性のない規則的な動きに対する嫌悪感」(四五〇) を抱き、その大きさと恐ろしいばかりの力強さに圧倒されるのだが、このような蒸気機関車の特徴は、ホーソンの他の作品、たとえば「天国鉄道」や『七破風の屋敷』のクリフォードとヘプチバーの逃避行においても嘲弄されている。この意味で、ダンフォースもまた、時代の新しい潮流に逆らうことはできない職人世代を代表しているのである。[6]

ここで問題になってくるのが第三の世代、ダンフォース=ホーヴェンデンの血縁を引く子供であろう。時計職人の規則性と鍛冶屋の実用性を受け継いだこの第三世代は、十九世紀初頭に台頭してきた工場制製造業の担い手となる人材である。この時代の工場制製造業がもっぱら実用的なテクノロジーによって支えられていたことは周知の事実だが、それはまた親時計《マスター・クロック》によって統制された子時計《スレイヴ・クロック》に象徴される時間給の社会であり、「時は金なり」という教訓と蒸気機関車の時刻表に代表される時間厳守という規則が強化された世界であった。このような社会観・世界観を背景としてとらえるとき、オーウェンの蝶々を握りつぶすのが名前を持たない赤子であることにも意味があるだろう。もはや個々の名前を持った職人の世代は終わり、工場制製造業に従事する多数に埋没した労働者の世代となっているからである。また、オーウェンの蝶々を握りつぶすのが赤子の手であり他のどの身体部分ではないことにも、製造業をあらわすマニュファクチャーの語源が「手で作られること」であることを考えてみれば、その含蓄は明らかだろう。機械じかけの蝶々は、工場制製造業世代の赤子の「手」によって、単なる機械部品へと還元されるのだ。それはまた、オーウェンが時計の部品を使って作り上げた蝶々によって代表される機械じかけの宇宙観の終焉も意味している。

さて、こうして「美のアーティスト」における職人の三世代が明らかになると、次にはこの図式の中でのアニーの位置を問い直す必要があるだろう。アニーはホーヴェンデンの娘、ダンフォースの妻、赤子の母として三世代にからんでいるのだが、このことから彼女の存在を副次的意味しか持たないもの、つまり世代を代表する男性との関係で定義されるだけで自ら世代を代表することはない女性の代表と解釈することも可能だ。けれども、強調しておかなくてはならないのは、彼女なしではこの三世代は継続しないということである。逆に言うならば、アニーとの結婚によってダンフォースは引退したホーヴェンデンの跡を継ぐ現役の職人としての地位を確保するのだし、アニーを母とすることによってダンフォースの子供は第三世代と規定されることになる。

また、アニーがオーウェンの試みに初めて名前を与えた人物であることも忘れてはならない。確かに、

「物質の精神化」という名前は誤解に基づくものであり、そのためにオーウェンは初めに意図したものとは異なる作品を製作することにもなるのだが、この名前を与えるという行為は、それまでオーウェンの想像の中にしかなかった漠然とした概念を具現化するものとなっている。この具現化はまた、オーウェンのそもそもの試み「精神の物質化」と呼応するだろう。つまり「美」という精神的なものに物質という肉体を与え具現化しようとするオーウェンの最初の意図は、アニーの言葉の中に具現化されているのである。彼女の誤解は、誤解であるにもかかわらず、あるいは誤解であるためにかえって、その誤解に基づいた言語化・具現化を通じて、オーウェンの試みをいいあてたものとなっている。

ところで、こうしてアニーのオーウェンに対する誤解の意味がわかると、今度はオーウェンのアニーに対する誤解の意味にも再考の余地があるだろう。オーウェンはアニー本人とは異なるイメージを作りだし、アーティストとしての成功という自分の夢をそのイメージに結びつけて考える。こうして、彼女は「彼が崇める精神の力が目に見える形をとったもの」となっていく。さらには、かなわなかった結婚のために、結婚生活がもたらすであろうアニーの変化、つまり彼女が「天使から平凡な女へと色褪せていくのを見る」（四六四）機会もない。このようなオーウェンの誤解は、前項で論じた精神と物質の問題に議論をひきもどす。つまり、オーウェンの空想の中で、アニーは精神と肉体をかねそなえた平凡な女ではなく、精神だけが目に見える形をとった「天使」となっていくのである。

ここに見られるのは、十九世紀初頭のアメリカを席巻した「テクノロジカル・サブライム」の窮極の姿である。レオ・マークスが『庭園のなかの機械』で指摘しているように、たとえば当時テクノロジーの最先端であった蒸気機関車は、荒野と都市の間に位置する庭園に闖入し平和を乱す機械であると同時に、荒野を切りひらく進歩と民主主義の尖兵としてリパブリカニズムの価値を象徴するものであった。この思想はまた、マイケル・ジョーンズの指摘にもあるように、もし機械で肉体労働を肩代わりできれば、それだけ人間は精神的な存在となり天使に近づくことができるという思想を生みだした。オーウェンがアニーに仮託している「精神の力」とは、この意味での「天使」なのである。アニーがその誤解のためにオーウェンの試みを言語化し具現化しているのに対して、皮肉なことにオーウェンはアニーを具現化からもっともかけ離れた肉体を持たない「天使」としてとらえている。したがって、このアニー像がオーウェンの想像/創造の中だけにとどまることは、彼の作ろうとしている「謎めいた機械」(四六四)と同様とされる。

こうして、オーウェンの「機械じかけの蝶々」あるいは美という精神的なものが象徴的にあらわしている宇宙観を時計じかけという機械によって再現しようとした試みは、アニー像と同様に、彼の想像/創造の中にだけ存在するものとなるし、実際に作られた「蝶々は、いまやはるか昔の若い頃に夢見たものとは違っている」ことにもなる。だとすれば、ダンフォース=ホーヴェンデンの赤子は、単に最後の一撃を加えたにすぎない。いまや刻限を告げる機能が主要となった時計、工場制製造業を管理することになった時計は、もはやオーウェンの美学を写しとることはできない。この意味で、オーウェンの蝶々は最初から失敗を運命づけられていたことになる。

3 秘密箱・不思議箱

エドガー・アラン・ポウ「メルツェルのチェス・プレイヤー」

これまで第二章では、ヨーロッパ・ルネサンス期とアメリカ十九世紀における時計とからくり人形(メルヴィル「鐘楼」)と、変わりゆくアメリカ十九世紀の時計産業を背景にしたからくり人形(ホーソン「美のアーティスト」)とを考察してきたわけだが、本項ではエドガー・アラン・ポウの「メルツェルのチェス・プレイヤー」[1]の中に、同時期のからくり人形をめぐっていかに「疑似科学」・騙り・見世物の三者が結びついていったかを見ていくことにしよう。[2]

江戸川乱歩は探偵小説論『幻影城』でポウを論じたとき、「メルツェルの将棋指し」(!)を「謎と論理に関係の深い随筆評論」(一八〇)の一例とし、筆名の由来となった作家の「謎と論理への異常な愛情」(一八二)を示すものとした。確かに、ポウが「自動チェス人形」という謎に対して、実は内部に人間が隠れているると論じていく手順は論理的といえるだろう。だが、W・K・ウィムザットの「ポウとチェス人形」によれば、ポウのこの作品は彼自身の純粋理論の産物というよりは、むしろ先人たちの謎解きを彼なりに言い換えたものにすぎない。ロバート・ウィルコックスによれば、ポウはメルツェルのチェス人形という騙りを使って、読者に対するもうひとつの自作の騙りを作品内で展開している(一六五)。科学の仮面をかぶったチェス人形という騙りという内枠に対して、科学的論理という仮面をかぶった語りによる騙りという外枠がついた二重構造がしくまれている。

それでは、このような二重の「科学的」騙りを可能にした十九世紀中葉とは、どのような時代だったのだろうか。そこで、当時の「疑似科学」と詐欺・騙り、そして見世物の関連を論じることによって、時代コンテクストの中に「メルツェルのチェス・プレイヤー」を置き直してみることにしよう。

1

メルツェルのチェス人形は実は偽物だったわけだが、自動人形自体は歴史上に数多く存在している。主なものをとってみても、ギリシャ神話のピュグマリオーンやユダヤ神話のゴーレムなどの神話上のものから、紀元前三世紀にはアレクサンドリアのヘロンによるドラゴンと戦うヘラスレス、中世になるとトマス・アキナスに悪魔の仕業と弾劾されたアルベルトゥス・マグヌスの自動人形、ルネサンス期にはレオナルド・ダ・ヴィンチのライオンの自動人形がある。時計の部品が玩具に応用されるようになると、いわゆる「からくり人形」が製作されるようになり、「メルツェルのチェス・プレイヤー」にも言及されているカミュの四輪馬車、ヴォカンソンのアヒル、ジャケ=ドロス父子の書記（図12）や女性音楽家（図13）などが登場した。また、メルツェルのチェス人形の原作者フォン・ケンペレンは蓄音機の前身とでもいうべき機械を製作しているし、メルツェル自身もメトロノームを発明している。逆に言うならば、このような自動人形・からくり人形の歴史があったからこそ、そしてフォン・ケンペレンとメルツェルが別の真正な機械を作っていたからこそ、チェス人形がからくり人形と誤認される基盤ができていたのである。さらには、

図 12　ジャケ＝ドロス「書記」（前面と背面）

図 13　ジャケ＝ドロス「音楽家」

このような歴史と所以をポウがさりげなく作品の冒頭に書き込んでいることも忘れてはならないだろう。メルツェルのチェス人形を本物の自動人形の歴史に結びつけるところから、この作品は始まっている。

ハリー・M・ゲダルドの指摘によれば、神話上の自動人形と現実の自動人形には大きな相違点がある。すなわち、前者は神の命令によって人間を守る（ゴーレム）あるいは楽しませる（ピュグマリオーン）ために作られたために、根本的に神と人間との関係をあらわすものであるのに対して、後者は人間によって人間に仕えるために作られたために、人間とその創造物である機械との関係をあらわすものとなっているというのだ。

したがって、この後者の人間と機械との関係から、機械論《メカニズム》と生気論《ヴァイタリズム》の対立が生まれても不思議ではないだろう。アラン・ロス・アンダソンが『心と機械』の序文で「機械に心はあるのか」という問いを投げかけたとき、彼は明らかにこの対立を意識していた（二）。この問いに対する極端な二つの対立する答えとしてあげられているのは、（一）人間は巧妙な時計じかけの機械であり、心（精神）もそのしくみのひとつにすぎない、（二）機械は人間の創造物であるのだから、人間固有の特徴である心（精神）を持つことはできない、という二点であり、前者が機械論、後者が生気論となっている。

機械論と生気論の対立は、自動人形をめぐる二つの対立する態度と呼応する。前者からは、自動人形に対する恐怖が、後者からは自動人形の「機械性」を強調する傾向が導きだされるからだ。人間が機械と変わらないならば、機械が人間にとってかわる日が来るのではないか。そもそも人間に仕えるものとして、召使い・奴隷の代用品として、あるいは家事をきりもりする女性の代替物として生み出された自動人形が、今や神に代わって創造を司る人間（男性）に反抗することになるのではないか。この意味で、自動人形に対する恐れは、女性嫌悪のイデオロギーと無関係ではない。女性のいない男性だけの世界を形成するつもりで創造した機械に、その創造者である男性が復讐されていくのである。このような創造者と創造物の関係を描いた代表作品が、女性作家メアリー・シェリーの『フランケンシュタイン』であるのは偶然ではないだろう。

これに対して、生気論では自動人形の「機械性」を強調することになる。人間と機械とはまったく別物であり、人間には固有の「精神」があるのだから、精神のない肉体＝機械はそれこそ「機械的」でなければならない。自動人形はいかに巧緻を極めたものであっても、いかに人間の動きを模倣したものであっても、機械じかけである限り機械以上のものであってはならない。

ポウの「メルツェルのチェス・プレイヤー」の冒頭で展開されている論理は、この意味で明らかに生気論によっている。人間の「精神」に対して、機械の「機械性」を論じていくからだ。メルツェルのチェス人形が世間の耳目を集めたことを述べた後、語り手はチェス人形を純粋機械とみなす意見を紹介する。ここでは、次の二点が注目に値するだろう。すなわち、「機械的な才にたけ普段ならば非常に聡明で分別のある人たち」によるチェス人形機械説と語り手によるチェス人形人間説の対立、そしてチェス人形自体の解釈における機械と人間との対立である。

このうち後者はこの作品の論調を規定するものになっているが、前者もまたその論調と無縁ではない。そのしくみもいまだ解明されていないにもかかわらず、チェス人形を純粋機械と「何の躊躇もなく言明する人たち」は、一定のデータから一定の解答を間違いなく導きだす機械と何の変わりもない。これに対して、語り手は「観察から演繹された結論」を提唱する。先験的な証明よりも、論証の積み重ねに重点を置く。機械的に出される結論ではなく、観察と論理による結論を尊重する。チェス人形をめぐる機械説と人間説の対立はまた、機械的思考と人間的思考の対立ともなっている。あるいは、「メルツェルのチェス・プレイヤー」は、機械的思考ではない人間的思考によって、チェス人形が機械でなく人間の思考形式を持っていることを証明した作品であるといってもいいだろう。ここでは、チェス人形のからくりとそれを説明する論理のからくりとが二重構造となっている。[3]

したがって、機械と人間の対立を明らかにした冒頭に続いて、一見して機械とわかる自動人形が紹介されているのも、理由のないことではない。こういった自動人形はいかに巧緻を極めたものであれ、しょせん人間を模倣した機械に変わりないからだ。そして、究極の機械であるチャールズ・バベージの計算器が紹介され、機械の「機械性」が論じられる。与えられたデータから最後の解決に向けて、変更不可能で的確な段階を踏んで規則的・漸進的に迷うことなく進んでいくのが、機械というわけだ。これに対して、メルツェルのチェス人形には「機械性」が見られない。変更不可能で的確な段階を踏むこともなければ、規則的・漸進的に迷うことなく進んでいくこともない。こうして、機械と人間との違いは、規則性への固執とそこからの逸脱であると特徴づけられていく。

けれども、メルツェルのチェス人形と比較されている二種類の機械、すなわちからくり人形とバベージの計算器のあいだには、機械という共通点はあるものの、その目的はまったく異なっていることに注目する必要があるだろう。というのも、前者がつまるところ玩具でありその遊戯性に重点がおかれているのに対して、後者は人間の計算能力を代行するという実用性に重点がおかれているからだ。

十九世紀初頭は、今でいうテクノロジーが誕生した時代だった。ヨーロッパではバベージの計算器（一八三六年）の他にも、アレグザンダー・ベインによるファックスの前身（一八四三年）の発明があり、アメリカでもロバート・フルトンの蒸気船がニューヨーク―オルバニー間を就航し（一八〇七年）、一八三〇年代になると近距離鉄道が全国展開するようになった。十九世紀後半にいたると、テクノロジーは、たとえばトマス・アルヴァ・エディソンの蓄音機（一八七八年）や電球（一八七九年）へと結実していく。このような時代背景の中で、実用純粋機械がもはや人間の姿の模倣をやめて、いかにも機械という様相を帯びるようになるのに対して、自動人形・からくり人形はますますその遊戯性を強めて、人間の姿の模倣品として見世物になっていく。メルツェルのチェス人形がアメリカに登場した時期は、まさにこの実用純粋機械と見世物の自動人形とが分岐する時代であった。

したがって、「メルツェルのチェス・プレイヤー」の冒頭で自動人形とバベージの計算器が紹介されていることには、二重の意味があることになる。第一に、それは自動人形と実用純粋機械との違いを示す。だが、実際にメルツェルのチェス人形と比較されているのが後者であることを忘れてはならないだろう。形態（人形）も用途（遊戯性）も自動人形に近いはずのチェス人形は、その類似物と直接比較されることなく、計算器という実用純粋機械との比較で、純粋機械であることを否定されていくのである。

ここに、自動人形・バベージの計算器・メルツェルのチェス人形と並べられている論理のからくりがある。中間に実用純粋機械をはさみこむことによって、自動人形とチェス人形は直接の比較をまぬがれている。両者の背景にひそむ前提は、自動人形がいかに人間を模倣しようと、結局のところ機械じかけの人形であるのに対して、チェス人形は機械じかけの人形ではなくて人間の変装にすぎないというものだ。けれども、表向きの形態と用途が似ているにもかかわらず、あるいは似ているからこそ、この両者の背景にある暗黙の前提が正反対のものであることを証明するためには、直接の比較は避けなくてはならない。暗黙の前提は、証明が完了するまでは、明確なかたちで語られてはならない。こうして、人間のふりをした機械＝自動人形が、まず純粋機械＝バベージの計算器と比較され、次にはその純粋機械＝バベージの計算器が機械のふりをした人間＝チェス人形と比較されることになる。

こういった「メルツェルのチェス・プレイヤー」の語りの手口は、チェス人形自体にかかわる騙りの手口と重なっている。「メルツェルがチェス人形の箱を開けて見せたとき、隠れている人間が他の見えない場所に移動しているように、「メルツェルのチェス・プレイヤー」でも、自動人形と計算器との比較、そして計算器とチェス人形の比較のうちに、本来なされるべき自動人形とチェス人形との比較は姿を隠す。そして、いずれの場合にも、大円団は同時にやってくる。チェス人形の内部にひそんでいた男が特定されてメルツェルの騙りが解き明かされるとともに、「メルツェルのチェス・プレイヤー」の語りが暗黙の前提としていた自動人形とチェス人形の違い、すなわち人間のふりをした機械と機械のふりをした人間の違いが証明されることになるからである（図14）。

「メルツェルのチェス・プレイヤー」後半の十七項におよぶ証明は、この大円団に向かって展開する。この十七項のうち、前半はメルツェルのチェス人形が機械ではないことを証明し、後半は人間であることを証明していく。しかも、機械でないことを証明している前半の七項でも、途中で論調が変わる。始めの四項が機械の規則性・完全無欠性に照らし合わせてチェス人形が純粋機械でないことを主張するものであるのに対して、後半の三項は機械であることを誇示しすぎること、生命体の模倣としては不完全でいかにも作り物じみていることを示す。つまり、前半の七項のうち第四項までは、チェス人形がたとえばバベー

図14　ケンペレンのチェス・プレイヤーの前面・背面図

ジの計算器のような単純機械ではないという論理になっているのに対して、その後の三項では自動人形としての不自然さが論じられているのだ。ここでもまた、この作品の冒頭に見られた騙りの手口が活きている。自動人形という形態と用途が似たものとの比較は、機械との比較との後で、チェス人形が機械でないと証明された後で、間接的に慎重に示される。

証明の第八項が、チェス人形が機械でないことを論じた前半と人間であることを論じた後半との分岐点になっている。自動人形は、純粋機械なのか、そうでないのかという問いに、メルツェルは「その件については何も言わないことにしている」(三〇)と答えるのだ。このやりとりについて、語り手はメルツェルが沈黙を守ることによってかえって世間の好奇心をチェス人形に向けることに成功していると指摘する。純粋機械でないという思いがメルツェルを沈黙させているのではないかと観客たちが勝手に理屈をつけてくれるというわけだ。そして、語り手はこの観客の理屈を敷衍する。これに続く第九項から第十五項までは、チェス人形の中に人間を隠すからくりが、箱の内部を見せる所作、人形の大きさ、箱の大きさ、箱の中央室の布、対戦者の位置、箱の扉を開ける手順、蝋燭といった観点から説明されていくからである。

こうして、十五項を費やしてチェス人形がまったくの機械であることを否定し、人間のふりをした機械としての不自然さを示し、機械のふりをした人間であることを論証した証明は、続く第十六項でチェス人形がまったくの人間であることを指摘するにいたる。チェス人形の内部にひそむ「助手」はシュラムベルジェである、と特定するのだ。もちろん、ジョージ・アレンが指摘しているように、ポウが「メルツェルのチェス・プレイヤー」を書いた当時でも、シュラムベルジェの存在は周知の事実だった（四三七-四六）。ウィムザットは、当時のボルティモアの新聞にチェス人形の秘密が暴露されていることを指摘している（一四二-四三）。その新聞記事によれば、二人の少年がシュラムベルジェがチェス人形の箱から出てくるところを目撃しているのだ。さらには、翌年、メルツェルがフランスで公演していたときの助手ムレによるチェス人形のからくりの暴露記事も発表されている。

　だが、ここで問題にしたいのは、シュラムベルジェの存在が知られていたことではない。問題は、誰であれ助手となっている人間の存在が明らかにされる項目が「メルツェルのチェス・プレイヤー」という作品の証明の中で占めている位置だ。証明の手順にあらわれる機械と人間との関係の中で、人間は最後に登場する。つまり、証明は、まったくの機械→人間のふりをした機械→機械のふりをした人間→まったくの人間へと、機械から人間へ向かって進んでいるのである。

　このことは、証明の最後にあたる第十七項で人形が左手でチェスを指す意味が論じられていることと無関係ではない。実際のチェス人形では、助手は箱の中でパンタグラフを操っているのであり（図15a-d）、人形の左手は単なる技術上の間違いにすぎないのだが、「メルツェルのチェス・プレイヤー」では、助手が人形本体に入って右手で人形の肩の下にある装置を操作すると解釈しているため、人形の左手は実際以上の意味を帯びてくることになる（たとえば、ウィムザット（一四七）、ウィッテンバーグ（八五））（図16）。これは、ジョン・T・アーウィンが指摘しているように、むしろポウ自身の精神と肉体に関する思想を示

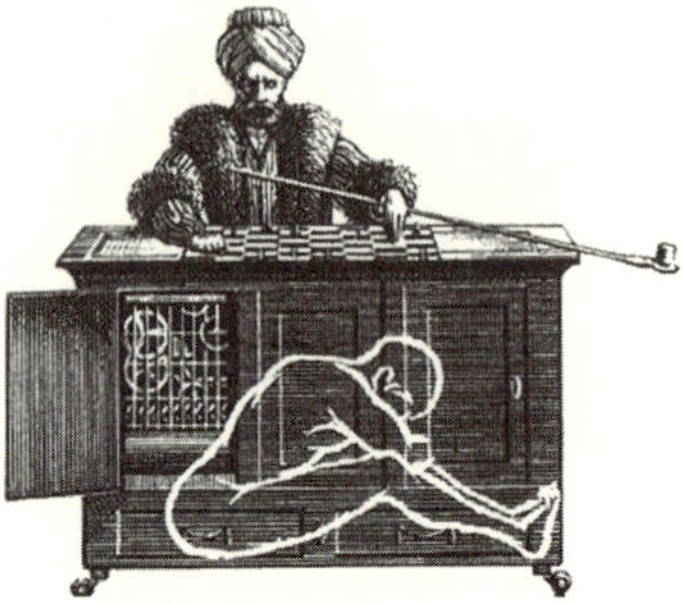

図 15a

図 15b

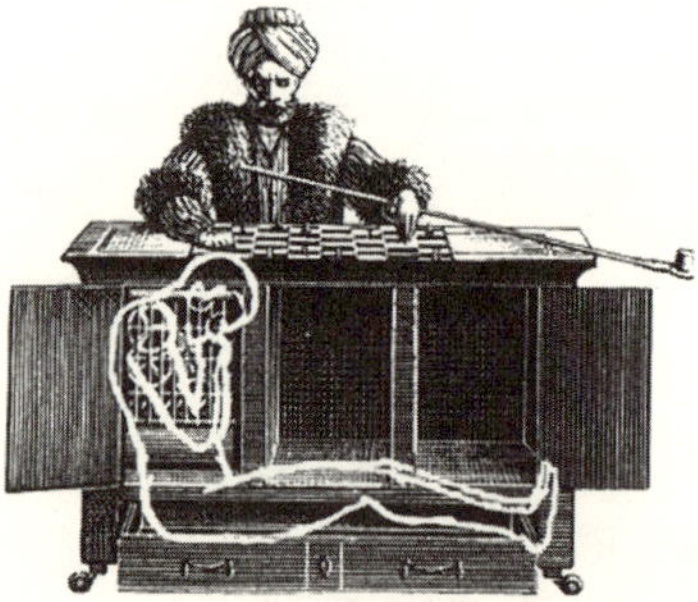

図 15c

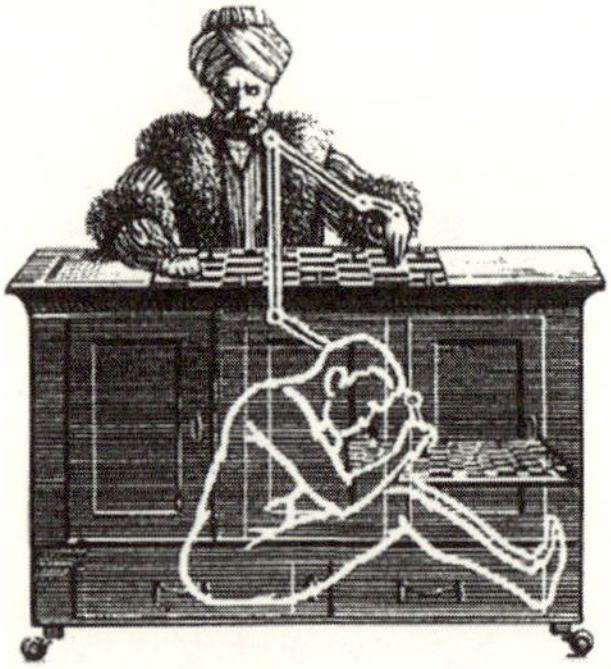

図 15d

図 15a-d　「トルコ人」の操作者が隠れるからくりを暴いた絵

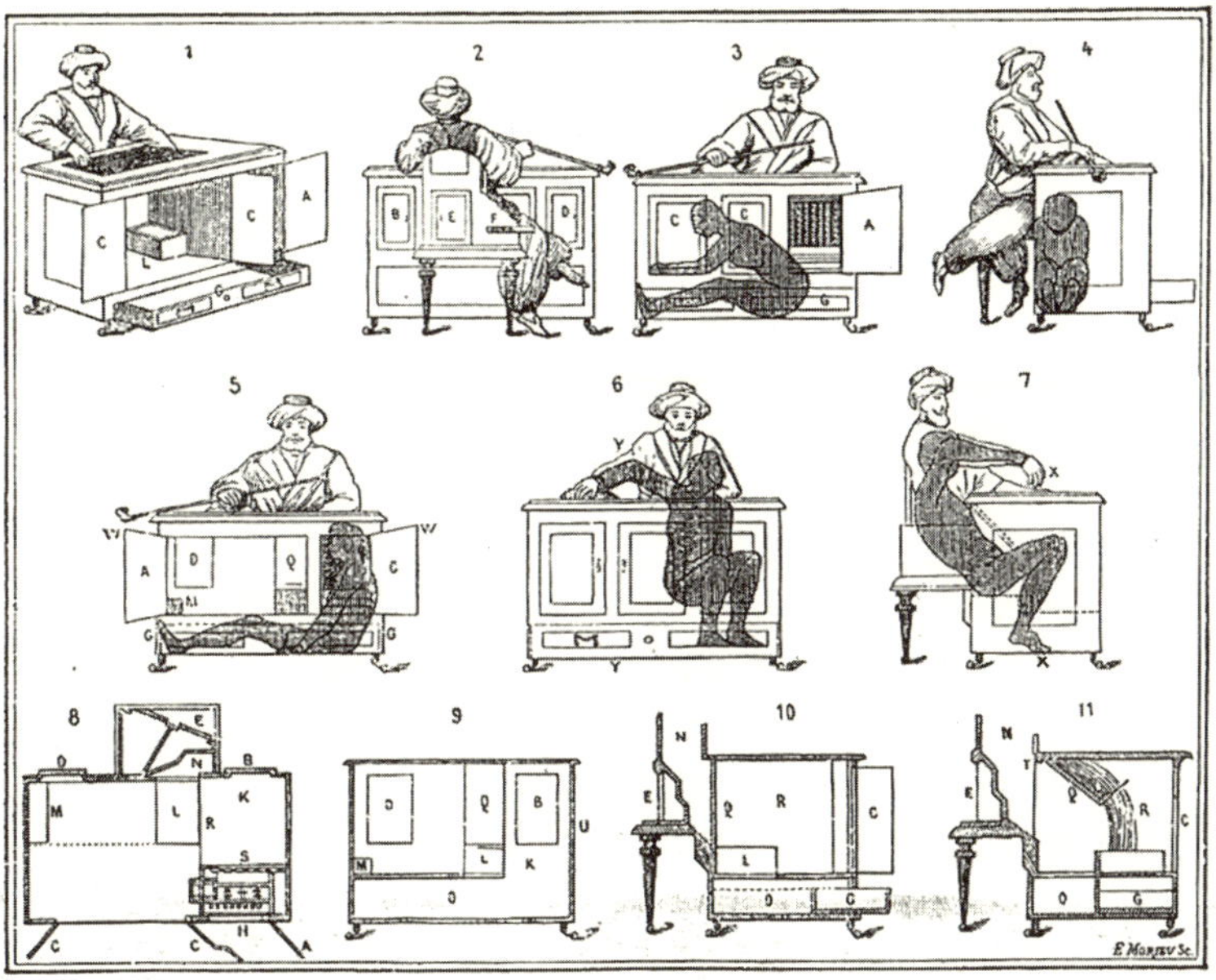

図16　自動チェス人形の操作者が隠れる手順［ポウと同様に間違っている］

すものである。「右手の左手に対する優越性は［中略］精神の肉体に対する支配の徴《しるし》であるという暗黙の了解」（四）があるために、内部の人間が右手（精神）を思い通り動かすためには、外部の人形は左手（肉体）を使うことに甘んじなければならないのだ。この指摘は、十七項におよぶ証明の道筋の到達点をあらわすものとなる。すなわち、まったくの機械→人間のふりをした機械→機械のふりをした人間→まったくの人間へと、機械から人間へ向けて展開してきた証明の論理は、最終項目にいたって人間（精神）の機械（肉体）に対する優越性で結ばれることになるのだ。

　こうして十七項目にわたる証明の結論は、再びこの作品の冒頭で論じられていた人間と機械の違いへと戻る。人間と機械の違いは前者だけが精神を持っていることであり、この意味で人間は機械に対する優越性を保持している。こういった語り手の生気論は、もちろん冒頭で揶揄されていたチェス人形を純粋機械と信じる機械的思考を持つ人たちにも向けられる。したがって、「メルツェルのチェス・プレイヤー」は、人間的思考が機械的思考に勝ることを主張する、次のような挑戦的なことばで終わることになる。「以上の自動チェス人形の謎解きに対して、理屈の通った反論を加えることはできないと思う」（三七）。

2

十九世紀中葉は今でいうテクノロジーが誕生した時代であるとともに、また詐欺と騙りの横行した時代でもあった。政治の世界では、エドワード・ペッセンが指摘するように、「扇情的な演説がいたるところで興行師的な体裁をとって、政治に『劇的効果』をつけくわえて」（一六〇）いたし、文学作品でも、ハーマン・メルヴィルにはその名もずばりの『詐欺師』（一八五三年）や口先三寸のセールスマンが登場する「避雷針売り」（一八五六年）という作品があり、ポウにも寸借詐欺をあつかった「ディドリング」（一八四三年）という作品がある。だが、ポウはまた読者に対する語りによる騙りの名手であったことも忘れてはならないだろう。たとえば、後述するように「ハンス・プファールの比類なき冒険」や「気球ペテン」（一八四四年）は気球を題材にした騙り、「催眠術の啓示」（一八四四年）や「ヴァルドマール氏の病状の真相」（一八四五年）は当時流行していた催眠術《メズメリズム》を題材にした語りである。[4]

もちろん、ポウの作品にあらわれる語りによる騙りだけが、科学あるいは疑似科学を使った騙りだったわけではない。たとえば、「美のアーティスト」を論じたときに姿を見せた「レッドヘファー永久機関事件」(一八一二年)、ポウと気球を論じるときに登場するリチャード・アダムズ・ロックの「月ペテン事件」(一八三五年)、そしてこの時代あちこちに顔を出す「インチキ」の代名詞P・T・バーナムなど、枚挙に暇がないほどである。

だが、騙されてはいけない。実は、「メルツェルのチェス・プレイヤー」も、「科学的」論理性という表向きにもかかわらず、いや、その表向きのためにかえって、「科学的」騙りを解き明かすもうひとつの「科学的」騙りとなっているからである。

チェス人形とバベージの計算器とを比較した後で、「メルツェルのチェス・プレイヤー」の語り手は、さりげなくチェス人形の製作者フォン・ケンペレンのことばを引用する。『実に平凡な機械で、たわいのないものですが、思いつきの大胆さと幻覚を生み出すうまい手が見つかったので、驚くような効果を上げているのです』(一一)。けれども、語り手はこの引用に次のようにつけ加えることを忘れない。「この点についての詳細は不要である」と。そして、論点はチェス人形の操作法へと移っていく。

ここでの語り手は、明らかにメルツェルの騙りに加担している。製作者が最初から幻覚にすぎないとチェス人形の騙りを認めているのに、メルツェルはその騙りについて口を閉ざすことによって、観客の幻覚をあおっている。これと同じ企みが、語り手にも見られる。フォン・ケンペレンの騙り自体についての詳述を避けることによって、自らのチェス人形の謎解きをより効果的に読者に見せつけられるからである。フォン・ケンペレンの騙りを容認すれば、チェス人形はもはや謎ではない。純粋機械でないことを容認してしまえば、純粋機械を否定する謎解きには意味がない。「科学的」論理による謎解きのためには、フォン・ケンペレンの騙りについては詳細に立ち入ってはならないのだ。もともとの騙りを隠蔽することによって自らの芸を効果的に見せる点で、そしてその芸が自作のもうひとつの騙りになっている点で、メルツェルと「メルツェルのチェス・プレイヤー」の語り手は、同じ穴の狢《むじな》であるといえよう。

あるいは、語り手がほとんど剽窃といえるほど自由に引用しているデイヴィド・ブルースターの『ウォルター・スコット卿にあてた自然魔術《ナチュラル・マジック》についての書簡集』（一八三二年、以下『自然魔術』）をとりあげてもいいだろう。この本からの「自由引用」についてはウィムザット論文に詳しいが、ここで問題にしたいのは「自由引用」そのものではなく、『自然魔術』という本自体が持つ意味である。そもそも表題が示すように、ブルースターの本が話題にしているのは「自然魔術」、すなわち一見不可思議に見える現象を神などの超自然《スーパーネイチャー》を持ち出すことなく説明し、それを可能にする手法を暴露したものであり、その内容は体系的なペテンがいかに人々の無知につけこんだかという歴史を視覚的、聴覚的、機械的、化学的実例をあげて示したものである。問題の贋チェス人形は「ケンペレン男爵の自動チェス人形」として機械的なペテンをあつかった第十一書簡にとりあげられているのだが、この第十一書簡は本物の自動人形の歴史から始まり贋チェス人形を分析した後、自動人形作りの情熱が実用機械にも活かされた結果、たとえばバベージの計算器が生まれたと述べている。

したがって、『自然魔術』からの「自由引用」には二つの意味があることになるだろう。第一に、『自然魔術』では、本物の自動人形→贋チェス人形→実用機械と論じられている順番を、「メルツェルのチェス・プレイヤー」では、本物の自動人形→実用機械→チェス人形と入れ替えることによって、前述したように、機械の「機械性」に対するチェス人形の「人間性」を強調することができる。第二に、『自然魔術』がそもそもペテンの暴露本であることを伏せておくことによって、前述のフォン・ケンペレンの騙り隠蔽工作と同じ効果を上げることができる。すなわち、ブルースターを部分的に不完全に引用することによって、チェス人形の欺瞞を科学的・論理的に暴いていく業績を自分のものにすりかえられるのである。ウィムザットが指摘しているポウのブルースターに向けられた「故意の非難」(一四九)や攻撃は、剽窃を意識していたためというよりは、むしろ自説の「科学性」や「論理性」を強調するための意識的目くらましであるといえよう。ここでもまた、「メルツェルのチェス・プレイヤー」の語り手は、読者の目を欺き注意を他にそらせる点で、フォン・ケンペレンの騙りについて沈黙を守り通し、箱の中に「助手」を隠し通したメルツェルと同じ手口を使っているのである。

3

あの興行師P・T・バーナムでさえもが「大衆娯楽の偉大な父」と呼んだメルツェルは、興業戦略に長けること人後に落ちなかった。一八二六年にヨーロッパからアメリカに渡ったとき、メルツェルが最初にしたことのひとつは、ニューヨーク『イヴニング・ポスト』の編集長コールマンの知遇を得ることだった。このことによって、彼は宣伝媒体を得ただけでなく、同紙の記者がチェス人形の秘密を嗅ぎ回ったときにも、編集長を抱き込んで中止させることもできた。しかも、当時チェス人形の操作者だった女性が疑われると、疑惑を晴らすため公演中この女性を客席におき、よりにもよってコールマンの息子を操作者に起用している。また、ライヴァル「アメリカン・チェス・プレイヤー」の興業者ウォーカー兄弟の一方を支配人に雇ったり、別の製作者によるチェス人形の模造品が登場するとホイスト人形に作りかえさせている。

メルツェルの公演自体も、興業戦略にのっとったものとなっている。チェス人形には、からくり人形による楽団「パンハーモニコン」と自動トランペット人形が必ず同行する。チェス人形の人気が落ちてきた時には、一八一二年にメルツェル自身が目撃したナポレオンのモスクワ侵略を題材とした大からくり「モスクワの大火」がつけ加えられた。贋チェス人形を本物のからくりに混ぜることによって、メルツェルはチェス人形もまたからくりじかけの機械であるかのような幻覚を観客に与えているのである。さらには、メトロノームの製作者という名声も、観客の幻覚を高めるのに手を貸した。チェス人形の箱が内部の人間を隠しているように、チェス人形をとりまく状況もチェス人形自体の秘密を隠すようにしくまれていたのである。

このようなメルツェルのチェス人形に対して、「メルツェルのチェス・プレイヤー」という作品もまた一つの見世物、しかも奇術的な手練技を使った見世物となっている。このうち、冒頭部分でチェス人形をからくり人形とバベージの計算器とに比較している手際、それに続く製作者フォン・ケンペレン自身のことばに対する隠蔽工作、そして後半の十七項におよぶ証明のしかけについては、前述したとおりである。そこで、今度はこういったものの中間にあたる部分をとりあげてみよう。

フォン・ケンペレンのことばについての詳述を拒否した後、語り手はチェス人形の経歴と公演手順を披露する。これには、二重の意味があるだろう。第一に、それは「メルツェル氏の実演を見る機会のなかった読者のために」(一一二)実際のチェス人形の経歴と公演をなぞることによって、読者を語り手とともに公演を見る立場に置く。ここでの語り手は、読者の観客化を通して、明らかにメルツェルに加担するものとなっている。けれども、この過程が作品中に書き込まれたものであることも忘れてはならないだろう。つまり、チェス人形を観客化した読者もろともに抱えこむことによって、作品の中にメルツェルの公演自体を組みこんでいるのだ。こうしてチェス人形は「メルツェルのチェス・プレイヤー」という作品の大枠／箱を与えられ、その中に収納されることになる。こうして、ちょうどメルツェルがチェス人形の箱の都合のいい部分だけを観客に見せたように、語り手もまた「メルツェルのチェス・プレイヤー」という大箱の都合のいい部分、すなわちチェス人形の謎解きに関する自説の優越性だけを読者に見せつけることが可能になる。

したがって、チェス人形の経歴と公演手順を披露した後に、先人たちによる謎解きの奇説珍説が列挙されているのも、理由のないことではない。自説の優越性を披露するには、他人の説が奇怪で珍妙であればあるほど、対照が目立つというものだ。チェス人形が「チェス・プレイヤー」という大箱の中に格納されてしまえば、箱のどの部分を開放・閉鎖してどの部分を顕示・隠蔽するのかは、箱の発明・所有者たる興行師の腕にかかっている。「メルツェルのチェス・プレイヤー」の語り手は、この直後に紹介されているメルツェルのチェス人形の箱見せと同じ手練技を見せているのである。もちろん、メルツェルによる箱見せが語り手による箱見せよりも後に紹介されていることにも、それなりの意味があるだろう。それは、第一に箱見せの優先権を主張することによって、語り手のメルツェルに対する優位を示すとともに、第二にメルツェルの箱見せを直後に紹介することによって語り手自身の箱見せのトリックから読者の注意をそらせる働きをしている。

だが、「メルツェルのチェス・プレイヤー」の語り手が読者に対してしかけている最大のトリックは、すでに表題自体にあらわれている。問題のチェス人形を示す表題から「からくり人形」の形容が抜け落ちているのだ。『フランクリン・ジャーナル』の匿名子［ロバート・ウィルス］が「からくり人形のチェス・プレイヤー」と呼び、ブルースターが「ケンペレン男爵のからくり人形のチェス・プレイヤー」と呼び、ジョージ・ウォーカーが「からくりチェス人形」と呼んだ人形は、単にチェス・プレイヤーと呼ばれることによって、それがからくりじかけではない人間であることが暗示されている。メルツェルのチェス・プレイヤーは、トルコ人の扮装をした人形ではなくて、人間シュラムベルジェなのだ。したがって、「メルツェルのチェス・プレイヤー」は、最初から内部に人間が隠れていることを前提として、その人間の発見と特定に向けて手練技を見せる見世物となっているといえよう。メルツェルのチェス人形があらゆる手練手管を使って人間がひそんでいることを隠蔽しようとする見世物であるのに対して、「メルツェルのチェス・プレイヤー」は同様の手練手管を使って人間が隠れていることを公表しようとする見世物となっている。

4

メルツェルの隠蔽工作にもかかわらず、いやかえってそのために、チェス人形そのものはなおさらその欺瞞性を暗示するものとなっている。チェス人形の製作者フォン・ケンペレンは、ことばで欺瞞を暗に認めているだけではない。欧米人チェス・プレイヤーは右手でチェスを指すという規範に対して、トルコ人の奇術師の扮装をしたチェス人形が左手で指すのは、、規範からの逸脱と周辺化《マージナライゼーション》を意味する。だが、ここでの問題は周辺化のイデオロギーそのものではない。問題はむしろ、この周辺化が人間の姿を模倣するからくり人形という点からも規範からの逸脱をも意味していることである。人間もどきの機械ならば、模倣する人間そっくりでいいではないか。何もわざわざ奇矯なものにすることはない。たとえ左手が技術上の問題であるにしても。しかも、チェス人形の製作者は、この人形を奇術師の姿に仕立て上げることによって、それが観客の幻覚に訴えるものであることを、目くらましの術が施されていることをかえって示唆する危険を犯している。ことばによるだけでなく、その作品にも目に見える形で欺瞞の証拠を残しているのだ。

けれども、メルツェルがこのチェス人形に隠蔽工作のための「改良」を加えたとき、皮肉にもそれはフォン・ケンペレンが暗示した欺瞞の証拠をさらに強化するものとなった。メルツェルは人形の帽子に羽根飾りをつけ、より奇術師らしい体裁にしている。さらには、以前は右手で箱をたたいて詰めを知らせていたのを、「王手!」とことばに出して知らせるようにしている。フォン・ケンペレンによる蓄音機の前身の発明という事実を考慮に入れれば、ことばを発する「からくり人形」は不可能ではなかったにもかかわらず、製作者自身が装備しなかった発語装置をつけ加えることによって、メルツェルは人間の特徴である言語能力を機械であるはずのチェス人形に与えている。ゲダルドの指摘によれば、ユダヤのゴーレム神話では、発話能力のないことがその非人間性を示すものとされているのだが、メルツェルのチェス人形についてはその逆のことが言えるだろう。すなわち、チェス人形にメルツェルが加えた「改良」は、彼自身の意図に反して、当の人形の欺瞞性を暗黙のうちに公表するものとなっているのである。

こういったメルツェルの改良点を「メルツェルのチェス・プレイヤー」の語り手は意図的に軽視する。

人形の帽子につけた羽根飾りは「どうでもいいような変更」(一二) の例となり、発語能力の付加は傍註で簡単に片づけられる。ここでもまた、フォン・ケンペレンのことばを引用しながら詳述を避けたのと同じ策略が見られるだろう。もちろん、チェス人形の欺瞞性を暴露するのは語り手の仕事であり、その欺瞞性を暗黙のうちに公表する「改良」点については、大ぴらに認めるわけにはいかないのだ。ここでの策略は、メルツェルの意図に反してチェス人形が暗黙のうちに公表している欺瞞性を取るに足りないものとして欄外化《マージナライゼーション》することであり、本文中に書き込まないという形をとったことばによる隠蔽である。この意味で、語り手は、メルツェルの「改良」点という失態を欄外化することによって、この興行師に加担しているといえよう。

このことは、前述したメルツェルのチェス人形の箱と「メルツェルのチェス・プレイヤー」という大枠/箱との関係に、新しい側面をつけ加えるだろう。第一に、チェス人形が暗黙のうちに公表している欺瞞性を欄外化することによって、語り手はこの人形の「人間性」を自分の語りの中に隠している。ここでの語り手とチェス人形の関係は、メルツェルとその助手の関係に置き換えがきくものとなっている。チェス人形と助手の「人間性」は、語り手とメルツェルによってそれぞれの箱の中に隠されているからである。けれども、第二に、語り手はメルツェルの騙りを暴露しようとしていることを忘れてはならないだろう。だとすれば、語り手の手練技とは、メルツェルの騙りと同じ手順をたどり、メルツェルと同じ隠蔽工作を行いながら、その騙りと隠蔽工作を暴いてみせることとなる。ここでもまた、アーウィンやバーバラ・ジョンソン、デイヴィド・ケテラーらが指摘している、ポウのデュパンものに見られる犯人と探偵の同一化がなされている。

だが、デュパンの論理思考がポウのそれと重なるからといって二人が同一人物であるとはいえないように、「メルツェルのチェス・プレイヤー」の語り手とポウは同一人物であるとはいえない。デュパンが犯人との同一化によって犯行を再現する手順をしくんだのが作者ポウであるように、語り手がメルツェルとの同一化によってその策略を暴き出す手順をしくんでいるのが、この作品の作者ポウだからである。

第三章

移動する基軸

前章ではメルヴィル、ホーソン、ポウそれぞれが、からくり人形をどう描いているかについて考察したが、本章ではメルヴィルとポウが当時最新のテクノロジーと考えられていたものをどのように作品にとりこんでいったかを論じよう。

とはいえ、メルヴィルの『ピエール』に登場するクロノメターは、ある意味で前章のからくり人形の続きといえるかもしれない。というのも、からくり人形が時計の部品を使って大袈裟に言えば人間観や世界観・宇宙観をあらわしたものであったのに対して、クロノメターは時計を応用して出発点の時間を保持することにより、現在の経度を知るための機械、言い換えれば人間が世界の中、宇宙の中で空間的に占めている位置を時間的に確定するものだからだ。この意味でクロノメターもまた、啓蒙主義思想の人間とは何

図17　カリアーとアイヴス「大陸を横断して、西へと帝国は進む」(1868年)

か、人間を人間たらしめているものは何かという問題にかかわるものとなっている。

ところで、クロノメターが海上の位置確定のための機械であるのに対して、蒸気機関車は陸上の移動手段のための機械である。「アメリカン・テクノロジーへの道」でもとりあげたように、そして先達レオ・マークスが示しているように、一八三〇年代以降のアメリカを蒸気機関車なしで語ることはできない。それは、人間を大量かつ高速に移動させることを可能にしたばかりでなく、時間概念や空間概念を変えたからである。カリアーとアイヴスの絵画「大陸を横断して、西へと帝国は進む」(図17)に描かれている楽観的で進歩的な蒸気機関車は、右手前方から中央に向かって走り、そのまだ先の地平線の彼方まで「文明」を運んでいくように見える。絵の左側には、その蒸気機関車の発展とともに開墾・開発された町が描かれ、農業や商業に黙々と従事する人たちや、公立学校で楽しそうに学び遊ぶ子供たち、汽車の到来を歓迎する人たちの様子が楽観的に描写されている。これに対して、蒸気機関車の右側には、明らかにこの「進歩」に乗り遅れた未開発の土地や森林、湖があり、そこには馬に跨った二人のネイティヴ・アメリカンが汽車からの噴煙の中に立ちつくしている。

もちろん、ホーソンの短編「天国鉄道（"The Celestial Railroad"）」や『七破風の屋敷』のクリフォードとヘプチバーの逃避行に描いた蒸気機関車は、それほど楽天的でも進歩的でもなかった。だが、この問題については先行研究が多岐多彩に存在していることもあり、ここではあえてとりあげない。たとえば、マイケル・オマリーの『キーピング・ウォッチ』の第二章が、ホーソンの短編にならって、「天国鉄道時間（Celestial Railroad Time）」と題されていることを指摘するにとどめよう。

空への旅には、ポウに同行してもらおう。「黒猫」や「アッシャー家の崩壊」、一連のデュパンものでも滅多に外出しない作家は、「家庭内の事件」が専門のように見える。たまさか『アーサー・ゴードン・ピムの物語』のように探検に出かけることもあるのだが、結局のところ象徴的に人間の心の淵を覗き見ているだけのように思える。けれども、珍しく外出するときは、驚いたことに、そして過激にも、空へと飛び立つ。ここでは気球の持つ垂直上昇と水平浮游について、そしてそのy軸とx軸が形成する空間を移動することについて、さらには気球を使ったペテンについて語ってみよう。この考察はまた、前述した「秘密箱・不思議議箱」で扱かったからくり人形を使ったペテンと本書の最後であつかう『ユリイカ』の宇宙論とを結ぶ場として設定することもできるだろう。

1 海の空間・陸の時間

ハーマン・メルヴィル『ピエール』とクロノメター

これまでハーマン・メルヴィルの『ピエール』[1]にくみこまれているプロティナス・プリンリモンの講演パンフレット「クロノメトリカルズとホロロジカルズ」は、それ自体で独立して解釈の対象になることはほとんどなく、またたとえとりあげられたとしても、たとえばバーコヴィッチの比喩的な解釈に代表されるように、「神の時」と「人の時」の対比として解釈されてきた。また、『ピエール』という作品中でのパンフレットの意味を論じる場合には、「神の時」と「人の時」の対比は、多かれ少なかれ主人公ピエールの理想と現実の対立に置き換えられて解釈されてきた。このような解釈は、プリンリモンのことばを素直に受けとめた場合にも、プリンリモンの言葉をアイロニカルに解釈した場合にも、同様に見うけられる。[2]

けれども、プリンリモンが主張するように、あるいはこれまでの解釈が不問に付してきたように、クロノメターは果たして絶対普遍の「神の時」を示すものなのだろうか。その比喩的な側面を強調するあまり、実際の道具あるいは機械としての側面を軽視してきたのではないか。そこで、本稿では、具体的な機械としてのクロノメターをとりあげ、プリンリモンの論文を読む新しい視点を導入し、それが『ピエール』全体にどのような波及効果をもたらすかを検討してみることにしよう。[3]

1

本章では、主にクロノメーターの機械としての具体的な特徴だけをとりあげるが、その「発明」にいたるまでの詳細には興味深いものがあり、割愛するにはあまりにも惜しい。たとえば、ジョン・ハリソンとその海洋時計《マリン・タイムキーパー》（「クロノメーター」という名称が一般化したのは一七七〇年以降）の開発経過、ハリソンのH-1（一七三六年）（図18）・H-2（一七四一年）（図19）・H-3（一七五七年）（図20）・H-4あるいはザ・ウォッチ（一七五九年）（図21）のしくみ、ラーカム・ケンダル製作になるH-4のレプリカ（K-1）（図22ab）とジェイムズ・クック船長によるその実地試験（一七七二年）、当時のグリニッジ天文台長で天体観測による経度確定に固執していたネヴィル・マスケリンとの葛藤、経度確定委員会の賞金獲得（一七七四年）にいたるまでの裏話などはたいへんおもしろいものだが、本論とは直接の関係はない。ただし、クロノメーターは一七八〇年代には盛んに生産されるようになり、一八四〇年代には大型船にとって一般的な商品となっていたことは、特記に値するだろう。けれども、一八四〇年代からは電信の発達によって、出発点と現在位置の時差を瞬時に知ることができるようになり、経度測定法にも変化が見られるようになっていく。

さて、経度計測機械としてのクロノメーターだが、その原理はそれほど難しいものではない。地球は二四時間で三六〇度の自転をするのだから、二地点の時間差が一時間なら両者の間には一五度の開き、二時間なら三〇度の開きがある。そこで、出発点の時間を正確に保持できる精巧な時計があれば、その時間を太陽測定による現在地点の時間と比較することによって、出発点から見た現在地点の東西の位置関係を確定

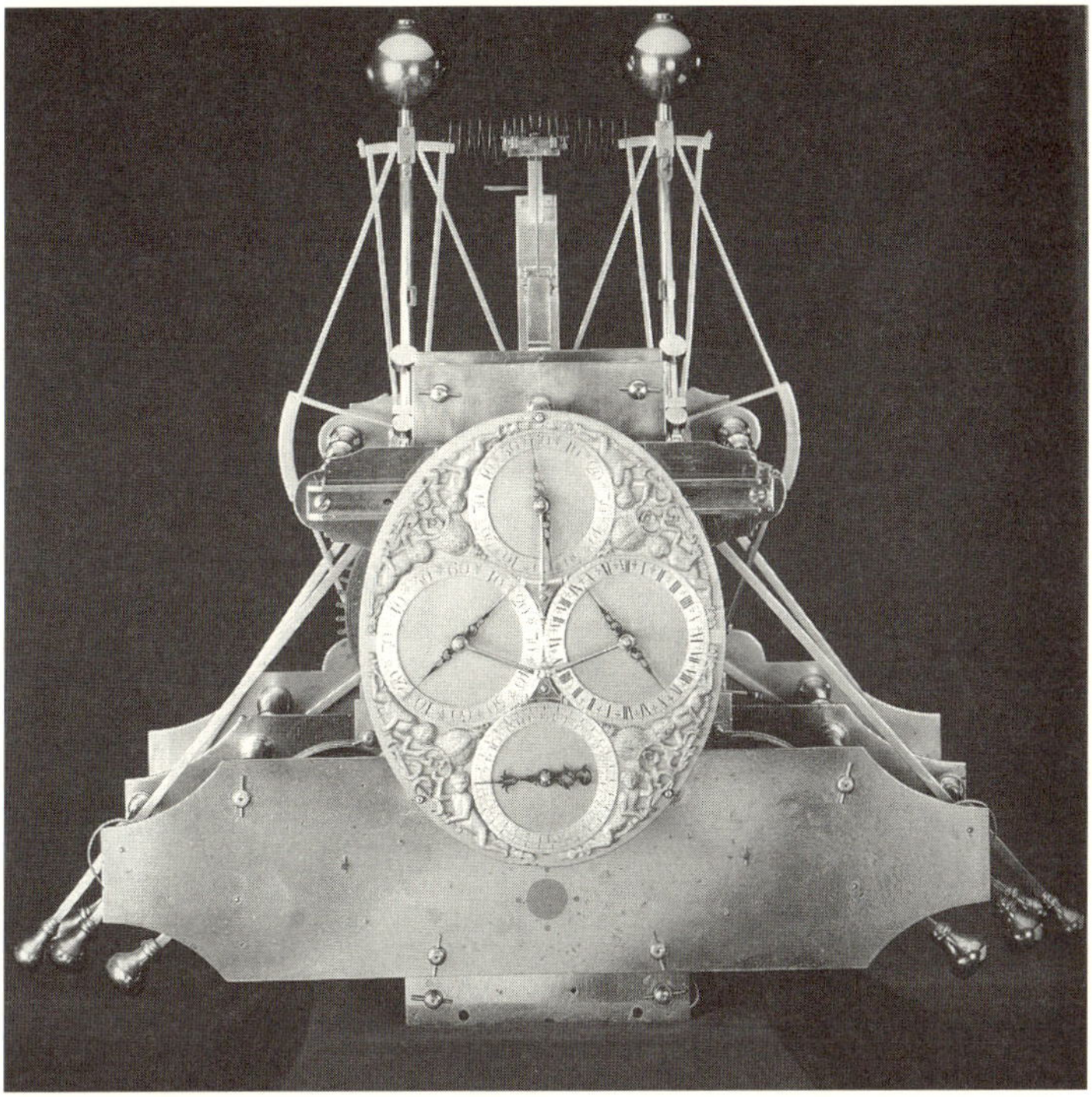

図18　H-1の前面

できることになる。この出発点の時間を正確に保持する時計が、クロノメーターと呼ばれているものである。もちろん、原理は簡単でも、実行は難しい。実際にクロノメーターが可能になるためには、正確無比な時計を製作する技術が発展する必要があった。

このようなクロノメーターの具体的特徴からは、プリンリモンのパンフレットに対する比喩的な読みに対して、次のような疑問を指摘することができるだろう。

第一に、クロノメーターが経度計測器として機能するのは、それが出発点の時間を正確に保持することによって、現在地の時間とは別の時間を示すからである。つまり、

図 19　H-2の側面

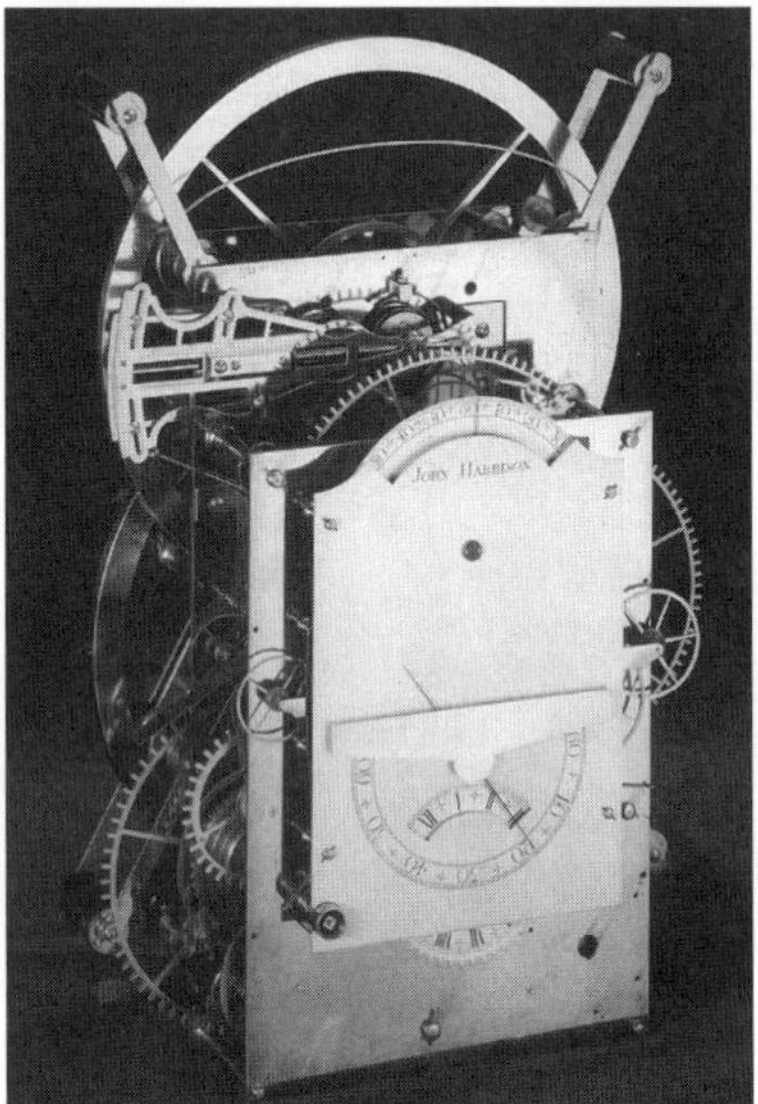

図 20　H-3の概観

図 21　H-4の概観

図 22ab　K-1の前面・側面

クロノメターの存在価値は、ふたつの時間のずれにあるのであって、両者間の優劣関係にあるのではない。だとすれば、クロノメターの示す時間と現在地の時間との関係は、プリンリモンが主張する普遍対固有という優劣関係をともなった二項対立というよりは、むしろその違いの比較対照によってこそ意味を持つ相互補足的なものだということになるだろう。

第二に、プリンリモンの言うグリニッジ標準時は決して絶対不変のものではない。クロノメターの機能は、どこであれ出発点の時間を正確に保持することであって、グリニッジ天文台を子午線とするのは、社会的・文化的・政治的習慣にすぎない。ちなみに、イギリス本国でグリニッジ本初子午線が承認されたのは一八四八年のこと、国際的に正式な提案がされたのはワシントンDCで開催された国際子午線会議の一八八四年のこと、さらには世界中で実際に採用されたのは二十世紀に入ってからのことである（表1）。だとすれば、『ピエール』が書かれた十九世紀半ばにグリニッジ標準時を絶対不変の「神の時」とみなすことには疑問が残るだろう。

したがって、クロノメターの経度計測器としての具体的側面を軽視することは、プリンリモンの主張する絶対普遍の「神の時」に対する相対固有の「人の時」という抽象的論理を無批判に受け入れることになる。しかも、プリンリモンの講演は絶対普遍の「神の時」に対する相対固有の「人の時」の重要性を説いているのだから、なおさら質《たち》が悪いだろう。というのも、「人の時」の具体性・固有性というプリンリモンの主張する内容は、それを論じる形式つまり比喩の抽象性・普遍性によって裏切られているからである。したがって、この怪しげな哲学者の矛盾した論理に加担しないためにも、具体的な機械としてのクロノメターをとりあげる必要があることになる。

さて、今でこそ地図上の経線と緯線は常識となっているが、南北の緯度がたとえば四分儀（図23）（あるいはその発展形態としての八分儀（図24）・六分儀（図25））で正午の太陽の斜角を測定し、その高度から位置を算出すれば比較的容易に確定できたのに対して、東西の経度、ことに海上での経度確定は困難を極めた。大航海時代以降、海洋交通が盛んになると、現在位置を誤認したための難破事故や失踪事件が頻発し、ヨーロッパ諸国は賞金を懸けてまでも正確な経度確定をめざすこととなった（スペインでは一五六七年および一五九八年、ネーデルランドでは一六〇〇年、ブリテンでは一七一四年、フランスでは一七一六年）。

　実際、クロノメター登場までには、各種の経度測定の方策が提案されている。今となっては噴飯ものとしか思えないものには、たとえば大西洋上に一定間隔で船を配置し、それぞれ同時に信号砲を撃たせて時間を知らせる方法がある。けれども、大西洋上を網羅するには一体どれだけ多数の船が必要なのか、乗組員の確保をどうするのか、隣の船と「同時」に信号砲を撃つ時に必然的に発生するずれをどうするのかについては、議論がつくされていない。あるいは、当時の医療法として、刃物傷の治療には刃物の方に薬を塗れば傷がそれに感応して治癒するという理論があったのを利用して、意図的に刃物で傷を付けた犬を乗船させ、出発地の正午にその刃物に傷に滲みるような薬を塗れば、遠く離れた船上の犬が痛みで啼くだろうという、それこそ動物愛護協会が聞いたら目を剥いて反対しそうな提案もあった。

　もちろん、まっとうな経度測定法の工夫がなかったわけではない。主だったものとしては、船位推算法《デッド・レコニング》があげられよう。これは、船の速度と進路方向の記録から現在位置を推測するといういたって簡素かつ不正確なもので、この「推測」《デデュースト・レコニング》による測定がなまってデッド・レコニングとなったものといわれている。[4]また、速度を算出するために結び目《ノット》で印をつけた紐を用意し、その先に丸太《ログ》をつけて海面に投げ込んだこ

1919 Latvia, Nigeria
1920 Argentine, Uruguay, Burma, Siam
1921 Finland, Estonia, Costa Rica
1922 Mexico
*Legal time reverted to Amsterdam time 1909; to Central European Time 1940.
1924 Java, USSR
1925 Cuba
1928 China Island
1930 Bermuda
1931 Paraguay
1932 Barbados, Bolivia, Dutch East Indis
1934 Nicaragua, E. Niger
By 1936 Labrador, Norfolk I.
By 1937 Cayman Is., Curaçao, Ecuador, New foundland
By 1939 Fernando Po, Persia
1940 Holland
By 1940 Lord Howe I.
By 1948 Aden, Ascension I., Bahrein, British Somaliland, Calcutta, Dutch Guiana, Kenya, Federated Malay States, Oman, Straits Settlements, St. Helena, Uganda, Zanzibar
By 1953 Raratonga, South Georgia
By 1954 Cook Is.
By 1959 Maldive I. Republic
By 1961 Friendly Is., Tonga Is.
By 1962 Saudi Arabia
By 1964 Niue Is.
1972 Liberia
In 1978, Guyana was keeping + 3h 45m; Chatham Island – 12h 45m. Otherwise, all countries were keeping time within an even hour or half-hour of Greenwich.

Principal sources:

Koppenstätter (ed.), *Zonen und Sommerzeiten aller Länder und Städte den Ende* (München [1937]).
US National Bureau of Standards, 'Standard Time throughout the World', *Circular of the Bureau of Standards*, no. 399 (15 Sept. 1932).
The Observatory, Feb. 1901, 88-91.
Abridged Nautical Almanac annually.

Table III Dates of adoption of zone times based on the Greenwich meridian, including half-hour zones

N.B. (1) The names of countries given here are those in general use on the date quoted.

(2) In some cases, standard times were brought into use for railaways and telegraphs before the dates stated.

(3) Countries with no sea coast are, in general, omitted.

1848 Great Britain (legal in 1880)
1879 Sweden
1883 Canada, USA (legal in 1918)
1884 Serbia
1888 Japan
1892 Belgium, Holland*, S. Africa except Natal
1893 Italy, Germany, Austria-Hungary (railways)
1894 Bulgaria, Denmark, Norway, Switzerland, Romania, Turkey (railways)
1895 Australia, New Zealand, Natal
1896 Formosa
1899 Puerto Rico, Philippines
1900 Sweden, Egypt, Alaska
1901 Spain
1902 Mozambique, Rhodesia
1903 Ts'intao, Tientsin
1904 China Coast, Korea, Manchuria, N. Borneo
1905 Chile
1906 India (except Calcutta), Ceylon, Seychelles
1907 Mauritius, Chagos
1908 Faroe Is., Iceland
1911 France, Algeria, Tunis and many French overseas posessions, British West Indies
1912 Portugal and overseas possessions, other French possessions, Samoa, Hawaii, Midway and Guam, Timor, Bismarck Arch., Jamaica, Bahamas Is.
1913 British Honduras, Dahomey
1914 Albania, Brazil, Colombia
1916 Greece, Ireland, Poland, Turkey
1917 Iraq, Palestine
1918 Guatemala, Panama, Gambia, Gold Coast

表1　グリニッジ標準時承認の年表（I.=Island, Is.=Islands）

図 23　四分儀（1767年頃）

図 24　八分儀の絵を使った名刺（1783年頃）

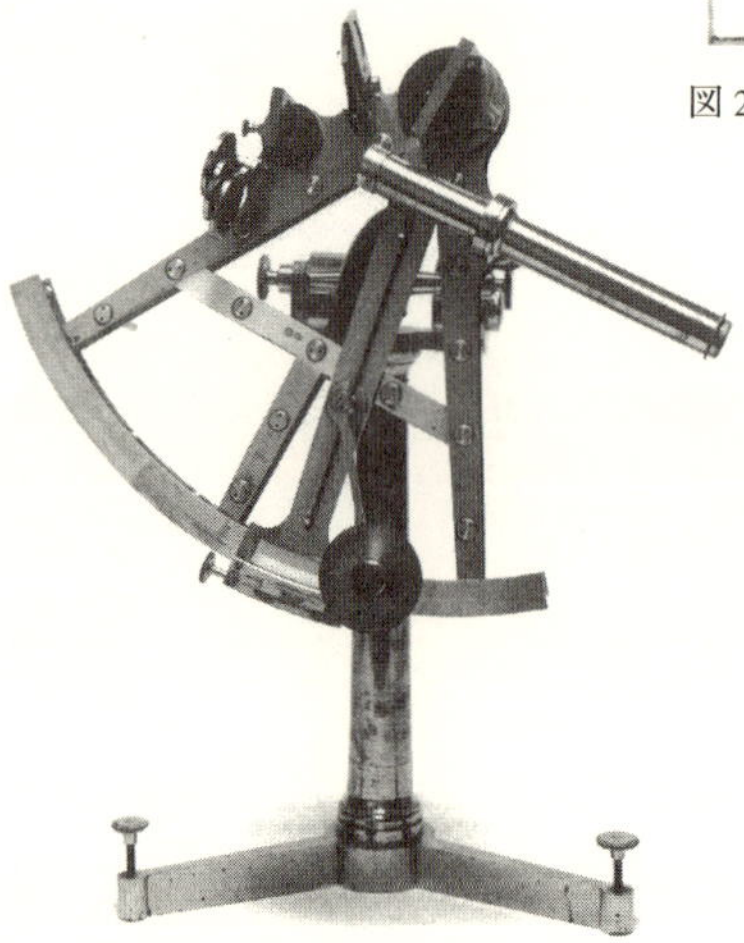

図 25　六分儀（1790年頃）

とから、速度の単位をノット、その記録をログと呼ぶようになった。ちなみに、『白鯨』でエイハブが四分儀を破壊した時に言及されている「紐つき測程儀」とは、このデッド・レコニングの道具にほかならない。その後のピーコッド号とその乗員たちの運命を考えるとき、この航海法はきわめて暗示的であるといえよう。

船位推算法以外で経度を測定する方法としては、天体観測によるものがいくつか提案されている。この方法の原理は、二地点で同時観察できる天文現象を現地時間で記録し比較することによって経度を算定するというもので、候補になった天文現象には、プトレマイオスが推奨した月食やガリレオ・ガリレイが提唱した木星の衛星食などがある。もちろん、この方法には厳密な観測(食に入った瞬間の見極め)と計測(正確な現地時間の測定)が必要で、観測・計測機器の精密さが望むべくもなかった時代には、理論的には可能でも実際には不可能に近いものだった。けれども、天体観測の結果として得られた天体運行の規則性は、宇宙を支配する法則の可能性を示唆するに充分なものであり、その後の天文学の発展に少なからず寄与している。

クロノメターが発明された当時に最も一般的だった天体観測による経度測定は、太陰距離と呼ばれる方法(図26)だった。この方法は、月が一定恒星と形成する角度から両者の距離を測り、その観測結果を前もって経度のわかっている基準地点での同じ観測結果と比較するというもので、この基準となる観測をするために一六七五年に設立されたのがグリニッジ天文台であり、その観測結果を暦の形にしたものが航海暦だった。けれども、このような天体観測は天文台のような地上の専門施設では容易でも、揺れる船上では実践的ではない。また、天体観測の結果を経度に読みかえる数式も複雑で、専門の天文学者ならいざ知

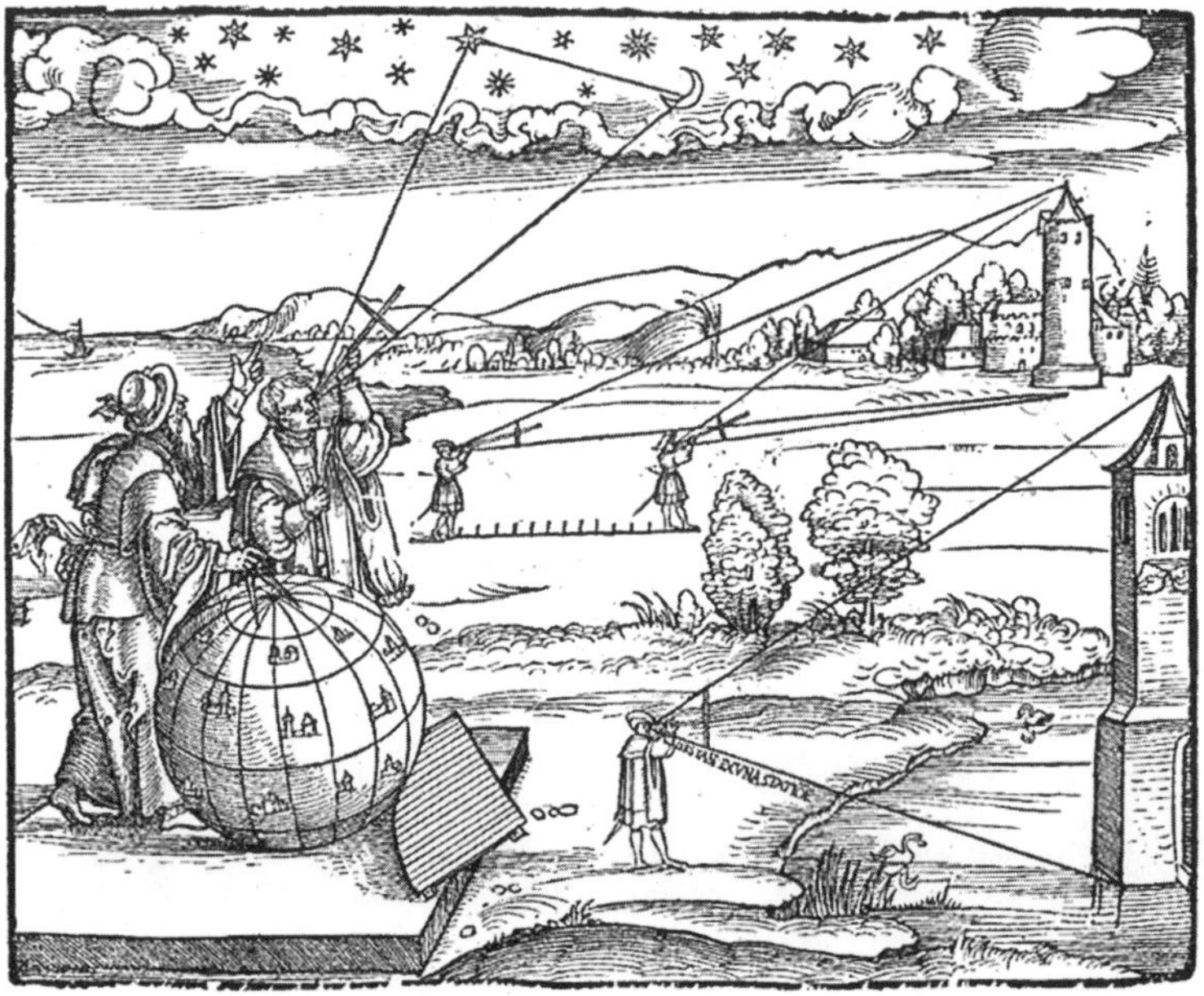

図26　四分儀/六分儀/八分儀による太陰距離測定・建築物高度計測

らず、一般の船乗りには煩雑にすぎた。

そこで、クロノメターの登場となるわけだが、この方法がそれまでの方法と比べて画期的なのは、空間を規定するのに時計という時間を計測する機械を使用する点にある。それまでの天体観測による経度確定は、天空の自然現象の法則性が根拠となっており、望遠鏡や四分儀／八分儀／六分儀や時計はその法則を追認する補助的な道具にすぎなかった。けれども、クロノメターは時計技術《アート》を応用したものとなっている。つまり、一方が自然の法則性を根拠とするなら、他方は人工の規則性を基準としているのである。だとすれば、プリンリモンの主張にもかかわらず、あるいは彼の主張に反して、実際の機械としてのクロノメターは、神という超自然《スーパーネイチャー》によって定められた自然《ネイチャー》の時ではなく、人によって定められた人為《アート》の

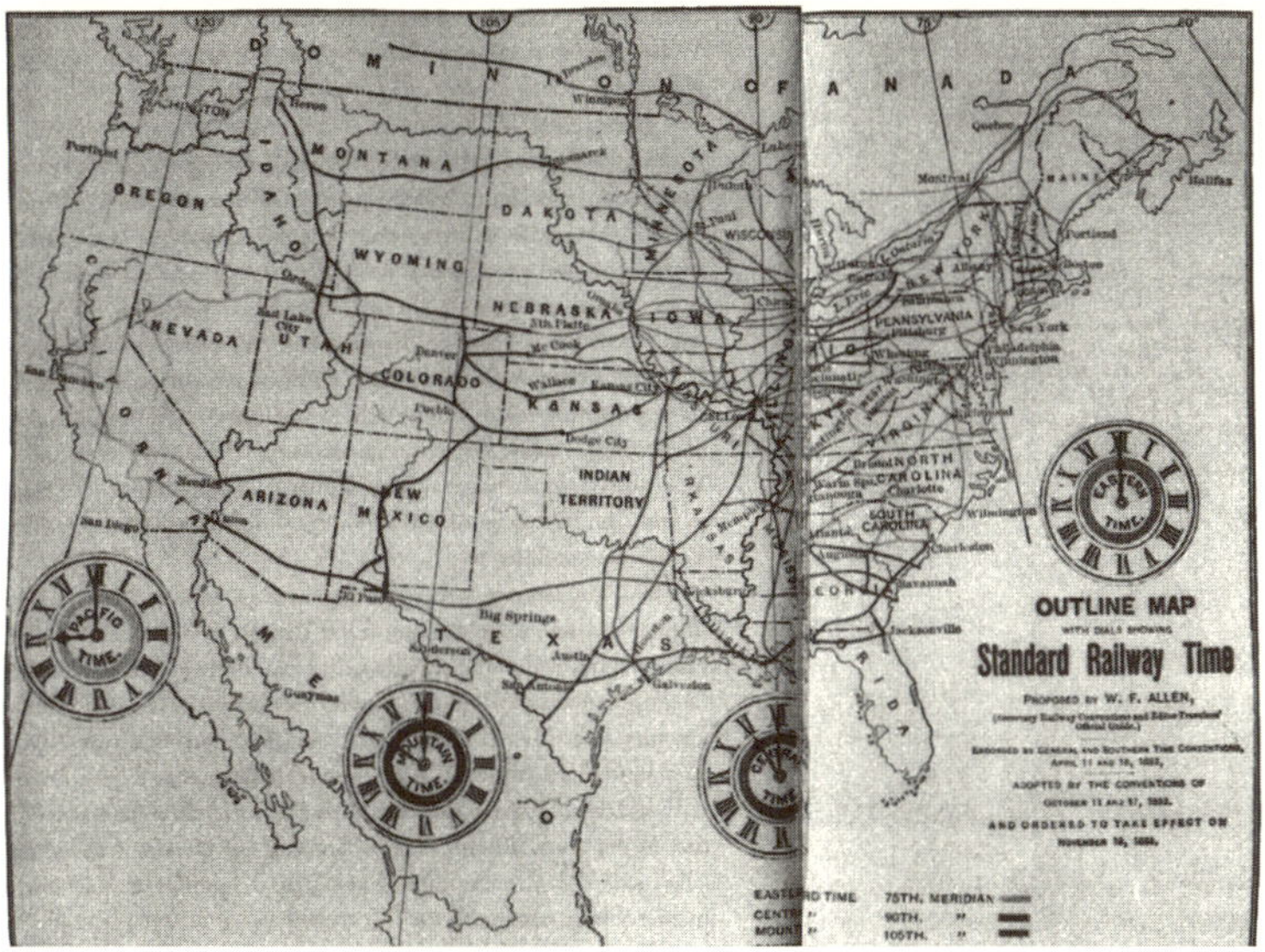

図27　1883年に提唱されたウィリアム・アレンの標準時間帯地図

時を司るもの、「人の時」を示すものだといえよう。

同様の論理は、一八三〇年代に始まる鉄道の全国展開にともなって問題化した地方時のずれとそれを解決するために提唱された「標準時」と「時間帯」に対する反対意見にも見られる(図27)。太陽の運行を基準とした地方時は神が定めた自然の法則に従っているのだから、人為的な標準時や時間帯は不自然であり、神の摂理に背くというわけだ。けれども、もちろん、このような篤い信仰心に裏打ちされた論理は、鉄道の速度と簡便性の前には敗退せざるをえなかった。こうして、地上の時間の確定は、経度を単位とした空間に頼ることになる。つまり、『ピエール』に包含されているプリンリモンのクロノメーターが海上での空間位置を時間によって確定するものであったのに対して、『ピエール』自体が書かれた時代は、陸上での時間を経度によって区切られた空間によって確定する標準時と時間帯の時期でもあったのである。このことは、プリンリモンのパンフレットにますます疑問を投げかけることになるだろう。「神の時」「人の時」はプリンリモンが主張するほど確定的なものではない。

2

ところで、クロノメターもまた時計であるという事実からは、プリンリモンのパンフレット中にあるフランシス・ベーコンとキリストの比較を再検討することも可能になるだろう。クロノメターが、時計とは別個の機械ではなく、むしろその初期の名称である海洋時計が示すように時計の応用編であるならば、プリンリモンの比喩中のベーコンとキリストは対立するものというよりは、むしろ相似物と考えられるからである。

問題の箇所は、「ベーコンの頭脳は単なる時計職人の頭脳にすぎないが、キリストはクロノメター」(二一二)という文だ。ここでは、キリストはクロノメターに例えられているのだが、それではそのクロノメターを「最も精巧に調整され正確なもの」「地上の軋みに影響されないもの」にしているのは、いったい誰なのだろうか。あるいは、なぜキリストと比較される人物はベーコンでなければならないのだろうか。そして、なぜベーコンの頭脳は「単なる時計職人の頭脳」と評価されなくてはならないのだろうか。

これらを解く鍵は、時計とその応用編クロノメターの歴史に見いだせるだろう。時の計量についての歴史はなかなか興味深いものだが、ここでは詳細に大部を費やすことを避け、本論と関連のある部分だけを述べることにしよう。

　時の計量は、日時計・砂時計・水時計など自然現象を利用したものから始まる。けれども、これらの装置には大きな欠点があった。天気の悪い日には、日時計は役に立たない。均質な砂が確保できなければ、砂時計は正確とはいえない。寒い冬には、水時計は凍ってしまう。自然現象に頼っている限り、時の計量には自然の不規則性・非均一性がつきまとう。蝋燭による計測にもまた、均質であること、風で吹き消されないことなどの条件が必要である。

　このほかにも古くから数多くの手段が講じられたに違いないが、やっと十四世紀になって、分銅伝動装置と脱進機を持った機械じかけの時計が登場することになった。ちなみに、チクタクという擬音語は、脱進機が分銅の運動を一時的に止めたり放したりする時に発する音に起因している。その後、時計はゼンマイ伝動などの改良を経て、ガリレオの振り子の原理発見（一六四九年頃）とクリスチャン・ホイヘンスによる振り子（一六五六年）（図28）の応用から端を発したいわゆる「時計革命《ホロロジカル・レヴォリューション》」が始まった。さらには、当時の技芸の最先端だった時計はまた、「時計じかけの宇宙」という比喩を生み出した。この比喩は知識革命の基礎を形成する「新しい学問《ニュー・サイエンス》」の根本原理となるのだが、その方法論すなわち個々の部品から宇宙の調和を再構成する帰納法の旗手が、他ならぬフランシス・ベーコンだった。このような哲学的・思想的背景を持ちながら変遷した時計の歴史は、十八世紀後半にいたってクロノメーターへと結実していくことになる。

　したがって、時計そしてその応用技術であるクロノメーターの歴史から推察すれば、プリンリモンのパンフレットの中でベーコンとキリストとの比較に「時計職人」が引き合いに出される必然性も理解できよ

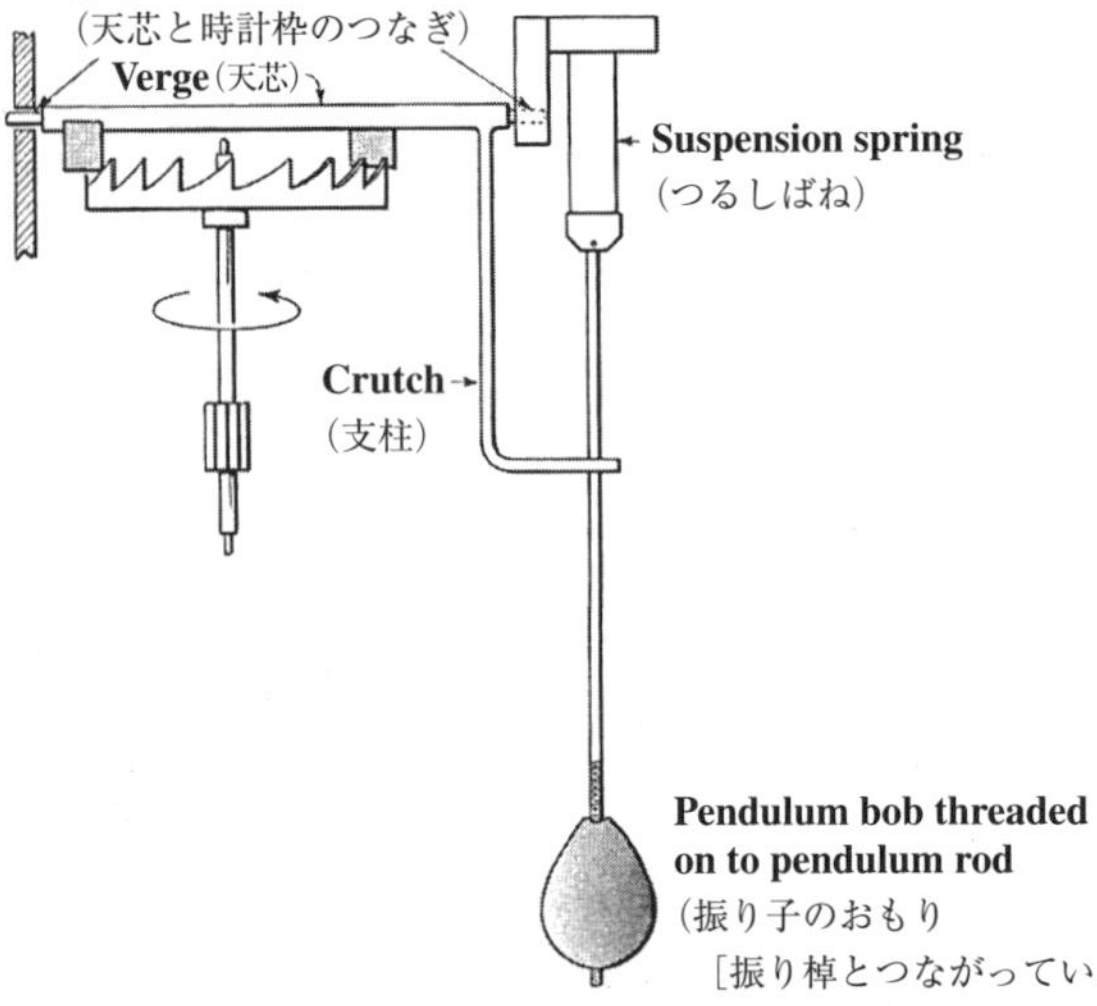

図28　振り子に制御された脱進機

う。「時計じかけの宇宙」という比喩の中では、その時計を組み立てたのは、暗黙の了解のうちに「時計職人の神」とされている。したがって、キリストのクロノメーターを「最も精巧に調整され正確なもの」、しかも「地上の軋みに影響されないもの」にしている原動者もまた、宇宙全体に予定調和を仕組んだ「時計職人の神」であるはずだ。ところが、プリンリモンの比喩の中で実際に時計職人の役割をふられているのは、「天上の真実」を創りだした神ではなくて、ベーコンとなっている。もちろん、これをプリンリモンの無知または誤解と解釈することも可能だが、それではこの部分の論理の流れが曖昧になってしまうだろう。なぜ以前には神が占めていた「時計職人」という地位をベーコンに譲り渡してまで、新しくクロノメター製作者としての神を設定する必要があったのか。しかも、クロノメターもまた時計であり、その意味で人為・人工の時を司っていることに変わりがないにもかかわらず、なぜ絶対普遍の「神の時」を託される必要があったのか。

このような論理の背景を知るためには、もうすでに何度も言及している知識史の概観が有効だろう。すなわち、アリストテレス・スコラ学派の「旧学問」の質的演繹法が、知識革命を経てベーコンを旗手とする「新学問」の数量的帰納法へと移行したものの、「帰納法の問題」が起こった結果、何が典型で何が例外であるかを判断する暫定的法則に対する必要性が浮かび上がったということである。ここには、もはやベーコンが暗黙の了解とした宇宙の予定調和はない。あるのは、百科全書的な目録集大成、組織的体系を約束しているように見えたリンネ式植物分類法やキュヴィエの比較解剖学、失われてしまった予定調和を求めたドイツ自然哲学《ナチュールフィロゾフィ》やアメリカ超絶主義である。

以上のようなベーコンの帰納法にまつわる知識史は、プリンリモンのパンフレットを批判的に読む手助けをしてくれるだろう。つまり、パンフレットの中でクロノメターが「神の時」を象徴するものとして登場しなくてはならなかったのは、それが実際に絶対普遍の時を司っているからではなく、ベーコン流の帰納法によって細分化されてしまった世界観に、全体を包括し統合するための観測定点を与える必要があったからなのだ。プリンリモンのクロノメターが象徴しているのは絶対普遍性そのものではなくて、その絶対普遍性に対する願望であるといえよう。この意味で、プリンリモンを超絶主義者に対する皮肉あるいはパロディと読む、たとえばジョン・B・ウィリアムズは、間違ってはいない。

プリンリモンのパンフレットが内包する矛盾もまた、この絶対普遍性に対する願望と無関係ではない。プリンリモンは、「神の時」「人の時」という絶対普遍なものと相対固有のものを対比させるためにクロノメターと時計という比喩を使っているのだが、前述したようにクロノメターもまた時計なのだから、この

「正確無比な」時計は絶対普遍の真実なるものを示しているというよりは、むしろプリンリモン自身の願望を表明したものと考えられるからである。したがって、クロノメターの比喩は、この機械の持つ具体的計量機器としての側面を軽視することによって生まれる抽象的一般論への方向性を示していることになろう。このパンフレットの中に抽象対具体、普遍対固有の対比があるとしたら、それはプリンリモンが主張するようにクロノメターと時計の間に存在しているのではなく、クロノメター自体をめぐる抽象的一般論と具体的機能の間に存在していることになる。もちろん、一方でクロノメターの具体的機能を軽視して抽象的一般論に走りながらも、他方で「人の時間」の重要性を説くプリンリモンは、自己矛盾をおこしているわけで、その意味でなら批判に値する人物であるといえるだろう。

3

けれども、このような具体から抽象への方向性は、ひとりプリンリモンだけに見られるものではない。たとえば、ピエールはどうだろうか。彼が信じる絶対普遍の「悪」の存在とは、いったい何なのか。彼がその存在に気づいたのは、父親の具体的な悪行を知ったためである。だとすれば、ここでもまた、具体的な固有事例は一足飛びに抽象的な普遍の概念へと変換されていることになる。白い鯨という個体に全宇宙の悪という概念を見たエイハブのように、あるいは『言語の都市』のトニー・タナー流に言えば、『白鯨』最初の登場人物「蒼ざめた代用教員」がハンカチについている模様をハンカチそのものと読み間違えたように（二二）、ピエールもまた具体を抽象に、固有を普遍へと読みかえている。プリンリモンのパンフレットが示唆しているのは、ピエールの理想と現実のずれではなくて、むしろ彼の具体から抽象へ、固有から普遍への変換という方向性なのである。

このことはもちろん、『ピエール』という作品世界が持つ意味の不確定性と無関係ではない。たとえば、主人公ピエールをめぐる人間関係は、浮游する名前によって特徴づけられている。母は姉という名で、姉は妻という名で、妻になるはずの女性はいとこという名で、いとこはグレンディニングすなわちピエールの姓を名乗っている。しかも、この浮游する人間関係の円環からは父親が欠落していることも忘れてはならないだろう。ピエールの抽象的な父親探し＝絶対普遍の悪という存在への探求はまた、具体的な父親の欠落によって可能になっている。あるいは、ウィラード・ソープが指摘する作品構造、すなわち「メルヴィルはピエールの謎を突き止めようとし、ピエールはピエールでその作中人物ヴィヴィアを理解しようとし、ヴィヴィアはヴィヴィアで彼自身の『特性と真実の最高に健全な状況を追い求めている』」(一九二)という構造もまた同様に、意味の不確定性に貢献していると考えられよう。具体的なレベルでの意味の不確定性は、「帰納法の問題」で前述したように、前提となる抽象的な一般法則の消滅と無関係ではなく、またその意味の不確定性が古い法則に代わる新たな法則への願望を生み出しているのだが、『ピエール』という作品についても、同様の意味の不確定性が具体と抽象のせめぎあいを形成しているのである。

2
空の座標
エドガー・アラン・ポウと気球

ポウの作品には「あちこちに猿が顔を出す」[1]とはウィリアム・カルロス・ウィリアムズの至言だが、気球もまたそこここに登場してくる。たとえば、「使い切った男」では、ジョン・A・B・C・スミス将軍が最近の機械の発展に言及して、ナソーで製作された気球船がロンドン—ティプクトゥー間の定期航路につこうとしていると述べているし（*M*II：三八一）、「不条理の天使」では、語り手の「私」が崖を飛び降り自殺しようとするものの、運悪く（あるいは運良く）通りかかった気球の曳綱の端をつかんで助かってしまうはめになる[2]（*M*III：一一〇八）。また、「シェヘラザーデの千二夜の物語」では、体中が腹だけの怪鳥が屋根をはがした家をつかんで天駆けるさまが語られ（*M*III：一一六四―六五）、『アーサー・ゴードン・ピムの物語』の第九章では、人事不省に陥ったピムが「動き」のある楽しい幻想を見る場面に、気球も含まれている（*H*III：一〇二）。さらには、「メロンタ・タウタ」は、気球「スカイラーク」号上で書かれた手紙という体裁をとっている（*M*III：一二九一）。もちろん、日刊紙ニューヨーク『サン』に発表された「気球ペテン」（*M*III：一〇六三―八八）や「ハンス・プファールの比類なき冒険」（*H*II：四二―一〇八）では、気球そのものが舞台ともなり大事な脇役ともなっていることも忘れてはならないだろう。

けれども、これほど頻繁に登場しているにもかかわらず、気球がポウの作品との関連で詳細に論じられたことはほとんどない。また、たとえ論じられたとしても、当時の流行物を見逃さずペテン話や法螺話に仕立て上げた「雑誌編集者《マガジニスト》」としてのポウの慧眼を指摘するか、法螺話の形態をかりた当時の政治や出版業界に対する皮肉や当てこすりとして解釈されるか、サイエンス・フィクションの元祖としてみなされるかのいずれかである。[3] だが、果たして気球はポウにとって単なる流行や法螺話、皮肉やＳＦの先駆けだけだったのだろうか。本項の目的は、なぜポウが「ハンス・プファールの比類なき冒険」「気球ペテン」「メロンタ・タウタ」の三部作で気球をとりあげたのかを論じることによって、大袈裟に言えばポウが気球に託した思想・宇宙観を語ることであり、そしてその手段は当時の気球がどんな歴史や意義を持っていたかを概観することである。

1

気球に限らず、人間は昔から空を飛ぶことを夢見てきた。有名なイカロスの飛翔と墜落の神話のほかにも、古今東西有名無名を問わず、現実に多くの人々が鳥を模して大胆かつ無謀にも高い塔や崖からの飛行実験を行い、ことごとく失敗してきた。レオナルド・ダ・ヴィンチもまた、鳥の翼の構造図や螺旋ヘリコプターの設計図（かつての全日空のロゴマーク）（図29）を残しているが、いずれも机上の空論の域を出ていない。それだけに、気球によって初めて人間が空中へと上昇したことには、現在では考えられないほどの重大な意味、人類による空域制覇への第一歩という意味がこめられていたとしても、何の不思議もないだろう。[4]

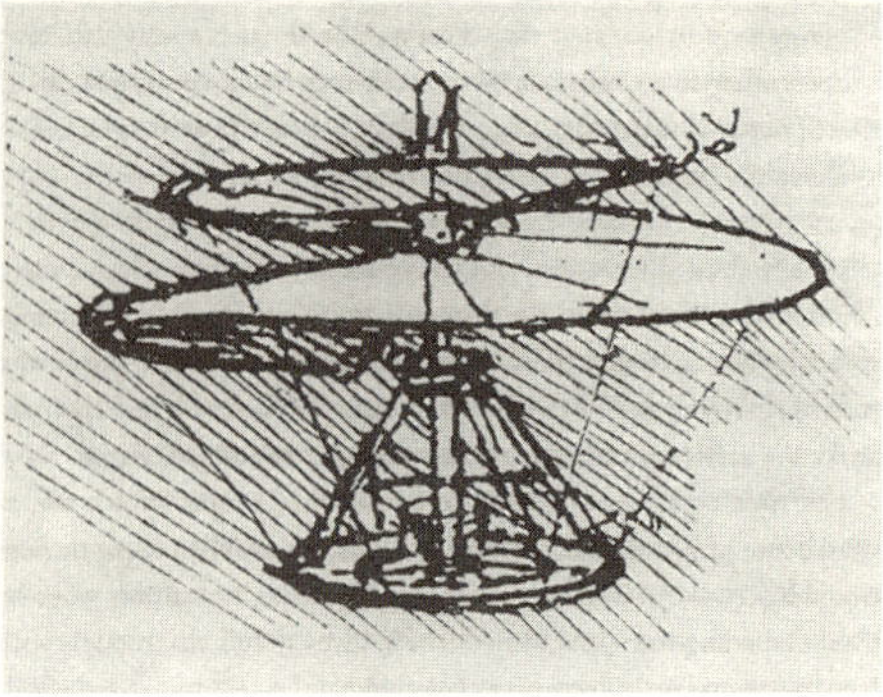

図29　レオナルド・ダ・ヴィンチの「ヘリコプター」

一般に、人間の飛行には二通りある。その第一は、気球や飛行船のように空気よりも軽い気体（熱気や水素、ヘリウム）を袋状の物に充満させることによって空中に浮游するもの、第二には飛行機やヘリコプターのようにエンジンなどの推進力によって空気よりも重い物体を空中に飛行させるものである。このうち後者は本稿とは直接の関係がないので省略するとして、同じように空気よりも軽い気体を利用していながらも、気球と飛行船がどう違うかといえば、第一に気球が文字通り「風まかせ」であるのに対して、飛行船はディリジブルという別名が示すように操縦可能であること、第二に気球では柔らかい材質でできた球形の袋部分（気嚢）が気体を注入することによって次第に形態をなしていくのに対して、飛行船では気嚢部が最初から軽金属などで作られ一定の形態を保っていることである。したがって、本項で扱うのは、操縦不可能で「風まかせ」、気体注入によって形態を維持する特徴を持つ空中浮遊装置ということになる。

さて、気球の発明だが、一七八三年六月五日、フランスはリヨン近郊のアノネーで、ジョセフとでエティエンヌのモンゴルフィエ兄弟によってなされたとされている。この人類初の気球は、兄弟の家業であった製紙業を反映し、紙袋にリネンの布地を組み合わせた気嚢を持ち、熱せられた空気が軽くなるという原理を応用した熱気球であった。羊毛と藁を燃してできる熱気は大変な臭気を発したが、悲しいかな経験則に縛られる職人であっても最先端の化学には疎かった兄弟にとっては、臭気もまた熱気の一部、気球を上昇させるために支払わなければならない代償であった（図30、図31）。この熱気球（モンゴルフィエール）は、動物を乗せた実験飛行の末、十月にはパリでフランソワ・ピラトール・ドゥ・ロジエとフランソワ・ダルランド侯爵を乗せ、有人繋留飛行を成功させている（図32）（ドゥ・ロジエは、この後一七八五年、水素と熱気の浮力を組み合わせた気球の火災で、気球事故の最初の犠牲者となった）。

一方、一七六六年にヘンリー・キャヴェンディッシュによって発見された燃えやすく軽い気体「フロジストン」は、一七八三年にアントワーヌ＝ロラン・ラヴォアジエによって「水素」と再命名されるのだが、このフロジストンを気球に応用したのが、ジャック・アレクサンドル・セザール・シャルルであった。この気球（シャルリエール）は、鉄屑と硫酸の化学合成から発生した気体を気嚢に詰めるのに時間がかかる上、引火し易いという欠点を持ってはいたものの、パリに一大気球ブームを起こした。[5] 気球の高度を調節するために、安全弁と砂袋を装備することを提案したのも、シャルルである。一七八三年八月二七日、ジャンおよびノエルのロベール兄弟によるシャン・ドゥ・マルス公園での飛行実験を見物したベンジャミン・フランクリンが、気球の有用性について問われ、「生まれたての赤ん坊がどれほど役に立つのかね」と答えたというのは有名な話である[6]（図33、図34）。

その後も大胆不敵な、あるいは単に目立ちたがり屋の気球飛行士《エアロノート》には事欠かない。一七八三年、イタリア人フランチェスコ・ザンベッカリ伯爵は、イギリスで最初に気球飛行を行った（図35、図36ａｂ）。一七八五年、最初のイギリス海峡横断飛行に成功したフランス人ジャン・ピエール・ブランシャールと在英アメリカ人のジョン・ジェフリーズは、フランス到着直前に高度を落とし始めた気球に浮力を与えるため、気球内の不要品を投げ捨てただけでなく、服を脱いで下着だけになり、さらには体内の不要液体を排出する

図 30　1783年9月19日、ヴェルサイユで
行われた飛行実験

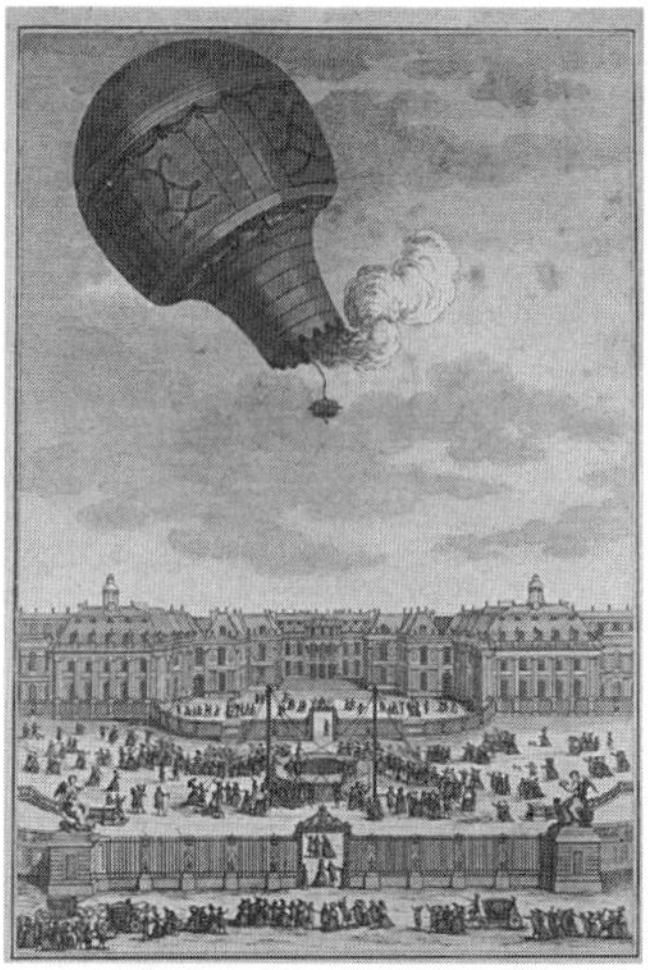

図 31　1783年9月19日、ヴェルサイユで
転覆しかけている気球

図 32　最初の有人飛行

図33　トゥィルリ宮殿を見下ろすシャルル＝ロベール気球

図34　パッシーにあったベンジャミン・フランクリン宅のテラスから見えたピァトル＝ダルランド気球

という非常手段によって、その目的を達成した（図37–図39）。ブランシャールはまた、一七九三年アメリカに渡り、フィラデルフィアをはじめとして各地で気球飛行実験の見世物を展覧している（図40）。一八〇九年に彼が気球事故から回復せず死亡した後、その夫人マリー＝マドレーヌ＝ソフィー・アルマン・ブランシャールは気球の見世物を受けつぎ、一八一九年気球の火災で事故死している（図41ab）。当時、女性の気球飛行士は珍しかったが、皆無ではなかったのである（図42 a–d）。

気球飛行士についていうならば、イギリス人チャールズ・グリーンとアメリカ人ジョン・ワイズを忘れてはならないだろう。後者は下降時に気嚢内の気体を外に逃すためのリップ・パネルを発明し、前者は気球の高度を容易に一定に保つための曳綱《ガイド・ロープ》（「不条理の天使」で語り手「私」がつかむもので、その

図 35　1783年11月25日、ザンベッカリの最初の公開気球実験

図 36b　1783年3月23日、ザンベッカリの飛行

図 36a　1785年3月23日付ザンベッカリ気球公演の入場券

図37　1785年1月7日のブランシャールとジェフリーズの出発風景

図38　フランスに向けてドーヴァーを出発するブランシャールとジェフリーズの気球
［この絵に描かれている気球は明らかに船を模したものであり、事実とは異なる］

図 39　1785年気球による英仏海峡横断初飛行

図 40　ブランシャールのフィラデルフィアでの気球公演

図 41a　1819年7月6日のマドレーヌ・ブランシャール墜落死事故

図 41b　マドレーヌ・ブランシャール墜落死事故［事故の年が間違っている］を描いたフランス製のタイル

図 42a　ジュールとカロリーヌ・デュリューフ夫妻救助

図 42b　ゴッドフリートとヴィルヘルミナ・ライヒャルト夫妻

図 42d　1856年6月25日フィラデルフィアにおけるドロン夫人気球公演

図 42c　グラハム夫人の気球公演

原理は「気球ペテン」と「メロンタ・タウタ」で詳しく説明されている）を開発した（図43）。ことに、グリーンは、一八三六年に石炭ガスを詰めた気球で二人の同乗者とともにロンドンを出発して十八時間で八百キロ近く飛行し、ドイツのナソーに到達し、「ナソーの大気球」として有名になった（図44、図45）。ポウの「使い切った男」で、ナソーで製作された気球船がロンドン―ティプクトゥー間の定期航路につこうとしているとされているのは、このためである

ところで、以上の気球飛行士たちが水平移動の距離を競ったのに対して、気球のもうひとつの特徴である垂直上昇を利用した者もあった。前者がおもに科学実験を口実にした見世物であり、気球に馬を乗せて乗馬姿を見物させたり、引火の恐れもかえりみず花火を飛ばして見せたりしたのに対して、後者はおもに上空での気圧、気温、気流の観察が目的であった。この先駆者は一八〇三年のエティエンヌ・ロベルトソンであり（図46）、翌年にはジョゼフ・ルイ・ゲイ＝リュサックが二万三千フィート（「ハンス・プファールの比類なき冒険」によれば二万五千フィート）の高度を記録している（図47）。また、一八二三年にはイギリス気象協会が設立され、同時期フランスではことに軍事目的の天気予報が研究され始めた。高度記録に挑むものも後を絶たず、有名な例としては、時代は下るが、一八六二年にヘンリー・トレイシー・コクスウェルとジェイムズ・グレイシャーが呼吸補助装置なしで三万フィート上昇して最高高度を樹立したことがあげられる。このとき、二人はちょうどハンス・プファールが経験したような耳鳴りや出血、呼吸困難や意識不明を経験し、文字通り九死に一生を得た、と後年グレイシャーは記録している（図48）。

さて、こうしてみてくると、熱気を使うにせよ、水素を使うにせよ、石炭ガスを使うにせよ、気球には共通した特徴があることがわかるだろう。それは、気球は基本的には一定高度までの垂直上昇と文字通り

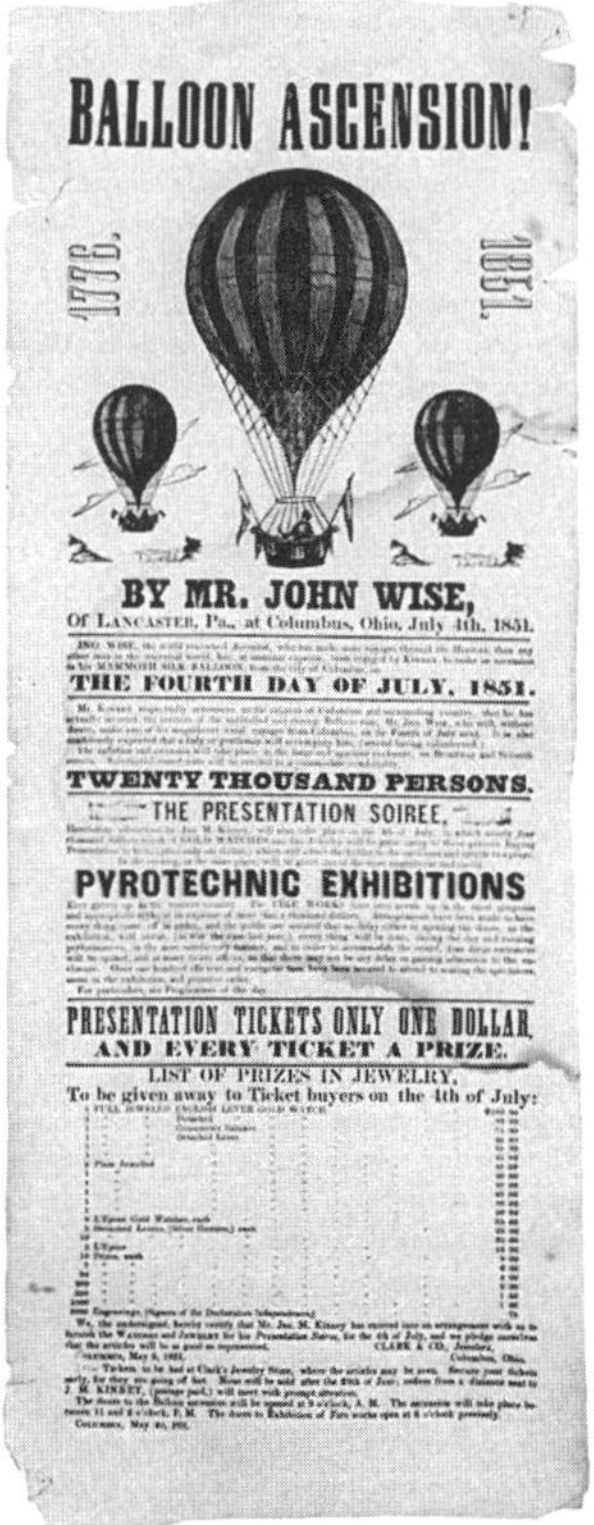

図 43　1851年7月4日オハイオ州コロンバスにおけるジョン・ワイズの公演ポスター

図 44　1837年メドウェイ上空の気球

図 45　1852年7月9日のチャールズ・グリーン第495回気球公演の宣伝ビラ

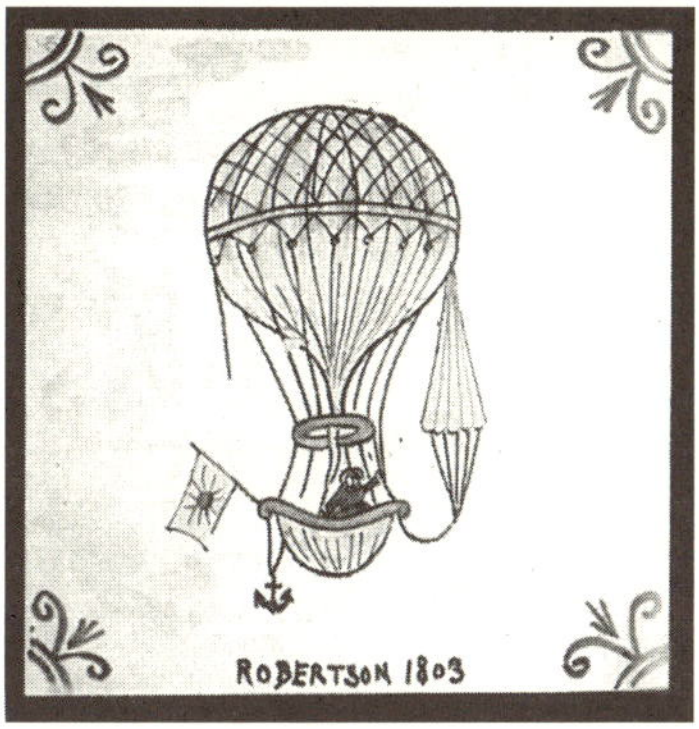

図 46　1803年エティエンヌ・ロベルトソンの飛行を描いたタイル

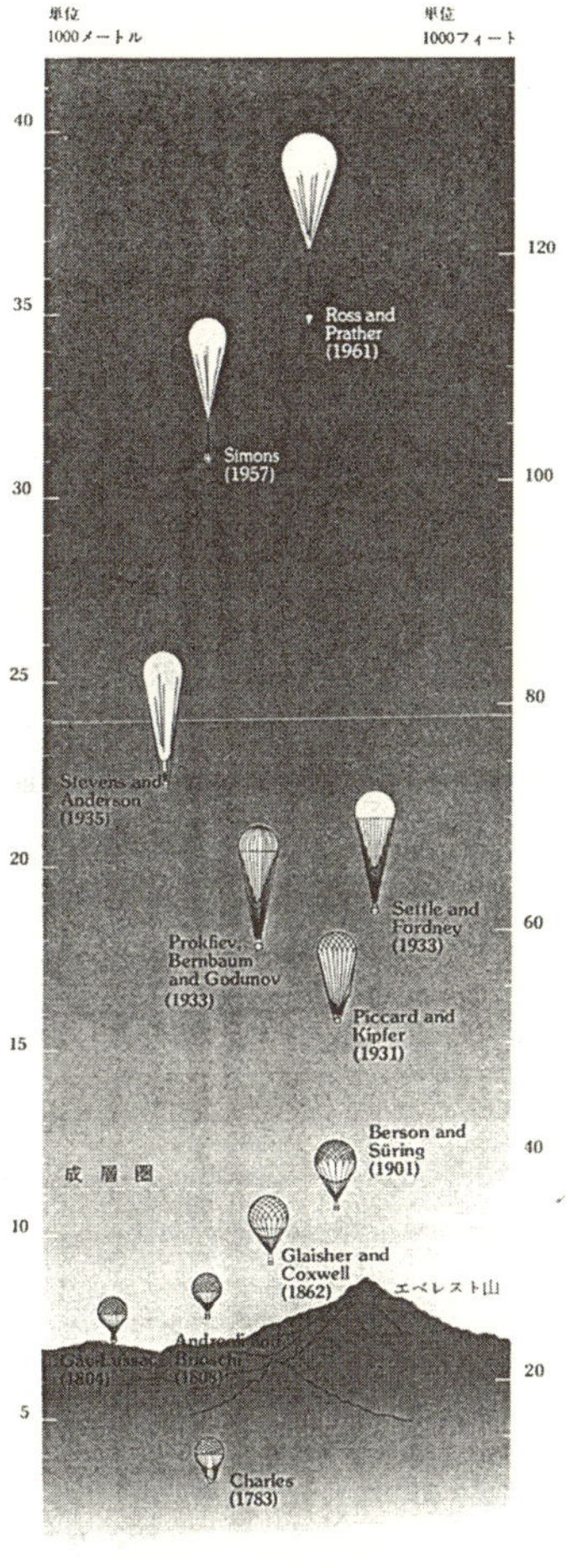

図 47　気球到達高度

図 48　1862年9月5日のコクスウェルとグレイシャーの最高度到達

「凧まかせ」の水平飛行によって特徴づけられているということである。実際、当時さかんに行われていた気球レースの目標は、どれだけの高度にまで達することができるかということ、どれだけの距離を航行することができるかということの二点に集約することができた。

この気球の二大特徴は、ポウの作品にもあらわれている。すなわち、気球の垂直上昇を主題としたのが「ハンス・プファールの比類なき冒険」であるのに対して、気球の水平飛行を主題としたのが「気球ペテン」なのである。そして、垂直上昇をy軸とし、水平飛行をx軸として描かれる座標によって切り取られた空間を移動していくのが、「メロンタ・タウタ」の「スカイラーク」号ということになるだろう。

2

「ハンス・プファールの比類なき冒険」（一八三五年、以下「ハンス・プファール」）は、前述したように、これまでおもに法螺話、当時の政治や出版業界への皮肉、初期SFという三つの観点から論じられてきた。このうち法螺話という解釈の背景には、この作品が『サザン・リテラリー・メッセンジャー』に連載されていたのと同年に、ニューヨークの日刊紙『サン』に発表されたリチャード・アダムズ・ロックの「月ペテン」（当時は単に「月面における偉大な発見」）との関連がある[7]（図49）。「ハンス・プファール」が月到着までの道のりを描いただけで月の事象事物を描いていないのは、この「月ペテン」が巨大望遠鏡によって明らかにされたという月の森羅万象や蝙蝠の翼状の羽を持った月面人を描写して評判をとったからというわけだ。けれども、この解釈では、月旅行の行程が詳細に、しかも「ハンス・プファール」自体

図49　R. A. ロックの「月ペテン」に触発された月面生態図

のあとがきによれば「科学的原理を応用して」描かれている理由を消極的にしか説明できない。せいぜいロックに先をこされ憤懣やるかたない思いをぶつけるために、ポウがあとがきで両者の違いを強調してみせたという解釈が成り立つだけだ。

あるいは、当時の政治や出版業界への皮肉という解釈をとりあげてみてもいいだろう。ロッテルダムの市民を当時台頭してきた都市中産大衆の無知蒙昧ぶりとして、耳を持たない月からの使者を売れる本だけを出版しようとする業者の閉鎖性として読んだとしても、月への旅程を描く理由にはなりえない。「ハンス・プファール」の中心は、あくまでハンスの月までの旅程なのである。

けれども、逆に、初期SFと解釈するには、月への行程の詳細があまりにもお粗末すぎないだろうか。いったい誰が大気の希薄なところで生まれた仔猫たちが大気圏外で呼吸困難に陥らないことをたやすく容認するだろうか。いったい誰が気球が月の引力圏に入った途端に反転することを信じるだろうか。

つまり、問題は「ハンス・プファール」にはこれまで解釈されてきたような法螺話、当時の政治や出版業界への皮肉、初期SFという範疇では解釈に余るところがあるのだ。なぜハンスの旅程はあのような形態をとる必要があったのか。なぜハンスは熱気でも水素でも石炭ガスでもない特別の装置を持つ気球を使ったのか。そして、なぜ月までの行程を細部にわたって、けれどもかなり怪しげに書かねばならなかったのか。

この答えについては、ハンスに月旅行を思いつかせたきっかけが一冊の本であったことが鍵を与えてくれるだろう。この本は、エンケかそれに類する名前の著者によって著された理論天文学《スペキュラティヴ・アストロノミー》の本とされているが、エンケとは一八三二年と一八三八年に地球に再接近した彗星につけられた発見者の名前で、

「ハンス・プファール」発表時には広く巷間に流布しており、ハンス自身も手記の中でエンケ彗星について言及している（六三）。しかも、まずハンスは実際に月旅行を企てる前に、その具体的方法を思いつく前に、この理論天文学の本を二度も耽読しているのだ。彼が実用的な機械技術や天文学の本を買い求めたのは、この本を読んだあと眠れない一夜を過ごしてからのこと、言い換えるならば、彼の月旅行はこの理論天文学を実証するものだったということになる。したがって、月からの使者とおぼしき人物がもたらしたハンスからの手紙が「ロッテルダム天文大学」学長と副学長に宛てられたものであっても、不思議ではないだろう。その書簡は、理論天文学の本によって触発された実践編の記録という体裁をとっているからである。だとすれば、ハンスの手紙は、月への旅行をめざした気球を舞台とした法螺話としてではなく、むしろ天文学についての理論／推論《スペキュレイション》として読まれるべきではないだろうか。そして、気球は文字通りこういった天文学の乗り物、伝達手段なのではないだろうか。

　理論天文学がハンスの冒険に多大な影響を与えていることは、その気球の浮力によってもまた証明されよう。この浮力は、「敢えて名を伏す特殊な金属あるいは準金属」と「ありふれた酸」（五二）によって合成され、水素よりも三七・四倍以上も軽く、アゾート（窒素）の一成分となっている気体によってもたらされると説明されているのだが、この説明自体はかなり奇怪なものである。はたして窒素をさらに成分化できるのか、水素よりもはるかに軽い気体が存在するのか、といった科学的な疑問もさることながら、「敢えて名を伏す特殊な金属あるいは準金属」の存在が問題となるだろう。

　この金属の正体を推測するためには、ハンスの考える理論天文学について触れておく必要がある。すると、それは驚くほど古典的なナチュラル・フィロソフィを模したものとなっていることがわかる。まず、地表近くには呼吸可能な濃い空気の層が存在し、その上には呼吸のために空気凝縮装置を必要とする薄い空気の層がある。この層まで達すると、地球の景観は穏やかな海（水）とそこに点在する島々（土）となって見えてくる。さらに上昇し月に近づくと、今度はまた濃い空気層に出会う。けれども、月面にはまったく水や土の景観はなく、かわりに多くの火山が絶えず噴火物を放出している。ここに見られるのは、土と水で構成された地球、三層の空気（図50）、そして火の星としての月という土、水、空気、火の四大要素による古典的なアリストテレス・スコラ学派の自然観・宇宙観の再現である（図51）。[8] すなわち、前述したように法螺話によって枠付けされていたハンスの月旅行記は、意外にもいたって古典的かつ真面目な自然観・宇宙観を基盤としているのだ。

だとすれば、秘密の「金属あるいは準金属」の正体も推測できるだろう。それには、ハンスが月に近づいたときに受けた手酷い騒音の歓迎を思い起こしてみればいい。月は火山からできていて、その火山は頻繁に噴火物を放出しており、その噴火物はときどき地球にまで到達して「隕石」と呼ばれていることが書かれている。これが、問題の「金属あるいは準金属」の正体だ。ハンスの月旅行は、熱気や水素や石炭ガスを使った気球によるものではなく、月から地球への落下物がその本来の場所へ戻ろうとする親和力《アフィニティ》・感応力《シンパシー》を「ありふれた酸」を使って助けてやったもの、地球上で「隕石」となっているものを月の噴火物という本来の姿に戻してやったものなのである。[9] この意味で、ハンスの月旅行記は彼自身が抱いている理論天文学を具現化したものと考えられよう。

さて、このように考えてくると、「ハンス・プファール」という作品中のハンスの手記じたいが法螺話であるかどうかは問題ではなくなるだろう。それは第一に、ハンス・プファールが月旅行について思いを

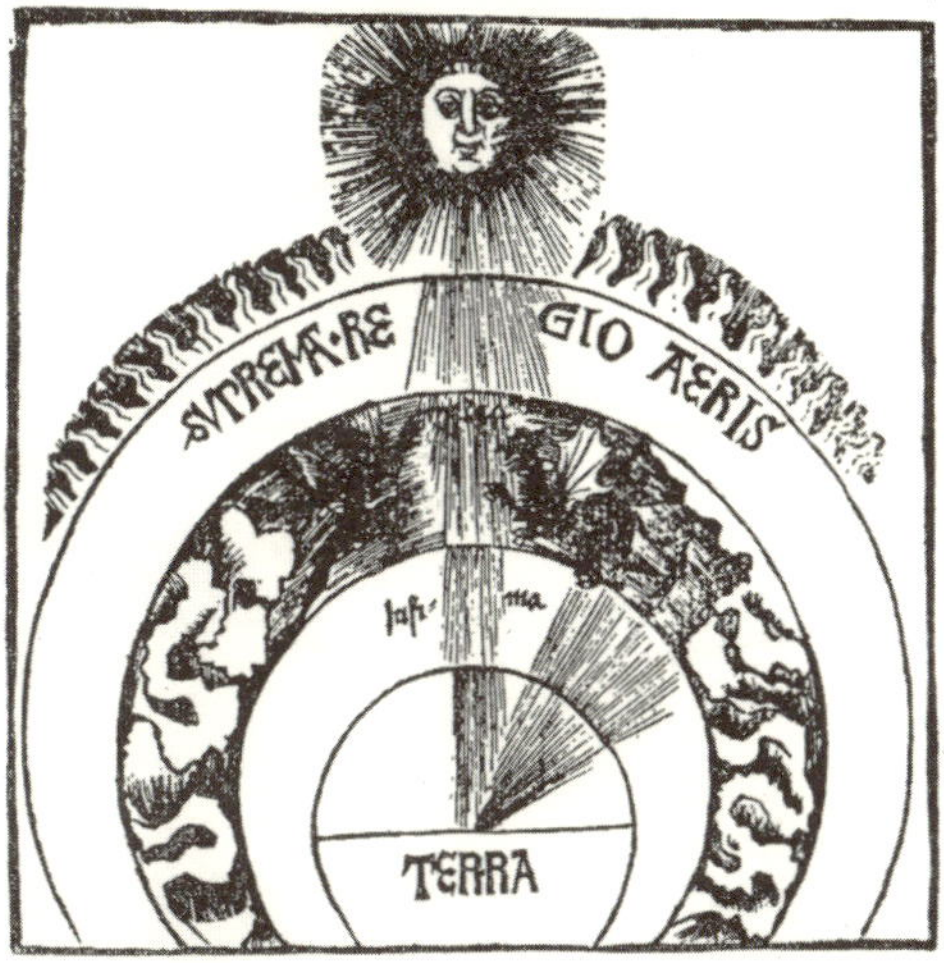

図 50　三層の空気　(1) 低層部は太陽光の反射によって熱くなる　(2) 中層部は凝固した水分の大気現象によって冷たくなる　(3) 高層部は火の天球に近いので暖かくなる

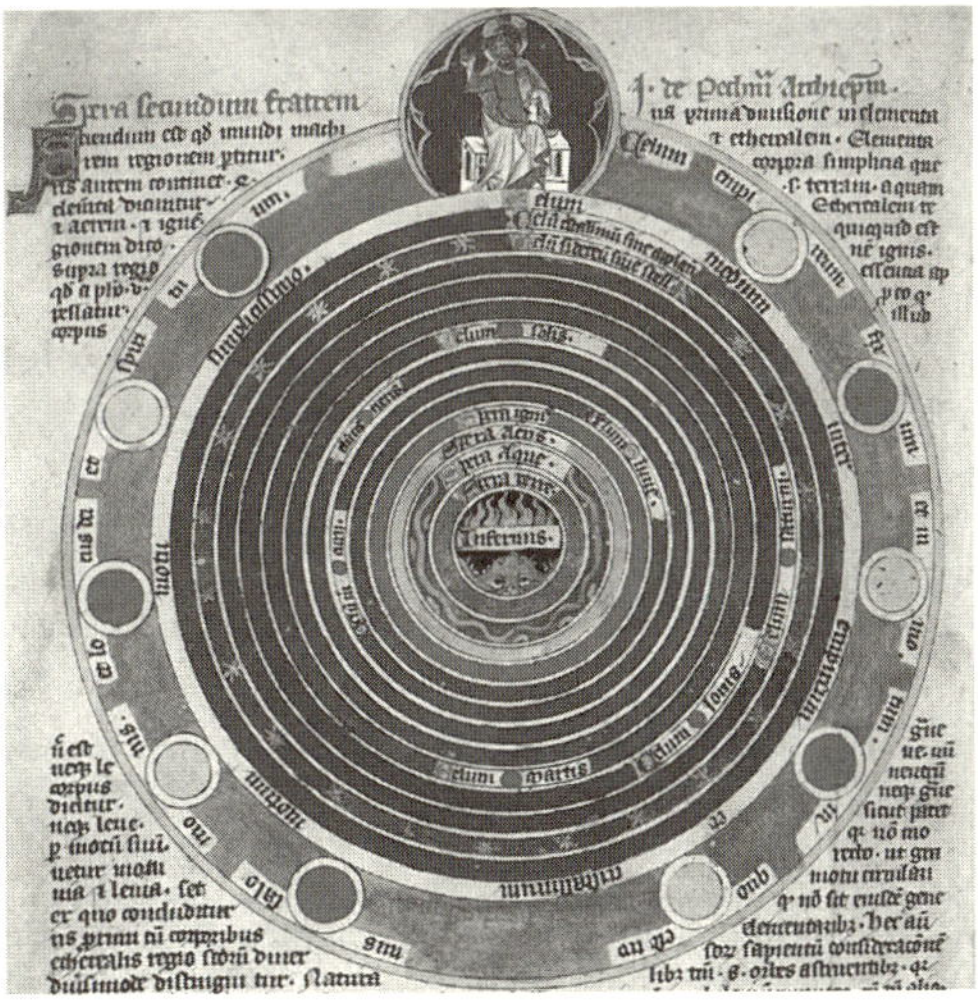

図 51　古典的宇宙像（土・水・空気・火の4要素からなる地球の周りを惑星や恒星の天球が囲っている）

めぐらした思索の結果を描いたものであって、彼が実際に月に到達したかどうかの問題ではない。したがって、ハンスの書簡中のことば以外に証明するもののない「月からの使者」がロッテルダムの新聞でできた気球に乗っていたとしても、その気球の形が道化帽を逆さにしたような形をしていたとしても、かまわないのだ。それは、ハンスの悪戯か冗談の証拠にはなっても、ハンスの月に関する理論／推論を否定することにはならない。換言すれば、ハンスの手紙の内容がすべて彼の理論／推論であるならば、その他の部分はまったくの法螺話か与太話であってもいいことになる。もちろん、悪戯か冗談という枠組みは、ハンスの思索に疑問を投げかける。彼はまったく月に行っていなくてもいいのだし、彼の語った内容はまったくのでっちあげでもいいわけだ。

　確かに、「ハンス・プファール」は、ペテンあるいは法螺話に分類されるだろう。けれども、そのペテンや法螺がめざしているのは、これまでの解釈が示してきたような気球や月旅行に関するものではなく、まともな宇宙論をめぐる枠組みとしてしくまれたものとなっている。気球の垂直上昇という特徴を使って描かれているのは、土、水、空気、火という地上現象界の四大要素を通過していく旅程であり、したがって書かれるはずだった月面の事物事象は、人間の五感を超え、地上現象界を超えた第五要素《クウィンテッセンス》をもつ天上界だったはずである。実際、ジャクソンによると、「十八世紀の人びとのなかには、気球旅行を天国へ達する方法のひとつと考える人もいた」（四三）ことも事実なのだ。たとえ天国がハンス・プファールの頭の中だけのことであったとしても。

3

ところで、「ハンス・プファール」が気球の垂直上昇という特徴をとらえてハンスの頭の中にある宇宙観を描いたものであるのに対して、「気球ペテン」（一八四四年）は気球の水平飛行という特徴をとらえて、大西洋横断を書いたものとなっている。前述したように、チャールズ・グリーンは、一八三六年にイギリス側からドーヴァー海峡を横断してナソーに至る飛行を成功させているし、一八四〇年には気球による太平洋横断を計画しているのだから、雑誌編集者ポウはなるほどうまく時流をとらえていることになろう。念のために書き添えておけば、「気球ペテン」に登場するモンク・メイソンなる者は実在の演劇プロデューサー、ロバート・ホランドは国会議員であり、グリーンとともに一八三六年にドーヴァー海峡横断飛行を実際におこなったのと同じ一行である（図52）。けれども、現実の大西洋横断は、百年以上もあとのこと、一九七八年にヘリウム気球によって米国メイン州からフランスへ、西から東へと移動したものであり、ポウのペテン話のように東から西への大西洋横断はその十四年後の一九九二年、カナリア諸島からヴェネズエラというかなり変則的なものとなっている（表2）。

このペテン話が本当らしく見えるのは、ハーヴァード版ポウ作品集の編者トマス・オリーヴ・マボットが指摘しているように、当時発表されていた気球に関する論考や冒険記、ことにモンク・メイソンが先に行なったドーヴァー海峡横断の記録『気球旅行記』（ロンドン、一八三六年／ニューヨーク、一八三七年）と、同じメイソンが書いた『楕円形型気球についての覚え書き』（ロンドン、一八四三年）にかなり大幅に依拠

図52　チャールズ・グリーン、トマス・モンク・メイソン、ロバート・ホランドとその友人たち

したものとなっているからである。また、この作品が、以前にロックの「月ペテン」を掲載したのと同じニューヨーク『サン』に発表されたものであることも、つけ加えておいてもいいだろう（何と、当時の編集長は、ほかならぬロック自身！）。確かに、二番煎じとなった「気球ペテン」は「月ペテン」ほど評判をとらなかったし、泥酔したポウ自身がペテンであることを簡単に暴露してしまったために、当初の目論見を果たしているとはいいがたい（*M* II：一〇六八）。けれども、この都市中産階級大衆相手の日刊新聞は、現在でいえばスポーツ紙の類、ペテン話は得意中の得意中のお手の物、面目躍如の売れ筋話だった。[10]

しかも、モンク・メイソンの書き残した事実に依拠しながらも、ポウの話がペテンであることは、注意深い読者ならすぐわかるよう

Trans Atlantic Ventures

1 Atlantic 1859 Hydrogen (50,000 c/ft)
John Wise (US). Flew 809 miles from Michigan to New York state on trial flight, but abandoned plans to fly the Atlantic.

2 *City of New York/Great Western* 1859 Hydrogen (725.000 c/ft)
Thaddeus Lowe (US). Flew on test flight from Philadelphia to New Jersey, but abandoned plans to fly the Atlantic.

3 *Daily Graphic* 1873 Oct 7 Hydrogen (600,000 c/ft)
Washington Harrison Donaodson, Alfred Ford and George Hunt. (US). Hit heavy rain after 45 miles over New Canaan, Connecticut. All crew jumped to safety.

4 *Atlantic* 1881 Hydrogen (1,000,000 c/ft)
Samuel King (US). Departed from Minneapolis, but landed within a short distance.

5 *The Small World* 1958 Dec 12 Hydrogen
Colin and Rosemary Mudie, Arnold and Tim Eiloart (UK). From Tenerife, Canary Islands, forced down by thunderstorms, completed journey to Barbados by sea.

6 *Maple Leaf* 1968 Aug 10 Helium
Mark Winters and Jerry Kostur, ditched off Halifax, Nova Scotia.

7 The Free Life 1970 Seot 20 Hot Air/Helium
Malcolm Brighton (UK), Rodney and Pamela Abderson (US). Take-off from Long Island, ditched in storm off Newfoundland. No crew or wreckage found.

8 *Yankee Zephyr* 1973 Aug 7 Hot Air/Helium
Bobby Sparks (US). Take-off Bar Harbor, Maine. Ditched in violent storm off St John's, Newfoundland. Pilot rescued.

9 *Light Heart* 1974 Feb 18 Helium
Thomas Gatch (US). Take-off Harrisburg, PA. On course for Azores when radio contact lost. No crew or wreckage found.

10 *Spirit of Man* 1974 Aug 6 Helium
Bob Berger (US). Take-off New Jersey. After one hour balloon burst over coast, killing pilot

11 *Windborne* 1975 Jan 6 Helium clusters
Malcolm Forbes and Tom Heinsheimer (US). Take-off in California aborted due to wind gusts. Two clusters set free.

12 *Odyssey* 1975 Aug 21 Hot Air/Helium
Bobby Sparks and Haddon Wood (US). Launch master failed to let go and was hauled aboard. Ditchd off Cape Cod, both crew rescued.

13 *Spirit of* '76 1976 June 25 Helium
Karl Thomas (US). Take-off Lakeburst, New Jersey, forced down after 550 miles in a storm, rescued by Russian trawler.

14 *Silver Fox* 1976 Oct 5 Helium
Ed Yost (US). Take-off Millbridge, Maine. Broke all records and came within 700 miles of Portugal, but blown south away from land.

15 *Double Eagle* 1977 Sept 9 Helium
Ben Abruzzo and Maxie Anderson (US). Take-off Marshfield, Mass. Ditched in severe storm off Iceland after flying in a wide circle. Both pilots rescued.

16 *Eagle* 1977 Oct 10 Helium
Dewey Reinhard aud Charles Stephenson (US). Take-off Bar Harber, crashed in a storm off Nova Scotia. Both pilots rescued.

17 *Zanussi* 1978 July 26 Hot Air/Helium
Don Cameron and Major Christopher Davey (UK). Take-off St John's, Newfoundland. Forced to ditch 108 miles from France due to tear in helium cell aud dying winds.

18 *Double Eagle II* 1978 Aug 11 Helium
Ben Abruzzo, Maxie Andereon, Larry Newman (US). **First successful crossing.** Take-off Presque Isle, Maine, landing Evreux, France after 137 hours world record duration.

19 *Rosie O'Grady* 1984 Sept 14 Helium
CoL. Joe Kittinger (US). First solo crossing. Take-off Caribou, Maine, landing Cairo Montenotte, Italy

20 *Flying Dutchman* 1985 Aug 25 Hot Air/Helium
Henk and Evellen Brink, Evert Louwman (NL). Take-off St John's, Newfoundland. Ditched just past 30 degree west, mid Atlantic. All crew rescued.

21 *Dutch Viking* 1986 Sept 2 Hot Air/Heliun
Henk and Evellen Brink, Willern Hagerman (NL). First Europeans and first woman to cross. Tak-off St John's, Newfoundland, landing near Ijmuiden, Holland.

22 *Virgin Flyer* 1987 July 2 Hot Air
Per Lindstrand aud Richard Branson (UK). First hot air balloon crossing. World record distance 3075 miles for a hot air balloon. Reachd speeds up to 133 knots.

23 *Trex* 1992 Feb 14 Hot Air/Helium
Tomas Féliu and Jesus Gonzales Green (Spain). **First succesful East to West crossing** despite thunderstorms on the way. Take-off Canary Islands, landing Venezuela. Proved the Cameron balloon design used in the Chrysler Transatlantic Challenge.

24 *Chrysler GBUFB* 1992 Sept 16 Hot Air/Helium
Erich Krafft and Jochen Mass (Germany). Take-off Bangor, Maine. Forced to ditch in mid-Atlantic after 82 hours, 23 minutes. Both crew rescued.

25 *Chrysler G-BUFD* 1992 Sept 16 Hot Air/Helium
Gerhard Hoogeslag and Evert Louwman (NL). Take-off Bangor, Maine. Forced to ditch 30 miles from Isles of Scilly after 121 hours, 33 minutes (and 2,871 miles). Both crew rescued.

26 *Chrysler G-BUFC* 1992 Sept 16 Hot Air/Helium
Don Cameron and Rob Bayly (UK). Take-off Bangor, Maine. Landed in Portugal on September 21st after being airborne for 124 hours, 6 minutes, and 3,014 miles.

27 *Chrysler G-BUFA* 1992 Sept 16 Hot Air/Helium
Wim Verstraeten and Bretrand Piccard (Belgium). Take-off Bangor, Maine. Landed in Spain on September 21st after 119 hours, 20 minutes and 3,081 miles.

28 *Chrysler G-BUFE* 1992 Sept 16 Hot Air/Helium
Troy Bradley and Richard Abruzzo (US).Take-off Bangor, Mine. Landed in Morocco on September 22nd after 144 hours, 52 minutes and 3,332 miles.

表2　気球による大西洋横断計画の記録（強調付加）

図53　1843年のモンク・メイソンの空中飛行機械

にしくまれている。その書き出しから、飛行の失敗例、ヘンソンとケイリーがあげられているではないか。さらには、この失敗例を教訓として製作されたメイソンの気球ヴィクトリア号は、螺旋水揚げ機《アーキミーディアン・スクリュー》を推進力に舵をつけ、なぜかウーリッジからの二人の水夫が乗り込んでいる（図53）。念のためにくりかえせば、ヴィクトリア号は気球であって船舶ではない。船舶からの類推で気球に櫓や舵を取り付けても、液体と気体という媒体の違いのため、せっかくの工夫も無効かつ無意味なだけである。じっさい櫓や舵がとりつけられたこともあったが、すぐに失敗の烙印を押され、一七八〇年代までにはすっかり廃れてしまっていた。それより半世紀以上あとの気球が、同じ失敗をくり返しても、滑稽なだけである。「気球ペテン」の気球は、端《はな》から実現不可能な装置として紹介されているのだ。

それにもかかわらず、この「気球ペテン」が注目に値するのは、この虚構が一八四四年に東から西への大西洋横断飛行として設定されているからであろう。このことは、アメリカの西進運動と無関係ではない。一八二〇年代後半から大西洋を渡ったドイツ系、アイルランド系移民の増加、一八三〇年代の東部からの鉄道の全国展開、四〇年代前半のオレゴン「大移住」やテキサス統合問題が、東から西への移動に耳目を集めていた。もちろん、一八四八年のカリフォルニアでの金鉱発見と翌年のゴールド・ラッシュには早すぎた気球旅行ではあったが、金鉱発見でさえも東から西への人口移動がなければ多分に時期的に遅れたものとなったことだろう。実際、ルーファス・ポーターは、気球によってカリフォルニアへ金鉱探しをしに行くことを提言している。飛行方向の制御の問題さえ解決できれば、地上で出会う危険なしに人口を大量かつ迅速に運搬できる手段として、気球は大きな期待を抱かせるのに足るものであったのだ。

4

さて、垂直上昇の「ハンス・プファール」が現象界から天上界への旅行を、水平飛行の「気球ペテン」がアメリカ西進運動を暗示していたのに対して、第三の気球物語「メロンタ・タウタ」(一八四九年)は気球による娯楽旅行の徒然に書かれた書簡体の形式をとって、前二者の話題の続編となっている。たとえば、その表題「これらのことはすべて未来のこと」に忠実に、二八四八年四月一日から始まる書簡の最終日八日には、「気球ペテン」で到達地となったアメリカが「アムリカ」という古代遺跡として発見されたという新聞記事の写しが載っている。この書簡の書き手パンディタの唯一の話し相手パンディトによれば、アムリカは共和国であったが暴徒《モブ》の専横によって滅びたということだ。「気球ペテン」で垣間見られた西進運動の中のアメリカは、「メロンタ・タウタ」では遺跡となって再登場している。

　あるいは、パンディタが四月三日に披瀝する現象界と天上界に関する議論をとりあげてもいいだろう。この日の記述（そして暗黒の海で見つかったとされる「メロンタ・タウタ」に付録している手紙）では、「ハンス・プファール」でその片鱗を見せていたナチュラル・フィロソフィの歴史が概観されている。それによれば、かつては天上界に存在する大前提から現象界の個々の具体例を説明する演繹法が雄羊《アリエス》・トートル（アリストテレス）を代表として幅を利かせていたが、雄豚《ホッグ》（ロック）の出現によって個々の具体例から共通する法則を導きだす帰納法が生まれ、学者たちはこの雄羊法か塩漬け豚《ベーコン》法の二者択一だけが真理に至る道だと信じたというのである。

　このパンディタの分析が、すでに何度も言及した西洋思想史のパロディになっていることは明らかだろう。そこでは、アリストテレス・スコラ学派の質的演繹法が、ベーコンに代表される量的帰納法と対照されている。けれども、二つの方法論から二者択一をせまる不毛は、「帰納法の問題」に端的に示されることになったし、その結果、典型と例外の整理と体系化のために新しい枠組みが模索されることになった。

　だが、具体例の蒐集や新しい枠組みによる解決法をめざさなかった者たちもいた。それは、たとえば詩人の直感、子供の無邪気、天才の閃きを唱道する一派であり、膨大な具体例から理論や法則を積み重ねることも、新しい枠組みを発明することもなく、一足飛びに普遍かつ不変の「真理」をつかみとろうとする者たちだった。これは、ロマンティシズム、ことにドイツ自然哲学《ナチュールフィロゾフィ》やアメリカ超絶主義に見られる考え方である。そして、我らがポウもまた『ユリイカ』でこの離れ業の一端を披露することになるのだが、その議論は最終章「暗合／号する宇宙」に譲ることにしよう。

ポウの気球三部作も、このような時代・思想背景の中で読み直すことができる。なぜ「ハンス・プファール」では、「敢えて名を秘す特殊な金属あるいは準金属」を使って月をめざさなければならなかったのか。現象界から天上界へと飛翔しなくてはならなかったのか。なぜ「気球ペテン」では、一足飛びに大西洋を渡る気球が歓迎されたのか。なぜ「メロンタ・タウタ」では、雄羊法でも塩漬け豚法でもない第三の道が示唆されたのか。アムリカは多数の原理に従う無秩序な暴徒に滅ぼされなくてはいけなかったのか。

けれども、もちろん、気球三部作がいずれもペテン形式で書かれていることも忘れてはならないだろう。怪しげな月からの使者と新聞紙でできた道化帽を逆さにした気球、舵や櫓やスクリューで方向制御ができることになっている気球、自分たちよりも高所を高速度で走行する他の気球の存在とアムリカ滅亡の謎が明かされる瞬間に破裂してしまう気球、そしていつも暗示されている四月一日《エイプリル・フールズ・デイ》。これらは、気球内の真面目でまともな哲学思想に疑問を投げかける。あたかも、最後の最後になって「な〜んちゃって」とはぐらかされた気分にさせられる。

この事実は、換言すれば、ポウの気球が持つ意味を明らかにするだろう。その利用が端緒についたばかりでまだ、野のものとも山のものともつかない気球を舞台にすることによって、何の役に立つかわからない気球を脇役に添えることによって、ポウは大袈裟に言えば「帰納法の問題」という思想の行き詰まり、アリストテレス的論理法とベーコン的論理法のあいだの二者択一の不可能性に対するささやかな、けれども同時に壮大な解決策を示したのである。それは、超重量級のコズモロジーやナチュラル・フィロソフィの問題を馬鹿馬鹿しいペテン話・法螺話にしてしまう童心、融通無碍な詩人の直感と天才の閃きに他ならない。とはいえ、このことすらもポウ一流の諧謔でないという保証もどこにもないのだが。

第二部　ネイチャー

第一章

「自然」という名のヒストリー　アメリカ自然誌の系譜

　始めにお断りしておかなければならないのは、少なくとも十八世紀後半から十九世紀前半のアメリカで隆盛を誇った学問分野「ナチュラル・ヒストリー」を自然史すなわち自然の歴史ととらえるのは、間違いだということである。なるほど、現代の自然「史」博物館には、恐竜の骨格や復元像が陳列され、いろいろな動植物の生態や民族の暮らしが、古代から現代へと時代変遷を辿って、いながらにしてわかるように配置・展示される工夫がなされている。けれども、自然界には因果関係を持った一連の変化を時間的に記述する「歴史」があるという概念が生まれたのは、それほど昔のことではない。それは、チャールズ・ダーウィンらの主張した自然淘汰という考え方が受容されてからのこと、時代でいえば十九世紀後半のことにすぎない。それ以前の自然界は、天地創造時に神が創った秩序と形態を維持していると考えられており、したがってこの場合の「ヒストリー」とは、森羅万象を網羅し博覧する展示会、神の意匠《デザイン》を具現化した「自然という書物《ブック・オヴ・ネイチャー》」の書誌、すなわち自然「誌」を意味していたのである。

本章では、この後者の意味でのヒストリー、すなわち時間の停止した非歴史的なヒストリーをとりあげ、それが十八世紀後半から十九世紀前半のアメリカ散文と文化にどのような影響を与えているかを考察してみることにしよう。

1

まずはじめに、十八世紀後半から十九世紀前半のアメリカという期間地域限定の自然誌を説明する前に、今や恐竜の復元像のように再構成を必要とする自然「誌」という概念と、その緩慢で冗長な終焉の始まりの大きな原因となった自然淘汰という概念との違いを先に把握しておく必要があるだろう。さらには、その概念の誕生によってそれ以前の学説のどこが否定され、どこが残存したのかをも確認しておこう。

現在ではほとんど常識となっている「自然淘汰」という概念を理解するために、たとえば最近の学説からクジラとラクダが共通の祖先を持つという例をとりあげると、この二種類の動物は一方が海という環境、他方が砂漠という環境で生き延びるために、次第に順応していった結果、現在では全く違う形態を持つ動物として生き残ることになった。[1] 逆に、環境への順応ができなかった生物は絶滅し、その痕跡はときとして化石として残存した。つまり、自然淘汰という考え方では、化石は絶滅した生物の痕跡とされるのである。

ところで、以上のような自然淘汰の学説は、ふつう一八五八年リンネ協会でのチャールズ・ダーウィンの論文発表とその翌年の『種の起源』を始祖とすると考えられているのだが、事実はそれほど単純ではない。第一に、ダーウィン自身、おもにチャールズ・ライエルの『地質学の原理』（一八三〇年）とビーグル号での探検体験（一八三六年）からこの学説を一八四〇年代には案出していたのだが、公表を躊躇する背景があった。自然界の生物が、単に環境に順応することによって生き延びたり、順応できずに絶滅したりするということになれば、生物の行く末は環境に支配されることになる。だとすれば、現存する生物の生態や形態は天地創造時に神が定めたものとは異なったものとなるし、そもそも生物の創造からして神の御業ではないことになってしまう。こうして、自然淘汰は限りなく無神論に抵触する可能性がある学説となり、したがって公表がためらわれることにもなった。

けれども、マレー半島の調査をしていた実地自然誌家《フィールド・ナチュラリスト》アルフレッド・ラッセル・ウォレスが同様の学説を発表する用意があることを知ったダーウィンは、学会発表の優先権を主張するため、自説を公表することを決意する。リンネ協会も、遠隔地にいる実地自然誌学者よりも本国にいる書斎自然誌家《クロゼット・ナチュラリスト》の論文を重要視し、二人の論文が同時発表された会合でも後者を先に読みあげるという措置を講ずることで、この緊急事態を乗り切った。それはまた、理論の実践に対する優越を再確認した決定でもあった。[2]

しかしながら、ダーウィンとウォレスの先陣争いは、厳密に言うならば二番煎じでしかない。というのも、一八四四年に匿名で発表されたロバート・チェインバースの『創造自然誌の痕跡』が、すでに化石を絶滅した古代生物の痕跡であると論じていたからであり、一部の知識人の間では進化論はもはや公然の秘密となっていたからである。神の存在を否定することにもなるこの理論を匿名ではあっても公に認知することや擁護することは、不可能とは言えないまでもかなりの困難と勇気をともなっただろうことは想像に難くないにしても。

それでは、ダーウィン/ウォレスあるいはチェインバースの学説が否定した神による決定論とはいったいどんなものだったのだろうか。[3] 旧学説は新学説によってどこをどのように否定されたのだろうか。また、新学説に継承された旧学問の問題点とは何だったのだろうか。これらの問いはまた、本章が話題としている十八世紀後半から十九世紀前半にアメリカで隆盛を誇った自然誌の根幹をなす問題でもあり、現在にまで継続している問題を孕んでいる。

旧学説の中心には神による予定調和という決定論があり、それは一般にアーサー・O・ラヴジョイが「存在の大連鎖《グレイト・チェイン・オヴ・ビーイング》」と呼んだものに端的に示されている。その起源は古代ギリシャにまで遡るのだが、中世以降のキリスト教が咀嚼した形態では、あらゆる存在は神を頂点とした上下関係の中に、同列のもののひとつとしてない序列の中に組み込まれていて、神—天使—聖人—人間—動物—植物—鉱物という大まかな序列の中にも、たとえば人間ならば聖人——一般人—罪人という序列、さらには聖人にも一般人にも罪人にもそれぞれ細やかな序列があるというものであった。もし最も下劣な人間と上等な猿との間に序列の連鎖が欠けているとしたら、それはまだ発見されていない欠損部分《ミスイング・リンク》であると考えられた。[4] もちろん、存在の大連鎖によれば、ラクダとクジラはまったく別物、前者が哺乳類の序列に属すれば、後者は『白鯨』の「鯨学」が誤って示しているように、魚類の序列に属するものである。もちろん、この思考の背景には、第一にある生物あるいは無生物が無数の可能性の中から現在の形態で存在するためには、それを可能にした意志あるいは原動者《プライム・ムーヴァー》を必要とするという考え方があって、たとえば、人間の眼球や天体が同じ球形おかげということになる。

をなしているのは、他の多くの可能性の中からこのもっとも完全な形態を神が取捨選択したから、したがって自然界を現在の姿の自然界たらしめているのは、そのようにする意志を持った存在つまり神の御業のおかげということになる。

さらには、もし神が全知全能で完全な善であるならば、なぜ悪・醜・穢・卑などを創ったのかという疑問にも答えなくてはならないだろう。神がすべて善であるならば、そのような否定的なものは不必要な余剰物だからである。そこで、これらの不要物を世界観の中に組み込むためにも「存在の大連鎖」が必要となる。つまり、世界は神を頂点とした序列からなり、下等なものはそれよりも上等なものの存在価値をより重要なものにするために存在するというわけだ。したがって、たとえ悪・醜・穢・卑だとしても、それなりの場所と意義を与えられているという解釈が可能になる。

このような世界観が、きわめて静的で固定されており、退屈なものであったことは想像に難くない。すべての存在は、善から悪まで、美から醜まで、清から穢まで、貴から卑まで、その位置が天地創造時から決定されているのである。たとえば、化石は絶滅した生物の痕跡ではなく、神が天地創造時に動物と鉱物を、あるいは植物と鉱物を結びつける存在の環のひとつとして創られたものとなる。仮に新規・珍奇な驚異が発見されたとしても、それはこの序列の中のどこかの位置にはめ込まれるだけのこと、序列が崩されることはない。そして、こういったものを既成の秩序に組み込むのが、自然誌の本来の意義であった。つまり、ここでのヒストリーとは、自然界に存在すると考えられていた静的な秩序「存在の大連鎖」を露見させ顕示することであって、現在使われている「歴史」という意味、すなわち因果関係を持った一連の変化の時間的記述とは対極をなすものである。

ところが、この静止した秩序に「進歩」という思想が導入される時が来る。それは、十八世紀に急激に変化を遂げた産業や経済に起因し、それまで存在の大連鎖の中で固定した位置を保っていた人間が、明らかに日進月歩の変化を感じることができるようになった時のことであった。こうして、これまで神によってあらかじめ決定され変化のなかった存在の大連鎖の中での人間の位置は、勤勉と努力によって向上できるもの、進歩できるものとなった。静止していた存在の大連鎖は、ここにいたって時間化《テンポラライゼイション》/世俗化されることになり、人間は完全《パーフェクティビリティ》になれることを信じ始めた。人間は傲慢にも究極の完全=神の存在に一歩一歩近づいていけると思いはじめたのである。

この進歩思想は、ダーウィンが影響を受けたライエルの地質学と表裏一体の関係にあるともいえよう。ライエルは、それまで信奉されてきた神が奇跡として時たまおこす大洪水や大火山爆発によって地形は急激に変化するとする激変《カタストロフィズム》説を退け、緩慢だが間断なく変化しているとする斉一《ユニフォーミテリアニズム》説を提唱した。これはまた、地球の歴史を聖書に書かれている創世記の記録よりもはるかに永いものとする結果ともなった。自然界・現象界は神が天地創造の時に創った姿のままではなく、永い時間をかけて変化してきたのである。ここでもまた神という超自然は退場を余儀なくされ、代わって自然を超自然=神ぬきで、自然界内だけで処理・説明する理論が台頭してくることになった。

当然のことながら、このような旧秩序の崩壊は守旧派の危機感をあおることになり、自然界のことわりを神の意匠《デザイン》によって説明する論法、神の御言葉《ワード》である聖書を読むように神の御業《ワーク》である「自然という書物」を読み解こうとする手法が見直されることとなった。この一例が自然神学《ナチュラル・セオロジー》と呼ばれるもので、ウイリアム・ペイリーの『自然神学』(一八〇二年)や「神の権能、叡智、徳性をその創造物に顕示されているもの」によって証明しようとするブリッジウォーター論集（一八三三―三六年）がその代表例である。ここにいたって、自然誌の方法は、自然界の実例を網羅し共通する普遍の法則を導きだそうとするベーコニアニズムの方法論に、再び原動者としての神の存在とその意匠をとりもどし、秩序ある世界観の再構築をはかるものとなった。たとえこの努力が大きな変革の前の無力な抵抗であったにせよ。

　このように考えてみれば、ライエルの地質学やチェインバースの変異《トランスミューテイション》からダーウィンの自然淘汰にいたるまでの「推論《スペキュレイション》」が、意図のあるなしにかかわらず、そろいもそろって破壊してしまったものは、おのずと明らかだろう。それは、自然現象界を神という超自然によって説明する旧学問の失墜、そしてその神の威光によって存在を容認されていた天使や聖人の衰退と没落であった。そしてこの世俗化はまた、存在の大連鎖の時間化をも意味する。自然は神がときどき起こす奇跡によって急激に変化させられるものではなく、永い時間をかけて、それこそ自然のおもむくままに変化してきたものなのである。こうして、自然「誌」は自然「史」へと変身することになる。

　存在の大連鎖がかつて持っていた神―天使―聖人―人間―動物―植物―鉱物という序列から、神が欠落し、天使・聖人が消滅した後に残るのは、いまや完全になることを信じ始めた人間を頂点とする序列であった。この序列が単に人間―動物―植物―鉱物といった無邪気な段階にとどまっているうちはまだいい。これがジェンダーやエスニシティと結びつくとき、あるいは優生学と結びつくとき、ダーウィンが転覆したはずの存在の大連鎖は、その完全否定しきれなかった存在の序列という負の遺産を贈与する結果となった。その結果は、ホロコースト、「優生学」の名のもと行われた自由意志によらない断種や不妊手術など、枚挙に暇がない。

2

さて、前項で述べたように推移した自然誌は、十八世紀後半から十九世紀前半のアメリカという期間と地域が限定された場面で、どのような展開を見せたのだろうか。念のためにつけ加えておけば、この時代の自然誌はダーウィン以前、したがって一方では自然現象界は神が天地創造時に創ったのと同じ状況を呈していると信じられていたが、他方ではたとえば産業革命という急激な変化と急速な「進歩」が顕在化した時期であり、人間の無限の向上の可能性が信じられ始めた頃、「存在の大連鎖の時間化/世俗化」が進行し始めた時代であった。[5]

この時代背景に、ウィリアム・バートラムの『南北カロライナ、ジョージア、東西フロリダ旅行記』(一七九一年、以下『旅行記』)、ヘクター・セント・ジョン・ドゥ・クレヴクールの『あるアメリカ人農夫からの手紙』(一七八二年、以下『手紙』)、そしてトマス・ジェファソンの『ヴァージニア州に関する覚書』(一七八七年、以下『覚書』)をとりあげてみよう。というのも、三人が三人とも、ヨーロッパ人を相手に、ヨーロッパの自然誌の方法を用いて、アメリカの地勢・風俗・動植物を描き出そうとしているからである。[6]

その中でも、ウィリアム・バートラムの『旅行記』は、アメリカの実地自然誌家とイギリスの書斎自然誌家という対比を前提としたものとなっている。移植による環境破壊に無関心だった当時、父ジョン・バートラムがロンドンの裕福な商人ピーター・コリンソンにアメリカの珍しい植物を送り続けたように、息子ウィリアム・バートラムもロンドンの医者ジョン・フォザギルのために植物採取をし、さらに植物画を描いた。この例で有名なのが、フランクリニア・アラタマハである。バートラムは以前に父とともに開花していないときに発見し、その後ひとりきりで開花したものに邂逅するのだが、以後この樹は行方不明になってしまう。そのため、この花に関する資料で残っているのはその描写と図版だけとなるのだが、実はこの花の発見の様子が書かれているのは『旅行記』約四百ページのうちのほぼ二ページだけしかない。これに対して図版は、クリストファー・アームシャーが『自然誌の詩学』で見事に論証しているように、「借用」や「転載」をくりかえすことによって、コンテクストを離れて一人歩きすることになった（図54a–d）。この例が典型的に示すように、アメリカの珍種は当時のヨーロッパのパトロンにとっては、垂涎の的だったのである。

こうしたアメリカの実地自然誌家とイギリスの書斎自然誌家との対比からうかがえるのは、アメリカがまだ文化的にはイギリスの植民地であったということだろう。実際、バートラムの『旅行記』は、執拗な鰐の攻撃があったり、嵐との遭遇があったりするものの、決して体系的でもなく分類整理されているわけでもなく、ほとんど行き当たりばったりのものとなっている。アメリカの実地自然誌家はアメリカ独自の材料を提供するだけで、それを整理統合し体系化するのはヨーロッパの書斎自然誌家の仕事だったのである。たとえそれがイギリスの庭園に整理分類され、運が良ければ命名の栄誉ももたらしてくれる、移植されたアメリカの植物だとしても。あるいは、さらに運良く、当時の自然誌界の重鎮リンネやビュフォン伯のもとに送られて、体系的な植物学に組みこまれることになるにしても。

クレヴクールの『手紙』では、バートラムの場合よりもさらにアメリカの実地自然誌家とヨーロッパの

図 54a　ウィリアム・バートラムによるフランクリニア・アラタマハ（1788年）

図 54b　F. A. ミショーのフランクリニア（1810年）

図 54c　C. S. ラフィネスクのフランクリニア（1832年）

図 54d　ジョン・ジェームズ・オーデュボンとマリア・マーティンのフランクリニア（1833年）

書斎自然誌家との対比が際だっている。バートラム父子がフィラデルフィア郊外に植物園を持ちイギリスのパトロンたちと文通をしていたのに対して、クレヴクールの語り手農夫ジェイムズは、さんざん躊躇逡巡したあげく、ヨーロッパの書斎自然誌家からの依頼でアメリカ事情を書き出す。ジェイムズは、バートラムほどの学識もなければ名声もない典型的なアメリカ農夫という設定となっている。とはいえ、もちろんこのメッキはしばしば剥がれてクレヴクール自身が顔を出すのだが、最初の設定があるために、十一通目の手紙であの高名な実地自然誌家ジョン・バートラムに会いに行くのは、無学な農夫ジェイムズではなく、地位も教養もある書斎自然誌家とおぼしき「ロシアの紳士」でなくてはならないことになる。

この『手紙』の主題は、第三通目の表題がいみじくも明らかにしているように「アメリカ人とは何か?」という問いである。この章の挿話「ヘブリディーズ人のアンドルーの物語」がその典型であり、ヨーロッパから移民／移植した人「種」がいかにアメリカの土地に馴染み、根を張っていくかが明らかにされる。しかも、その移植過程はアメリカの一農夫の書いたヨーロッパの学者への手紙の中で語られるという二重構造になっている。さらには、クレヴクール自身がフランスからイギリス、そしてアメリカに「移植された種」でありながら、独立革命に際して農夫ジェイムズのようにネイティヴ・アメリカンと暮らすことを選びとらず、妻子を残しフランスに緊急避難していたこと、したがって移植に失敗した例であることも、『手紙』に皮肉な色調を加えている。

さて、バートラムの『旅行記』とクレヴクールの『手紙』は、ヨーロッパ向けアメリカ通信という形態をとって、アメリカの実地自然誌家からヨーロッパの書斎自然誌家に現物あるいは現物の描写を提供するという形式を踏んでいた。これに対して、アメリカ独立宣言の起草者トマス・ジェファソンの『覚書』は、在フィラデルフィアのフランス公使フランソワ・マルボワによる植民の可能性を探る質問に答えるという形式をとって、ヨーロッパ向けアメリカ通信の形式を踏襲しながらも、その枠を大幅に破ってヨーロッパ書斎自然誌家の泰斗ビュフォン伯をアメリカ実地自然誌家が論駁するものとなっている。

当時、ビュフォン伯は「進歩」の結晶であるヨーロッパ文明の成果を最大限に評価するために、新大陸生物劣化説を唱えていた。すなわち、ヨーロッパ旧大陸とアメリカ新大陸の両者に存在する生物は、前者が後者よりも優等であり、前者から後者へと移住したものは劣化する、後者にしか存在していないものは下等であるというものである。これに対して、「愛国者」ジェファソンはヨーロッパの自然誌の方法を用いて反駁を加える。それは、徹底的な実例による証明であり、動物の平均実測値の表を掲載したり、劣化説の例とされたネイティヴ・アメリカンについては、その優秀さを示す挿話を披瀝したりしている。愛国心と偏見が過剰な部分がないわけではないが、『覚書』はそれまでのアメリカ実地自然誌家に対するヨーロッパ書斎自然誌家の優越性に鉄槌を加えたという点で特筆する意味があるだろう。

けれども、バートラムの『旅行記』もクレヴクールの『手紙』もジェファソンの『覚書』も、多寡はあれ、ヨーロッパ人向けのアメリカ案内であることに変わりはない。確かに、次第にヨーロッパの書斎自然誌家から文化的に独立しようとしてはいるものの、通信相手は相変わらずヨーロッパであったし、方法論もヨーロッパの自然誌のそれを踏襲したものにすぎなかった。十八世紀のアメリカ実地自然誌家たちは、たとえばチャールズ・ブロックデン・ブラウンやワシントン・アーヴィング、ジェイムズ・フェニモア・クーパーたちがそうであったように、ヨーロッパの読者向けにヨーロッパで生まれた散文形式/自然誌の方法論にアメリカの風物をあてはめて発信していたのである。

3

これに対して、十九世紀のアメリカ実地自然誌、ことに一八一二年戦争後のそれは、国家主義的な様相を帯びてくる。それは、シャーロット・M・ポーターが『鷲の巣』で指摘しているように、あるいはポール・セモニンが「自然の国家」で指摘しているように、自然誌をとおしてヨーロッパとは違うアメリカの独自性を主張することをめざしていたからであった。自然誌がベーコニアニズムの原則にのっとって多くの具体例・標本を蒐集し、普遍の法則を導きだそうとしていたとき、アメリカはその具体例・標本蒐集に参加することによって、ヨーロッパと普遍の法則を共有しながらも、みずからの独自性を主張することができた。あるいは、アメリカはみずからの独自性を主張し個別例を提供することによって、全体を統合する普遍の法則の構築に貢献していたのである。

したがって、十九世紀のアメリカ実地自然誌は、それまでのヨーロッパ向けからアメリカ向けに、それまでのヨーロッパの方法論をアメリカの事物にあてはめることからアメリカの独自性を主張したものへと変わっていく。これはちょうど、ノア・ウェブスターが『アメリカ英語辞典』(一八二八年)を編纂し、ラルフ・ウォルド・エマソンが「アメリカの学者」(一八三七年)を唱道し、エドガー・アラン・ポウ、ナサニエル・ホーソン、ハーマン・メルヴィル、ヘンリー・デイヴィド・ソロー、ウォルト・ホイットマンらが「アメリカの文学」を書くための言語を模索した時期とも重なる。自然誌の例では、チャールズ・ウィルソン・ピールの博物館、アレクザンダー・ウィルソン(とチャールズ・ルシアン・ボナパルトの補遺)

による『アメリカ鳥類学』（一八〇八年―一四年）を始めとする図鑑や教科書、チャールズの息子ティティアン・ラムゼイ・ピールの図版、そして知識の普及を娯楽とペテンの極致にまで高めたP・T・バーナムがあげられるだろう。

ジョージ・ワシントン、ベンジャミン・フランクリン、トマス・ジェファソンらの肖像画で有名なチャールズ・ウィルソン・ピールは、先見の明を持ち、早くも一七八六年フィラデルフィアに自作の肖像画とともにアメリカ自然誌の標本を展示する博物館を創設した。それはまた、それまでのようにアメリカの事物がヨーロッパに流出するのを防ぎ、アメリカの事物をアメリカで保全するための措置でもあった。さらには、「理知的な娯楽《ラショナル・エインターテインメント》」を標榜するピールの博物館は、アメリカ人たちに自然の道理、ことにアメリカの事物を楽しみながら知ってもらう目的も持っていた。この発想は、ピール自身のデザインになる博物館の入場券にもあらわれている（図55）。そこには、上部中央に「自然」と書かれた開かれた本、そこから周囲に投射された光、その下に「驚異に満ちた御業を探訪しよう」という標語、そして周囲にはアメリカ大陸の動物たちが描かれている。このうち最も重要な位置を占めている「本」は、神の意匠を具現化した「自然という書物」であり、神の御言葉である聖書を読むように、神の御業である「自然という書物」を読み解く必然性を示している。もちろん、その書物に書きこまれているのは、周囲に描かれている動物たちが示しているように、アメリカ固有の「自然」でなくてはならない。この意味で、ピール博物館は、アメリカ固有の「自然」を通してアメリカを読み解こうとする試みであった。

けれども、ここでの「自然」がすでに枠づけられたものであることも忘れてはならない。チャールズ・ピールによる自画像「博物館での芸術家」[7]（図56）やティティアン・ピールによる「ロング・ルーム」（図

図55　ピール博物館の入場券

図56　チャールズ・ウィルソン・ピール『博物館にいるアーティスト』（1822年）

図57　ティティアン・R.ピール『ロング・ルーム』（1822年）

57）に見られるように、フィラデルフィアのピール博物館では、壁一面を使って上部に肖像画、下部に鳥の剥製が陳列されていたが、これはベーコニアニズムの実例の網羅・分類の原則にのっとったものである。父ピールがもともと肖像画家だったことを思いだせば、人間の顔を絵画に残すことによって蒐集をしたとしても、何の不思議もないだろう。彼はまた、鳥類の剥製の保存法を工夫し、リンネ式分類法に従って分類し、典型的な雌雄と巣の中のタマゴという「自然のまま」の姿で、また典型的な背景を描き加えることで「自然のままの」棲息環境さえも再現して展示しようとした。このほかにも、ネイティヴ・アメリカンの風習・産物の展示や一八一〇年にみずから指揮して発掘したマストドン（マンモス）の骨格復元を行なっている。

　ピール博物館では、その標語「理知的な娯楽」が示すように、書斎自然誌というもともと一部の好事家・学者の専有物だったものを一般向けに展示するという学問と娯楽の共存がはかられていたのだが、同時にそれは展示基準にそぐわないものを展示しないという取捨選択を意味した。専門化された知識が典型化と取捨選択によって博物館に縮図化された「自然」を再現するのに対して、一般人向けの展示はその縮図化された「自然」を表象／再現《リプリゼント》する典型例を一目でわかるように陳列してみせる。たとえば、リンネ式分類法によって整理された鳥類剥製は、専門知識による典型化と取捨選択によって再現された世界の縮図であるが、雌雄一対と巣の中の卵を背景に描かれた棲息状況とともに展示するのは、視覚化によって知識を理解しやすい形式で提供することである。このような「自然」の典型化・取捨選択・視覚化の構造はまた、この鳥類展示を利用して『アメリカ鳥類学』を執筆したアレグサンダー・ウィルソンにも受け継がれたが、当時は適正な著作権法が確立されていなかったので、「増刷」や海賊版やその他類似図鑑を通じて、鳥類を見る典型的な視点が養われることになった。マーガレット・ウェルチは『ブック・オヴ・ネイチャー』で、当時盛んに出版された自然誌の図鑑がいかに典型的な自然観を形成するのに手を貸したか、そうして形成された典型的な視点が逆に生の自然を見るときにどのような枠組みを与えていたかを論じている。典型的な「自然」の様子を描いた図鑑や教科書は、生のままの自然を見る視点を典型化し枠付けし見方を方向付け、したがって自然は「自然」の状態で見られるのではなく、本によって培われた《ブッキッシュ》知識によって読みとられることになった。

ところで、ピール博物館が標榜した「理知的な娯楽」にこめられた学問と娯楽の共存への願望は、アンドルー・ジャクソン大統領の時代（一八二九年—三七年）になると二極化が顕著になり、一方には都市化と大衆化、他方には知識の専門化という分裂が進むことになった。このうち前者は、たとえば都市一般大衆向けの日刊新聞ペニー・プレス（ニューヨーク『サン』や『ヘラルド』）の登場に端的に見られる。[8] これに対して、後者はたとえば今日的な意味合いでの「テクノロジー」や「サイエンティスト」という用語の登場に見られるだろう。初出に諸説があり確定できないが、「テクノロジー」は一八二六年か一八二九年にジェイコブ・ビゲロウが「サイエンスを実践的アートに応用したもの」という意味を与えたのが最初とされ、専門職をあらわす「サイエンティスト」は一八三四年（後述するソマーヴィルの著書に対する匿名書評）か一八四〇年（『帰納法による諸学問の原理』）にウィリアム・ヒューエルが作った造語とされている。ちなみに、『オクスフォード英語辞典』は後者の説を採用している。[9]

この大衆化と専門化の二極化の間隙を埋めるために、専門知識を一般向けにわかりやすく説明しようとしたのが、ダイオニシアス・ラードナーの『キャビネット・サイクロペディア』（一八三〇年—四六年）のような入門書、メアリー・ソマーヴィルの『現象界に関する諸学問の関連』（一八三四年）のような解説書、ジョン・ジェイムズ・オーデュボンの『アメリカの鳥類』（一八二七年―三八年）のような図鑑、そしてライシーアム運動（表3）と博物館運動であった。ちなみに、ライシーアムはエマソンが牧師の職を辞して最初におこなった講演「自然誌の効用」に舞台を提供し、ピール博物館の成功を契機に広まった博物館運動はまた、各地に大小の公立・私立の博物館を設立することにもなった。この一端は、たとえばナサニエル・ホーソンの「ヴァーチュオーソの蒐集品」（一八四二年）にも見られる。実際、ピール自身が書いた博物館案内録は、個人コレクションのために未出版で非公開ではあるものの、セラーズとブリンガムが伝えるところから察するに、かなり「ヴァーチュオーソの蒐集品」を彷彿とさせるものとなっている。時代錯誤を犯す『ヴァーチュオーソ』をピール自身がモデルと読むのは、読み込みすぎであるにしても。

このような知識の普及方法に共通する特徴は、視覚化である。たとえば、入門書や解説書につけられた図版、明らかに構図や劇的瞬間を意識した色刷りまたは彩色された図鑑（図58）、ライシーアム運動の講演で用いられた「ホルブルック実験装置」（図59）などが、この例にあたる。ことにこの最後のものは、ジョサイア・ホルブルック考案になる実演・実験器具のセットで、たとえば太陽を中心に惑星・地球・月などの運動と位置を再現してみせる太陽系儀《オーラリ》（図60）、磁力・磁場の実験に使う磁石、回転の法則を説明するためのジャイロスコープなどが含まれていた（図61ａｂ）。都市大衆文化を背景に生まれた博物館運動もライシーアム運動も、一方では知識の専門化を前提としながら、他方ではその専門知識を一般人向けに咀嚼して説明するために、機械装置を使って視覚に訴える演出を必要としていたのである。

さて、博物館が持つ二面性のうち、専門知識の蓄積に重点を置いた代表がスミソニアン博物館（一八四

図 58　ジョン・ジェームズ・オーデュボン「茶ツグミ」［『アメリカの鳥類』より］

Salem Lyceum Lectures, 1838-9	***Lecturers***
Causes of the American Revolution	Jared Sparks
The Sun	Hubbard Winslow
The Sources of National Wealth	C. H. Brewster
Common School Education	C. T. Torrey
The Capacity of the Human Mind for Culture and Improvement	Ephraim Peabody
The Honey Bee	H. K. Oliver
Popular Education	R. C. Winthrop
Geology	Prof. C. B. Adams
The Legal Rights of Women	Simon Greenleaf
Instinct	Henry Ware, Jr. (Emerson's friend)
Life of Mohammed	J. H. Ward
Life and Times of Oliver Cromwell	H. W. Kinsman
Memoirs of Count Rumford	A. C. Peirson
The Practical Man	Convers Francis (the Transcendentalist)
The Poet of Natural History	J. L. Russell
The Progress of Democracy	John Wayland
The Discovery of America by thd Northmen	A. H. Everett
The Satanic School of Literature and Its Reform	Samuel Osgood
The Education of Children	Horace Mann

表3　1838年から39年のセイラムにおけるライシーアム講演

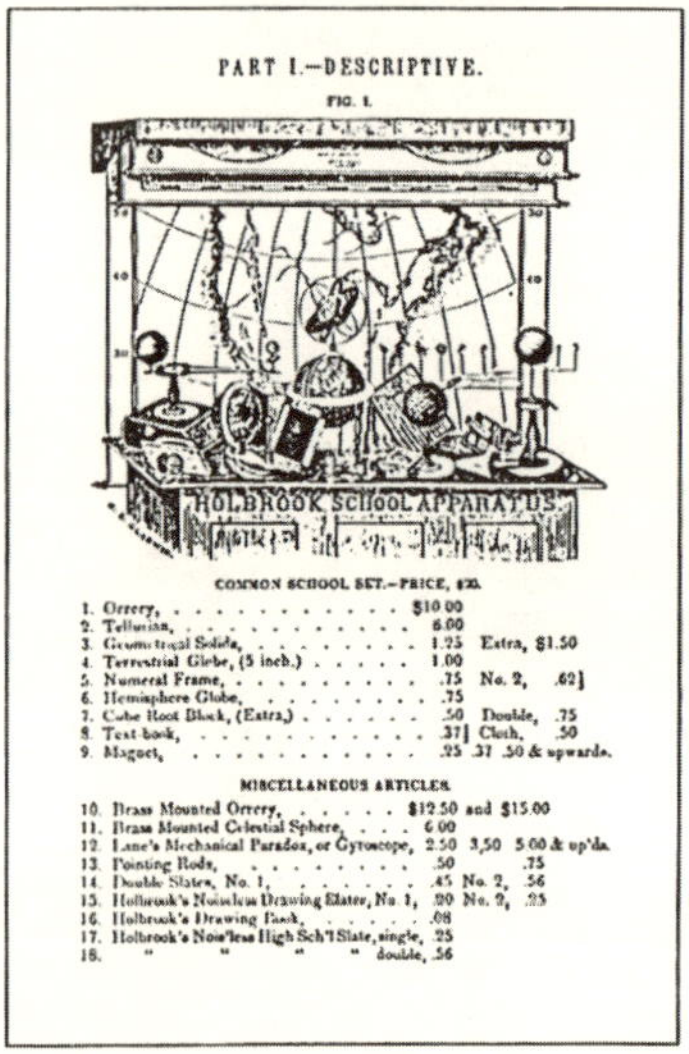

PART I.—DESCRIPTIVE.

FIG. 1.

COMMON SCHOOL SET.—PRICE, $20.

1. Orrery, ... $10 00
2. Tellurian, ... 6.00
3. Geometrical Solids, ... 1.25 Extra, $1.50
4. Terrestrial Globe, (5 inch.) 1.00
5. Numeral Frame, ...75 No. 2, .62½
6. Hemisphere Globe, ...75
7. Cube Root Block, (Extra,) . . . . . . .50 Double, .75
8. Text-book, ...37½ Cloth, .50
9. Magnet, ...25 .37 .50 & upwards.

MISCELLANEOUS ARTICLES.

10. Brass Mounted Orrery, ... $12.50 and $15.00
11. Brass Mounted Celestial Sphere, ... 6.00
12. Lane's Mechanical Paradox, or Gyroscope, 2.50 3,50 5.00 & up'ds.
13. Pointing Rods, ...50 .75
14. Double Slates, No. 1, ...45 No. 2, .56
15. Holbrook's Noiseless Drawing Slates, No. 1, .20 No. 2, .25
16. Holbrook's Drawing Book, ...08
17. Holbrook's Noiseless High Sch'l Slate, single, .25
18. " " " " double, .56

図59　ホルブルック・スクール・キット

図60　1810年頃にロンドンのW. & S. ジョーンズが売っていた小型太陽系儀

図61a　J. B. ダンサー製作のジャイロスコープ（1860年頃）

図61b　M. サイア・E. ハーディ製作のポリトロープ（1861年頃）

六年創設）であるならば、視覚に訴える演出に重点を置いた代表がＰ・Ｔ・バーナムのアメリカ博物館だろう。スミソニアンは、一八二九年にイギリス人ジェイムズ・スミソンが遺産を「知識の蓄積と普及」のために使うようにと寄贈したことから出発した。遺言執行から開館までに時間がかかったことからもわかるように、その端緒は決して容易なものではなかった。また、初代館長ジョゼフ・ヘンリーが「知識の蓄積」と「知識の普及」を別物と考え、他の博物館との差別化をはかるためにも、スミソニアンを専門知識と研究の場所と位置づけ方向付けたことが、この博物館の基盤を形成することになった。もちろん、このようなヘンリーの独断専行は数々の軋轢と論争を呼ぶのだが、ここではその詳細に立ち入らない。

このようなスミソニアンに対して、見世物や興業と見分けがつかないくらい怪しい博物館もあった。その代表が、バーナムが一八四一年にピールを出し抜く形で手に入れたニューヨークのスカダー博物館だろう。「アメリカ博物館」（図62）として新装開店したこの博物館の名称に騙されてはならない。そこで展示されていたのは、とてつもなく怪しげなものが多かった。さらに、バーナムを有名にしたのは、一八八一年からジェイムズ・Ａ・ベイリーと組んで「地上最大のショー」と銘打ち、象のジャンボを売り物に全国行脚したことだろう。この怪しげな上にも怪しげな男は、ポピュラーソング「ペイパー・ムーン」でも「思いっきりインチキ」なものの比喩として歌われている。[10]

また、本人は登場しないものの、エドガー・アラン・ポウの「メルツェルのチェス・プレイヤー」に、バーナムはくっきりと影を落としている。一八三五年、ボストンで「ワシントン将軍の乳母だった一六一歳の黒人女性」という触れ込みのジョイス・ヘスを見世物に売り出したバーナムは、同時期に同地でチェス・プレイヤー公演中のメルツェルと出会っている。この時とてもかなわないと判断したバーナムは、メルツェルに公演の一時中止を依頼し、メルツェルはこの依頼を受けて、年末にボストンを離れている。アーヴィン・ウォレスの指摘によれば、バーナムはこのときのメルツェルとの出会いから二つのことを学んだ。ひとつは、有名人を使って宣伝効果を上げること。「ナポレオン、カテリナ女帝、フレデリック大帝、ベンジャミン・フランクリンを負かした」チェス人形となれば、明らかに人々の歓心を買うのに充分だったろう。もうひとつは、商売のためにはあらゆる手段を講じること。たとえば、集客力が減退したとき、バーナムは匿名でみずからボストンの新聞に投書し、ジョイス・ヘスが「巧妙に創られたからくり人形」であるという噂を故意に流している。もちろん、これはメルツェルのチェス・プレイヤーからの連想であり、ヘスは一六一歳でもなければ、ワシントン将軍の乳母でもなければ、ましてや人間そっくりの機械じかけの人形でもなかった。けれども、法螺に法螺を重ねるバーナムの手法は見事に当たり、客足の回復に成功した。こういった彼の興業戦略は、富と名声を得た後のまっとうな企画、たとえば「スウェーデンの夜鶯《ナイチンゲール》」ジェニー・リンドのアメリカ公演のプロデュース（一八五〇年―五二年）やベイリーと共同経営のサーカスにも活かされている。[11]

バーナムの初期の興業は、ほとんどが奇矯奇怪な見世物だった。何しろ、そのデビューから「ワシントン将軍の乳母だった一六一歳の黒人女性」なのだ。アメリカ博物館でも、驚異が売り物となった。たとえば、猿の頭と詰め物をした魚をつなぎ合わせたものを「フィジーの人魚」（図63）として売り出したり、シャム双生児のチャンとエン、二五インチしか身長のない「小人」トム・サム将軍を見世物にした。さらに、彼は「存在の大連鎖」自体を見世物に利用する。猿と人間のあいだの欠損部分《ミスイング・リンク》を埋めるかもしれないオランウータン（一八四五年）（図64）、あるいは逆に人間の中でも猿に近い連鎖の生き証人とされた「これは

図62　バーナムのアメリカ博物館（1850年）

図63　フィジーの人魚

図64　1845年1月6日のアメリカ博物館の宣伝［オランウータンのマドモワゼル・ファニイ］

図65　バーナムの驚異ギャラリー所蔵の「これは何？」

図66　ジップ、初代「これは何？」

何？」（足に注目）（図65）と銘打たれた黒人ジップ[12]（一八六〇年）（図66）。奇形を利用したという意味で差別的であり、猿と黒人の間に欠損部分があるとしたという意味で偏見の塊であり、ありもしない驚異をでっち上げたという意味で香具師的であり、何でも金儲けの種にしようと企んだという意味で詐欺師的であったバーナムは、けれども本人の意識にまったくかかわらず、驚異と自然の境界線を探訪したという意味で、自然誌の歴史、ことにルネサンス期のそれに匹敵する面を持ち合わせていたともいえるだろう。

ロレイン・ダストンとキャサリン・パークの『驚異と自然の秩序』には、王侯貴族や金持ちの珍品展示室に飾られたり誇示されたりした奇形の例が数多く集録されている。それらの奇形には珍品としての価値もあったが、目に見える自然界にときどきあらわれる自然圏外のもの、超自然界を垣間見せるものとして驚異の対象でもあった。バーナムの奇形は、ただの見世物であったにせよ、あるいは単なる金儲けの手段であったにせよ、ルネサンス期以来の珍品奇品の伝統を伝えていないと誰が言えようか。おそらくバーナム自身は金儲け第一主義にすぎなかっただろうし、超自然界を映す鏡としての奇形などに気をとめたことはなかったろうけれども。ナチュラル・ヒストリーを神の意匠を具現化した「自然という書物」の書誌、自然誌として読むことから出発した本章は、ルネサンス期には王侯貴族の独占物だった奇形や珍品奇品をいくばくかの入場料とひきかえに一般大衆に公開し、そしてもちろんそれによって金儲けをしたという点で、きわめてアメリカ化された自然誌の代表であるバーナムで話を終えることにしよう。[13]

第二章

それぞれの自然誌

前章が一八世紀末から十九世紀前半のアメリカ自然誌という期間地域限定の学問領域の概観であったのに対して、本章では同時期同地域で書かれた具体的な散文をとりあげて、そこに自然誌がいかに影響を与えているかを考察してみることにしよう。

ちょうど第一部で扱かったハーマン・メルヴィルの「鐘楼」で、ルネサンス期の時計観と十九世紀前半のアメリカの時計観が二重照射されていたように、本章で最初にとりあげるナサニエル・ホーソンの「ラパチーニの娘」でも、ルネサンス期パドヴァの「自然」観と十九世紀前半のアメリカの「自然」観が二重照射されている。この対称関係には、それなりの理由があるだろう。というのも、すでに何度も述べてきたように、この両時期がともに「知識の枠組み」の変換点にあたっているからである。これらの時期に、時計観が変化をとげたように、「自然」観もまた変化をとげている。第一期には、それまでの超自然によって自然を説明する演繹法から自然界の具体例を蒐集網羅することによって法則を導きだす帰納法へと、第二期には、あまりにも膨大になりすぎてしまった具体例を秩序立てるために暫定的な法則を構築する必要性へと。この二つの変化の節目が、作品の舞台である十六世紀ルネサンス期のパドヴァと作品が書かれた十九世紀前半のアメリカに重なっている。そして、この変化の特徴が顕著にあらわれるのが、視覚化であることにも注意をはらっておこう。それはまた、前章であつかったアメリカ自然誌の特徴でもあった。

　本章の後半は、パリ植物園自然誌展示室で「ナチュラリストになろう」と決意した一八三三年から『自然』出版の一八三六年にいたるまでの初期ラルフ・ウォルド・エマソンをとりあげ、当時のアメリカ自然誌がいかにエマソンに影響を与えたかを論じたものとなっている。ここでの話題の中心は、ダーウィンの『種の起源』出版以前のアメリカ自然誌であり、したがって自然淘汰を前提とするダーウィン進化論とは異なる「進化」観が検討されることになる。それは、アーサー・O・ラヴジョイが『存在の大連鎖』で指摘しているように、ギリシャ思想に端を発する概念、すなわち同じもののひとつとしてない自然界の上下関係「存在の連鎖」が、啓蒙主義思想の「進歩」という概念による「時間化《テンポラライゼイション》／世俗化」の結果、下部の存在が上昇志向の努力によって上部の存在へと「進化」できるという考え方であった。このような「進化」という考え方はまた、『自然』というエッセイの論理構成にも反映されている。

　本来ならば、本章の最後では、ヘンリー・デイヴィド・ソローの『ウォルデン』をとりあげるべきなのだろう。ことに、それがエマソンの『自然』に触発されて行った実験生活を一年分の観察記録として書きまとめたという事実に注目するならば。ここでの鍵は、「実験」と「観察」である。つまり、『ウォルデン』は、その影響からいっても、その方法論からいっても、今日的評価によるエコロジーやアウトドア指向の先駆というよりは、むしろ十九世紀前半のアメリカ自然誌、しかもきわめて本によって培われた《ブッキッシュ》「自然」観に裏打ちされた実例なのである。けれども、このまことに興味深い標本には、しばらく倉庫で眠っていてもらわざるをえなかった。残念ながら、展示にいたるまでにはあまりにも時間的制約があり、また他の展示物との空間的配置を勘案すると、今回の公開には無理があると判断したからである。そこで、いまは予告だけ。「近日公開予定」

1　囲われた自然

ナサニエル・ホーソン「ラパチーニの娘」

テイラー・ストアーに代表されるように、「ラパチーニの娘」のジャコモ・ラパチーニ博士は、「痣」のエイルマーとともに、ホーソンの「狂った科学者《マッド・サイエンティスト》」の典型とみなされてきた。確かに、植物園や実験室でまっとうとは思えない「科学」に従事しているからには、この不名誉な称号を与えられたとしても仕方ないのかもしれない。けれども、この二人を現在の意味での「科学者《サイエンティスト》」と呼ぶことには疑問が残る。実際、作品中で二人が「科学者」と呼ばれることはない。それ以前の称号である「知識人《マン・オヴ・サイエンス》」あるいは「哲学者《フィロソファー》」と呼ばれている。だとすれば、ジョン・リモンが指摘するように、一八四四年初出の「ラパチーニの娘」や一八四三年初出の「痣」の登場人物に、現在の意味での「科学者」をあてはめて読むことには無理があるだろう。「科学者」という言葉は一八三〇年代にやっと提唱されたばかり、つまり一方では旧来の「知識人」や「哲学者」がいまだ勢力を失っていないのに対して、他方ではこの新しい言葉を必要とする土壌が形成されつつあった時代だったのである。

本論の目的は、ラパチーニおよび「ラパチーニの娘」をそれぞれの時代背景にそって再読することである。この時、鍵となるのは知識史であり、さらに具体的にいえば「自然《ネイチャー》」という概念の変遷である。

1

ベアトリーチェの毒をきわめて散文的に梅毒とみなすキャロル・マリー・ベンジックによれば、「ラパチーニの娘」本文の舞台となっている時代は一五二七年となるのだが、実際にはこの年代は作品中に明記されてはいない。けれども、ピエトロ・バッリオーニ教授がジョヴァンニ・ガスコンティに与える解毒剤入りの銀の瓶がベンヴェニュート・チェッリーニの作であることからも、その舞台が十六世紀ルネサンス期のパドヴァであると推測できよう。

ここで本文の舞台となっている年代が問題になるのは、その時代が「ラパチーニの娘」自体が書かれた十九世紀半ばとは異なった「自然」観を持っていたと考えられるからだ。ラパチーニの庭＝植物園は、当時の「自然」観と無関係ではありえない。また、この庭が設定されている十六世紀パドヴァにも、それなりの意味がなくてはならない。そこでまず、十六世紀のパドヴァ植物園が持つ歴史的な意味を考えてみることにしよう（図67）。

最初にラパチーニの庭を目にしたとき、ジョヴァンニは、その外観から植物園と判断する。それも、「イタリアのどこよりも、いや世界のどこよりも、パドヴァのものが古い[1]」と。ロレイン・ダストンとキャサリン・パークの『驚異と自然の秩序』によれば、十五世紀末のパドヴァ大学ナチュラル・フィロソフィの分野では、ある確立された学説があった。それは、表面から隠された神秘的な属性は、表面に顕れるとき特定の形態をとるというもので（図68）、この学説にのっとって薬剤師は特定の形態を持つ植物・動

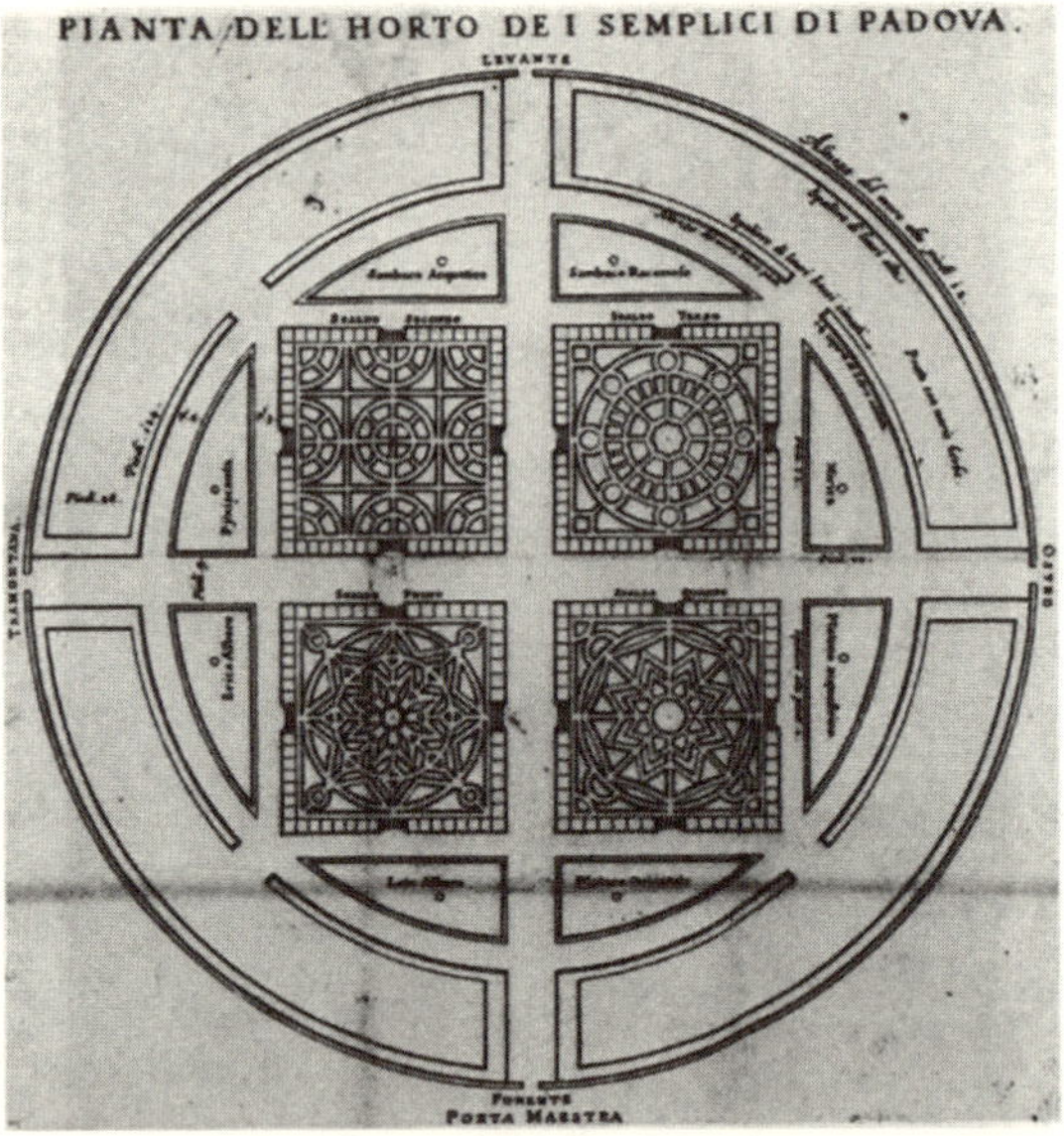

図67　G. ポッロ『パドヴァ植物園』(1591年) に描かれたパドヴァ植物園の設計図

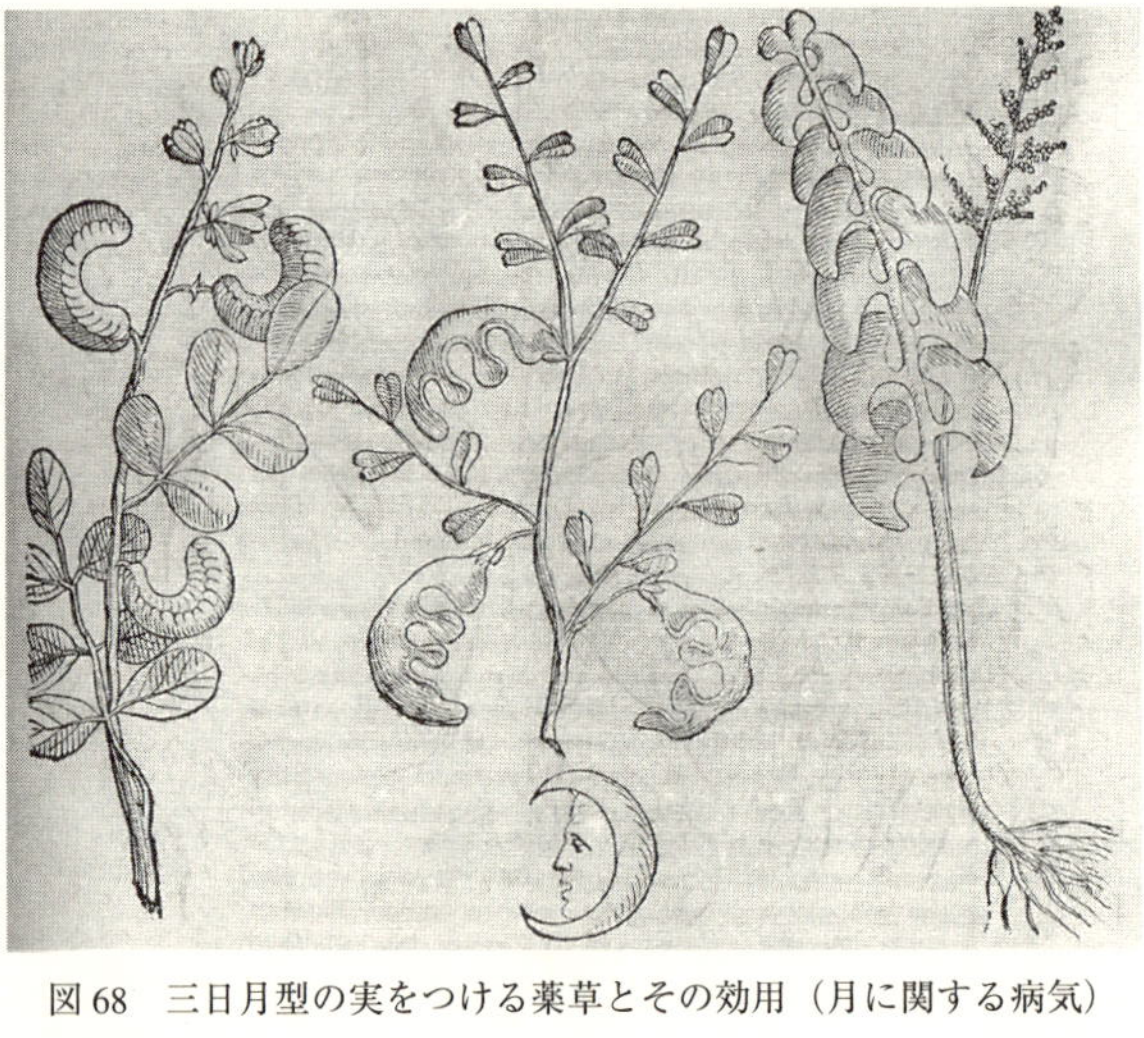

図68　三日月型の実をつける薬草とその効用（月に関する病気）

物・鉱物の在庫見本を保持し、医師はそれらを隠された神秘的な効能を持つものとして処方していた（一四四―一四五）（図69 a–b）。

植物園もまた、この学説の例外ではない[2]（図70、図71）。そこで栽培されている植物には、隠された神秘的な属性があると信じられていた。したがって、バッリオーニが非難するラパチーニ独自の説の主眼点は、「ふつう植物の毒と呼ばれる物質の中にこそ薬効が含有されている」（一〇〇）とされるし、ベアトリーチェを買いかぶったジョヴァンニは、彼女もまた父親と同様に、「豊満な花やかぐわしい芳香が暗示する薬効を熟知している」（一一二）と考えることにもなる。

ここに見られるのは、ルネサンス期のナチュラル・フィロソフィにおける「自然」観である。アリストテレス・スコラ学派の流れを汲む宇宙観・世界観では、「自然《ネイチャー》」あるいは顕在化された形而下現象界《フィジックス》には、その上部構造として「超自然《スーパーネイチャー》」あるいは潜在的な形而上本質界《メタフィジックス》が存在している。このうち、後者を扱う学問がモラル・フィロソフィであるのに対して、前者を扱う学問がナチュラル・フィロソフィである。ただし、ここでの「フィロソフィ」は広義の理論・学問体系であって、現在使われている狭義の学問分野の「哲学」とは別物であることを忘れてはならないだろう。当時の自然「哲学《フィロソフィ》」とは、超自然によって自然界を説明しようとする学問体系をさしていた。このようなナチュラル・フィロソフィの考え方は、「自然という書物《ブック・オヴ・ネイチャー》」という比喩に端的に示されている。つまり、神の御言葉《ワード》を記録した聖書《スクリプチャー》を読み解くように、神の御業《ワーク》としての自然《ネイチャー》もまた、その形而上の意味を把握するために、読み解かれる必要があるというのだ。[3] したがって、ここでの自然は広義の意味での哲学《フィロソフィ》の対象であり、今で言う「科学」の対象ではない。また、その研究に携わる者は自然「哲学者《フィロソファー》」であり、自然「科学者《サイエンティスト》」ではないのである。[4]

図69a　フィランテ・インペラート『自然誌』(1599年) に描かれた薬剤師の珍品展示室

図69b　ベネデット・チェルティとアンドレア・チオッコによって描かれた薬剤師の珍品展示室 (1622年)

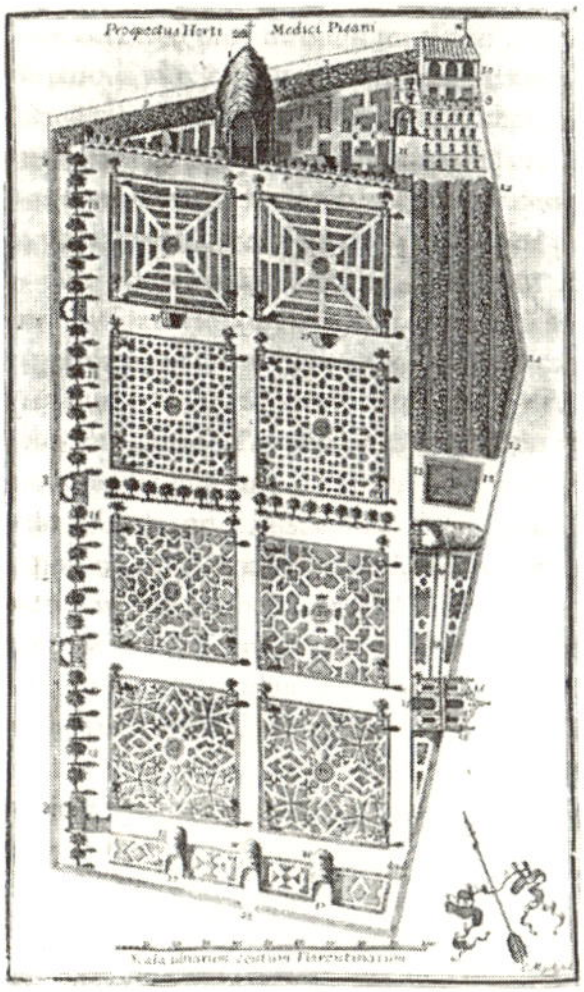

図 70　ピサの植物園（1723年）

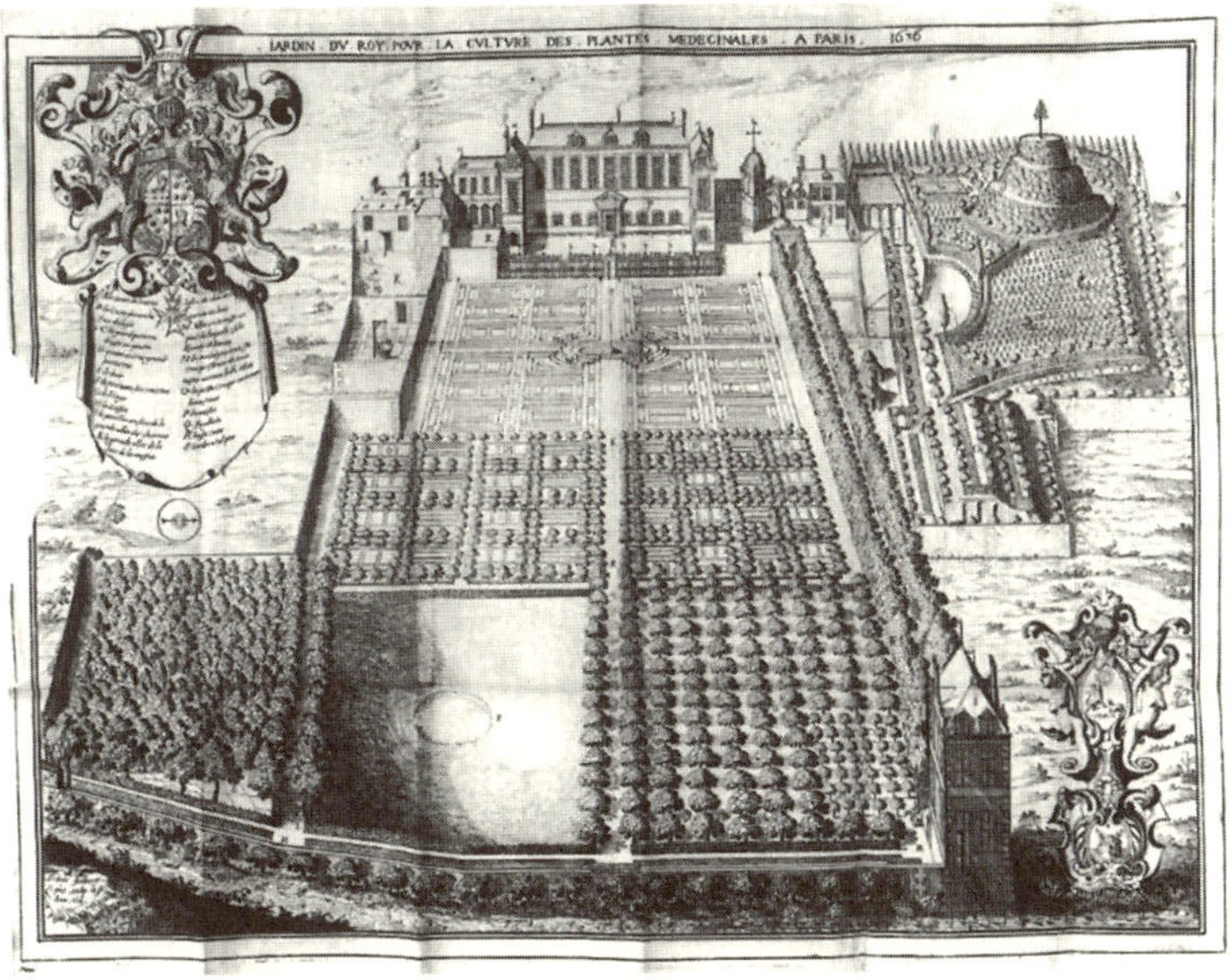

図 71　パリ王立植物園（1636年）

ところで、上部構造としての超自然の存在は、顕在化され知覚可能になった自然現象のほかに、知覚されない隠された存在を示唆することになる。前述した十五世紀末のパドヴァ大学ナチュラル・フィロソフィが擁していた学説に見られるのは、このような隠された神秘的な属性、すなわち「オカルト」に対する意識である。十六世紀パドヴァを舞台とした「ラパチーニの娘」本文で語られている植物の薬効に認められるのも、同様の意識にほかならない。

けれども、バッリオーニによれば、ラパチーニは同時代の医学者たちとは相容れないものを持っている。昔からの習慣を重んじる医学者たちに対して、ラパチーニは「堕落した経験主義者《エンピリック》」（一二〇）なのだ。実際、この時期には、それまでの医学やナチュラル・フィロソフィに対する批判から新しい学問が登場している。たとえば、レオナルド・フィオラヴァンティは、アリストテレス・スコラ学派のナチュラル・フィロソフィが唱道する自然を超自然に還元して読み解くという理論偏重に疑念を呈し、自然解釈に際しての実地《プラクティス》や経験の重要性を説いた。あるいは、ジャンバティスタ・デラ・ポルタは、自然を超自然（神）に従属するものとする考え方を否定し、技芸《アート》の応用によって実利《プラクティカル》に供することができるものとした（図72）。両者に共通するのは、アリストテレス・スコラ学派の世界観・宇宙観に見られる超自然――「超自然の写しとしての」自然――「自然の写しとしての」技芸《アート》という上下関係の解体、ことに理の勝った超自然による演繹法の権威失墜とそれにともなう実践的技芸《プラクティカル・アート》の地位向上である。

ジョヴァンニがラパチーニの「実験素材」（一〇七、一一九）に選ばれたとするバッリオーニの非難も、この文脈の中で解釈される必要があるだろう。ラパチーニに象徴される新しい学問に対して、昔からのアリストテレス・スコラ学派のナチュラル・フィロソフィに拘泥する同時代の医学者たちは「我慢がならな

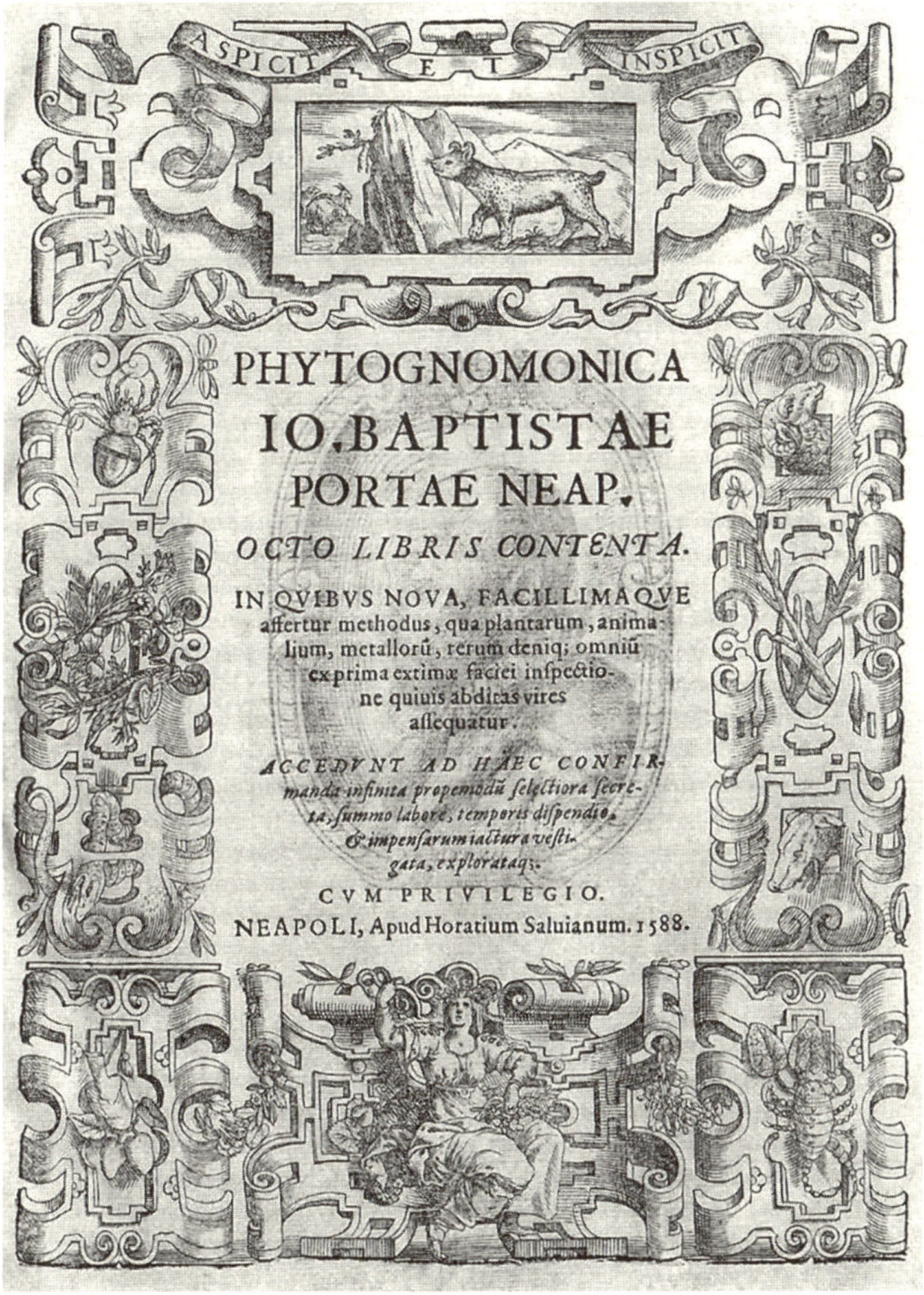

ASPICIT ET INSPICIT

PHYTOGNOMONICA
IO. BAPTISTAE
PORTAE NEAP.
OCTO LIBRIS CONTENTA.
IN QVIBVS NOVA, FACILLIMAQVE
affertur methodus, qua plantarum, anima-
lium, metallorũ, rerum deniq; omniũ
ex prima extimæ faciei inspectio-
ne quiuis abditas vires
assequatur.
ACCEDVNT AD HAEC CONFIR-
manda infinita propemodũ selectiora secre-
ta, summo labore, temporis dispendio,
& impensarum iactura vesti-
gata, explorataq;.
CVM PRIVILEGIO.
NEAPOLI, Apud Horatium Saluianum. 1588.

図72　ジャンバティスタ・デラ・ポルタ*Phytognomonica*の表紙（1588年）

い」（一二〇）のだ。自然解釈に超自然を必要とするナチュラル・フィロソファーたちは、上下関係の下位にあった実践的技芸の台頭に非難を寄せ、ラパチーニを「堕落した経験主義者」と批判する。ちなみに、フィオラヴァンティは、スペイン王フィリップ二世の信任は得るものの、王室医師団の攻撃を受けている。デラ・ポルタに至っては、一五七四年と一五八〇年に異端審問に付されている。十六世紀ルネサンス期はまた、新旧学問のせめぎあいの場であった。

ところで、われわれ読者が「ラパチーニの娘」で出会うラパチーニは、粉飾のない生身の姿ではない。彼は、つねに/すでに他の登場人物によって枠付けされている。たとえば、その最初の登場は、パドヴァに出てきたばかりのジョヴァンニが庭を見るとき、その視点を通して枠付けされている。しかも、このジョヴァンニの視点もまた、下宿の女将リザベッタの噂話によってすでに枠付けされている。『あの有名な先生、ご高名は遠くナポリまで届いておりましょう』（九四）。そして、ジョヴァンニのラパチーニ像は、バッリオーニが口にする批判によって、さらにはベアトリーチェが語る挿話によって、形作られていく。「ラパチーニの娘」におけるラパチーニの人物像は、ジョヴァンニの印象と偏見抜きにしては語れない。そこで、次項では、ジョヴァンニの視点を可能にしている背景を見ていくことにしよう。

2

ジョヴァンニは、観察する。下宿の窓から見える庭を、ラパチーニを、ベアトリーチェを、乙女と花との交歓を。だが、黄昏時に見た庭は、翌朝にはありふれたものにしか見えない。博士と娘が奇異と見えたのも、空想の産物と思える。そこで、ジョヴァンニは「もっとも合理的な見解」（九八）を選択する。

ここに見られるのは、視覚の常識を前提とした観察記録である。その基本は、すべてのものを「普通の経験の範囲」（九八）で判断することだ。ジョヴァンニの観察には常軌を逸した奇異を受け入れる土壌はないし、奇異と思われたものも、常識の範囲に収まるように説明をつけることができる。明々白々で奇抜なところのない現象だけが、観察者によって選択される。

もちろん、常識を超える事件もまた、目撃される。紫の花の露を受けた蜥蜴《とかげ》はのたうちまわって死に、庭に迷い込んだ昆虫はベアトリーチェの足下に落ちて死に、花束はベアトリーチェの手の中で萎れていく。けれども、ここでも観察者は「普通の経験の範囲」（一〇五）に執着する。常識的に考えれば、植物や呼気の毒が接触なしに効能を発揮するのは困難だし、蜥蜴や花束や昆虫の症状を遠目で判断できるわけがないと。

ジョヴァンニの「合理的な見解」は、リザベッタの手引きでラパチーニの庭に入ったときにも披瀝される。庭の植物が「華美であるにもかかわらず、荒々しく官能的で不自然ですらある」（一一〇）ことに不安をおぼえるのだ。それは、植物の「人工的な風貌」のためであり、観察者の考える自然や常識の範囲を超えているからだ。

このようなジョヴァンニの態度は、前述したナチュラル・フィロソファーの態度とは対照的なものとなっている。後者が自然を超自然の発現と考え、自然の奇異を超自然の秘密を解き明かす鍵ととらえるのに対して、前者は奇異を不自然なもの、自然の範疇には入らないものととらえる。人工的な風貌を持った植物は、さまざまな種の姦通の結果であり、「もはや神の創造物ではなく、人の邪悪な空想が生んだ奇怪な所産」（一一〇）なのである。

さらには、ナチュラル・フィロソファーが超自然によって自然を演繹的に説明しようとするのに対して、ジョヴァンニは蜥蜴や昆虫や花束という個々の観察事例の積み重ねから、ベアトリーチェに「美しいと同時に命とりともなる花々との近親関係」（一〇五）があるのではないかと疑念を抱くようになる。このような帰納法的論理には、結論を追認する実験によって確証を得る必要がある。したがって、ジョヴァンニは、ベアトリーチェの「肉体的特質に恐ろしい特異性があるかどうか、きっぱりと決まりをつける決定的な試験を実施する決心」（一二〇）をし、そのために朝露も瑞々しい花束を購入する。

けれども、厳密な意味で、この「決定的な試験」が実行に移されることはない。というのも、花束はジョヴァンニ自身の手の中で萎れてしまうからである。さらには、彼自身の息で蜘蛛が痙攣して死んでしまうからである。「決定的な試験」で証明されたのは、当初予定していたベアトリーチェの毒ではなくて、ジョヴァンニ自身の毒なのだ。にもかかわらず、あるいはそのために、ジョヴァンニは自分の毒がベアトリーチェから伝染したものと判断する。だが、皮肉なことに、この伝染を証明するものは、ジョヴァンニが期待する帰納法的論理ではなくて、パドヴァ大学ナチュラル・フィロソフィの権威バッリオーニ博士が読んだ古典、インド王女についての物語にすぎない。

以上のようなジョヴァンニの思考方法には、「決定的な試験」が当初の目的を果たすことはなかったにせよ、ある特徴が見られるだろう。視覚の常識を前提とした観察、その積み重ねから導きだされる理論、その理論を強化するための実験――これらの手続きは、作品の舞台となっている十六世紀パドヴァのナチュラル・フィロソフィの方法ではない。ここに見られる論理は、フランシス・ベーコンの流れを汲む経験主義《エンピリシズム》の特徴であり、さらに具体的に言えば、作品が書かれた十九世紀前半アメリカの自然誌《ナチュラル・ヒストリー》の特徴である。

ジョージ・H・ダニエルズによれば、一八三〇–四〇年代のアメリカ「科学」の背景には、神の特質を自然界の形跡から証明しようとする自然神学《ナチュラル・セオロジー》、方法論としてのベーコニアニズム、直接的知覚を重要視するスコットランド常識《コモンセンス》哲学があった。この三点が集約した学問として注目されたのが、自然界に存在する事物の描写と分類をめざした自然誌である。ことに独立から半世紀、一八一二年戦争後のナショナリズムやリパブリカニズムと結びついて、自然誌はアメリカ固有の事物にアメリカ独自の神意を解読する手段としてもてはやされた。

もちろん、このような形態の自然誌は、一八三〇年代のアメリカに突然にして出現したわけではない。前述したように、たとえば十六世紀ルネサンス期には、超自然（神）という前提から自然現象を演繹するナチュラル・フィロソフィを批判して、経験を重視する新学問が登場した。だが、この経験主義には大きな問題点があった。神という大前提がなくなった今、誰の知覚経験を信用すればいいのか、どの事実を取捨選択すればいいのか。スティーヴン・シェイピン『真なるものの社会史』の指摘によれば、十七世紀に誕生したロンドン王立協会の背景には、この事実認定の権威の問題があった。その正式名称に「自然界に関する知識の向上」を唱っているのは、神の消滅と事実認定の権威確立と無関係ではありえない。

けれども、事実と理論との関係はこれだけで終わらない。メアリー・プーヴィによれば、十七世紀から十八世紀初頭のイングランドでは、事実の描写と分類に終始するベーコニアニズムに対して、新形態のナチュラル・フィロソフィが勢力を伸ばしていく。超自然や神を前提としていた古典ナチュラル・フィロソフィに対して、この近代ナチュラル・フィロソフィがめざすのは体系的な知識であり、普遍的な理論であった。こうして、自然は体系的な知識と普遍的な理論の宝庫として再定義されていく。十九世紀ロマンティシズム、ことにフリードリッヒ・シェリングの自然哲学《ナチュールフィロゾフィ》やラルフ・ウォルド・エマソンの説く「自然」は、この自然観なしには語れないだろう。

さて、このように考えてくると、現在の意味での「科学者」の名にふさわしいのはラパチーニではなくて、むしろジョヴァンニであることがわかるだろう。確かに、ラパチーニは古典ナチュラル・フィロソフィとは異なった新しい学問、経験主義を指向している。けれども、少なくとも本文中に見られる限り、彼にはジョヴァンニに見られるような帰納法の論理が欠落している。彼の仕事は、実践的な薬効を持った植物の飼育であり、ジョヴァンニはその実験材料にすぎない。これに対して、一八四〇年にヒューエルが定義した「科学者」とは、帰納法の論理を駆使する者に他ならない。それはまた、近代ナチュラル・フィロソフィが現在の意味での「科学」へと移行していく転換点を示すものとなっている。

けれども、ラパチーニには、ジョヴァンニとの共通点も認められる。というのも、ふたりには視覚の偏重という類似点が見られるからである。庭を観察する青年が見たのは、手袋とマスクで自衛し植物への接触を避ける博士。紫の花に触れようとした青年を制止する乙女と、その場面を観察する博士。いずれの場合にも、触感の回避と視覚への依存が見られる。

これに対して、このふたり以外の三人の登場人物の特徴は、触覚である。無防備に素手で紫の花に触れるベアトリーチェ。花を抱擁すれば、人と花は一体化し区別がつかない。あるいは、少なくともジョヴァンニには、そう見える。一方、この青年の苦悩は、愛する女性との接触が許されないことだ。ちょうど紫の花に触るのを禁じられたように。皮肉なことに、実際にジョヴァンニに接触するのは、バッリオーニとリザベッタとなっている。博士は散歩する青年の腕をとって引き留め、ライヴァルが青年を実験材料にしていると告げる。女将は青年のマントを引っ張り、ラパチーニの庭への秘密の戸があることを教える。

ジョナサン・クレイリーの『観察者の技法』によれば、ルネサンス期に知覚の中心は触覚から視覚へと移行している。この視覚重視を典型的に示すのが、デラ・ポルタが発明したとされるカメラ・オブスクラ（暗箱）であり、観察者の眼球をきわめて写実的に模倣した装置となっている。けれども、この時期に形成された観察者と視覚のモデルは、一八二〇–三〇年代に抽象化され、近代的な知識と権力の場として再構成されていく。この典型がステレオスコープ（双眼写真鏡）であり、視覚・観察者の生理学に基づいた抽象的な機巧となっている。ここでは、観察者自身が観察される対象となり、計算され原理化されている。視覚自体もまた同様に、計量され普遍化できるものとなっている。この数量化とそれにともなう抽象化が、近代的な知識の基盤となっているのだ。

このような視覚の歴史は、ラパチーニとジョヴァンニの視覚が持つ意味と無縁ではない。ラパチーニは庭の植物を、あるいは実験材料としてのジョヴァンニを単に観察しているのだが、ジョヴァンニは観察自体を意識化している。もっとも合理的な解釈を選択する傾向はあるものの、ジョヴァンニは観察したものの信用性を問題にするのだ。朝日の中で見た庭は、昨夕の目撃談に疑問を投げかける。死んだ蜥蜴や萎れた花束や落ちた昆虫は、遠距離からの観察の蓋然性を示唆する。ここでもまた、ラパチーニが「ラパチーニの娘」本文の舞台となっている十六世紀パドヴァという枠に規定された登場人物となっているのに対して、ジョヴァンニは作品が書かれた十九世紀アメリカという枠に規定された登場人物となっている。

3

前項では、「ラパチーニの娘」本文に十六世紀パドヴァと十九世紀アメリカの知識形態が二重露出されていることを述べたのだが、それでは「ラパチーニの娘」全体についてはどうであろうか。そこで、本項では、本文を書いたことになっているフランスの作家ドゥ・ロベピーヌ氏とそれを翻訳し序文をつけたことになっているアメリカの無名解説者に注目して、同様の二重露出が「ラパチーニの娘」全体についても投影されていることを述べてみることにしよう。

無名の解説者は、ありのままの「事実」を述べる。ドゥ・ロベピーヌ氏の作品が、超絶主義者のものとも大衆作家のものともつかないために、読者がほとんどいないことを。あまりにも浮き世離れしていて、現実生活の模倣がまったくといっていいほどなされていないことを。そして、氏の大部におよぶ前作が列挙された後で、「ベアトリーチェ、あるいは美しき毒殺者」の初出が、ドゥ・ベアヘヴン伯の編集になる『反貴族評論』であることが明かされる。

ここでの解説者は、事実をあくまで忠実に列挙しようとしているのだが、そのじつ自分の言説が矛盾していることに気づいていない。ほとんど読者のいない作家が、どうして大部におよぶ作品を発表し続けることができるのだろうか。さらには、「ベアトリーチェ、あるいは美しき毒殺者」といういかにも感傷的で大時代的な表題の作品が掲載された雑誌が、反貴族を唱い「自由主義の原則と大衆の権利を擁護する」（九三）立場を明言していること、けれどもこの雑誌が明らかに貴族の称号を持った者によって編集されていること、しかもその編集者の名前が「熊の避難所」という貴族にふさわしくないものであること——このような矛盾点は、列挙された事実に埋没したままで放置されている。ここでの解説者の興味は、「事実」に基づく無名の作家の発掘と紹介、珍種の標本化と分類なのであって、普遍的で矛盾のない理論の確立ではないのである。

これに対して、ドゥ・ロベピーヌ氏本来の姿は「ラパチーニの娘」の序文・本文を通じてどこにも登場しないし、直接接見することもできない。というのも、氏の肖像はつねに／すでに解説者によって枠づけられたものとなっているし、氏の作品は解説者によって翻訳されたものとなっているからだ。

とはいえ、解説者の独断と偏見によって枠づけられた序文からでさえも、ドゥ・ロベピーヌ氏の姿はうかがえるだろう。その疑いようもない特徴は、「生来の寓話好き」(九一)のために、一般的に氏の作品が現実離れしていることであり、具体的には、氏自身がつけた表題「ベアトリーチェ、あるいは美しき毒殺者」が示すように、目に見えない潜在性の毒の存在、顕在化した現実の具体例を超越した存在を暗黙のうちに了解していることである。

けれども、このようなドゥ・ロベピーヌ氏が超絶主義者たちと一線を画していることも、序文の冒頭で明らかにされている。氏の作品は、後者の「精神的あるいは形而上学的要求を満たすにはあまりに大衆的」(九一)とされているのだ。超絶主義は、現実の具象＝自然を超越した普遍の真理＝超自然を再構築しようとする点において、近代ナチュラル・フィロソフィと共通の側面を持っているのだが、その唱道者たちから見ればドゥ・ロベピーヌ氏は異端の誹りを免れえない。ちょうどラパチーニが同時代の古典ナチュラル・フィロソファーたちと相容れなかったように。もちろん、ドゥ・ロベピーヌ氏の抽象にすぎる作風は、大衆作家と与《くみ》するには「あまりにも現実離れしていて、あまりにもぼんやりとしていて、あまりにも実体がない」（九二）のだが。

さて、このように考えてくると、ドゥ・ロベピーヌ氏と無名の解説者の関係にも、二つの知識形態が反映されていることになるだろう。すなわち、ドゥ・ロベピーヌ氏が、超絶主義者たちほどではないにせよ、自然を超えた普遍的・抽象的「真理」を容認しているのに対して、その作品を翻訳した無名の解説者は具体的・現実的実例に終始しているのである。この関係は、とりもなおさず、「ラパチーニの娘」本文中のラパチーニとジョヴァンニとの関係、すなわち十六世紀パドヴァと十九世紀アメリカの知識形態の二重露出に呼応している。

だとすれば、このドゥ・ロベピーヌ氏の作品とその翻訳・解説を包括した全体が、氏の原題の直訳ではなく、別の表題に変えられていることにも意味があるだろう。序文中で氏の前作と称されているものの表題は、実際にはホーソン自身の短編の表題をほとんど忠実にフランス語訳したものとなっているのだが、こと本作品に関しては、氏の原題「ベアトリーチェ、あるいは美しき毒殺者」から「ラパチーニの娘」へと変えられている。確かに、ドゥ・ロベピーヌ氏の原題も、作品全体の表題も、同一人物を示していることに変わりない。けれども、前者がベアトリーチェの毒性を強調しているのに対し、後者は彼女を父親との関係で規定したものとなっている。つまり、表題の変更は、ベアトリーチェを定義する観点の変化となっているのだ。

表題の変更は、第一に、ベアトリーチェの毒性を強調するのを回避することによって、ラパチーニおよびドゥ・ロベピーヌ氏に代表される観点、すなわち超自然による自然の定義から距離を置くことに役立っている。この観点がもはやすべてを説明できるほど有効ではないか、あるいは少なくともその有効性に疑念を呈する他の観点が存在していることは、前述したとおりである。逆に言うならば、ドゥ・ロベピーヌ氏の原題をそのまま英訳したのでは、目に見えない隠された特性の存在を暗に認めることになり、疑問視された観点に加担することになるのだ。

表題の変更は、第二に、ベアトリーチェを父親との関係で定義することによって、ジョヴァンニおよび無名の解説者に代表される観点、すなわち客観的な観察に疑問を投げかける。この観点が実はまったく客観的ではないことは、前述したように、ジョヴァンニの視点がリザベッタやバッリオーニによって歪められている点、無名の解説者の論点が矛盾を孕んでいる点からも明らかである。けれども、これにもまして重要なのは、「客観」が云々される以前に、両者の観察対象がすでに規定されていることだ。ベアトリーチェはジョヴァンニに観察される以前に、「ベアトリーチェ」は解説者に解読される以前に、それぞれラパチーニとドゥ・ロベピーヌ氏によって規定されている。前者は博士の植物園＝自然の写しの不可欠な要素として目に見えない隠れた超自然の特性を示唆し、後者は氏の具体的作品としてそれを超えた普遍的・抽象的「真理」を暗示している。

以上のように、表題の変更によって、ベアトリーチェおよび「ベアトリーチェ」が普遍的・抽象的真理でも客観的・具体的観察でも、いずれか一方では定義不可能であるということになれば、「ラパチーニの娘」という作品自体がこの両者による定義が混在し交叉する場所となっていても、不思議ではないだろう。なぜならば、ラパチーニとジョヴァンニの対立する自然観を体現したベアトリーチェを囲い込んでいるのが、ドゥ・ロベピーヌ氏の作品「ベアトリーチェ」であり、氏と無名の解説者の対立する自然観を体現した「ベアトリーチェ」を囲い込んでいるのが、ナサニエル・ホーソンの「ラパチーニの娘」だからである。そして、同一人物を指示する「ベアトリーチェ、あるいは美しき毒殺者」から「ラパチーニの娘」への表題の変更が、ラパチーニ／ドゥ・ロベピーヌ氏とジョヴァンニ／解説者のいずれの自然観にも加担することを回避し、両者のせめぎあいを容認し是諾しているからである。この意味で、「ラパチーニの娘」はふたつの「自然」観をめぐる物語であるといえよう。

2 「進化」する自然誌

初期エマソンをめぐって

ラルフ・ウォルド・エマソンは、一八三三年七月一三日の日記に、パリ植物園自然誌展示室での決意を書きしるしている。「ナチュラリストになろう」(*JMN* Ⅳ:二〇〇)と。[1] それはまた、牧師職から完全に身をひき、講演と執筆で生計を得ていくことへの決断でもあった。帰国後、一八三三年から三四年にかけて次々とおこなった初期の講演「自然誌の効用」「人間の地球との関係」「水」「ナチュラリスト」(*EL* Ⅰ:五-八三)は、この決意に形を与えたものであり、それは一八三六年ついに代表的エッセイ『自然』(*HW* Ⅰ:七-四五)へと結実していく。

日記のこの部分はもうすでに何度も引用され、エリザベス・A・ダントに言わせればもはや言い訳なしには引用できないほど有名になっているのだが、「ナチュラリストになろう」という言葉は、実はそれほど単純に割り切れるものではない。というのも、一八三〇年代のアメリカで使われていた「ナチュラリスト」という言葉には、単なる自然観察者あるいは博物学者では包含できない意味があるからだ。

博物学者という意味でのナチュラリストなら、有名人にこと欠かない。一七六八年ジェイムズ・クック船長のオーストラリア探検に同行したジョゼフ・バンクスを大先輩とし、一七九九年から一八〇四年まで南米遠征をしたアレクザンダー・フォン・フンボルトとエメ・ボンプランを直接の先輩に、一八三六年太平洋海域調査を目的としたビーグル号に乗船したチャールズ・ダーウィン、一八四八年マレー半島調査に赴いたアルフレッド・ラッセル・ウォレスを後輩にあげられる。未知の世界に派遣されたこれらの博物学者たちは、ピーター・レイビーが『大探検時代の博物学者たち』で指摘しているように、植民の可能性を探る地勢調査に協力することによって、知ると知らざるとにかかわらず、好むと好まざるとにかかわらず、ヨーロッパの帝国主義・拡張主義に手を貸さざるをえなかった。

だが、はたしてナチュラリストをめざしたエマソンをこのヨーロッパ人の旅行者たちと同等に扱うことができるのだろうか。確かにアメリカの西漸運動にたいしてあまりにも無邪気な側面を持ち合わせていたにせよ、ウェイン・フランクリンのように『自然』の第一章「実益」だけをとりあげ、帝国主義・拡張主義の旗手と評するのでは公正を欠くというものだろう。

とはいえ、エマソンのナチュラリストをヘンリー・デイヴィッド・ソローのような自然観察者とするのにも無理がある。『ウォルデン』がたとえば湖や農作物の観察日誌としても読めるのに対して、『自然』では、その表題にもかかわらず、風景描写以上の観察記録として読めるところはほとんど見うけられない。『自然』には『ウォルデン』のような観察の具体性がなく、その自然はあくまで抽象的なのである。このことはまた、『自然』執筆の直接の契機となったのが、自然そのものではなく、パリ植物園自然誌展示室の整理され序列づけられた自然の事物であったこととも無関係ではないだろう。あるいは、この自然誌展示室での経験以前に、エマソンが持ち合わせていた自然誌の知識を問い直す必要もあるだろう。

本章は、エマソンが日記に書きしるした「ナチュラリスト」という言葉を手がかりに、その研究分野「自然誌《ナチュラル・ヒストリー》」が当時の知識の枠組みとしていかに機能していたかを考察し、そのなかに初期のエマソン、

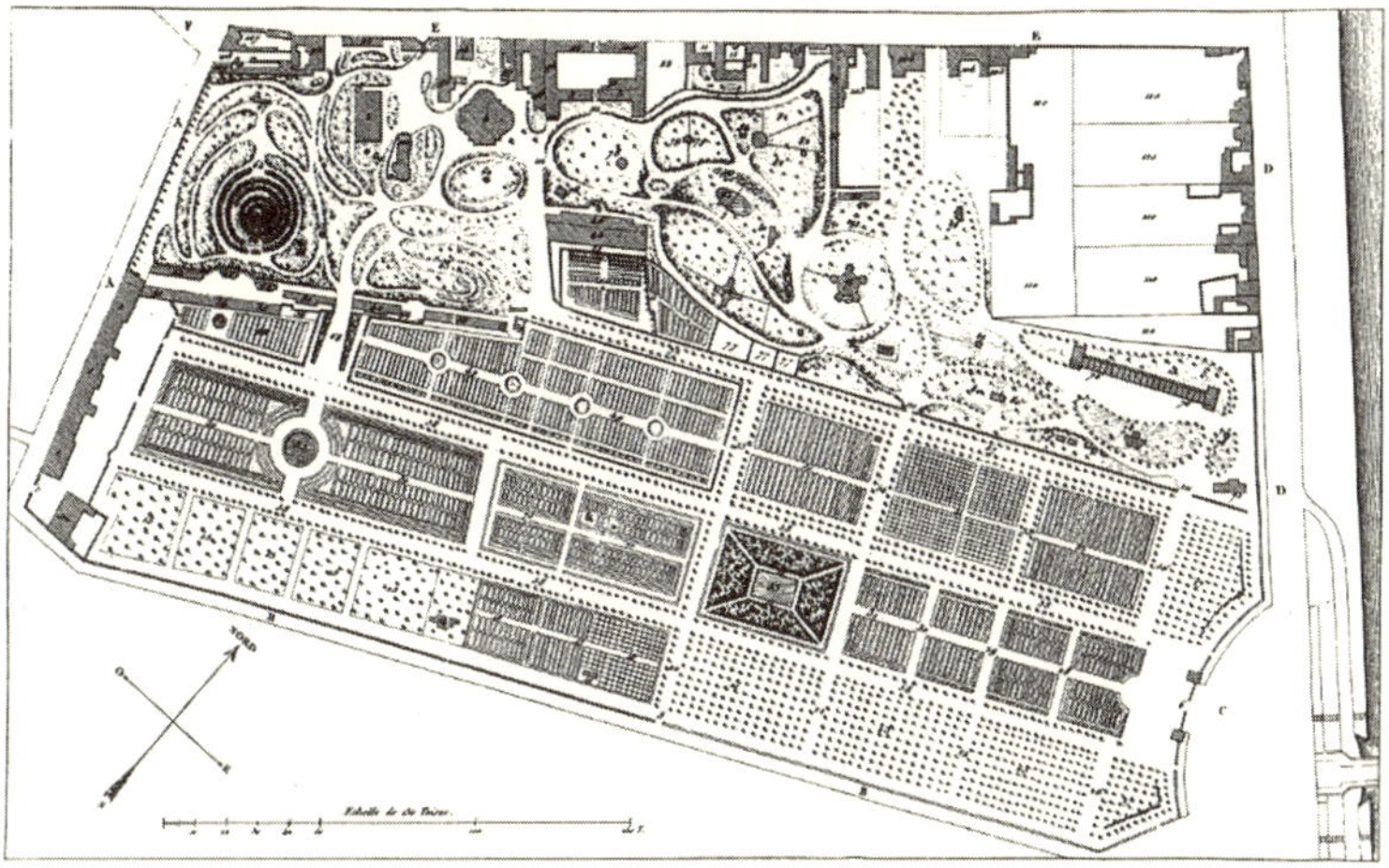

図73　1812年のパリ植物園の見取図

ことにパリ植物園の一八三三年から『自然』出版の一八三六年までのエマソンを置き直そうという試みである。[2]

1

リー・ラスト・ブラウンの『エマソン博物館』は、パリ植物園（図73）自然誌展示室とパリの町での体験が『自然』執筆にどのような影響を与えたかを綿密に検証した研究書だが、果たしてこれらの体験がエマソンにどのくらい決定的な影響を与えたかということになると、疑問を呈さずにいられない。というのも、どうやらエマソンはパリ旅行以前からすでにもうかなり自然誌の影響を受けていたと考えられるからだ。

確かに、ウィリアム・マーティン・スモールウッドとメイベル・スモールウッドによれば、エマソンが在籍した一八一七年から一八二一年のハーヴァード大学は、初代マサチューセッツ自然誌教授ウィリアム・

D・ペック（一八〇五年―一八〇九年）の死後、二代目トマス・ナトール（一八二五年―一八三四年）の着任以前にあたっている。けれども、エマソンの当時の読書傾向は、その欠落を補うに充分と考えられる。たとえば、ウォルター・ハーディングの『エマソンの図書館』によれば、ナトールの『体系的植物生理学入門』（一八三〇年）やエイモス・イートンの『植物の手引き』（一八二九年）を所有していたし、ケネス・ウォルター・キャメロンの『ラルフ・ウォルド・エマソンの読書』によれば、パリ旅行前の一八三二年かそれ以前までに、ボストンの図書館から借り出したものには、ビゲロウの植物学、カービイの昆虫学、ホワイトのセルボーン自然誌、ナップの自然誌日記、モウのリンネ式分類法による貝類図鑑、ヒューバーのミツバチやアリといった自然誌関連の書物の他に、ロンドン王立協会の『フィロソフィカル・トランザクション』や自然誌を積極的にとりあげていた書評誌『エディンバラ・レヴュー』や『フレイザーズ・マガジン』を借り出している。なるほど、ウィリアム・バートラムの『旅行記』やチャールズ・ライエルの『地質学の原理』、ジョン・ジェイムズ・オーデュボンの『鳥類図鑑』やアレクザンダー・ウィルソン（とチャールズ・ルシアン・ボナパルトの補遺）による『アメリカ鳥類学』といった有名な著作は、『自然』出版前後に借り出されているのだが、一八三七年からは、むしろダイオニシアス・ラードナーの一般向け科学書『キャビネット・サイペディア』シリーズに頼る傾向が見うけられるようになっている。エマソンの自然誌の基礎は、この意味で『自然』以前に形成されていたといっても過言ではないだろう。

ヨーロッパの自然誌の方法論をアメリカの事物に当てはめヨーロッパ向けに発信していた例は、第二部第一章「『自然』という名のヒストリー」で前述したように、父ジョン・バートラムと裕福な商人ピーター・コリンソン（ベンジャミン・フランクリンの「友人」でもあった）、そして息子ウィリアム・バートラムと医師ジョン・フォザギルの関係であり、ヘクター・セント・ジョン・ドゥ・クレヴクールの『あるアメリカ人農夫からの手紙』（一七八七年）であり、トマス・ジェファソンの『ヴァージニア州に関する覚書』（一七八七年）だった。これらエマソンの先輩たちは、あくまでヨーロッパから見た辺境地域の自然誌の一翼を担っていた。

これに対して、アメリカ人向けのアメリカ自然誌を展開したのが、チャールズ・ウィルソン・ピールの博物館、アレクサンダー・ウィルソンの『アメリカ鳥類学』をはじめとする図鑑や教科書、ティティアン・ラムゼイ・ピールの図版、そして知識の伝播を娯楽とペテンの極致にまで高めたP・T・バーナムである。

このうち、「理性的な娯楽《ラショナル・エンターテインメント》」を標榜したピール博物館については前述したとおりだが、この博物館の正確で膨大な標本を参考資料として利用したのが、アレクザンダー・ウィルソンの『アメリカ鳥類学』（一八〇八―一八一四年）だった。ウィルソンもまた、代表的な姿の雌雄と巣の中のタマゴ、そして生息環境を彷彿とさせる背景という典型的な図版の構成体裁をとっていた。また、『アメリカ鳥類学』はその後のアメリカ動植物や昆虫類の図鑑の手本となったため、図鑑との比較による実地の自然観察を助長したばかりでなく、典型化された図版・図式の視点が自然観察を規定する傾向を形成した。写真とは異なり、図版には標本の配置によって典型化できるという利点があるからである。

また、ピールの息子のひとり、ティティアン・ラムゼイ・ピールは、自然誌の図版で第一人者になった。彼の代表作には、ウィルソンの『アメリカ鳥類学』に付加されたボナパルトによる補遺部分の図版、ジョン・ゴッドマンの『アメリカ自然誌』の図版があげられる。彼はまた、第一次ロング探検（一八一九―一八二〇）やウィルクス探検（一八三八―一八四二）に随行して、各地の地勢や動植物を描き、当時のアメリカ人の自然観を形作るのに手を貸した。

ところで、アメリカ自然誌を文字通り食い物にし、娯楽一方にだけに傾倒したのが、この時代あちこちに顔を出すP・T・バーナムである。その見世物の多くはかなり怪しげなものだったので、エマソン自身も「錯覚」と題した覚え書きのなかで、バーナムをいかさま師同様に扱かっている（*T* I：二四）。けれども、インチキであれ怪しげであれ、バーナムが自然誌の「大衆化」とその後の凋落に残した功罪は決して小さなものではない。

以上述べてきたように、エマソンの自然誌の背景には、十八世紀後半から十九世紀前半までのアメリカ自然誌の流れがある。そして、この流れを意識していたからこそ、エマソンは「ナチュラリストになろう」と決意することもできたのだし、その決意がまたアメリカという新「国家」やアメリカ人という新「人種」を定義するのに有効な手段であることを見抜くこともできたのである。そこで、次項では、パリ植物園自然誌展示室での決意を再読することによって、エマソン自身の自然誌観を俯瞰することにしよう。

2

パリ植物園自然誌展示室の標本の前でエマソンが「ナチュラリストになろう」と決意した様子は「自然誌の効用」（*EL* I：一〇）にほぼ忠実に再現されているのだが、ここでは日記の記述を引用しよう。

宇宙は、ここに陳列されている心惑わす一連の生命体——靄々とした蝶々や彫刻のような貝殻、鳥や獣や魚や昆虫や蛇——よりもはるかに驚くべき謎であり、生命の向上原理はあまねく存在し、その端緒は有機体を真似ようとする石にさえ見いだせる。いかなる形態も、それだけでは奇怪でも野蛮でも美しくもない。それは、観察者に本来そなわっている固有の資質を——サソリとヒトとのあいだの神秘的な関係を——表現したものなのだ。わたしはわたしのなかにムカデをワニをコイをワシをキツネを感じる。不思議な感応につき動かされて、わたしは何度もこううくり返す。「ナチュラリストになろう」（*JMN* IV：一九八–二〇〇）

ここに見られるのは、奇矯珍妙とまではいわないまでも、かなり奇妙な光景である。たとえば、剥製の展示物を生命体と呼ぶこと、それらと宇宙とを比較して後者の謎に思いを馳せること、人間と動物とのあいだに神秘的な関係を感じること、そして最も奇異なのは、あまねく存在しているという生命の向上原理をとりあげて、石が有機体を真似しようとしていると述べることである。

上記の人間と動物との関係と同様のものをエッセイ『自然』に見いだすとすれば、「人間と植物との神秘的な関係」（*HW* I：一〇）ということになろう。つまり、たとえばサソリやムカデ、野や森という目に見える形而下現象界《フィジックス》＝自然《ネイチャー》の個別の事例は、その上部にすべての本質《ネイチャー》を包含する普遍的で抽象的な大文字の自然＝形而上本質界《メタフィジックス》＝超自然《スーパーネイチャー》（あるいは「大霊《オヴァーソウル》」（*HW* II：一五七–一七五））を持っていて、したがって超自然という共通理念によって関連づけられている個別の具体的な自然は互いに呼応しあい類似性を持ち合わせる。そして、目には見えない秘されたという本来の字義の「神秘的な《オカルト》」関係、「不思議な感応《シンパシー》」を共有しているということだ。[3]

この超自然の存在はまた、上記引用文中の語句を使って、「宇宙の謎」と換言することもできる。あるいは、他のエッセイ「補償」から引用して、「遍在という真の教義は、神があらゆるコケにさえクモの巣にさえ、ことごとく再現されている。宇宙の真価はいたるところに姿を見せている」(*HW* II:六〇)としてもいい。さらに、自然を「最も広大で不思議な内容の本」(*EL* I:二九)として読むこともできる。実のところ、エマソンにとっての自然は、一匹一匹の蜘蛛や一本一本の樹にかかわっているわけではない。それは、ひとつひとつの単語や個別の自然が形成する文法や文章から構成される本として、全体を統合し包括する超自然のレベルで読み解かれるべき書物、「最も精通したナチュラリスト」(*HW* I:三九)によって解き明かされるべき「自然という書物」なのである。この書物は、ピール博物館の入場券(図55)に描かれていたのと同じ発想で、聖書《スクリプチャー》が神の御言葉《ワード》を書いたものなら、自然《ネイチャー》は神の御業《ワーク》を書いたものであるという言葉遊びになっている。[4]

したがって、エマソンにとっては、パリ植物園自然誌展示室での陳列物が剥製であっても、まったく問題はない。というよりはむしろ、剥製にされ陳列されている動物の方が、その種の見本としては好都合なのだ。それはすでに個別から抽出された「自然」、他の展示物と比較対照ができるように典型化された「自然」だからである。

このことは、パリ植物園自然誌展示室とその前身である珍品展示室《キャビネット・オヴ・キュリオシティーズ》の展示物を対比すると、なおさら明らかになるだろう。ロレイン・ダストンとキャサリン・パークの『驚異と自然の秩序』によれば、十二世紀のヨーロッパで王侯貴族が自らの権力を誇示するため蒐集した天然や人工の珍品奇品を展示した飾り棚は、十六〜十七世紀までに壁や天井までも覆い尽くす展示室となるのだが、この珍品展示室がその後継者の近代の博物館と決定的に違うのは、前者が奇異の念や驚嘆を喚起するために対比をなす別種の品々を故意に並列して展示したのに対して、後者が同種または類似種による標本の分類整理をめざしていることである。一方が例外を蒐集し陳列するものならば、他方は典型を分類にしたがって展示する目的を持っているのだ。ちなみに、パリ植物園本体はビュフォン伯の植物自然分類法によるアントワーヌ＝ロ－ラン・ドゥ・ジュシューの設計であり、自然誌展示室（図74）はジョルジュ・キュヴィエの比較解剖学（図75）による動物分類法にそった配列となっていた。また、前述のピールの博物館はリンネ式分類法を採用している。[5]

それでは、なぜ啓蒙主義思想時代の博物館は典型を網羅し分類し展示することをめざしたのだろうか。それには、ほぼガリレオからニュートンの時期に及ぶ知識革命によって変革を余儀なくされた知識の枠組みが、啓蒙主義思想時代に建て直しをせまられたことを指摘する必要があるだろう。[6] この詳細については、すでにもう何度も述べているので省略するが、啓蒙主義思想が「帰納法の問題」のために新しい暫定的法則を必要とした結果、博物館というベーコニアニズムに基盤を置く蒐集・分類・命名の機能を持った施設が誕生したことには、疑いの余地がない。

このように考えてみると、パリ植物園自然誌展示室におけるエマソンの決意に見られる奇妙な表現にも納得がいくだろう。たとえば、陳列されている生命体は、実物であってはならず、剥製でなくてはならない。というのも、展示室は具体的な標本ではあっても、典型的な例を陳列する場だからである。さらには、

図 74　キュヴィエの動物陳列棟（1815年）

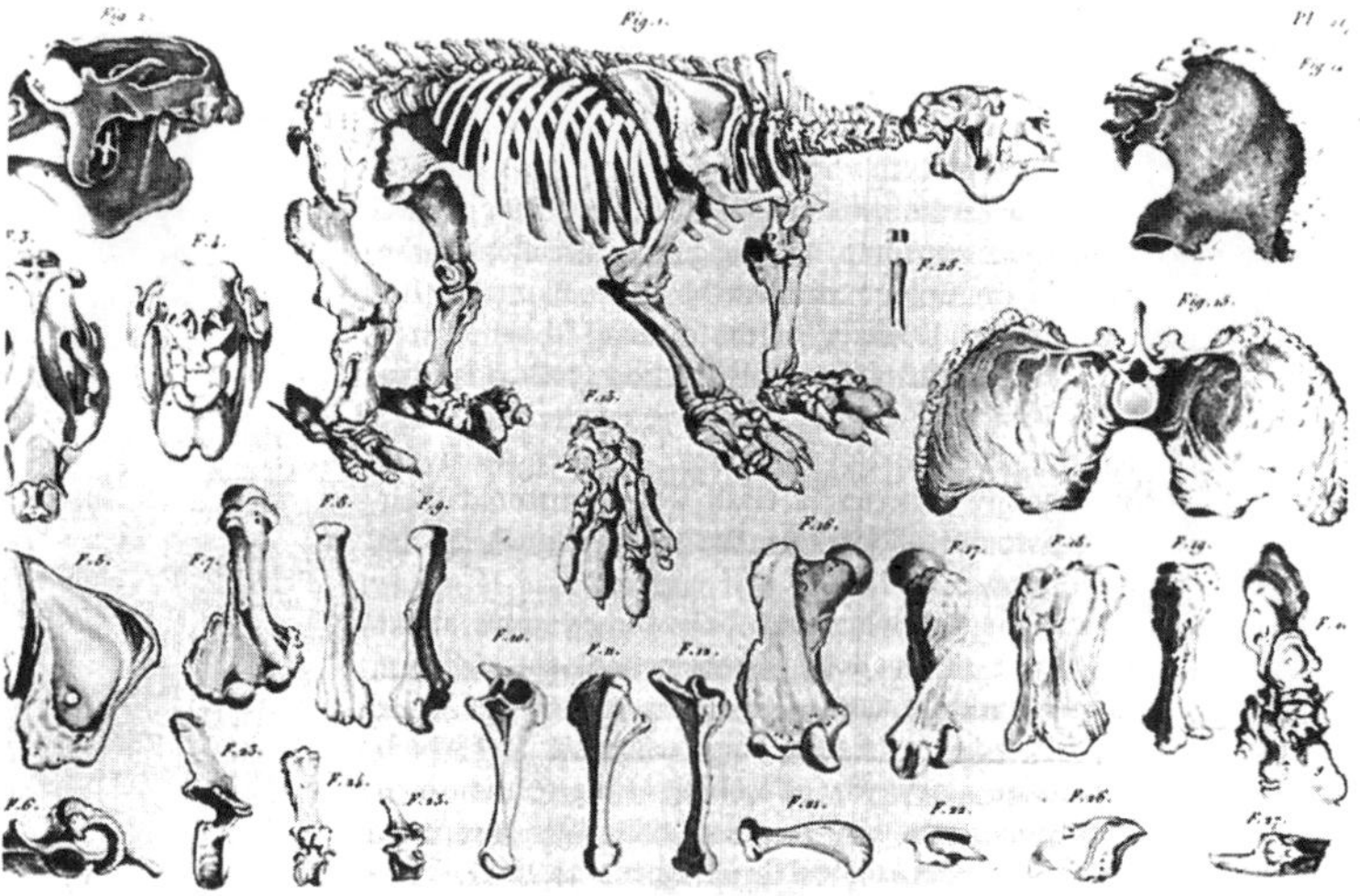

図 75　キュヴィエ動物分類法によるマドリッドの「メガセリウム」の骸骨と骨

こういった展示物よりも宇宙の謎のほうがはるかに驚くべき謎であるという科白も、もはや驚くにはあたらないだろう。というのも、十九世紀初頭の自然誌は、細分化され相互関係の見えなくなった具体例を積み重ね束ねることによって、新しい普遍の理論をもたらすことができる学問体系として期待されていたからである。ことにエマソンの場合には、個別の自然を説明するのに普遍的な超自然を持ち出している。あたかも、知識革命で転覆させられたはずのアリストテレス・スコラ学派に先祖返りしているかのように。

だとすれば、パリ植物園自然誌展示室で出会ったあの最も珍奇な症例、「あまねく存在している生命の向上原理」と「有機体を真似しようとする石」にも、それなりの思想背景が認められるだろう。同様の論理は、『自然』にも見られる。たとえば、エピグラフに登場する「無数の輪の緻密な連鎖」に連なり、下等な形態から高等な形態へと登りつめて、「人間になろうと努力する」毛虫（*HW* Ⅰ：七）は、当時の思想背景をぬきにして考えれば、滑稽かまたは奇矯なだけである。あるいは、第五章「修養」に見られる「最も未熟な結晶から生命の法則へと導くすべての化学変化」（*HW* Ⅰ：二五―二六）は、生命の向上原理を別の言い方で言いかえたものであるし、「他のすべての有機体は人間の形態が劣化したもののように見える」（*HW* Ⅰ：二八）は、有機体を真似ようとする「進化する」石とは逆の方向、上等生物から下等生物への「退化」を示すものとなっている。ここに見られるのは、博物館と同じ思想、すなわち世界中の生物・無生物を蒐集し、同種ごとに分類し、序列をつけようとする意志である。しかも、そこには「進化」「退化」という方向性までもが読みとれる。この「生物の段階《スケイル・オヴ・クリーチャーズ》」（*HW* Ⅰ：二四）はハリー・ハイドン・クラークとジョゼフ・ウォレン・ビーチが指摘しているように、ダーウィン／ウォレスの進化論以前に自然誌界を支配していた「存在の連鎖《チェイン・オヴ・ビーイング》」という考え方が基本となっているのだが、デイヴィド・

M・ロビンソンの指摘によれば、エマソンは一八四〇年代後半にダーウィン／ウォレス流の進化論へ傾倒するまで、この思想を信奉していたとのことである。

けれども、ここで注意しておかなくてはならないのは、アーサー・O・ラヴジョイが『存在の大連鎖』で指摘しているように、もともとの「存在の連鎖」という考え方には、人間の優越性や進歩思想は含まれていなかったということだ。それは、神によって天地創造時に定められた既定の上下関係であり、変化もなければ発展もない。したがって、最上部の神へと連なる多くの天使や聖人を上部構造に持つ人間には、生まれもった自分の分をわきまえる謙虚さが要求された。このような図式のなかでの自然誌は、個々の実例や標本が存在の連鎖の中に占める位置を確定し描写する学問となる。

ところが、この変化もなく発展もないはずの存在の連鎖にも、変遷がおとずれる時が来る。既定の序列が揺るぎないものであるうちは、勤勉や努力は無力であり無駄である。けれども、勤勉や努力によって自分や環境を変えることができるとなると、生まれついた序列から一段階上の序列へ向上することができるという連鎖の時間化《テンポラライゼイション》／世俗化が発案された。これが啓蒙主義思想時代の「進歩」という思想であり、クラークとビーチが指摘していた存在の連鎖における「進化」という発想である。もちろん、この「進化」という考え方が、ダーウィン流の適者生存による「進化」とは異なる発想であることは明らかだろう。エマソンが初期の講演「人間と地球との関係」で明らかにしているように、人間が存在できるふさわしい環境が作られるためには、そのような環境を可能にしようとする意志を持った原動者《プライム・ムーヴァー》＝神の存在が絶対必要条件となるのだが、ダーウィン流の適者生存の思想にはそのような神の居場所はないからである。あるいは、存在の連鎖の時間化／世俗化は、神の役割を限定することによって、神の存在によって証明されていた天使と聖人の役割を無効にし、人間を神に近づけるものとしたといってもいいだろう。こうして、万物の霊長としての人間の昇進が奨励され、連鎖の下方への転落が恐怖の対象となる。

また、この啓蒙主義思想的「進化」「進歩」は、なにも人間に限ったことだけではなかった。同様なことが自然界にもあてはめられると、無生物は生物に、植物は動物に、そして動物も下等なものから上等なものへとなろうとする傾向あるいは意志が認められることになる。いってみれば、自然の人間化が始まったのである。『自然』のエピグラフの「人間になろうと努力する毛虫」や日記の記載「有機体を真似しようとする石」とは、この「進化」する自然、人間化された自然に他ならない。特に後者の化石は、適者生存の法則に敗れ絶滅したものの痕跡ではなくて、神が天地創造時に「存在の連鎖」の環のひとつとして配置した装置、有機体へと向上をめざす存在であり、そのような神の意図を反映した証拠品であった。

このことは、エマソンがパリ植物園自然誌展示室での体験によって自然誌に目覚めたのではなく、それ以前にもうすでにかなりこの学問体系の影響を受けていたことを示唆するだろう。ダントとブラウンは、パリ植物園自然誌展示室の体験を契機にエマソンが自然誌をこころざしたと解釈しているのだが、実のところ、エマソンは「ナチュラリストになろう」と決意する以前から、すでに自然誌における「存在の連鎖」とその「進化」を知っていたし、彼の自然観は、パリ植物園での決意以前から、そのころアメリカでも隆盛を誇っていた自然誌、しかもかなり人口に膾炙した形の自然誌によってすでに枠付けされたものとなっていたのである。

3

さて、前項では、「存在の連鎖」の時間化／世俗化が「進化」という思想を生んだこと、また「進化」する自然という概念には自然の人間化が不可欠であることを述べたのだが、この項ではその「進化」論とそれを可能にした自然誌という知識の枠組みのなかにエマソンの『自然』を置き直してみることにしよう。

エマソン自身が一八三六年八月八日ウィリアム・エマソン宛の手紙で認めているように、『自然』全体の構成を見わたすと、「ひとつの裂け目」（*L* II：三二）があるように見うけられる。[7] 同年六月二八日ウィリアム宛の手紙で、エマソンは「精神」の章を書き足すことを述べているし（*L* II：二六）、同年七月二〇日フレデリック・ヘンリー・ヘッジ宛の手紙でも「精神」の章をつけ加えることを明らかにしている（*L* II：三〇）。また、十月二三日ウィリアム宛の手紙では、あたかも「自然」と「精神」が別冊であるかのように書いてさえいる（*L* II：四二）。

この「裂け目」がどこにあるのかという問題については、エマソン自身は明らかにしてはいないものの、第二章「実益」の冒頭で自然の効用として「実益」「美」「言語」「修養」の四つをあげていることから、第五章と第六章のあいだと考えられよう。さらに、ジェイムズ・エリオット・カボットもまた、第五章「修養」と第六章「理念」のあいだ、話題が現象界から精神界に移行している部分と推論し、ロバート・E・スピラーによるハーヴァード版の『自然』の序文はそれを追認している（*HW* I：三-四）。そして、このカボットの推論は、次のようなエマソンの一八三六年三月二七日と二八日付けの日記で「実益」

「美」「言語」「修養」について述べているところと呼応する。

> 自然のいたるところに向上性がある。実益はよりよいものをめざす。美は精神的要素なしでは何の意味も持たない。言語は言うべきことに触れようとする。［中略］
> 最終的には…自然は修養であり、学ぶ者の方を向き、学ぶ者のために存在する。自然自体は副次的なもので、それを学ぶ者がより重要である。人間が理念の根底にある。自然は理念を神として受容する。
> （*JMN* V：一四六―一四七）（強調加筆）

ここでは、『自然』の第二章から第五章までの話題、つまり「実益」「美」「言語」「修養」がとりあげられ、それらが向上性を持つことが説かれている。確かに、『自然』のこの四章は、自然の持つ最も世俗的側面「実益」から、一目でわかる美→精神的要素を持った美→知性の対象となる美へと向上していくし、自然界の事実をあらわす記号としての言語→自然界の事実のうちでも精神的事実の象徴となっている言語→精神の象徴となっている自然という言語へと向上していく。そして、自然はまた、理性で真実を理解する各種の修養段階を経て、多様の中の統一性を理解する段階へと昇華していくのである。すなわち、『自然』の第二章から第五章までは、自然の向上原理にしたがって自然の向上原理について書かれているといえよう（図76）。[8]

けれども、第六章「理念」からは、論調が変わってくる。それまでの自然の事物をとりあげて向上原理を説明する方式から、「宇宙の窮極原因《ファイナル・コーズ》」（*HW* I：二九）についての議論へと移行しているのである。

NATURE'S MINISTRY TO MAN

SPIRIT — Nature's highest ministry to man is to confront him with Divinity by unlocking the Divinity within his own breast--to serve as a kind of "burning bush" or channel for the Beatific Vision.

↑

DISCIPLINE

(3) The highest manifestation of Nature as Discipline is in HUMAN FRIENDSHIP, which elevates the mercury in our SPIRITUAL THERMOMETER. At its best, it is IMPERSONAL, its values remaining after personal associations end or are forgotten.

(2) The Practical Reason, or MORAL DEPARTMENT of the Soul, assists Nature in training the conscience. To the Practical Reason, all objects in Nature are MORAL and shout the Ten Commandments (or, better, Kant's Categorical Imperative). Nature, therefore, trains the Soul not only through individual objects but also through a TOTAL EFFECT.

(1) Nature trains the Animal Understanding or the Common Sense of Men by making it efficient and discriminating.

↑

LANGUAGE

(3) NATURE AS A WHOLE is a sacramental symbol conveying grace and capable of leading man onward to Mystical Ecstasy or Spiritual Communion with the Ultimate Reality.

(2) Particular natural facts are signs of particular spiritual facts or states of mind. Hence a LAW OF CORRESPONDENCE operates between the Soul (Reason) of Man and certain objects in outer nature. Snake--subtlety. River--flux of things. Light--knowledge. Darkness--ignorance. Lamb--innocence. Fox--cunning.

(1) Most words are signs of natural facts: Right--straight. Wrong--twisted. Spirit--wind. Heart--emotion. Head--thought.

↑

BEAUTY

(3) Abstract Beauty stimulates the "Theoretical Reason" of Man --the realm of contemplation and intuition. There new beauty has its genesis. There man the creator receives inspiration or ideas for producing poems, statues, fiction, painting and the other arts.

(2) Beauty of Moral Actions, which appeals to the "Practical Reason."

(1) Simple Beauty, which the "Understanding" is able to comprehend.

↑

COMMODITY — Nature's manifold and practical ministry to man's sense: touch, sight, taste, hearing, and smelling.

↑

図76　ケネス・ウォルター・キャメロンによる『自然』の論理構成

確かに「理念」でも、窮極原因へといたる五段階が示されている――はじめは直感で、次には詩人の言葉で、学者の思考で、学問の理念で、宗教と倫理あるいは理念の実践で。

けれども、この五段階は「理念」の章の最後になって、否定されないまでも些末なものとされてしまう。なぜならば、宇宙の窮極原因とは、具体的現象の根本にあまねく存在し、理性の眼力によって個々の輪郭や表面が透明になったときにたちあらわれる普遍性のことだからだ。これは『自然』第一章で「透明な眼球」がとらえた「普遍の存在」（*HW* I：一〇）と変わるものではない。あるいは、「序章」で「象形文字を読み解く」ように神の創造物＝自然の中に読みとる神の意匠《デザイン》と変わらない。ジョン・T・アーウィンが「象形文字の解読」と名付けたように、エマソンはまず表面上は複雑怪奇な謎を提示したのち、そのじつ内面的には単純素朴であると解読してみせるのである。個別の形而下現象界の自然を羅列したのちに、それらを包括する普遍の形而上本質界の超自然を提起するのである。『自然』は、第一章で抽象的な「普遍の存在」を語ったのち、第二章から第五章までで個別の自然が持つ特徴＝向上原理をその向上原理にしたがって展開し、しかるのちに再び抽象的普遍な宇宙の窮極原因へと話を戻している。

エマソンがウィリアム宛の手紙の中で「ひとつの裂け目」と呼んだものは、カボットやスピラーが考えているように文字通り「ひとつ」の裂け目ではなかった。裂け目は、第一章と第二章のあいだ、第五章と第六章のあいだに存在し、『自然』全体を序章から第一章まで、第二章から第五章まで、第六章から第八章までの三つに分断するように挿入されている。換言すれば、「実益」「美」「言語」「修養」の個別現象をあつかった四章は、普遍存在と宇宙の窮極原理に抱えこまれているのである。それではなぜ、『自然』はこのような構成をとる必要があったのだろうか。そして、なぜ二箇所の区切れがある構成をエマソンは

「ひとつの裂け目」があると表現したのだろうか。

この答えは、エマソンが影響を受けた自然誌の課題、ことに「帰納法の問題」と呼ばれるものと関係するだろう。つまり、自然誌には、具体的実例を羅列網羅した上で整理統合し序列付けをおこなうことで、普遍的な一般法則や理論を導きだすベーコニアニズムの理論が一方にあり、他方にはあまりにも膨大な数量の実例のために破綻してしまった実践があるのだが、エマソンの『自然』もまた、それじたい自然誌の本としてあるいは自然誌についての本として、同様の課題を共有しているのである。

序章と第一章は、「普遍の存在」や神の意匠といった一般法則の可能性を説く理論編となっている。これに対して、第二章から第五章は、無生物が下等生物へそして高等動物へと「進化」していくように、自然の持つ役割もまた下級のものから上級のものへと向上していくことを証明しようとした実践編である。そして、最後の第六章から第八章では、実践編の具体例から帰納した普遍の理論がたちあらわれるはずであった。けれども、実際には、実践編の具体例は何の関連もつけられないまま、第六章「理念」で「宇宙の窮極原因」へと一足飛びに向かってしまう。そして、第七章「精神」では、自然の効用は人間の活動に無限の領域を提供し、つねに「精神」について語っているとする。こうなれば、最終章で「最も精通したナチュラリスト」が登場し、「精神の要求を満足させない限り、ナチュラリストとは呼べない」とされても、驚くにはあたらない。そこにあるのは、序列化され人間化された自然と向き合っている普遍の理論と戯れるナチュラリストの姿である。『自然』がもつ「ひとつの裂け目」とは、実践と理論との裂け目、個別の具体例としての自然と普遍の法則としての超自然とのあいだの埋めがたい亀裂であった。[9]

第三章
暗合／号する宇宙
エドガー・アラン・ポウ『ユリイカ』[1]

リチャード・P・ベントン編『文学的コズモロジャーとしてのポウ』は、九編からなるエドガー・アラン・ポウ『ユリイカ』論を収録しているが、その表題が示すように、いずれの論文も多かれ少なかれ『ユリイカ』を著者ポウ自身によるコズモロジーとする解釈をとっている。けれども、注意しておかなくてはならないのは、『ユリイカ』のコズモロジーが、現代科学が解明しようとしている宇宙生成の理論（たとえばビッグ・バングやブラック・ホール）とは全く異なるということだ。それは、十九世紀初頭の知識の枠組みの中で規定された宇宙像であり、宇宙や世界のしくみやなりたちを論じることは、すなわちその原因を論じることとする宇宙観である。[2]

さらには、『ユリイカ』で論じられているのは、厳密に言えばコズモロジーそのものというよりはむしろその一分野である宇宙創世論《コズモゴニー》であり、しかもその中核をなす太陽系誕生についての考察「星雲説《ネビュラ・ハイポセシス》」は、ポウ自身の発案によるものではなく、他人の仮説をかなり自由裁量で利用し自分勝手に改竄したものとなっている。この意味で、『ユリイカ』を素直にポウ自身の宇宙「論」と規定するには躊躇せざるをえない。もちろん、ビヴァリー・A・ヒュームのように、著者ポウとその創造になる語り手を区別し後者を「狂った科学者《マッド・サイエンティスト》」とみなす論文もないことはないのだが、今日的な意味での「文学」と「科学」が未分化であったか、あるいはいわゆる「サイエンス」がその本来の字義「知識」を離れ専門化した「科学」としてようやく認知され始めたばかりの十九世紀中葉に、「文学者」であるポウと「狂った科学者」である語り手を峻別し対立させることが果たしてどれほど有効なのか、疑問を呈さざるをえない。

これに対して、宇宙の起源についての思索をテクストを読み解く作業と重ねあわせ、宇宙の創世者（神）と作品の創造者（ポウ）の呼応関係を論じているのが、マイケル・J・S・ウィリアムズやジョゼフ・N・リデルらのメタフィクション的解釈である。ここでの宇宙創世論は、その間違いを指摘されることはあっても、否定されるどころか、テクスト論として積極的な意味を付加される。とはいえ、いずれの読みも、『ユリイカ』にテクスト内テクストとして組み込まれている手紙を積極的に評価しているとは言いがたい。この常闇の海で発見されたとされる二八四八年の日付がある手紙は、ポウの他の作品「メロンタ・タウタ」と比較されたり、西洋知識史のパロディと解釈されたりすることはあっても、なぜこの『ユリイカ』というテクストの中に未来からの手紙として組み込まれる必要があったのかについては、充分に論じられているとはいえない。

さらには、『ユリイカ』の時代的背景として、当時の「科学」論争や雑誌文化という共時コンテクストをとりあげているスーザン・ウェルシュやテレンス・ウェイランの研究にも言及しておく必要があるだろう。しかしながら、一八四八年という特定の時期に展開された宇宙創世説の意義を論じるのに、同時代のテクストやコンテクストがとりあげられることはあっても、その歴史的経過までもかんがみて論じられることはほとんどない。なぜ他ならぬこの時期に、宇宙のなりたちを云々する議論が百出したのか、それにはどのような背景があったのか、といった疑問にそれなりの答えを出さずには、『ユリイカ』の時代性やその意義を充分に考察したとはいえない。[3]

また、未来からの手紙という奇妙なテクスト内テクストを内包した宇宙創世論を説くテクストをなぜ『ユリイカ』と題する必要があったかを論じることも、忘れてはならないだろう。ピエール＝シモン・ラプラスやウィリアム・ハーシェルをはじめとする他人の意見・考察の自由引用あるいは剽窃、そして自作の「メロンタ・タウタ」までも援用した、言ってみればつぎはぎだらけの切り貼り細工に、いったいなぜポウは「我、見つけたり」という大上段にかまえた表題をつけたのだろうか。雑誌編集者《マガジニスト》ポウ一流の誇張癖、大言壮語だけでは片づけられない積極的な理由が必要だろう。

本章は、『ユリイカ』を西洋知識史の流れのなかで読み直そうという試みである。その方法論は、第一にいくつかのキーワードを通じて西洋知識史の中に『ユリイカ』を位置づけること、第二に天文学の歴史、ことに十八世紀後半から十九世紀前半に展開した機械論的宇宙観の再解釈を軸にして『ユリイカ』の背景を探り、『ユリイカ』自体がその改訂版機械論的宇宙観を体現したものとなっていることを論証すること、そして第三には、第一部で論じたからくり人形や第二部で論じてきた自然誌との接点から、『ユリイカ』の改訂版機械論的宇宙観が「自然という書物《ブック・オヴ・ネイチャー》」に暗号《クリプトグラフ》/象形文字《ヒエログリフ》で書かれた超自然の足跡を読みとろうとする企てであったことを論じていくことにしよう。

1

これまでも、『ユリイカ』の種本についてはいろいろと取り沙汰されてきた。献辞が贈呈されているアレクサンダー・フォン・フンボルトが執筆した『コスモス』（一八四五―六二年）はいうまでもなく、マーガレット・オルタトンの『ポウの批評理論の起源』[4]では、『ユリイカ』とトマス・ディックの『クリスチャン・フィロソファー』（一八三三年）との比較対照がなされている。キリス・キャンベルの「ポウの読書」[5]によれば、ディック以外にも、万華鏡を発明したデイヴィド・ブルースターの『ウォルター・スコット卿にあてた自然魔術《ナチュラル・マジック》に関する書簡集』（一八三二年、以下『自然魔術』）や本文中でも言及されているジョン・プリングル・ニコルの『天界の構造に関する見解』（一八三七年、以下『天界の構造』）、そして「ブリッジウォーター論集」を読んでいたとされている。この最後のものは、ブリッジウォーター伯がロンドン王立協会に委託した遺産によって随時刊行されたもので、「神の権能、叡智、徳性をその創造物に顕示されている」ものによって証明する自然神学《ナチュラル・セオロジー》を普及する目的で出版された。[6] ウィリアム・ヒューエルの『天文学と形而下学概論《ジェネラル・フィジックス》』（一八三六年）やウィリアム・バックランドの『地質学と鉱物学』（一八三六年）など、当初計画された八論文のほかに、計算器を発明したチャールズ・バベージの『第九ブリッジウォーター論文』（一八三七年）が追加刊行されている。また、前述のウェルシュは、『ユリイカ』の原典として、ニコル、フンボルト、ヒューエルのほかに、ロバート・チェインバースが匿名で発表した

『創造自然誌の痕跡』（一八四四年）をあげている。

ここに列挙した文献は、いずれも一八三〇年代初めから一八四〇年代の半ばに刊行されたものだが、なかでも一八三〇年代に刊行された文献には、いくつかの共通した前提や概念が認められる。それらは、今日でも用いられる言葉を使用してはいるものの、今日的な意味とはまったく異なった意味概念を有しており、その違いを無視して論じることはできない。たとえば、ブルースターの「自然魔術」やブリッジウォーター論集の「自然神学」に見られる「自然」の概念、あるいはヒューエルの表題中の「形而下学《フィジックス》」が示唆する知識の二重構造、そしてディックの「フィロソファー」が喚起する理論的知識の許容範囲などがその例である。

このうちブルースターの「自然魔術」とは、一見摩訶不思議と思われる現象を人知を超えた神の力という超自然《スーパーネイチャー》によらずに、人知の及ぶ自然《ネイチャー》の現象として説明することである。[7] ウォルター・スコットに宛てた書簡集という体裁をとって論じられているのは、摩訶不思議な現象を人為的に表出させ、あたかも神の力によるかのような偽装をほどこして人心を惑わせるからくりであり、その視覚的、聴覚的、機械的、化学的しかけである。たとえば、機械的なしかけによる自然魔術をあつかった第十一書簡はからくり人形の解題となっており、ヴォカンソンのアヒルやメイヤルデの魔術師、バベージの計算器に混じって、ポウの「メルツェルのチェス・プレイヤー」でもとりあげられているケンペレン製作のからくり人形が論じられている。ここに見られるのは、あくまで神という超自然に対する自然であり、天上の本質界に対する地上の現象界であり、今日的な意味合いでのアウトドア指向やエコロジーに見られる「自然」とは異なった概念である。

けれども、「魔術《マジック》」という概念自体、もともと自然界の現象《フェノメノン》として顕れる可視的な不思議《ワンダー》を通じて、その上部構造にあたる不可視的な超自然界の本質《ナウメノン》を垣間見ようとする試みであったことも特記しておかねばならないだろう。このような超自然と自然の関係を踏襲しているのが、「自然神学」に他ならない。ブリッジウォーター論集の魁として「自然神学」の分野を代表する文献は、ウィリアム・ペイリーの『自然神学』(一八〇二年)[8]だが、そこに見られる論理は、たとえば砂浜で時計を見つけたとすると、その精巧なからくりは偶然にそこに置かれたものではなく、それを製作し始動し設置した存在が必要であるとする。ここで時計が登場するのは、ニュートン流の宇宙観が「時計じかけの宇宙」にたとえられているからで、つまり神の創造になる自然界の事物や現象にはそれぞれ神によって定められた個別で独特の目的や本質があり、「神の権能、叡智、徳性」を示す意匠《デザイン》が刻印されているというのである。このような神の意匠から神の存在を論じること(意匠論証《アーギュメント・フロム・デザイン》)、神の御言葉である聖書を読み解くように、神の御業＝創造物である「自然という書物」を読み解くことが、自然神学の方法論となっている。

さて、このように超自然を自然の上部構造として設定すると、自然神学の有効性を証明するために書かれたブリッジウォーター論集の一冊でもあるヒューエルの著書の表題にある「フィジックス」についても註釈が必要となるだろう。それは、神という超自然界の実在をあつかう形而上学《メタフィジックス》に対して、自然界の現象をあつかう形而下学のことであり、現在流通している意味での「物理学」とは別物、むしろ「物理」の本来の意味である「もののことわり」あるいは「窮理」に近いものと考えられる。すなわち、自然界の現象を神の意匠から論じ、そこからなにがしかの理屈・理論を導きだすことが、ヒューエルのめざしていた「形而下学」なのである。したがって、この形而下現象界にかかわる学問が、天文学とともに論じられていることには、何の矛盾もない。天文学が天上に描かれた神の意匠を読み解くための学問であるのに対して、形而下学は地上に遍在する神の意匠を読み解く学問だからである。

さらには、超自然界を対象とした形而上学と自然界を対象とした形而下学という知識の上下二重構造は、ディックの『クリスチャン・フィロソファー』という表題、そしてその副題に含まれる「サイエンス」と「フィロソフィ」とを再定義する手助けとなろう。というのも、前述した形而上学と形而下学は、それぞれモラル・フィロソフィあるいはモラル・サイエンス、ナチュラル・フィロソフィあるいはナチュラル・サイエンスと言い換えが可能だからである。ここでの「フィロソフィ」や「サイエンス」は、抽象化された体系化された理論的知識のことであって、今日的な意味の「哲学」や「科学」ではない。それは、実利実益を求める実践的な「技芸《アート》」とは一線を画する抽象理論体系のことであり、「技芸」が職人や町人の職能領域であったのに対して、修道院や大学の専門職に限定された学問領域であった。したがって、「クリスチャン・フィロソファー」とは、形而上学と形而下学、あるいはモラル・フィロソフィ／サイエンスとナチュラル・フォロソフィ／サイエンスの両学問に通暁した者、ことに自然現象界に超自然／神の意匠を読みとることができる学者のことを意味する。

ところで、これまで述べてきたような文献に共通してみられる特徴、すなわち超自然界を対象とした形而上学と自然界を対象とした形而下学という知識の上下二重構造は、十九世紀前半のこの時代に限ったものではなく、むしろ西欧知識史全般を通じて見られるものとなっている。それは、いみじくも『ユリイカ』のテクスト内テクストを構成する未来からの手紙の中で、アリエス（牡羊）・トトル学派とホッグ（去勢豚）／ベーコン学派という学問体系・方法論の対立として皮肉られているもので、このうち前者は普遍的な超自然／神によって予め定められた目的によって個別の自然現象を説明する演繹法であり、後者は個別自然現象の観察・分析・分類の積みかさねによって普遍の法則を導きだそうとする帰納法となっている。手紙の無名氏は、この二つの方法論のいずれか一方を選択することを愚の骨頂と笑い、真理への道は「一見直感的とも思える飛躍」（一八九）によるものと主張している。

もちろん、このような無名氏の主張は、それがテクスト内テクストであることを考慮に入れれば、そのまま鵜呑みにすることはできないし、ましてやそれを著者ポウ自身の主張と同一視することはできない。けれども、ここで展開されているパロディ版西洋知識史は、歴史的事実からそれほどかけ離れたものではない。実際、知識革命は、それまでのアリストテレス・スコラ学派の演繹法（大前提としての超自然／神から自然／個別例を説明する）から、フランシス・ベーコンの『新学問《ニュー・サイエンス》』に代表される帰納法（多くの個別例に共通する特徴から普遍の法則を導きだす）へと移行した知識の枠組みの変換を意味するものであった。そして、その結果「帰納法の問題」という悪循環に迷い込むことになるのは、本書のあちこちですでに指摘したとおりである。

このような普遍と個別の齟齬を解消するための努力は、一方では『ユリイカ』のテクスト内テクストの手紙を書いた無名氏が主張するように「一見直感的とも思える飛躍」を要求し、他方では自然神学に見られるように自然現象界の個別例に普遍的な超自然（神）の意匠を読みとる論証を裏書きすることとなった。けれども、ここで注意しておかなくてはならないのは、このいずれもが抜本的な解決策とはなっていないということである。前者は、「直感的」であり「飛躍」であることで地道な観察・分析・分類を積みかさねるベーコニアニズムとは異なるが、下部から上部への収斂方向を前提としている点において、自然現象の個別例から導きだされる超自然の普遍法則という上下関係を否定するにはいたっていない。後者は、自然現象界の解釈に超自然である神の意匠を持ち込むことで、むしろアリストテレス・スコラ学派への先祖返りと考えられ、これまた上下関係を容認するものとなっている。こうして、超自然と自然の対立あるいは普遍と個別の対立は、その解消のための方策を模索する必要性は認識されながらも、現実にはその対立を解体するにはほど遠い結果を生むこととなった。

　以上のように考えてみると、なぜ『ユリイカ』はテクスト内テクストとして西洋知識史のパロディを、しかも未来からの手紙という形式をとって、抱え込まなくてはならなかったのかという疑問に対する積極的な解釈が可能になるだろう。それが内容的に西洋知識史のパロディであるのは、アリストテレス流の演繹法からベーコン流の帰納法へと推移した方法論が、「帰納法の問題」という袋小路に迷い込んだ結果、いずれかの方法論という二者択一ではなくて、両者を同時選択する可能性として「直感的飛躍」や「神の意匠」を提唱せざるをえなかったからである。またそれが形式的に未来からの手紙であるのは、二つの方法論が前提としている普遍と個別あるいは超自然と自然という対立が、どちらの方向から論じられようとも結局は上下関係を踏襲したままであること、そして実はこのテクスト内テクストの外枠にあたる『ユリイカ』というテクスト本体も、この呪縛を逃れていないことを示唆するものとなっている。したがって、手紙紹介のあとの外枠テクストは、宇宙を論じるのに「上昇」と「下降」のふたつの形態があることから語り始め（一九八）、宇宙の運行様式《モウダス・オペランダイ》をまず演繹法によって続いて帰納法によって説明し、けれどもその結果は同一となること、そして直感が一方では出発点となり他方では帰着点となることを述べている（二一二）。こうして、『ユリイカ』の方法論は、普遍から個別へ、個別から普遍へと振幅を繰り返していく。

このような『ユリイカ』の方法論はまた、それが提唱している宇宙創世論とも呼応する。すなわち、神の意志によって虚無から生まれた単一《ワン》が拡散によって多数《メニ》に転化されるやいなや、分裂した多数は収斂によって再び単一へ回帰するというもので、それはまた拡張と収縮の鼓動を繰り返す「神の心臓《ハート・ディヴァイン》」（三一二）にたとえられている。このうち収斂はニュートンの重力説に従う引力《アトラクション》と、拡散は「あるときは熱力、またあるときは磁力、あるいは電力」（二一二）と称される斥力《リパルジョン》と言い換えられるのだが、ここで重力に対して熱力・磁力・電力が同列であつかわれているのは、ニコラス・カーノの熱力学（一八二四年）やマイケル・ファラデイの電磁気学（一八三一年）が発見した共通法則のために、重力や熱力・磁力・電力という各論から出発してそれらを統合する普遍の大法則（「力《フォース》」）が存在する可能性を示唆することになったからである。したがって、「二つの本質原理、引力と斥力――物質的なものと精神的なもの――は互いに寄り添い、堅固な交情で永遠に結ばれる。こうして肉体と霊魂は手に手をとって歩む」（二四四）ことになる。引力／斥力、物質／精神、肉体／霊魂という対立は、拡散と収斂を繰り返し、対立項の間で振幅を繰り返すことによって、解体にはほど遠いまでも、固定化を回避する可能性を残している。

この項では、『ユリイカ』に影響を与えた文献のうちでも一八三〇年代に出版されたもののいくつかに共通する前提や概念を手がかりとして西洋知識史をたどり、その当時に問題化した自然／超自然や個別／普遍の齟齬がどのように『ユリイカ』としてテクスト化されたかを論じた。今度は、その当時に急激な発展を遂げた天文学とそれにともなって変化をきたした宇宙観に焦点を絞って、『ユリイカ』を別の側面から論じてみることにしよう。

2

天文学の歴史はそれこそ有史以前からの長さを持ち、その領域も星の運行記録、暦、時刻計測、地図作成、航海術などの実学から、宇宙のしくみやなりたちに関する理論・推論まで広範囲にわたっている。傑出した名前だけをあげてみても、クラウディウス・プトレマイオス（天動説、「視差」、地理学）、ニコラス・コペルニクス（地動説）、ティコ・ブラーエ（天体観察）、ヨハネス・ケプラー（遊星運動法則）、ガリレオ・ガリレイ（望遠鏡、木星の衛星、金星の位相、月面観察、太陽黒点）、アイザック・ニュートン（万有引力）、エドマンド・ハレー（ハレー彗星）などがいる。[9]

ここで、本論との関連で特記すべきなのは、ガリレオからニュートンへいたる道程だろう。ガリレオが月に望遠鏡を向けたとき、それまで地上界とは違う第五要素《クウィンテッセンス》を持ち現象界とは隔絶した法則に従っていると信じられていた天上界が、実は地上界と変わらない法則に支配されていると考える素地が生まれた。それは、ニュートンの万有引力の法則によって機械じかけの宇宙《メカニカル・ユニヴァース》と再定義されることにもなるのだが、そのしかけを創出し始動した神の存在自体を否認するものではなかった。この神の意匠を前提とした機械論《メカニズム》による宇宙観はまた、そのころ最先端技術だった時計の比喩を用いて「時計職人の神《クロックメイカー・ゴッド》」の創造・運用になる「時計じかけの宇宙《クロックワーク・ユニヴァース》」と呼ばれた。けれども、この比喩はまた、大きな問題を提起することにもなる。というのも、「時計職人の神」は「時計じかけの宇宙」をあらかじめ完成され完結した形で提示しているのか、それとも時計がときどき修繕を必要とするように神もまたときどき奇跡を起こすことによって「時計じかけの宇宙」に修正を加える必要があるのか、という相容れない宇宙観が同時に成立してしまうからである。前者は神の全知を肯定しても全能を否定するものとなり、後者は神の全能を肯定しても全知を否定するものとなる。[10]

十八世紀後半から十九世紀前半にかけての天文学は、ニュートン宇宙観の追認か発展もしくは再解釈を軸として展開したといっても過言ではないだろう。たとえば、イマヌエル・カントの『普遍自然誌と天空理論』（一七五五年）は、その副題でもニュートンの法則に言及しているように、「神の無窮性を機械論によって証明する試み」であった。したがって、彼の太陽系星雲起源説は、その原動力と推進力として神を必要とすることになり、ニュートンの宇宙観を追認するものとなっている。

これに対して、ラプラスはその著作『世界観』（一七九六年）で同様の太陽系星雲起源説を提唱しているが、カントと同じようにニュートンの宇宙観から出発しながらも、太陽系の均衡を説明するには万有引力の法則だけで充分であり、原動者としての神を想定する必要はないことを主張した。このような宇宙観は『天空の機構《メカニズム》』（一八二五年）でも展開され、かのナポレオン・ボナパルトが創造主についての言及がないと抗議すると、「閣下、そのような仮説の必要はございませんのです」と答えたという逸話が残っている。

ウィリアム・ハーシェルは、基本的には壮大な宇宙観を披瀝する理論家というよりはむしろ天体観察者であり、妹キャロラインの協力のもと、自作の反射望遠鏡を使って天王星を発見し（一七八一年）、天の河が平円形をした銀河系であることを確認し（一七八五年）、二重星の観察（一八〇二年）からニュートンの万有引力の法則が太陽系の外でも有効であることを追認した。彼の天文学は基本的にニュートンの機械論を是認するものだが、理論よりも天体観察に重点を置いているために、天体の運行の背後に原動者や推進者を設定する必要はなかった。また、カントやラプラスが太陽系創世の起源としていた星雲も、ハーシェルの解釈によれば、星の段階的成長過程、すなわちその誕生から「進化」「発展」を経て死滅にいたる星の一生を示唆するものとなった（一八一一年）。ハーシェルの息子ジョンもまた天文学者であり、喜望峰に大型望遠鏡を設置し（一八三三年）天体観察をおこなったが、父と同様にニュートンの機械論的宇宙観に基盤をおきながらも、父の星雲進化論には懐疑的であり、すべての星雲が星の進化を一様に表象するものだとは考えなかった。[11]

これは余談だが、ジョン・ハーシェルはまんざらポウと無縁ではない。一八三五年にニューヨーク『サン』に連載されたリチャード・アダムズ・ロックの『喜望峰にて近年ジョン・ハーシェル卿によってなされた偉大な天文学上の発見』は、ジョンが喜望峰で大型反射望遠鏡を使って天体観察を始めたという事実に基づいているが、実はこれだけがこの法螺話の中で唯一の事実で、それに続く月面観察記録はまったくのでっちあげであった。けれども、この連載は大評判を博し、月世界に人間、しかも蝙蝠のような羽を持った人間が住んでいると発表されたとき、その人気は最高潮に達した（図49）。ロックの『月ペテン』が成功したおかげで、ポウは『サザン・リテラリー・メッセンジャー』に連載予定だった「ハンス・プファールの比類なき冒険」を一回限りの掲載で中断せざるをえなかったし、この短編を『グロテスクとアラベスクの物語』（一八四〇年）に収録したときには、長い註釈をつけてロックの誤謬を指摘し、自作を弁護しなくてはならなかった。[12]

ところで、星の「進化」という概念が導入されると、それまで聖書の天地創造の記述に基づいて六千年前に誕生したとされていた宇宙は、飛躍的に長い時間尺度によって測定される必要が生まれた。こうして宇宙の年齢が伸びるにつれて、地球の年齢もまた長期化することになる。すると、それに呼応して地球を形成している地質もまた、聖書の記述と辻褄を合わせるために大洪水や火山大爆発によって急激に変革するとした激変《カタストロフィズム》説による解釈から、緩慢だが間断なく変化しているとするジェイムズ・ハットン、ジョン・プレイフェア、チャールズ・ライエルらの斉一《ユニフォーミテリアニズム》説による解釈へと変わっていく。[13] ちなみに、ライエルの『地質学の原理』（一八三〇年）は、チャールズ・ダーウィンがビーグル号に乗船した際に携えていったもので、地質の緩慢で間断ない変化を生物界にあてはめたものが『種の起源』（一八五八年）の原型と考えられている。[14]

こうして、ニュートンの機械論的宇宙観は、それがそもそも意図していた原動者としての神の存在を証明することから次第に離れ、天体の法則だけで宇宙を説明するだけではなく、聖書の天地創造の記述までをも否定し、地質の斉一変化そして生物の自然淘汰を容認するまでに変質していった。このような「無神論」に対抗して、宇宙の原動者としての神の地位復活を意図したのが、前述したディックの『クリスチャン・フィロソファー』やニコルの『天界の構造』、そして自然神学に基づくブリッジウォーター論集であるといえよう。

ディックの『クリスチャン・フィロソファー』は、『自然魔術』のブルースターに献呈されていることからもわかるように、自然現象界の知識を通じて超自然/神の意匠を知ることを目的に書かれている。たとえば、その第一章は「自然界に見られる神の属性」と題され、神の全知を立証するために宇宙や天体運行のしくみを引きあいにだし、神の全能を立証するために太陽系のなりたちや動植物の多様性、そして人間の眼球の完璧さを論じ、最後に自然体系に見られる神の徳性を指摘している（図77）。自然現象界を神の

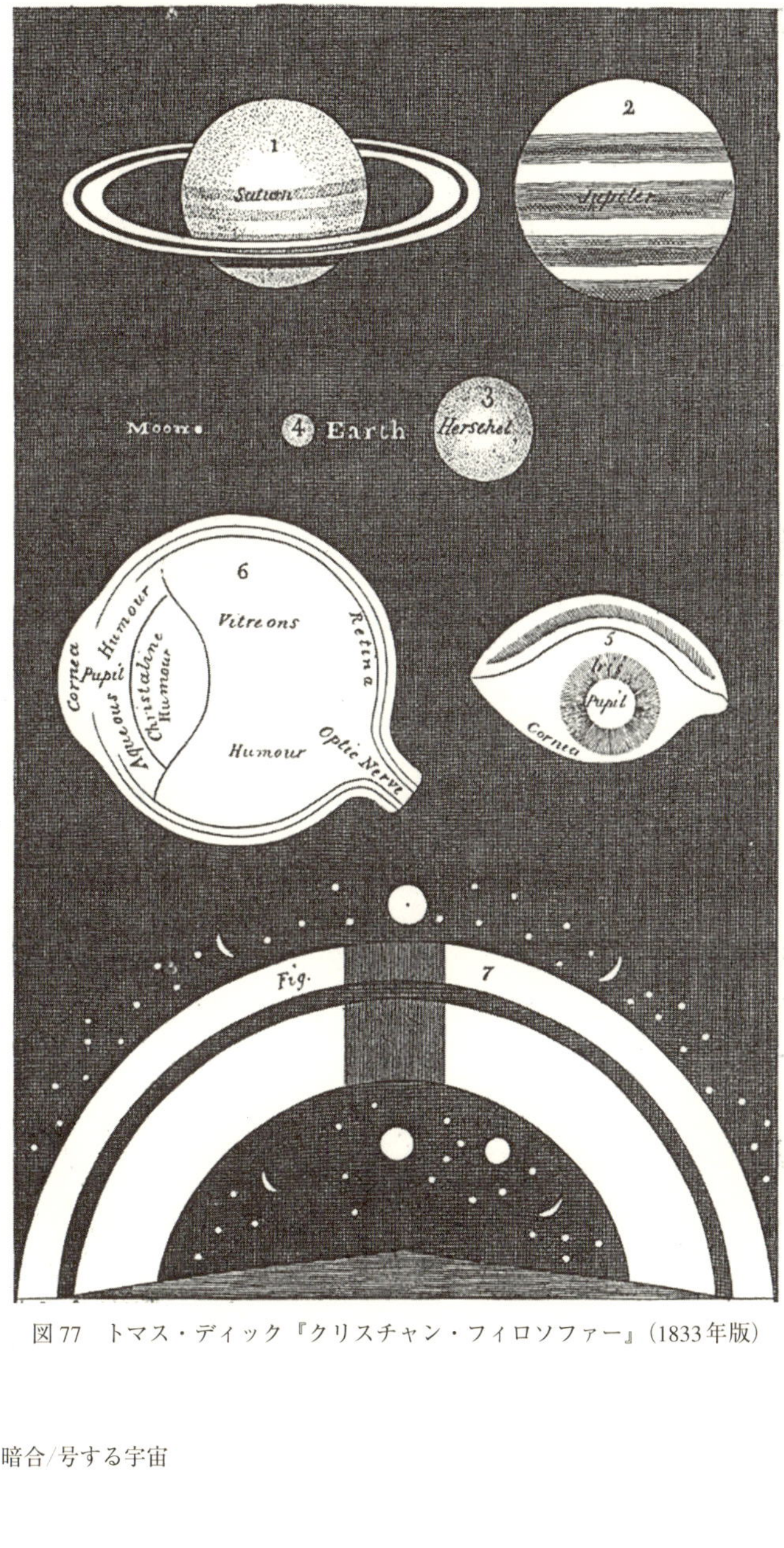

図77　トマス・ディック『クリスチャン・フィロソファー』(1833年版)

御業とし、それを媒体として神を知るという論法は、明らかにペイリーの『自然神学』の論理を踏襲したもので、第一章の結論部ではペイリーが直接引用されている（一一四―一一五）。また、自然現象界に顕示された神の全知、全能、徳性を例証する方法論は、ブリッジウォーター論集とも共通した特徴となっている。第二章以下では、神性を証明するために有効な学問体系（自然誌、地勢学、地質学、天文学など）と技術・発明、聖書の解釈に役立つ自然現象界の知識、学問と宗教の結合による効能が論じられている。ここに見られるのは、神の意匠を自然現象界に読みとることによって、神の失地回復をめざそうとする強い意志である。

ニコルの『天界の構造』は、同様の論理を天界にあてはめて「宇宙という偉大な書物」（四〇）を読み解こうとする試みとなっている。八通の手紙からなる本文は三部にわけられ、それぞれ「現存する宇宙の輪郭」「生気《ヴァイタリティ》の法則、あるいは星団の内部機関《メカニズム》」「現状の物質界創造物の起源と蓋然的将来像」を論じているが、このうち二番目と最後のものには註釈が必要だろう。第二部は、当然のことながら機械論《メカニズム》による宇宙観を意識したものだが、ラプラスらの唱えた原動者・調整者を必要としない機械じかけの宇宙ではなく、本来ニュートンが思い描いていた神の意匠が根底にある宇宙、その内部機関に神という創造活力《ヴァイタリティ》を秘めた宇宙を示唆している。さらに、第三部は、まず「星雲」を神という精神界の創造者がつくりだした物質現象界の創造物としてとりあげ、それから「太陽系星雲起源説」を再検討し、ラプラスが削除した神を復活させ、最終的には真実は天空に象形文字《ヒエログリフ》で書き込まれている（一一五）と「推論」している。ここでもまた、神の意匠を天空に読みとろうとする強い意志が働いている。[15]

さて、一方に無神論に抵触することにもなりかねない機械論による宇宙観、他方に神の失地回復をめざした自然神学による宇宙観が両立していた時期に、この両者のきわどい均衡の上に成立したのが、匿名で発表されたチェインバースの『創造自然誌の痕跡』であった。そこでは、太陽系星雲起源説による天体の生成と地球の形成から始められた議論は、生物が下等なものから上等なものへと「変異《トランスミューテイション》」していく過程（いわゆる「存在の大連鎖の時間化／世俗化」）をたどり、「自然学を創造誌に連結しようとした最初の試み」（三八八）であると結ばれる。ライエルの『地質学の原理』とともに、ダーウィンの『種の起源』の雛形と考えられているこの本は、生物の変異と絶滅という概念を導入したことで、聖書の天地創造が保証していた生物の継続性、すなわち現存する生物はすべて神が天地創造時に付与した形態を保持しているという考え方を否定することになった。聖書の権威を転覆することにもなりかねない創造自然誌は、その表題に「痕跡」を付加することによって、匿名で発表することによって（好都合なことに、チェインバースは出版者だった）、そして時折とってつけたように神の御業に言及することによって、激しい叱責や直接的非難の矛先を逃れようとした。[16]

　これに対して、フンボルトの『コスモス』は直接的に神に言及することはない。けれども、天文現象から動植物や人間、自然描写から宇宙観の変遷までを網羅的に開陳している大著は、自然現象界の森羅万象には相補関係と関連性があるとする考え方に立脚し、地球構造学・植物地理学・気候学・人類学・言語学などの諸分野を統合し、そこから共通した普遍の法則がたちあらわれる可能性を示唆するものだった。これはまた、それまでの記述偏重の方法論から、観察対象の変化・分布・相互関係・内的機能に重点を置き、それらを解釈する方法論への転換を示している。前述したウェルシュの論文によれば、一八四五－六二年にかけて五冊本で出版されたドイツ語初版の『コスモス』のうち、第一巻の英訳本がアメリカで入手可能になったのは一八四五年のことで（一四）、おそらくポウはこの版で『コスモス』の第一巻だけを読んだと思われるのだが、それでもなおかつフンボルトの「現象の多様性に宿る一貫性」（二一四）という主張を見逃すはずもなかった。『ユリイカ』の献辞がフンボルトに宛てたものであるのは、このためである。[17]

さて、以上のように十八世紀後半から十九世紀前半にかけての天文学・宇宙観をニュートンの機械論的宇宙観に対する追認・発展・再解釈ととらえると、ポウの読書にはある傾向あるいは偏向が見えてくるだろう。それは、一八三〇年代のディックやニコルおよび自然神学に見られる機械論的宇宙観の再解釈、つまり宇宙の原動者としての神の復権を意図したものにかなり依拠したものとなっている。たとえば、ニュートンの機械論的宇宙観の比喩「時計じかけの宇宙」が内包する矛盾、すなわち「時計職人の神」の「全知」と「全能」が両立しえないという論理に対する反駁として、ディックは宇宙のしくみと太陽系のなりたちから例をひいて両者が同時に成立すること、したがって神の御業は完璧であることを主張するのだが、同様の論証は『ユリイカ』の宇宙観にも見られる。神の全知は天地創造という最初の手順に顕れ、神の全能は天地創造以降に星雲から生成した太陽系に顕れているというのだ（二六四）。こうして、全知かつ全能である「神の構想《プロット》は完璧であり、宇宙は神の構想である」（二九二）という論理が成立する。あるいは、『ユリイカ』の献辞をフンボルトに宛てながらも、その宇宙観の特徴となっている共通普遍法則の遍在と神の欠落を意図的か不注意かはともかくとして誤読し、共通普遍法則を神の名によって置換していることを指摘してもいいだろう。

このことはまた、『ユリイカ』のテクスト本体で、普遍／超自然と個別／自然との対立が、両者の間を行き来する論理によって固定化を回避する方向性で示されていることと無関係ではない。たとえば、未来からの手紙のあとに続く『ユリイカ』のテクスト本体は、宇宙を論じるのに「上昇」と「下降」の形態があることから語り始め、宇宙の運行様式をまず演繹法によって、続いて帰納法によって説明し、いずれの方法でも結論は同一になることを主張する。また、その宇宙創世論、すなわち単一が拡散によって多数に転化するやいなや、分裂した多数は収斂によって再び単一へと回帰することを証明するのに、まず先験的に演繹し、次に諸現象の検討によって検証しても同様の結果になることを指摘し（二二八）、法則にかかわる諸現象から出発した帰納法の旅路がいたりつく終点も、仮定から出発した演繹的な歴程がたどりつく結末も同様の結果になることを述べる（二四〇）。さらには、ラプラスの太陽系星雲創世説を紹介し、古代の太陽を中心とした星雲が外側の惑星から順次太陽系を作りだしたことを万有引力で説明しながらも、その背景に「神の指」を仮定することを批判し（ラプラス自身は「神」の必然性を認めていないにもかかわらず）、「すべては神意が最初に行使されたことの結果にすぎない」（二五五）と断定しておきながらも、その後ラプラス説に「修正」を付加した自説を展開し、「神の御業においては、目的は見方によって意匠とも目的ともなるし、原因を結果と捉えることもその逆も可能である」（二九二）と変節する。ここに見られるのは、方法論の双方向性であり、普遍と個別、単一と多数、引力と斥力、収斂と拡散という対立の各二項間を行ったり来たりする振幅運動であり、その運動はまた「神の心臓」にたとえられるものである。

この比喩は、『ユリイカ』が単なる機械論的宇宙観以上のものを提唱していることを示唆するものだろう。それは宇宙における神の復権をめざす試みであり、無神論に抵触する可能性のある機械論的宇宙観に生気論をとりもどす企みである。逆に言うならば、『ユリイカ』は、このような改訂版機械論的宇宙観を「神の心臓」として提示すると同時に、「神の心臓」と同じ鼓動をくりかえす論理展開によって、機械論的宇宙観の特徴ともなっている固定化を逃れる方法論で書かれていることになる。この意味で、『ユリイカ』はメタフィクションであるといえよう。けれども、それは宇宙の創造者（神）と作品の創造者（ポウ）を同一視するものではなくて、テクストそれ自体が改訂版機械論的宇宙観を論じるとともにその宇宙観を具現化したものとなっているからである。『ユリイカ』というテクストは、このような「時計じかけの宇宙」を論じながらそれを装う太陽系儀《オーラリ》であり（図78 a–d）、太陽系の運行を機械じかけで展示するだけではなく、そのなりたちとしかけを「散文詩」の言葉で説明する装置となっている。[18]

このような改訂版「時計じかけの宇宙」を視覚化し言語化した太陽系儀としての『ユリイカ』は、一八四五年ロンドンで見世物に供され評判を呼んだひとつの機械を連想させるだろう。リチャード・D・オールティックの『ロンドンの見世物』によれば、この機械はブルースターの万華鏡とバベージの計算器から影響を受けて製作されたもので、ラテン語の六歩格詩を次々と作りだすものだった。『自然魔術』と『第九ブリッジウォーター論文』の著者たちという影響関係からも推察されるように、このからくりは、一方で精密な機械じかけでありながらも、他方で韻文を生み出すことによって、機械的宇宙論に生気論をとりもどそうとする企みに参画するものとなっている。同年の『パンチ』九号にサッカレーが記事を書いているこの機械は、その名も「ユリイカ」というものだった[19]（図79）。テクストの『ユリイカ』が改訂版機械論的宇宙観の言語による再現であるならば、ロンドンの「ユリイカ」は同じ宇宙観を機械によって再現したものとなっている。

こうして、『ユリイカ』を天文学・宇宙観の変遷を背景にして再読してみると、それが十九世紀初頭から半ばにかけて顕著となった機械論的宇宙観の再解釈、すなわち宇宙の原動者であり調整者である神の復

図78a　ジョージ・グラハム製作の太陽系儀（1704-9年）

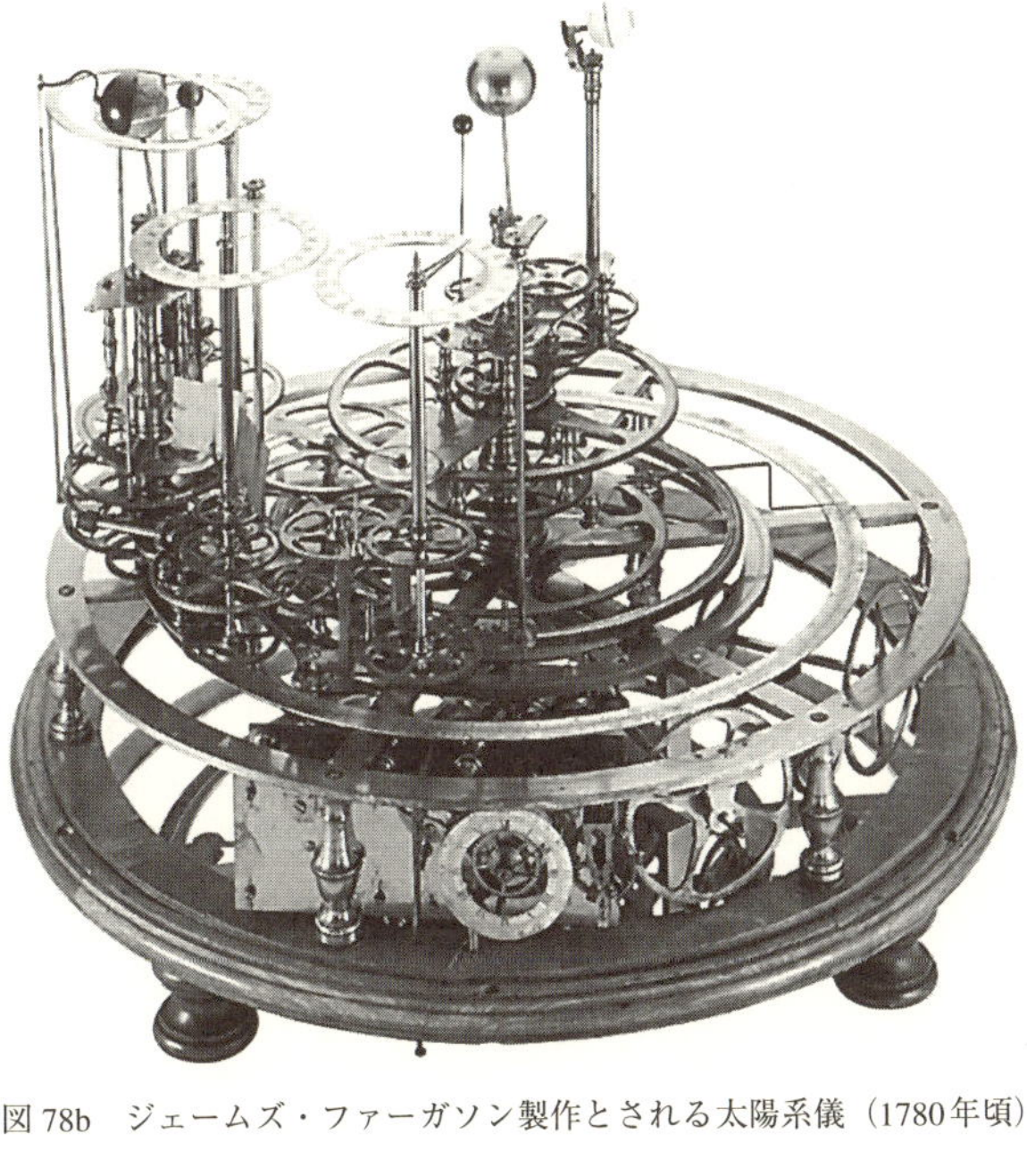

図78b　ジェームズ・ファーガソン製作とされる太陽系儀（1780年頃）

図 78c　トマス・ヒース製作の大型太陽系儀（1740年頃、1797年頃拡張）

図 78d　同上（部分）

図79 「ユリイカ」機械（『イラストレイテッド・ロンドン・ニューズ』1845年7月19日号）

権をめざす思想に影響を受けていることがわかるだろう。言い換えるならば、『ユリイカ』はニュートン流の「時計じかけの宇宙」を是認しながらも、当初ニュートンが証明しようともくろみながらも次第に抜け落ちていってしまった神の意匠を、再び宇宙に復活させようとする再解釈を提唱（あるいは剽窃）していることになる。それは、宇宙を拡張と伸縮をくりかえす「神の心臓」にたとえることであり、その心臓と同じ振幅をくりかえす『ユリイカ』の論証であり、そしておそらくはこの改訂版機械論的宇宙観を体現したロンドンの「ユリイカ」機械でもあった。

3

ところで、機械論的宇宙観を視覚的に再

現するための装置が太陽系儀であるならば、機械論的人間観を視覚的に再現するための装置はからくり人形である。この対照関係はまた、それぞれの機械論に疑義を唱えた『ユリイカ』と「メルツェルのチェス・プレイヤー」との関係に置き換えることもできる。前述したように、後者では、からくり人形が前提とする機械論的人間観をとりあげながらも、メルツェルのチェス・プレイヤーという特定の例では機械性が欠落していることから、人間の介在を証明する。けれども、この証明が、チェス・プレイヤーの分析者/語り手によって都合のいいようにしくまれていることも忘れてはならないだろう。贋からくり人形の興行主が箱内部に人間がいないと観客に信じこませる手順に似て、分析者は箱内部に人間がいることを自分の手柄に演出してみせる。この意味で、「メルツェルのチェス・プレイヤー」は、からくり人形が持つ機械論的人間観を反転させる論理の手練技となっている。これに対し、『ユリイカ』は、太陽系儀によって再現された「時計じかけの宇宙」を認めながらも、そこに原動者であり調整者である神の復権をはかり、普遍と個別、単一と多数、引力と斥力、収斂と拡散という対立の二項間を振幅する方法論によって、宇宙の成り立ちだけでなくテクスト自体をも「神の心臓」化しようと企てる。「メルツェルのチェス・プレイヤー」が機械論的人間観の転覆を言語装置によって披露するならば、『ユリイカ』は機械論的宇宙観の改訂を言語装置によって展開する。とはいえ、両者ともが、その方法論においても論理においても、機械論だけでは片づけられない人間観/宇宙観の復活あるいは改訂の企てに加担していることに変わりはない。

同様の方法論と論理はまた、『ユリイカ』が十九世紀前半のアメリカ自然誌と共有する概念にも認められる。それは、自然界に超自然を読みとること、たとえばピール博物館の入場券が例証しているように神の御言葉である聖書を読み解くように、神の御業である「自然という書物」を読み解こうとする発想である。ところが、この解読作業は一筋縄でいくとは限らない。それどころか、すでにあちこちで指摘した「帰納法の問題」が端的に示しているように、典型と例外を峻別する基準を確立できないまま、未処理の情報だけが氾濫する事態となった。神の御業はどこに顕在しているのか。あるいは、まだ潜在したまま発見を待っているのか。

　とはいえ、まったく希望がなかったわけではない。現象界の具体例から普遍法則を直感によって認知する「天才」への憧憬、普遍法則へ至るはずの暫定的な法則の提唱、カーノの熱力学やファラデイの電磁気学が示唆した学際的普遍法則への可能性などが、「自然という書物」解読の鍵を提供するように思われたからである。もっとも、これらの試みがさらなる問題点を生んだことも確かなことである。天才への憧憬は無反省な偉人崇拝を生み、暫定的法則はジェンダーやエスニシティなどの無批判な受容を許し、学際的普遍法則の可能性は骨相学や人相学、生体磁気学《アニマル・マグネティズム》や催眠術《メズメリズム》など、現在では疑似科学と総称されるものの流行を促した。だが、本論ではこのような問題点に意識的ではあっても、それらを敷衍して論じることはない。ここでの話題の中心は、これらの問題点をあげつらい批判することではなく、問題点を包含しながらもなおかつ希求されなくてはならなかった普遍法則樹立への欲求であり、「自然という書物」を解読する鍵の捜索である。

　さて、「自然という書物」解読の鍵ということになれば、当然のことながら、一八二二年のジャン＝フランソワ・シャンポリオンによるロゼッタ・ストーン解読と一八三八年のサミュエル・モースによるモールス信号発明に言及する必要があるだろう。前者がアメリカ・ルネサンスに与えた影響については、ジョン・T・アーウィンの『アメリカン・ハイエログリフィックス』に詳しいが、後者については、ショー

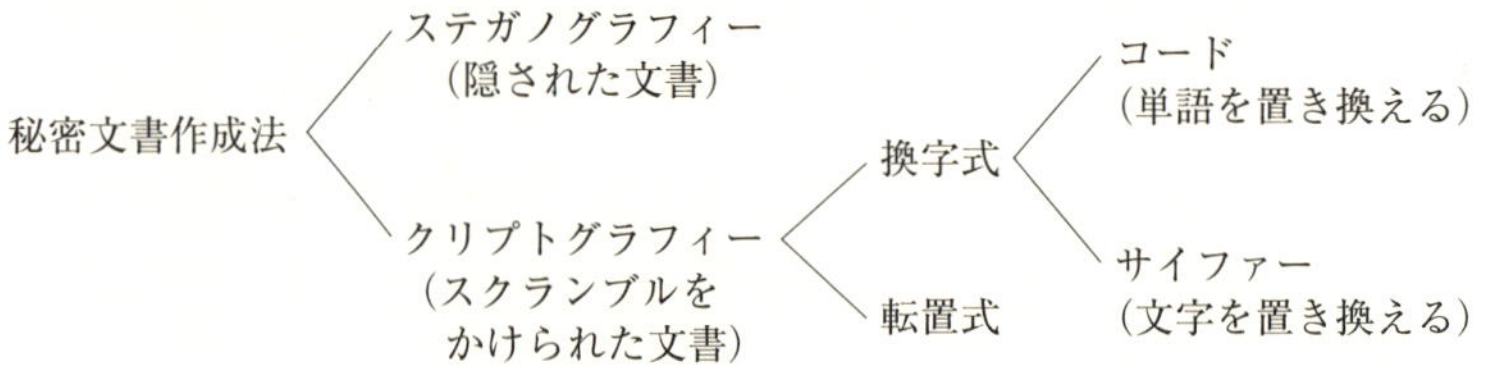

表4　秘密文書作成法の分類（『暗号解読』サイモン・シン著　青木薫訳　新潮社）

ン・ジェイムズ・ローゼンハイムが『クリプトグラフィック・イマジネイション』で、一八二〇年代から流行した暗号解読をモールス信号の発展と関連づけて論じ、一八四〇年代には暗号解読に対する関心が視覚に訴える象形文字《ヒエログリフ》から系統だった記号からなる暗号《クリプトグラフ》へと移行していったことを指摘している。[20]

　モールス記号がそれまでの暗号と一線を画すのは、符号の電信化という点である。たとえば、古くは、伝令の頭を剃り通信文を入れ墨して髪が伸び揃ったときに送り出したり（ステガノグラフィ）、木軸に革紐を巻き付けると通信文が顕れたり（転置式クリプトグラフィ）、通信文の文字を一定の文字分ずらしたり（換字式サイファ）、重要な単語を他の符号で置き換えたり（換字式コード）という方策がとられていた（表4）。もちろん、このいずれの暗号通信でも、伝令あるいは伝令に代わる仲介者を必要とすることには変わりはない。これに対して、モールス信号は、伝令の変わりに電線を使うことによって圧倒的な速さを獲得した。ことに、この時期から南北戦争期にかけて、モールス信号が言語の記号化を通じて暗号作成と解読に果たした役割は大きい。たとえば、大陸横断鉄道の敷設には、建築中の軌道の位置を正確に計測する必要があったのだが、経度の確定には、それまでの天体観測やクロノメーターに代わって、電信による標準時の信号が大いに役立った。さらには、ポウの存命中には間に合わなかったものの、南北戦争では刻々と変わる状況把握に電信が必要不可欠な存在であったことに間違いはない。

ポウ自身の考案になる暗号が示す傾向から、換字式コードの発展形態であるモールス信号の影響を指摘することもできるだろう。その「暗号論」で展開されている暗号作成法と解読法、「黄金虫」で使用されている暗号、あるいは『アレクザンダーズ・ウィークリー・メッセンジャー』誌で募集し解読してみせた暗号は、アルファベット一文字に一記号を置換する方式を採用したものだった。これが「換字式」と呼ばれる暗号の形態なのだが、数多くの暗号作成の方法から、特に一文字一記号置換法を選択しているのも、モールス信号の影響だと考えられる。

けれども、このような信号／暗号の影響に比しても、エジプト象形文字解読が与えた衝撃は決して小さなものではなかった。というのも、モールス信号が、たとえ盗聴防止のために解読を難解にする処置を施されていようと、基本的には解読されることを前提としている人工言語であるのに対して、エジプト象形文字は、解読不能あるいは誤読の永い歴史の末に、十九世紀初頭に解読可能となった「失われた言語」だったからである。それはまた、クレタ線状文字B解読（一九五二年）やマヤ文字解読（現在進行中）に先立つ快挙であった。この意味で、エジプト象形文字解読は、暗号／信号のような単なるメッセージ受容の範囲をこえ、大袈裟に言えば古代エジプト文明を読み解く鍵を提供する事件だったのである。

中世からルネサンス期にかけて、エジプト象形文字はその絵文字自体が抽象概念の象徴であり深遠な意味を持つものと考えられていた。たとえば、鷹は速さを、鰐は悪をあらわすものと読まれたのである。十七世紀にいたると、アタナシウス・キルヒャーが、エジプトのキリスト教徒が使っていたコプト語が解読に役立つことを指摘したものの、あいかわらず絵文字が難解な秘義や抽象概念を描いたものであることに疑義が唱えられることはなかった。エジプト象形文字は、その絵文字という形状のために、そして解読を拒否する難解さのために、なおさら神秘性を与えられていたのである。

しかしながら、このような象形＝象徴という解釈が見直される時が来る。それは、ナイル河口の町ロゼッタで石碑が発見された時のことだった（図80a–c）。その碑文は、エジプト象形文字・エジプト民用文字・ギリシャ語の三言語で書かれており、一七九九年のナポレオン・ボナパルトのエジプト遠征で略奪され、一八〇一年に英国軍によって奪取され、一八〇二年に大英博物館に移送されると、イギリスではトマス・ヤング、フランスではシャンポリオンが、競ってギリシャ語を手がかりに解読に着手した。後者は、カルトゥーシュ（図81ab）と呼ばれる長円形に囲まれた部分が王族の名前を示すことから類推して、そのほかの部分の象形文字もまた解読するにいたったが、その結果はそれまでの仮説をまったく覆すものとなった。絵文字は抽象的な概念を表象するのではなく、その絵のあらわすものの最初の音を表していたのだ。たとえば、ライオンはエルの音を、フクロウはエムの音を表すというように。驚いたことに、この絵文字は、形や概念をあらわす「表意」文字ではなく、音をあらわす「表音」文字だったのである。

エジプト象形文字の解読は、「自然という書物」解読に有効な鍵を提供する可能性を示唆するものだった。それまで、解読不能のために意味をなしていなかった、あるいは意味不明だからこそかえって重要な真理や深遠な奥義を書いたものと考えられていたエジプト象形文字が、解読可能であるばかりか、意味を持った理解可能な言語として突然たちあらわれたのである。これに呼応して、「自然という書物」も適正な方法に従いさえすれば解読可能であり理解可能であるという考え方が生まれたとしても不思議ではないだろう。実際、前述したニコルは、神の意匠は天空に象形文字で書かれていると推論している。正しい解読法さえ入手できれば、どこにでも、それこそ地上から宇宙に至るまで、神の意匠は読みとることができ

図 80a　ロゼッタ・ストーン

図 80b　ロゼッタ・ストーンの全体復元想像図

図 80c　ロゼッタ・ストーンのエジプト象形文字・エジプト民用文字・ギリシャ文字

図 81a　カルトゥーシュを含むロゼッタ・ストーンの部分

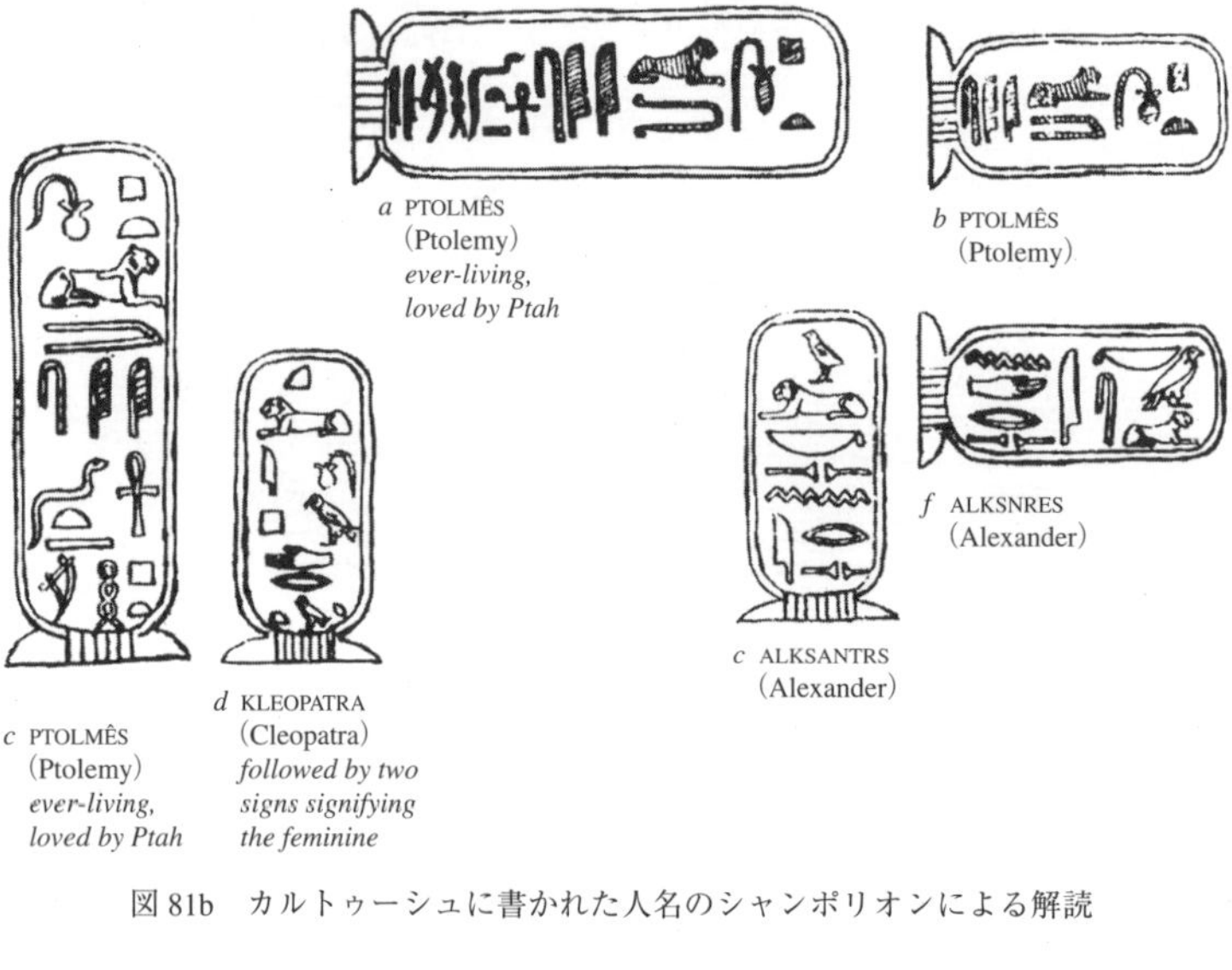

図 81b　カルトゥーシュに書かれた人名のシャンポリオンによる解読

るのだ。こうして、エジプト象形文字解読は改訂版機械論的宇宙観に希望の光を与え、自然神学による「自然」観を形成することに手を貸すことになった。

以上のような影響関係は、『ユリイカ』に内包されている常闇の海で発見された手紙にも認められる。このパロディ版西洋思想史では、真実を演繹法でも帰納法でもない方法によって把握する例として、暗号解読とともにシャンポリオンのエジプト象形文字＝表音文字解読があげられている（一九六）。もちろん、この手紙がテクスト内テクストである限り、その主張を文字通り鵜呑みにすることはできない。それでもなお、『ユリイカ』自体が改訂版機械論的宇宙観を論じるとともにその宇宙観を具現化したものとなっていることを勘案してみれば、同じテクストがまた暗号解読やエジプト象形文字＝表音文字解読が連想させる宇宙の謎解きを示唆していたとしても何の不思議もないだろう。それはまた、『ユリイカ』の読者にこのテクストの謎解きを要求する行為でもあった。

以上論じてきたように、『ユリイカ』の宇宙観は十九世紀初頭の改訂版機械論的宇宙観から大きな影響を受けたものとなっている。それは、神の意匠を論じるのに「自然という書物」に暗号《クリプトグラフ》／象形文字《ヒエログリフ》で書かれた超自然の足跡を読みとろうとする意志であり、普遍的超自然（神）の再発見と再編成に向けてそれと暗合《コレスポンデンス》する個別的自然現象を再解釈しようとする深謀であった。したがって、『ユリイカ』の論点と論法の比喩となっている「神の心臓」はまた「われわれ自身のもの」（三一一）と言い換えられ、われわれは「神との同一性」（三一四）を垣間見ることになる。それはまた、「生命の中の生命」「心霊の中の生命」（三一五）でもあった。

初出一覧

序論「アメリカ」文学という謎　書き下ろし

第一部　アート

第一章　アメリカン・テクノロジーへの道　鷲津浩子・森田孟共編『アメリカ文学とテクノロジー』（つくば：筑波大学アメリカ文学会、二〇〇二年）、七〜二三ページ。

第二章　からくり三態

1　二つの時計（「『鐘楼』と二つの時計」改題）　後藤昭次編著『文学と批評のポリティクス――アメリカを読む思想』（大阪：大阪教育図書、一九九八年）、九九〜一一五ページ。

2　機械じかけの蝶々　『アメリカ文学評論』十六号（つくば：筑波大学アメリカ文学会、一九九八年）、六六〜七四ページおよび六五ページ。

3　秘密箱・不思議箱（「匣のなかの失楽」改題）　『文藝言語研究　文藝篇』三〇号（つくば：筑波大学文芸・言語学系、一九九六年）、一〇七〜一二八ページ。

第三章　移動する基軸

1　海の空間・陸の時間　『文藝言語研究　文藝篇』三八号（つくば：筑波大学文芸・言語学系、二〇〇〇年）、六五〜七七ページ。

2　空の座標　鷲津浩子・森田孟共編『アメリカ文学とテクノロジー』（つくば：筑波大学アメリカ文学会、二〇〇二年）、三三五〜四八ページ。

第二部　ネイチャー

第一章「自然」という名のヒストリー　『アメリカ文学評論』十八号（つくば：筑波大学アメリカ文学会、二〇〇二年）、四〇～六四ページ。
第二章　それぞれの自然誌
1　囲われた自然　『アメリカ文学評論』十七号（つくば：筑波大学アメリカ文学会、二〇〇〇年）、五二～六二ページ。
2　「進化」する自然誌　八木敏雄編『アメリカ！　幻想と現実』（研究社、二〇〇一年）、二四三～六八ページ。
第三章　暗合/号する宇宙
2まで　鷲津浩子・森田孟共編『イン・コンテクスト』（つくば：「Epistemological Frameworkと英米文学」研究会、二〇〇三年）、三三九～五九ページ。
3　書き下ろし

註

序論　「アメリカ」文学という謎

1　本書では、いわゆる「サイエンティフィック・レヴォリューション」を「知識革命」と訳出している。この時代の「サイエンス」は、たとえばフランシス・ベーコンの「ニュー・サイエンス」が示すように、現在の意味の「科学」を意味するものではなく、広範な「知識」あるいは「学問」を意味するものだったからである。したがって、当時の「サイエンス」はしごく簡単に「フィロソフィ」に置き換えがきいた。

2　「ヒストリー」という言葉に、因果関係を持った一連の時間的つながりすなわち「歴史」の意味が加わったのは、一八五八年リンネ教会におけるチャールズ・ダーウィン／アルフレッド・ウォレスの進化論発表以降のことであり、それ以前のネイチャーに関する「ヒストリー」とは、組織的記述という意味であった。それまでネイチャーは天地創造時に創られたそのままの姿を保っていると考えられており、それらを蒐集・分類・命名するのが、ナチュラル・ヒストリーの大きな役割だったのである。したがって、「ナチュラル・ヒストリー」は「自然誌」あるいは「博物学」と訳出する必要がある。この件の詳細については、第二部第一章「『自然』という名のヒストリー」を参照されたい。

ちなみに、じつは、ダーウィン／ウォレスの進化論の先陣争いは、実は二番煎じにすぎなかった。一八四四年にロバート・チェインバースが匿名で書いた『創造自然誌の痕跡』は化石を絶滅した古代生物としている。また、一八三〇年代にはチャールズ・ライエルが、地質学上の進化論とでも呼ぶべきものを発表している。彼は、地形の変化を大洪水や火山の大噴火などの大災害《カタストロフィ》によるものではなく、因果関係を持った一連の時間的繫がり、すなわち

「歴史」をかけて徐々に変化としたものとする斉一説《ユニフォーミテリアニズム》を採用した。

3 「ヘロハ」はヘロハニアで、「ホガヒ」はホガヒランドで使用されていた主要通貨単位である。ただし、この両地域が存在したという証拠は、今のところまったく発見されていないし、将来にわたって発見される見込みもない。

4 「サイエンティスト」という語については、シドニー・ロスの論文もまた参照されたい。

第一部　アート

第一章　アメリカン・テクノロジーへの道

1 ビゲロウの定義を「テクノロジー」を現在の意味で用いる発端とする文献には、ストルイク、ノーブル（一九九七年）、マークスらがいる。

2 貨幣経済の発展とネイチャーの数量単位化については、序章を参照されたい。

3 初期エマソンの「自然」観については、第二部第二章1「『進化』する自然誌」を参照されたい。

4 序論の註4を参照されたい。

5 もちろん開拓者にとっての「荒野」には、先住民たちは存在していないか、存在していても見えないか、前時代の遺物であるにすぎない。この具体例はたとえば、カリアーとアイヴスの有名な絵画「西部へと帝国は前進する」（図17）に見られる。この絵については、第三章の序「海と陸と空と」を参照されたい。

6 初版の「広告」にはページ数が記載されていない。「序論」のページ数は初版により、本文中に括弧に入れて示す。

7 第一部第二章1「二つの時計」を参照されたい。

8 もちろんこの「自由」には制限があって、女性、黒人、ネイティヴ、囚人は含まれない。

9 第一部第二章2「機械じかけの蝶々」を参照されたい。

10 ポウの時計観については、八木敏雄「ポーの〈時〉と〈時計〉」『エピステーメー』（朝日出版社、一九七九年二月）：一六八–八二ページを参考にした。

11　この大陸横断鉄道建設に多数のアイルランド人・中国人移民が従事したことは、周知の事実である。けれども、「黄金の犬釘」の儀式の後で撮られた労働者たちの記念写真（図4）には、一目で外国人とわかる中国人たちは参加していない。

第二章　からくり三態

1　ほぼ時を同じくして日本でもからくりが流行する。和時計、茶運び人形をはじめとして、竹田近海・出雲の竹田からくり、細川頼信の『機巧図彙』、加賀の大野弁吉、のちの東芝のもととなった「からくり儀右衛門」こと田中久重などがあげられる。ただ、日本のからくり人形が西欧のそれと大きく違うのは、思想的な背景をほとんど持っていないこと、つまり人間機械論とは無縁の純粋な遊びの産物であったことである。詳細については、巻末の**【からくり人形・機械論】**を参照されたい。

1　二つの時計

1　Herman Melville, *The Piazza Tales* (New York: Modern Library, 1996). 本項での引用はすべてこの版により、ページ数は本文中に括弧に入れて示す。先行研究は、巻末にまとめて記した。

2　**【時計】**についての参考文献は、巻末にまとめて記した。

3　**【からくり人形・機械論】**についての参考文献は、巻末にまとめて記した。

4　機械論と生気論については、第一部第二章3「秘密箱・不思議箱」を参照されたい。

5　十九世紀初頭のアメリカ時計産業およびアメリカ式製造法についての参考文献は、巻末の**【アメリカ知識史・テクノロジー史】**にまとめて記した。

6　「テクノロジカル・サブライム」については、レオ・マークス以外にも、E・マイケル・ジョーンズとデイヴィド・E・ナイを参照されたい。

2
機械じかけの蝶々

1 Hiroko Washizu, "A Hidden Design: *Mosses from an old Manse*." *Volume of Blank Pages: A Study of Nathaniel Hawthorne* (Seijo, 1988), 1-20.

2 Nathaniel Hawthorne, *Mosses from an Old Manse*, The Centenary Edition X, eds., William Charvat, Roy Harvey Pearce and Claude M. Simpson (Columbus: Ohio State UP, 1974), 465.　本項での引用はすべてこの版により、ページ数は本文中に括弧に入れて示す。

3 **【からくり人形・機械論】**についての参考文献は、巻末にまとめて記した。ここで注意しておかなくてはならないのは、表題の「アーティスト」が必ずしも芸術家の意味を持つものではないということだ。オーウェンは時計づくりの職人であり、したがって彼の「アート」とは芸術と言うよりはむしろ技芸に属する。技芸によって精神的なものを具現化しようとしたところに彼の「芸術性」を読みとることができるかもしれないが、その「アート」は基本的に実践的技術《プラクティカル・アート》の応用としてのからくり時計のヴァリエーションであり、現在わたしたちの考える芸術《ファイン・アート》とは異なる。

4 永久機関についての参考文献は、巻末の**【からくり人形・機械論】**の項にまとめて記した。

5 **【西欧知識史・テクノロジー史】**および**【アメリカ知識史・テクノロジー史】**についての参考文献は、それぞれまとめて巻末に記した。

3
秘密箱・不思議箱

1 "Maelzel's Chess-Player"はThomas Ollive Mabbott ed., *Collected Works of Edgar Allan Poe, 3vols.* (Cambridge: Harvard UP, 1978)には収録されていないため、本項での引用はすべて以下の版により、ページ数は本文中に括弧に入れて示す。James A. Harrison ed., *The Complete Works of Edgar Allan Poe*, Virginia Edition XIV (New York: AMS, 1965).

2 当然のことながら、「疑似科学」という言い方は現在の視点から判断したものであり、当時では流行の最先端を行くまっとうな学問であった。

3　したがって、「メルツェルのチェス・プレイヤー」という論文形式の作品でも、ポウの小説と同様に、作者ポウと語り手を区別する必要がある。語り手は、メルツェルのチェス人形というからくりを使って、それとおなじからくりで論を進めている人物であり、作者ポウとはこのような二重のからくりをしくんだ人物であるからだ。小説での語り手と作者ポウとの違いについては、ジェイムズ・W・ガーガノの論文が参考になる。

4　気球を題材にした騙りについては、第三章2「空の座標」を参照されたい。

第三章　移動する基軸

1　海の空間・陸の時間

1　Herman Melville, *Pierre or The Ambiguities*. Eds., Harrison Hayford, Hershel Parker and G.Thomas Tanselle (Evanston: Northwestern UP, 1971). 本項での引用はすべてこの版により、ページ数は本文中に括弧に入れて示す。

2　先行研究は、巻末にまとめて記した。

3　【クロノメター・経度の確定】についての参考文献は、まとめて巻末に記した。

4　しかしながら、たとえばJ・E・D・ウィリアムズは、デッド・レコニングがデデュースト・レコニングのなまったものという説に異をとなえている。

2　空の座標

1　William Carlos Williams, *In the American Grain* (New York: New Directions, 1956), 229

2　本項の底本には、Thomas Ollive Mabbott ed., *Collected Works of Edgar Allan Poe*, 3vols. (Cambridge.: Harvard UP, 1978) を用い、本文中に*M*巻数：ページ数の順で括弧に入れて示す。マボット版に収録されていない作品については、James A. Harrison ed., *The Complete Works of Edgar Allan Poe*, 17 vols. (New York, 1902; AMS, 1965) を用い、本文中に*H*巻数：ページ数の順で括弧に入れて示す。

3 先行研究は、巻末にまとめて記した。

4 **【飛行・気球の歴史】** についての参考文献は、巻末にまとめて記した。

5 当時の気球熱がファッション界にまで及んでいたことについては、ジャクソンの図版・写真に詳しい。

6 とはいえ、実のところ、フランクリンのこの有名な科白が、シャルリエールの飛行実験であったかモンゴルフィエールの飛行実験であったかは、はっきりしていない。『モンゴルフィエ兄弟』を書いたギリスピーは当然のことながらモンゴルフィエールの肩を持ち（五二）、コットレルの『気球の歴史』ではシャルリエールとされている（二三―二四）。

7 Richard Adams Locke, *The Moon Hoax: or, A Discovery That The Moon Has A Vast Population of Human Beings* (1856; Boston: Gregg, 1975).「月ペテン」事件については、第一部第二章3「秘密箱・不思議箱」および第二部第三章「暗号／号する宇宙」2を参照されたい。この事件はまた、以下の論文で詳しく論じられている。Hiroko Washizu, "The Man in the Moon: 'The Moon Hoax' and the Telescope"『アメリカ文学評論』十九号（つくば：筑波大学アメリカ文学会、二〇〇四年）、（三二）－（七〇）。

8 アリストテレス・スコラ学派の「ナチュラル・フィロソフィ」では地上界（現象界《フィジックス》）は土、水、空気、火の四大要素から構成されていて、それぞれは固有の場所を持ちその場所に戻ろうとする性質を持つと考えられていた。したがって、ニュートンによれば万有引力で説明できるリンゴの落下も、リンゴ自体を構成している水と土の要素が固有の場所すなわち下方へと移動するからと説明された。このような現象界に対して、天上界（超現象界《メタフィジックス》）には、四大要素のほかに不可視の第五要素《クウィンテッセンス》があり、この人間の目から隠されている要素を扱うのがオカルトの本来の意味であった。このような四大要素による質的説明から量的説明への知識の枠組みの変換については、巻末の **【西欧知識史・テクノロジー史】** を参照されたい。

9 ロマンティシズムの「ナチュラル・フィロソフィ」が、たとえば電「力」《エレクトリカル・フォース》と磁「力」《マグネティック・フォース》の共通する特質をとらえ、両者間の親和性《アフィニティ》・感応性《シンパシー》を論じたこと、さらにはその共通点から自然界の個々の現象にはそれらを包括する普遍的な超自然が存在していると論じたことは、たとえばドイツ自然哲学《ナチュールフィロゾフ》、ことにシェリングとゲーテに顕著である。また、これら人々の影響を受けたカーライル、エマソンなどにも同様の思想が見られる。

10 **【大衆日刊紙】**についての参考文献は、まとめて巻末に記した。

第二部　ネイチャー

第一章　「自然」という名のヒストリー

1 実際には、一九九九年八月末に発表された東京工業大学の岡田典弘教授（分子生物学）の研究によると、クジラの祖先と最も近親関係にあるのはカバの祖先であり、ラクダやブタ、ウシも同じ祖先を持つと考えられている。ちなみに、クジラとカバが共通の祖先からそれぞれの種に分岐したのは、約六千万年から七千万年前と推測されている。この項の出典：<http://www.mainichi.co.jp/news/selection/archive/199908/31/083/e032-400/html>（一九九九年八月三一日）および<http://abcnews.go.com/sections/science/DailyNews/whale_hippo_990830html>。（一九九九年八月三〇日）

2 実際に自分の手で標本を集める実地自然誌家《フィールド・ナチュラリスト》は、その標本をもとに理論や一般論を構築する書斎自然誌家《クロゼット・ナチュラリスト》より下の身分とみなされていた。これは中世の大学以来の伝統である理論と実践の上下関係を引きずったものであり、「クロゼット」とは珍品気品を陳列展示する珍品展示室《クロゼット・オヴ・キュリオシティーズ》（あるいは箱《ケース》、棚《キャビネット》）、つまり博物館の前身に由来している。もちろん、このような展示室を持つことができるのは、自分の富と通信網を誇示することができる貴族や金持ちであり、実際にその珍品奇品を集めるのは現地に赴いた商人や船乗りたちだったから、両者の自然誌に身分差別が残ったとしても不思議ではない。**【博物館・ライシアム】**についての参考文献は、巻末にまとめて記した。

3 これから先は煩雑さを避けるために、「ダーウィン／ウォレスあるいはチェインバース」の進化論をダーウィンひとりで代表させることにする。逆に言えば、進化論はダーウィンひとりの手柄ではなく、チェインバースという先駆者とウォレスという競合者がいたからこそ可能になったのである。

4 この欠落部分を見世物として売り出したのが、後述するP・T・バーナムの「オランウータン」や「これは何？」である。

5 「存在の大連鎖」についての参考文献は、巻末の**【自然誌】**にまとめて記した。

6 William Bartram, *Travels Through North and South Carolina, Georgia, East and West Florida* (New York: Literary Classics of the United States, 1996); J. Hector St. John de Crèvecoeur, *Letters from an American Farmer*, ed. Susan Manning (Oxford: Oxford UP, 1997); Thomas Jefferson, *Notes on the State of Virginia*, ed. William Peden (Chapel Hill: U of North Carolina P, 1954).

7 この肖像画ついては、アームシャーが秀逸な分析を行なっている。

8 **【大衆日刊紙】**についての参考文献は、巻末にまとめて記した。

9 「テクノロジー」の定義については、巻末の**【西欧知識史・テクノロジー史】**を参照されたい。

10 **【バーナム】**についての参考文献は、巻末にまとめて記した。

11 ちなみに、これはまったくの余談だが、鮎川哲也の『沈黙の函』ではジェニー・リンドが吹き込んだというレコードが大きな役割を果たしている。

12 ポウの作品には「いたるところに猿が顔を出す」と看破したウィリアム・カルロス・ウィリアムズ（*In the American Grain* (Norfolk: New Directions, 1956), 229）の他にも、ポウと猿を論じたものは少なくない。オランウータンとポウの「飛び蛙」の関連については、アームシャーが論じているし（*The Poetics of Natural History*, 127-130）、ジョン・T・アーウィンはオランウータンと「モルグ街の殺人」を論じている（*The Mystery to a Solution* (Baltimore: Johns Hopkins UP, 1994), 65-67ほか）。

13 本章は、日本英文学会第七四回大会（二〇〇二年）でのシンポジウム「英米文学のナチュラル・ヒストリー――イギリス・ルネサンスからアメリカ・ルネサンスまで」において「ナチュラル・ヒストリーのアメリカ／アメリカのナチュラル・ヒストリー」と題しておこなった口頭発表の成果に加筆したものである。貴重なご指摘やご意見をくださった多くの方々に、謝意を表す。

第二章　それぞれの自然誌

1　囲われた自然

1　Nathaniel Hawthorne, *Mosses from an Old Manse*, The Centenary Edition X (Columbus: Ohio State UP, 1974), 94.　以下の引用もこの版により、ページ数は本文中に括弧に入れて示す。

2　このような植物園や庭については、アンドルー・カニングハムとジョン・プレストンに詳しい。

3　**【西欧知識史・テクノロジー史】**についての参考文献は、巻末にまとめて記した。

4　ちなみに、「痣」において、ジョージアナがエイルマーの図書室で発見する「昔のナチュラル・フィロソファーたち」（アルベルトゥス・マグヌス、オルネリウス・アグリッパ、パラケルスス、ロジャー・ベーコン）の著作の中にも、自然と超自然の対比が見られる。彼らは「自然観察から自然を超える力を得、現象界［自然］から精神界［超自然］を支配する力を得たと信じた」（四八）とされている。さらには、初期のロンドン王立協会会報（その名も『フィロソフィカル・トランザクション』）にそのような「驚異」が掲載されていることにも言及がある。

2　「進化」する自然誌

1　エマソンの著作については以下の略号を用い、巻数・ページ数は本文中に括弧に入れて示す。

EL　*The Early Lectures of Ralph Waldo Emerson.* Eds. Stephen E. Whicher, Robert E. Spiller and Wallace E. Williams. 3 vols. Cambridge: Harvard UP, 1959-1972.

HW　*The Collected Works of Ralph Waldo Emerson.* 5 vols. to date. Cambridge: Harvard UP, 1971-.

JMN　*The Journals and Miscellaneous Notebooks of Ralph Waldo Emerson.* Eds. William H. Gilman et al. 16 vols. Cambridge: Harvard UP, 1960-1982.

L　*The Letters of Ralph Waldo Emerson.* 6 vols. Ed. Ralph L. Rusk. New York: Columbia UP, 1939-.

TN　*The Topical Notebooks of Ralph Waldo Emerson.* Eds. Ralph H. Orth, Susan Sutton Smith and Ronald A. Bosco.

Columbus: U of Missouri P, 1990-.

2 序論の註2を参照されたい。

3 啓蒙主義思想は、普遍と個別のせめぎあいであったととらえることもできる。たとえば、マイケル・ファラデイの電磁気学は電気と磁気が同じ特性を共有していることを明らかにし、個別のものが普遍の法則へと統合される可能性を示した。このことはまた、複数の個別のものに「類似性《アナロジー》」を見る傾向を助長することになった。自然の有機的統一《エコノミー》はエネルギー保存の法則と互換され、電「流」や電「力」といった考え方は生体磁気学や植物生理学を生み出しただけでなく、ロナルド・E・マーティンが『アメリカ文学と力の宇宙』で論じているように、文学にも影響を与えた。啓蒙主義思想、ことにドイツ自然哲学《ナチュールフィロソフィ》がめざした唯一絶対の普遍の法則は、かえって、あるいはそれ故に、分岐した個別同士の類似を保証することにもなったのである。

4 けれども、進化論者であるスティーヴン・ジェイ・グールドは、『フラミンゴの微笑』に収録されてる「存在の連鎖」で、生まれ《ネイチャー》と育ち《ナーチャー》の語感が似ているためにこの二つを対立するものと誤解したように、神の言葉《ワード》と御業《ワーク》の語感の類似のせいで、自然を聖書の真実を映しとった鏡だとする誤読が生まれたことを指摘している。だが、このような語感の類似自体を神の采配とする考え方があったとしても不思議ではない。現代でも、創世論者《クリエイショニスト》の考え方には、このような発想が生きている。

5 啓蒙主義思想自体が網羅的な蒐集と整理分類に対してきわめて意識的だったことは、たとえば博物館の他にも、ディドロとダランベールの百科全書をはじめとする数々の百科事典、書評誌や雑誌の流行にもあらわれている。リンネの植物分類法およびそれに対立するビュフォンの分類法、キュヴィエの動物比較解剖学などは、この標本整理のための方策である。

6 **【西欧知識史・テクノロジー史】**についての参考文献は、巻末にまとめて記した。

7 手紙と日記に関しては、マートン・M・シルツとアルフレッド・R・ファーガソンの『エマソンの「自然」』が参考になった。けれども、引用にあたっては、上記のエマソン著作リストにあげられている文献と照合した。

8 本項脱稿後に、『自然』の論理構成が「存在の連鎖」を下から上へとなぞったものであることを図式化したもの（図

76）を発見した。Kenneth Walter Cameron, *Young Emerson's Transcendental Vision: An Exposition of His World View with an Analysis of the Structure, Backgrounds, and the Meaning of* Nature（1836）(Hartford: Transcendental Books, 1971), 13.

9　本項を書くにあたって、ウィスコンシン大学ジェフ・スティール教授の助言を得た。ここに記して、謝意を表す。

第三章　暗合/号する宇宙

1　Edgar Allan Poe, *Eureka: A Prose Poem*, ed. James A. Harrison (New York: Putnam, 1848; New York: AMS, 1965). 引用はこの版により、ページ数は本文中に括弧に入れて示す。

2　コズモロジーを「宇宙論」ではなくて「宇宙観」あるいは「宇宙像」であることを明記する必要性を指摘したのは、佐藤憲一（筑波大学大学院生）である。ここに記して、謝意を表する。

3　先行研究については、巻末の**【『ユリイカ』】**にまとめて記した。

4　Margaret Alterton, *Origins of Poe's Critical Theory* (New York: Russel & Russel, 1965), 138-141.

5　Killis Campbell, "Poe's Reading," *Texas Studies in English* 5 (Oct. 1925): 166-196.

6　**【自然神学】**についての参考文献は、巻末にまとめて記した。

7　David Brewster, *Letters on Natural Magic, Addressed to Sir Walter Scott* (London: John Murray, 1832). ブルースターの『自然魔術』とポウの「メルツェルのチェス・プレイヤー」の関連については、第一部第二章3「秘密箱・不思議箱」を参照されたい。

8　William Paley, *Natural Theology* (1802; New York: American Tract Society, n. d.).

9　**【天文学・宇宙観】**についての参考文献は、巻末にまとめて記した。

10　「時計じかけの宇宙」については、巻末の**【時計】**および**【からくり人形・機械論】**を参照されたい。

11　**【カント、ラプラス、ウィリアム・ハーシェル、ジョン・ハーシェル】**の参考文献は、巻末にまとめて記した。

12　Richard Adams Locke, *The Moon Hoax; Or, A Discovery That The Moon Has A Vast Population Of Human Beings*, intro. Ormond Seavey (Boston: G. K. Hall, 1975).『月ペテン』事件については、第一部第二章3「秘密箱・不思議箱」およ

び第三章2「空の座標」を参照されたい。この事件については、以下の論文で詳しく論じられている。Hiroko Washizu, "The Man in the Moon: 'The Moon Hoax' and the Telescope"『アメリカ文学評論』十九号（つくば：筑波大学アメリカ文学会、二〇〇四年）、（三二）-（七〇）頁。

13 宇宙観との関連で論じられた**【地質学】**についての参考文献は、巻末にまとめて記した。地質学であるにせよ生物学であるにせよ、「進化」という概念を部分的あるいは全面的に認めず、宇宙も生物も神が創世した当時のままの姿を保っているという考え方は、現在でも創世論者《クリエイショニスト》たちに受け継がれている。

14 J. W. Burrow, "Introduction" to Charles Darwin, *The Origin of Species by Means Of Natural Selection*, ed. J. W. Burrow (1859; London: Penguin, 1968), 30-31. ダーウィン自身、それまでにいろいろな意味を付加され、手垢に汚れた「進化」という言葉を使うのを注意深く意図的に避け、「自然淘汰」という言葉を使っている。「進化」という言葉が登場するのは『種の起源』でただ一箇所、一番最後であり、しかも「進化させられる」という受身の意味で使われている。

15 **【ディック、ニコル】**についての参考文献は、巻末にまとめて記した。

16 **【チェインバース】**についての参考文献は、巻末にまとめて記した。

17 **【フンボルト】**についての参考文献は、巻末にまとめて記した。

18 機械論的宇宙観は、太陽系儀以外にも各種の天球儀・プラネタリウムなど、機械によって天体の動きを再現した機巧を生み出した。巻末の**【からくり人形・機械論】**を参照されたい。また、太陽系儀が知られていたことは、たとえばトマス・ジェファソンの『ヴァージニア州に関する覚書』（一七八七年）のなかで、まだ誕生間もないアメリカ合衆国が生み出した三偉人のひとりとして、天文学者であり太陽系儀の製作者として名を馳せたデイヴィド・リッテンハウスをあげていることからもわかる。けれども、ウィリアム・ピーデンの註によると、ジェファソン自身のメモとして、リッテンハウスの太陽系儀が他人の剽窃であったことが明かされている。

19 **【「ユリイカ」機械】**についての参考文献は、巻末にまとめて記した。なお、ティムブズの文献では、「ユリイカ」機械のことを「進化の法則の完璧な例証」としている。

20 **【象形文字・暗号】**についての参考文献は、巻末にまとめて記した。

あとがき

この本は、数多くの幸運な出会いから生まれた。この場をかりて、言葉では尽くせない感謝の念を申し上げたい。

一九八八年に博士論文を完成したあと、一種の虚脱感におそわれていた。翌年に共著本が出版されたものの、そしてそこそこの評価を受けたものの、自分では決して満足のできるものではなかったし、なおさら悪いことに、これから何をどう研究していけばいいのかわからなくなっていた。方向性のわからない閉塞感と何とかしなければという焦燥感から逃れることはできなかった。

そのころ流行の兆しを見せていたのが、イデオロギー色の強い文化研究だった。何かの助けになればと少しは手を染めてみたものの、しかも論文を二、三本書いてみたものの、弱者が強者の論理によっていかに絡めとられてきたかという主張を繰り返し、加害者対被害者という図式を抜け出すことのない読みは不毛としか思えなかったし、少なくとも自分にはなじまないし、そぐわないものだった。

この不満が決定的になったのは、あるクラスでウィリアム・フォークナーの「エミリーに薔薇を」を読んでいたとき、某市長を説明するのに（黒人女性はエプロンなしでは外出してはいけないという法令を作った市長だよ）と括弧書きされている部分をとりあげて、フォークナーを人種差別・女性蔑視と非難する学生が現れたときだった。第一にこの註釈は市長の愚劣さを笑うために差しはさまれたものであること、第二にこの註釈は町の人たちの口さがない噂話であること、第三に市長の愚劣さを町の人たちの噂話で描出させる手法は決して凡手ではないことを説明しながら、傑作をイデオロギーの道具にしてしまう読みに対して疑問を通り越して恐怖すら感じた。

自分の方法論を見つけられないまま、一九九〇年代前半はよく遊んだ。遊ぶからには、一生懸命しっかりと真面目に遊ばなければならない。

月二回いまは懐かしい川崎球場に通い、まだら模様の天然芝と容赦なく吹き付ける砂塵の中、公式発表観客数五百、実際には外野席の観客を数えられるほどの混雑を楽しんだ。それは、テレビで人工芝ドーム球場の野球を見るのとは、まったく違う経験だった。古い球場の形がいびつなのは、そもそも野球が近代都市の娯楽として発達したためであり、空き地の形状によって左右されるからだと知った。ボストンはフェンウェイ・パークの「グリーン・モンスター」然り。観客席がせり出しているために、三塁側ファウル・ゾーンが極端に狭く歪んでいる。ニューヨークの旧ヤンキー・スタジアムにいたっては、短い右翼に有利な左の強打者を揃え、ベイブ・ルースを本塁打王にした。

新宿の呑み屋「利佳」に通っては、常連客と顔なじみになり、故暉峻康隆氏からは江戸時代の死生観（題して「冥土《めいど》・イン・ジャパン」）を、故小森厚氏からは上野動物園のニホンザル命名法を学んだ。日本の猿学が優れているのは、一頭一頭に系統的な名前を付けて個体差で識別するからで、カタカナで母親

（父親は往々にして不明）の名前の一字をとること、年によって名前にテーマがあること、したがって、アカの子で酒がテーマの年に生まれたサルは「アイズホマレ」（う〜ん、実に猿らしい）、ムラサキの子で薬がテーマの年に生まれたサルは「ムヒ」（これは新聞種になったため、宣伝になったと一年分のムヒが寄付された）。で、飼育日誌には、バウムクーヘンがイソカサゴに噛みついたという記述があるそうな。

手当たり次第、専門外の本を読んだのもこのころだった。池波正太郎の『鬼平犯科帳』はただ読むだけでも楽しいが、読み進むうちに登場人物の関連性が見えてくるともっと面白くなった。もちろん、中村吉右衛門のTVドラマも好きだった。都筑道夫からは、多くの雑学を仕入れた。オウグやコマカタなどの地名の正しい読み方から、アメリカ映画のシリーズ作の名付け方、そして、東京の粋、都市の洗練、ミステリーの合理性。

けれども、この時期最大の収穫は、まちがいなく、泡坂妻夫だった。しっかりと「はまった」状況は、すでに『からくり富』（徳間文庫）や『砂時計』（光文社文庫）の解説で書いているので詳細は省くけれども、謎解きが終わった後でも、いいえ、謎解きを知っているからこそますます面白く、何度も繰り返して読んだ。一九九〇年、師匠が『蔭桔梗』で直木賞を受けた直後、川崎球場で知り合った人の知人から紹介されて師匠宅にまで出入りするようになり、病膏肓はますます不治となるばかりだった。

また、一九九二年に成城大学から海外研修に出て以来、毎年のように米国ウィスコンシン州ミルウォーキーを訪問するようになっていた。フルブライト留学生時代の友人知人と再会し、大学内外で新しい友達を作り、生意気な黒猫と仲良くなった。そうしているうち、たまたま本屋で手にとったのがアレン・カーズワイルの『珍品陳列箱《ケイス・オヴ・キュリオシティーズ》』（翻訳は、何と『驚異の発明家（エンヂニア）の形見函』！）だった。

このとき、確かに何かがカチリと音を立てて動き始めた。それは、まるで前もって仕組まれていたからくりが始動したかのようだった。主人公クロードが作るからくり人形は、師匠の『乱れからくり』を連想させた。それはまた、エドガー・アラン・ポウの「メルツェルのチェス・プレイヤー」、ハーマン・メルヴィルの「鐘楼」、ナサニエル・ホーソンの「美のアーティスト」へと連なる始めの一歩だった。

からくり人形とそれを可能にした時計という〈アート〉をいじっているうちに、いわゆる〈科学史〉、この本の中では〈知識史〉と呼んでいるものにも興味を抱くようになっていた。同時に、〈知識の枠組み(Epistemological Framework)〉を意識して、アメリカ啓蒙主義思想時代のテクストを読み直してみたいと思うようにもなっていた。こうして〈ネイチャー〉解読手段としてのベーコニアニズムの雄、自然誌《ナチュラル・ヒストリー》が選ばれた。面白いことに、これもまた、『珍品陳列箱』に連なる素材であり、その発展形態がチャールス・ウィルソン・ピールの博物館やP・T・バーナムの見世物だった。また、自然誌の蒐集・分類・命名という特徴は、上野動物園のサル山に回帰し、個別の中の普遍/普遍の中の個別という問題を考えるきっかけとなった。さらには、〈アート〉と〈ネイチャー〉の接点としての〈庭〉や〈園〉は、近代都市の中での公園と球場《ボール・パーク》へと変貌を遂げる。そして、「自然という書物」という常套句は、十九世紀初頭の〈ネイチャー〉と〈スーパーネイチャー〉の関係見直しと宇宙観再考のきっかけとなった。

この本を上梓するにあたってお世話になった多くの方々に御礼を申し上げたいのだが、紙面の都合でごく一部の方々しかお名前をあげることができないことをお許し願いたい。

一九九〇年代の「不遇時代」にも変わることなく支持支援し続けてくださったイーハブ・ハッサン博士

とサリー夫人、岩元巌先生、八木敏雄氏、富山太佳夫氏に感謝したい。「遊び」に嬉々としてつきあってくださった平石貴樹氏、佐伯泰樹氏、宮崎修多氏にも感謝したい。ただし、「気球といえば、『右腕山上空』だね」だとか、「暗号といえば、『掘出された童話』だね」(いずれも泡坂妻夫『亜愛一郎の狼狽』)というネタばらしだけはご勘弁願いたい。

論文作成のヒントを提供してくださったり資料収集に協力してくださった荒木正純氏、柄沢研治氏、中田崇氏、ジェフ・スティール教授、そして歴代の筑波大学大学院生、ことに羽村貴史(現小樽商科大学)、山口善成(現高知女子大学)、佐藤憲一にも感謝したい。この三人はまた草稿を読み、多くの重要な意見と示唆を与えてくれた。

貴重な図書や入手困難な資料を検索し閲覧できたのも、筑波大学図書館、米国ウィスコンシン州立大学図書館(マディソン)、同大学ミルウォーキー校図書館の皆様のおかげである。また、一九九八年に国際研究員として在籍したミルウォーキーの二十世紀研究所(現二十一世紀研究所)の皆様にも、この場をかりて感謝したい。資金援助は、一九九八年に日米教育委員会(フルブライト)から「アメリカ文学とテクノロジー」で、二〇〇二年度から二〇〇五年度まで日本学術振興会科学研究費基盤研究(B)(2)を「Epistemological Frameworkと英米文学」の研究代表者として受けている。ミルウォーキーの友人たち、ことにビル・セル、キャロル・テニセン、シーラ・ロバーツ、グレッグ・アイヴァソンには、深く感謝している。

泡坂妻夫師匠からは、論文へのヒントを少なからず頂戴しただけではなく、家紋の美しさ(師匠の本職は紋章上絵師)、手品の楽しさ(師匠は有名な創作マジシャン)、浮世絵の面白さ(ことに奇想と戯れる写楽、北斎、国芳）を教わった。ただし、この「遊び」が今後の研究課題になるかどうかは本人次第、いまだ手探り状態である。とはいえ、楽しみは楽しみだけにしておいたほうが、幸せなのかもしれない。

南雲堂の原信雄氏は、一年に一本か、せいぜい二本しか論文を書けない著者に、おそらくは半分はあきれて残りの半分はあきらめて、永年にわたってつきあってくださった。氏の辛抱強さと激励がなければ、この本は決して完成を見なかっただろう。遅延に対する陳謝とともに、心から感謝の気持ちを贈りたい。

鷲津久一郎（一九二一年―一九八一年）と鷲津若菜（一九二一年―二〇〇三年）には、感謝とともに限りない愛を捧げたい。多くのことを教えられたにもかかわらず、少ししか学ばなかった出来そこないの娘が赦される日は来るのだろうか。

鷲津浩子

二〇〇四年十一月二十五日

索 引

アーウィン John T. Irwin 101, 110, 229, 274, 255
『アレクザンダーズ・ウィークリー・メッセンジャー』 *Alexander's Weekly Messenger* 257
アーヴィング Washington Irving 176
アームシャー Christoph Irmscher 173, 274
アイヴス James Merritt Ives 113, 268
アグリッパ Heinich Cornelius Agrippa 275
アダムズ Henry Adams 58
鮎川哲也 274
アリストテレス Aristotlelēs 160-61
アルベルトゥス＝マグヌス Albertus Magnus 80, 91, 275
アレン Michael Allen 99

イートン Amos Eaton 216
イーモン William Eamon 36

ウィッテンバーグ Ernest Wittenberg 99
ウィムザット W.K. Wimsatt, Jr. 90, 99, 105
ウィリアムズ、ウィリアム・カルロス William Carlos Williams 134, 274
ウィリアムズ、J. E. D J. E. D. Williams 271
ウィリアムズ、ジョン・B John B. Williams 131
ウィリアムズ、マイケル・J・S Michael J. S. Williams 232
ウィルコックス Robert Wilcocks 90
ウィルソン Alexander Wilson 177, 180, 216
『アメリカ鳥類学』 *American Ornithology* 178, 180, 216-17
ウィンスロップ John Winthrop 22
ウェイラン Terence Whalen 233
ウェブスター Noah Webster 8, 177
『アメリカ英語辞典』 *An American Dictionary of The English Language* 177
ウェルシュ Susan Welsh 233-34, 247
ウェルチ Margaret Welch 181
ヴォカンソン Jacques de Vaucanson 54, 55-56, 66, 80, 91, 235
ヴォルテール Voltaire 66
ウォレス、アーヴィン Irvin Wallece 187
ウォレス、アルフレッド・ラッセル Alfred Russel Wallace 167-68, 214, 223-24, 267, 273

エディソン Thomas Alva Edison 96
『エディンバラ・レヴュー』 *Edinburgh Review* 216
エマソン、ウィリアム William Emerson 226, 229
エマソン、ラルフ・ウォルド Ralph Waldo Emerson 25, 38, 177, 182, 192, 206, 213-18, 220-26, 229-30, 268, 272, 275
「アメリカの学者」 "The American Scholar" 177
『自然』 *Nature* 192, 213, 214, 216, 226-27, 229, 230
「自然誌の効用」 "The Uses of Natural History" 182
エンケ Johann Franz Encke 150

オーデュボン James Audubon 182, 216
『アメリカの鳥類』 *The Birds of America* 182, 216
大野弁吉 269
オールティック Richard D. Altick 250
岡田典弘 273
『オクスフォード英語辞典』 *Oxford English Dictionary* 181

オマリー Michael O'Malley 114
オルタトン Margaret Alterton 234

ガーガノ James A. Gargano 271
カーノ Nicholas Léonard Sadi Carnot 240, 255
カービイ William Kirby 216
カーライル Thomas Carlyle 272
カッソン John E. Kasson 43
カニンガム Andrew Cunningham 37, 275
カボット James Eliot Cabot 226, 229
カミュ Camus 54, 80, 91
カリアー Nathaniel Currier 113, 268
ガリレオ Galileo Galilei 9, 20, 34, 36, 125, 129, 221, 241
カント Immanuel Kant 242-43, 277

キャヴェンディッシュ Henry Cavendish 137
キャメロン Kenneth Walter Cameron 216
キャンベル Killis Campbell 234
キュヴィエ Georges Cuvier 131, 221, 276
ギリスピー Charles Coulston Gillispie 272
キルヒャー Atanasius Kircher 257

グールド Stephen Jay Gould 276
クーパー James Fenimore Cooper 176
クーン Thomas Kuhn 34
クック James Cook 16, 116, 213
クラーク Harry Hayden Clark 223-24
グリーン Charles Green 139, 145, 155
グレイシャー James Glaisher 145
クレイリー Jonathan Crary 207
クレヴクール J. Hector St. John de Crévecoeur 217, 172-73, 175-76
『あるアメリカ人農夫からの手紙』 *Letters from an American Farmer* 172-73, 175-76
クロスビー Alfred W. Crosby 14, 35

ケイリー Sir George Cayley 158
ゲイ＝リュサック Joseph Louis Gay-Lussac 145
ゲーテ Johann Wolfgang von Goethe 272
ゲダルド Harry M. Geduld 93, 109
ケテラー David Ketterer 110
ケプラー Johannes Kepler 241
ケンダル Larcum Kendal 116
ケンペレン Wolfgang von Kempelen 91, 98, 103-4, 108-10, 235

コーエン、I・バーナード I. Bernard Cohen 42
コーエン、ジョン John Cohen 65
コクスウェル Henry Tracey Coxwell 145
ゴッドマン John Davidson Godman 217
コットレル Leonard Cottrell 272
コペルニクス Nicolaus Copernicus 241
コリンソン Peter Collinson 172, 216

『サザン・リテラリー・メッセンジャー』 *Southern Literary Messenger* 148, 243
サッカレー William Makepeace Thackeray 250
『サン』 *New York Sun* 134, 148, 156, 181, 243
ザンベッカリ Francesco Zambecari 137

シェイピン Stephen Shapin 21, 37, 205
『真なるものの社会史』 *The Social History of Truth* 21, 37, 205
シェイファー Simon Shaffer 66
ジェファソン Thomas Jefferson 40-41, 172, 175-76, 178, 217, 278
『ヴァージニア州に関する覚書』 *Notes on the State of Virginia* 40, 172, 175-76, 217, 278
ジェフリーズ John Jeffries 137
シェリー Mary Sherry 94
シェリング Friedrich Wilhelm Joseph Schelling 38, 206, 272
ジャーダイン Nicholas Jardine 37
ジャクソン、ドナルド・デイル Donald

Dale Jackson 154,272
ジャクソン、アンドルー Andrew Jackson 181
ジャケ＝ドロス父子 Pierre & Henri-Louis Jaquet-Droz 54, 91-92
シャルル Jacques Alexandre César Charles 137
シャンポリオン Jean-François Champollion 263
ジュシュー Antoine Laurent de Jussieu 221
ジョーンズ E. Michael Jones 48, 89, 269
ジョンソン Barbara Johnson 110
シルツ Merton M. Sealts Jr. 276

スコット Walter Scott 234-35
ストアー Tayler Stoehr 194
ストルイク Dirk J. Struik 268
スピラー Robert Ernst Spiller 226, 229
スミソン James Smithson 186
スモールウッド、ウィリアム・マーティン William Martin Smallwood 215
スモールウッド、メイベル Mabel Sarah Coon Smallwood 215

セモニン Paul Semonin 177
セラーズ Charles Coleman Sellers 83, 182

ソープ Willard Thorp 133
ソマーヴィル Mary Somerville 38, 181-82
ソロー Henry David Thoreau 177, 192, 214
『ウォルデン』 *Walden* 192-93, 214

ダーウィン Charles Darwin 165, 167-68, 170-72, 192, 214, 224, 244, 247, 267, 273, 278
『種の起源』 *The Origin of Species* 167, 244, 247
ダ・ヴィンチ Leonardo da Vinchi 91, 135
武田近海・出雲 269
ダストン Lorraine Daston 190, 195, 220
『驚異と自然の秩序』 *Wonders and the Order of Nature* 190, 195, 220
タナー Tony Tanner 132
田中久重 269
ダニエルズ George H. Daniels 205
ダランベール Jean Le Rond D'Alembert 276
ダリバール Jean François Dalibard 46
ダルランド François d'Arlandes 137
ダント Elizabeth A. Dant 213, 225

チェインバース Robert Chambers 167-68, 171, 234, 247, 267, 273, 278
『創造自然誌の痕跡』 *Vestiges of the Natural History of Creation and Other Evolutionary Writings* 167, 234-35, 247, 267

ディア Peter Dear 21, 36
『法則と経験』 *Discipline & Experience : The Mathematical Way in the Scientific Revolution* 21, 36
ディック Thomas Dick 234, 237, 244, 248, 278
『クリスチャン・フィロソファー』 *Christian Philosopher* 234, 237, 244
ディドロ Denis Didrot 276
デカルト René Descartes 37, 58, 65, 72
デラ・ポルタ Giambbattista della Porta 200, 202, 207
テリー Eli Terry 68, 85

トウェイン Mark Twain 51
ドゥ・ロジエ François Pilâtre de Rozier 137
ドールン＝ファン・ロッスム Gerhard Dohrn-van Rossum 58
トスカネッリ Paolo dal Pozzo Toscanelli 20
トマス・アキナス Thomas Aquinas 91

ナイ David E. Nye 269

ナップ John Leonard Knapp 216
ナトール Thomas Nuttall 216

ニーチェ Friedrich Wilhelm Nietzsche 26
ニコル John Pringle Nichol 234, 244, 246, 248, 258, 278
『天界の構造に関する見解』 *Views of the Architecture of the Heavens in a Series of Letter to a Lady* 234, 244, 246
ニュートン Issac Newton 9, 34-35, 221, 240-44, 246, 248, 272

ノーブル David F. Noble 268

パーク Katharin Park 190, 195, 220
『驚異と自然の秩序』 *Wonders and the Order of Nature* 190, 195, 220
バーコヴィッチ Sacvan Bercovitch 115
ハーシェル、ウィリアム William Herschell 233, 242, 277
ハーシェル、キャロライン Caroline Herschell 242-43
ハーシェル、ジョン John Herschell 243, 277
ハーディング Walter Harding 216
バートラム、ウィリアム William Bartram 172-73, 175-76, 216
『南北カロライナ、ジョージア、東西フロリダ旅行記』 *Travels through North & South Carolina, Georgia, East & West Florida* 172-73, 175-76, 216
バートラム、ジョン John Bartram 172, 175, 216
バーナム P(hineas) T(aylor) Barnum 103, 105, 178, 186-87, 190, 217-18, 273-74
バックランド William Buckland 234
ハットン James Hutton 244
バベージ Charles Babbage 68, 69, 95-97, 103, 106, 234-35, 250
ハリソン、A A. Harrison 270
ハリソン、ジョン John Harrison 116
パラケルスス Philippus Aureolus Paracelsus 275
ハレー Edmond Halley 241
バンクス Joseph Banks 16, 213
ハンター John Hunter 17
『パンチ』 Punch 250

ビーチ Joseph Warren Beach 223-24
ピーデン William Peden 278
ピール、チャールズ・ウィルソン Charles Willson Peale 83, 177-78, 180, 182, 186, 217, 221
ピール、ティティアン・ラムゼイ Titian Ramsey Peale 178, 217
ビゲロウ Jacob Bigelow 23, 32-33, 38, 41-46, 181, 216, 268
『サイエンスの応用との関連で考察した有用技芸《ユースフル・アート》』 *The Useful Arts, Considered in Connexion with the Applications of Science* 33
『テクノロジーの初歩』 *Elements of Technology* 33, 41, 45-46
ヒューエル William Whewell 24, 38, 181, 206, 234, 236
ヒューバー François Huber 216
ヒューム Beverly A. Hume 232
ビュフォン伯 Georges Louis Leclerc, Comte de Buffon 41, 173, 176, 221, 276
ヒンドル Brooke Hindle 50

ファーガソン、ユージン・S Eugene S. Fergason 71
ファーガソン、アルフレッド・R Alfred R. Ferguson 276
ファラデイ Maicael Faraday 240, 255, 275
フィオラヴァンティ Leonardo Fioravanti 200, 202
フィリップ二世 Philip II 202
『フィロソフィカル・トランザクションズ』 *Philosophical Transactions* 216, 275
プーヴィー Mary Poovey 205

フーコー Michel Foucault 18
フォザキル John Fothergill 173, 217
プトレマイオス Klaudios Ptolemaios 125, 241
ブラーエ Tycho Brahe 241
ブラウン、ウェイン Wayne Brown 225
ブラウン、チャールズ・ブロックデン Charles Brockden Brown 176
ブラッドフォード William Bradford 22
フランクリン、ウェイン Wayne Franklin 214
フランクリン、ベンジャミン Benjamin Franklin 22, 41, 46-48, 85, 137, 178, 216, 272
ブランシャール、ジャン・ピエール Jean Pierre Blanchard 137, 139
ブランシャール、マリー＝マドレーヌ＝ソフィー・アルマン Marie-Madeleine-Sophie Armant Blanchard 139
ブリッジウォーター Francis Henry Bridgewater 234
ブリンガム David R. Bringham 182
プリンリモン Plotinus Plinlimon 115, 117, 122, 126-32
ブルースター David Brewster 104-5, 108, 234, 235, 244, 250, 277
『ウォルター・スコット卿にあてた自然魔術に関する書簡集』 *Letters on Natural Magic, Addressed to Sir Walter Scott, Bart.* 234, 244, 277
フルトン Robert Fulton 50, 68, 70, 83, 96
ブルネルスキ Fillippo Brunelleschi 20
プレイフェア John Playfair 244
『フレイザーズ・マガジン』 *Fraser's Magazine* 216
プレスリー Elvis Presley 8
プレスト John Prest 275
フンボルト Alexander von Humboldt 213, 234, 247-48, 278
『コスモス』 Cosmos 234, 247-48

ヘイバー F. C. Haber 61
ペイリー William Paley 170, 236, 246
『自然神学』 *Natural Theology* 170, 236, 246
ベイリー James A(nthony) Bailey 186-87
ベイン Alexander Bain 96
ペイン Thomas Paine 42
ベーコン、フランシス Francis Bacon 15, 35, 128-31, 160-61, 204, 238, 267
ベーコン、ロジャー Rodger Bacon 275
ヘス、ジョイス Joyce Heth 186-7
ペック William D. Peck 215-6
ヘッジ Fredric Henry Hedge 226
ペッセン Edward Pessen 102
ベディーニ Silvio A. Bedini 33
『ヘラルド』 New York Herald 181
ベンジック Carol Mary Bensick 195
ヘンソン William Samuel Henson 158
ベントン Richard P. Benton 231
ヘンリー Joseph Henry 186

ホイットニー Eli Whitney 68
ホイットマン Walt Whitman 177
ホイヘンス Christiaan Huygens 37, 61, 129
ポウ Edgar Allan Poe 25, 49, 57, 90, 94, 99, 101-3, 105, 110-11, 112, 114, 134-35, 145, 148, 150, 155-56, 160-61, 177, 186, 274, 231-32, 235, 243, 248, 250, 256-57, 268, 277
『アーサー・ゴードン・ピムの物語』 *The Narrative of Arthur Gordon Pym of Nantucket* 114,134
「アッシャー家の崩壊」 "The Fall of the House of Usher" 114
「ある苦境」 "A Predicament" 49
「ヴォルドマール氏の病状の真相」 "The Facts in the Case of M. Valdemar" 102
「陥穽と振り子」 "The Pit and the Pendulum" 49
「気球ペテン」 "The Balloon Hoax" 102, 134-35, 145, 148, 155-56, 158-59, 161
『グロテスクとアラベスクの物語』 *Tales*

of Grotesque and Arabesque 243
「黒猫」 "The Black Cat" 114
「催眠術の啓示」 "Mesmeric Revelation" 102
「シェヘラザーデーの千二夜の物語」 "The Thousand-and-Second Tale of Scheherazade" 134
「使い切った男」 "The Man Who Was Used Up" 134, 145
「告げ口心臓」 "The Tell-Tale Heart" 49
「ディドリング」 "Diddling Considered as One of the Exact Sciences" 102
「飛び蛙」 "Hop-Frog or the Eight Chained Orang-Outangs" 274
「ハンス・プファールの比類なき冒険」 "The Unparalleled Adventures of One Hans Pfaall" 102, 134-35, 145, 148, 150, 152, 154-55, 159-61, 243
「不条理の天使」 "The Angel of the Odd" 134, 139
「メルツェルのチェス・プレイヤー」 "Maelzel's Chess Player" 90-91, 94-97, 99, 102-4, 106-11, 186 , 235, 254, 271, 277
「メロンタ・タウタ」 "Mellonta Tauta" 134-35, 145, 148, 159-61, 232-34
「モルグ街の殺人」 "The Murders in the Rue Morgue" 274
『ユリイカ』 *Eureka* 25, 114,160, 231-33, 237-40, 248-50, 253-54, 263, 277
ホーソン Nathaniel Hawthorne 48, 57, 77-79, 85-86, 90, 112, 114, 177, 182, 191, 194, 212, 270
「痣」 "The Birth-mark" 78
「ヴァーチュオーソの蒐集品」 "A Virtuoso's Collection" 78, 182
「旧牧師館」 "The Old Manse" 78
『七破風の屋敷』 *The House of Seven Gables* 86, 114
「天国鉄道」 "The Celestial Railroad" 86, 114
「美のアーティスト」 "The Artist of the Beautiful" 57, 78-80, 84, 87, 90
『緋文字』 *The Scarlet Letter* 78
「フェザートップ」 "Feathertop" 78
『旧い牧師館の苔』 *Mosses from an Old Manse* 78
「僕の親戚、モリヌー少佐」 "My Kinsman, Major Molineux" 48, 85
「ラパチーニの娘」 "Rappaccini's Daughter" 79, 191, 194, 195, 200, 212
ポーター、シャーロット・M Charlotte M. Porter 177
ポーター、ルーファス Rufus Porter 159
細川頼信 269
ボナパルト、チャールズ・ルシアン 177, 216
『アメリカ鳥類学』 *American Ornithology* 178, 216
ボナパルト、ナポレオン Napoléon Bonaparte 106, 242, 258
ホランド Robert Holland 155
ホルブルック Josiah Holbrook 182
ホワイト Gilbert White 216
ボンプラン Aimé Jaques Alexandre Bonpland 213

マークス Leo Marx 29-31,51-52,58,71,88, 113, 269
『庭園のなかの機械』 *The Machine in the Garden* 29-30, 71, 88
マーティン Ronald E. Martin 276
マイヤー Otto Mayer 61
マスケリン Nevil Maskelyne 116
マボット Thomas Ollive Mabbott 155, 270
マムフォード Lewis Mumford 59
マルボワ François Marbois 40, 176

村上陽一郎 24, 38

メイソン Monck Mason 155-56, 158
メイヤルデ Maillardet 54, 235
メルヴィル Herman Melville 57-58, 76, 80,

85, 90, 102, 112, 115, 133, 177, 191, 269
『詐欺師』 *The Confidence-Man* 102
「鐘楼」 "The Bell-Tower" 58, 63, 71, 76-77, 80, 85, 90, 191
『白鯨』 *Moby-Dick or the Whale* 125, 132, 168
『ピエール』 *Pierre* 112, 115, 122, 127, 133
「避雷針売り」 "The Lightening-Rod Man" 102
メルツェル Johann Nepomuk Maerzel 90-91, 93, 95-97, 99, 103-10, 186-87, 271

モウ John Mawe 216
モース Samuel Morse 255
モーリス Klaus Maurice 61
モンゴルフィエ兄弟 Joseph & Étienne Mongolfier 136
モンロー Marilyn Monroe 8

八木敏雄 268
ヤング Thomas Young 258

ラードナー Dionysius Lardner 181, 216
『キャビネット・サイクロペディア』 *Cabinet Cyclopedia* 181, 216
ライエル Charles Lyell 167, 170-71, 216, 244, 247, 267
『地質学の原理』 *Principles of Geology* 167, 216, 244, 247, 267-68
ラヴォアジエ Antoine-Laurent de Lavoisier 137
ラヴジョイ Arthur O. Lovejoy 168, 192, 224
ラプラス Pierre-Simon Laplace 233, 242-43, 246, 249, 277
ラ・メトリ Julien Offray de La Mettrie 66

リッテンハウス David Rittenhouse 41, 278
リデル Joseph N. Riddel 232
リモン John Limon 194
リンド Jenny Lind 187, 274
リンネ Carolus Linnaeus [Carl von Linné] 173, 276

ルーケンス Isiah Lukens 83
ルーバー Steven Lubar 50

レイビー Peter Rayby 214
レッドヘファー Charles Redheffer 83
レナール師 Abbé Guillaume Thomas François Raynal 41

ローゼンハイム Shawn James Rosenheim 255-56
ロック、ジョン John Locke 160
ロック、リチャード・アダムズ Richard Adams Locke 148, 150, 156, 243
『喜望峰にて近年ジョン・ハーシェル卿によってなされた偉大な天文学上の発見』 *Great Astronomical Discoveries Lately Made by Sir John Herschel, L.L.D. F.R.S. & c. at the Cape of Good Hope*／「月ペテン」 "The Moon Hoax" 148, 156, 243, 272
ロス Sydney Ross 268
ロビンソン David M. Robinson 223-34
ロベール兄弟 Jean & Noël Robert 137
ロベルトソン Étienne Robertson 145

ワイズ John Wise 139
ワシントン George Washington 41, 178, 186-87
ワット James Watt 40, 50

参考文献

I　共通項目

1. 西欧知識史・テクノロジー史

Boorstin, Daniel J. *The Discoverers: A History of Man's Search to Know His World and Himself.* New York: Vintage, 1985.

Bud, Robert and Deborah Jean Warner eds. *Instruments of Science: An Historical Encyclopedia.* London: Garland, 1998.

Burke, James. *Connections.* London: Macmillan, 1978.

——. *The Day the Universe Changed.* Revised Ed. Boston: Little, Brown and Company, 1995.

Clark, William, Jan Golinski and Simon Schaffer eds. *The Sciences in Enlightened Europe.* Chicago: U of Chicago P, 1999.

Crary, Jonathan. *Techniques of the Observer: On Vision and Modernity in the Nineteenth Century.* Cambridge: MIT, 1990.

Crosby, Alfred W. *The Measure of Reality: Quantification and Western Society, 1250-1600.* Cambridge: Cambridge UP, 1997.

Daston, Lorraine and Katherine Park. *Wonders and the Order of Nature 1150-1750.* New York: Zone Books, 1998.

Dear, Peter. *Discipline & Experience: The Mathematical Way in the Scientific Revolution.* Chicago: U of Chicago P, 1995.

Eamon, William. *Science and the Secrets of Nature: Books of Secrets in Medieval and Early Modern Culture.* Princeton: Princeton UP, 1994.

Foucault, Michel. *The Order of Things: An Archaeology of the Human Sciences.* 1966; New York: Vintage, 1994.

Fox, Christoper, Roy Porter and Robert Wokler eds. *Inventing Human Sciences: Eighteenth-Century Domains.* Berkeley: U of California P, 1995.

Gies, Frances and Joseph Gies. *Cathedral, Forge, and Waterwheel: Technology and Invention in the Middle Ages.* New York: Harper Collins, 1994.

Grafton, Anthony. *Defenders of the Text: The Traditions of Scholarship in an Age of Science, 1450-1800.* Cambridge: Harvard UP, 1991.

Hankins, Thomas L. *Science and the Enlightenment.* Cambridge: Cambridge UP, 1985.

Hankins, Thomas L. and Robert J. Silverman. *Instruments and the Imagination.* Princeton: Princeton UP, 1995.

Johns, Adrian. *The Nature of the Book: Print and Knowledge in the Making.* Chicago: U of Chicago P, 1998.

Knight, David. *The Age of Science: The Scientific World-View in the Nineteenth Century.* Oxford: Blackwell, 1986.

——. *Natural Science Books in English 1600-1900.* London: Portman, 1989.

Kuhn, Thomas S. *The Essential Tension: Selected Studies in Scientific Tradition and Change.* Chicago: U of Chicago P, 1977.

——. *The Structure of Scientific Revolutions.* 2nd ed. Chicago: U of Chicago P, 1970.

Laidler, Keith J. *To Light Such a Candle: Chapters in the History of Science and Technology.* Oxford: Oxford UP, 1998.

Lawrence, Christopher and Steven Shapin. *Science Incarnate: Historical Embodiments of Natural Knowledge.* Chicago: U of Chicago P, 1998.

Lurie, Edward. "An Interpretation of Science in the Nineteenth Century: A Study in History and Historiography." *Journal of World History* 8 (1965): 681-706.

Mokyr, Joel. *The Lever of Riches: Technological Creativity and Economic Progress.* Oxford: Oxford UP, 1990.

Mumford, Lewis. *Technics and Civilization.* London: Routledge & Kegan Paul, 1934.

Noble, David F. *The Religion of Technology: The Divinity of Man and the Spirit of Invention.* New York: Knopf, 1997.

——. *A World Without Women: The Christian Clerical Culture of Western Science.* New York: Knopf, 1992.

Outram, Dorinda. *The Enlightenment.* Cambridge: Cambridge UP, 1995.

Poovey, Mary. *A History of the Modern Fact: Problems of Knowledge in the Sciences of Wealth and Society.* Chicago: U of Chicago P, 1998.

Ross, Sydney. "'Scientist': The Story of a Word." *Annals of Science* 18 (1969): 65-86.

Schofield, Robert E. *Mechanism and Materialism: British Natural Philosophy in an Age of Reason.* Princeton: Princeton UP, 1970.

Shapin, Steven. *The Scientific Revolution.* Chicago: U of Chicago P, 1996.

——. *A Social History of Truth: Civility and Science in Seventeenth-Century England.* Chicago: U of Chicago P, 1994.

Smith, Merritt Roe and Leo Marx eds. *Does Technology Drive History?: The Dilemma of*

Technological Determinism. Cambridge: MIT, 1994.
Turner, Gerald L'E. *Nineteenth-Century Scientific Instruments*. Berkeley: U of California P, 1983.
Whewell, William. *The Philosophy of the Inductive Sciences Founded Upon Their History*. 2nd ed. 1847. New York: Johnson Reprint Corporation, 1967.
村上陽一郎『文明のなかの科学』青土社、1994年。
山本義隆『磁力と重力の発見』3巻　みすず書房、2003年。

2. アメリカ知識史・テクノロジー

Bedini, Silvio A. *Thinkers and Tinkers: Early American Men of Science*. New York: Charles Scribner's Sons, 1975.
Bigelow, Jacob. *Elements of Technology, Taken Chiefly from a Course of Lectures Delivered at Cambridge, on the Application of the Sciences to the Useful Arts. Now Published for the Use of Seminars and Students*. Boston: Willard, Gray, Little and Wilkins, 1829.
——. *The Useful Arts, Considered in Connexion with the Applications of Science. With Numerous Engravings: The School Library Published under the Sanction of the Board of Education of the State of Massachusetts*. Boston: Marsh, Capen, Lyon, and Webb, 1840; Cambridge: Cambridge UP, 1997.
Billington, David P. *The Innovators: The Engineering Pioneers Who Made America Modern*. New York: John Wiley & Sons, 1996.
Bozeman, Theodore Dwight. *Protestants in an Age of Science: The Baconian Ideal and Antebellum American Religious Thought*. Chapel Hill: U of North Carolina P, 1977.
Bruce, Robert V. *The Launching of Modern American Science 1846-1876*. Ithaca: Cornell UP, 1987.
Church, R. A. "Nineteenth-Century Clock Technology in Britain, the United States, and Switzerland." *Economic History Review* 33 (1975): 616-30.
Cohen, I. Bernard. *Benjamin Franklin's Science*. Cambridge: Harvard UP, 1990.
——. *Science and the Founding Fathers: Science in the Political Thought of Thomas Jefferson, Benjamin Franklin, John Adams and James Madison*. New York: Norton, 1995.
Conser, Walter H. Jr. *God and the Natural World: Religion and Antebellum America*. Columbia: U of South Carolina P, 1993.
Cross, Gary and Rick Szostak. *Technology and American Society: A History*. Englewood

Cliffs: Prentice Hall, 1995.

Daniels, George H. *American Science in the Age of Jackson*. Tuscaloosa: U of Alabama P, 1968; 1994.

——. "The Process of Professionalization in American Science: The Emergent Period, 1820-1860." *Isis* 58 (1967): 151-66.

——. ed. *Nineteenth-Century American Science: A Reappraisal*. Evanston: Northwestern UP, 1972.

Franklin, Benjamin. *Autobiography of Benjamin Franklin*. Harmondsworth: Penguin, 1986.

Furguson, Eugene S. "History and Historiography." *Yankee Enterprise: The Rise of the American System of Manufactures*. Eds. Otto Mayr and Robert C. Post. Washington, D. C.: Smithsonian, 1981.

Greene, John C. *American Science in the Age of Jefferson*. Ames: Iowa State UP, 1984.

Habakkuk, H. J. *American and British Technology in the Nineteenth Century: The Search For Labour-Saving Inventions*. Cambridge: Cambridge UP, 1962.

Hindle, Brooke and Steven Lubar. *Engines of Change: The American Industrial Revolution, 1790-1860*. Washington, D. C.: Smithsonian, 1986.

Hindle, Brooke. *The Pursuit of Science in Revolutionary America 1735-1789*. Chapel Hill: U of North Carolina P, 1956.

Hoke, Donald R. *Ingenious Yankees: The Rise of the American System of Manufactures in the Private Sector*. New York: Columbia UP, 1990.

Homberger, Eric. *The Penguin Historical Atlas of North America*. Harmondsworth: Penguin, 1995.

Kasson, John F. *Civilizing the Machine: Technology and Republican Virtues in America 1776-1900*. Harmondsworth: Penguin, 1976.

Laurie, Bruce. *Artisans into Workers: Labor in Nineteenth-Century America*. Urbana: U of Chicago P, 1997.

Leventhal, Herbert. *In the Shadow of the Enlightenment: Occultism and Renaissance Science in Eighteenth-Century America*. New York: New York UP, 1976.

Licht, Walter. *Industrializing America: The Nineteenth Century*. Baltimore: Johns Hopkins UP, 1995.

Mayr, Otto and Robert C. Post eds. *Yankee Enterprise: The Rise of the American System of Manufactures*. Washington, D. C.: Smithsonian, 1981.

Murphy, John Joseph. "Entrepreneurship in the Establishment of the American Clock

Industry." *Journal of Economic History* 26 (1966): 169-86.

Nye, David E. *American Technological Sublime*. Cambridge: MIT, 1994.

Pacey, Arnold. *The Maze of Ingenuity: Ideas and Idealism in the Development of Technology*. New York: Holmes and Meir, 1975.

Reingold, Nathan. *Science, American Style*. New Brunswick: Rutgers UP, 1991.

Rorabaugh, W. J. *The Craft Apprentice: From Franklin to the Machine Age in America*. New York: Oxford UP, 1986.

Rosenbloom, Richard S. "Some 19th-Century Analyses of Mechanization." *Technology and Culture* 5 (1964): 489-511.

Segal, Howard P. *Future Imperfect: The Mixed Blessings of Technology in America*. Amherst: U of Massachusetts P, 1994.

Sinclair, Bruce. *Philadelphia's Philosopher Mechanics: A History of the Franklin Institute, 1824-1865*. Baltimore: Johns Hopkins UP, 1974.

Siracusa, Carl. *A Mechanical People: Perceptions of the Industrial order in Massachusetts 1815-1880*. Middletown: Wesleyan UP, 1979.

Smith, Merritt Roe. "Eli Whitney and the American System of Manufacturing." *Technology in America: A History of Individuals and Ideas*. 2nd ed. Ed. Carroll W. Pursell, Jr. Cambridge: MIT, 1990.

Stearns, Raymond Phines. *Science in the British Colonies of America*. Urbana: U of Illinois P, 1970.

Stover, John F. *American Railroads*. 2nd ed. Chicago: U of Chicago P, 1997.

Strasmann, W. Paul. *Risk and Technological Innovation: American Manufacturing Methods during the Nineteenth Century*. Ithaca: Cornell UP, 1959.

Struik, Dirk J. *Yankee Science in the Making: Science and Engineering in New England from Colonial Times to the Civil War*. New York: Dover, 1948; 1991.

Thompson, E. P. "Time, Work Discipline, and Industrial Capitalism." *Past and Present* 38 (1967): 56-97.

Wrobel, Arthur, ed. *Pseudo-Science in Nineteenth-Century America*. Lexington: UP of Kentucky, 1987.

3.「文学」と「科学」

Cunningham, Andrew and Nicholas Jardine eds. *Romanticism and the Sciences*. Cambridge: Cambridge UP, 1990.

Jones, E. Michael. *The Angel and the Machine: The Rational Psychology of Nathaniel*

Hawthorne. Peru: Sherwood Sudgen, 1991.

Limon, John. *The Place of Fiction in the Time of Science: A Disciplinary History of American Writing*. Cambridge: Cambridge UP, 1990.

Martin, Ronald E. *American Literature and the Universe of Force*. Durham: Duke UP, 1981.

Marx, Leo. *The Machine in the Garden: Technology and the Pastoral Ideal in America*. London: Oxford UP, 1964.

Stoehr, Taylor. *Hawthorne's Mad Scientists: Pseudoscience and Social Science in Nineteenth-Century Life and Letters*. Hamden: Archon, 1978.

Tichi, Cecelia. *New World, New Earth: Environmental Reform in American Literature from the Puritans through Whitman*. New Haven: Yale UP, 1979.

4. 自然誌

Bondeson, Jan. *The Feejee Mermaid and Other Essays in Natural and Unnatural History*. Ithaca: Cornell P, 1999.

Chambers, Robert. *Vestiges of the Natural History of Creation and Other Evolutionary Writings*. Ed. and Intro. James A. Secord. Chicago: U of Chicago P, 1994.

Conner, Frederick William. *Cosmic Optimism: A Study of the Interpretation of Evolution by American Poets from Emerson to Robinson*. Gainesville: U of Florida P, 1949.

Cunningham, Andrew. "The Culture of Gardens." *Cultures of Natural History*. Eds. N. Jardine, J. A. Secord and E. C. Spary. Cambridge: Cambridge UP, 1996.

Eichner, Hans. "The Rise of Modern Science and the Genesis of Romanticism." *PMLA* (1982): 8-30.

Farber, Paul. "The Transformation of Natural History in the Nineteenth Century." *Journal of the History of Biology* 15 (1982): 145-52.

Franklin, Wayne. *Discoverers, Explorers, Settlers: The Diligent Writers of Early America*. Chicago: U of Chicago P, 1995.

Gould, Steven Jay. *Flamingo's Smile: Reflections in Natural History*. New York: Norton, 1985.

——. *The Mismeasure of Man*. New York: Norton, 1981.

Irmscher, Christoph. *The Poetics of Natural History: From John Bartram to William James*. New Brunswick: Rutgers UP, 1999.

Jardine, N., J. A. Secord and E. C. Spary eds. *Cultures of Natural History*. Cambridge: Cambridge UP, 1996.

Jehlen, Myra. *American Incarnation: The Individual, the Nation, and the Continent.* Cambridge: Harvard UP, 1986.

Lovejoy, Arthur O. *The Great Chain of Being: A Study of the History of an Idea.* 1936; Cambridge: Cambridge UP, 1964.

Porter, Charlotte M. *The Eagle's Nest: Natural History and American Ideas, 1812-1842.* Tuscaloosa: U of Alabama P, 1986.

Prest, John. *The Garden of Eden: The Botanic Garden and the Re-Creation of Paradise.* Yale UP, 1982. 加藤暁子訳『エデンの園――楽園の再現と植物園』八坂書房、1999年。

Secord, James A. *Victorian Sensation: The Extraordinary Publication, Reception, and Secret Authorship of* Vestiges of the Natural History of Creation. Chicago: U of Chicago P, 2000.

Semonin, Paul. "'Nature's Nation': Natural History as Nationalism in the New Republic." *Northwest Review* 30 (1992): 6-41.

Spary, Emma. "Political, Natural and Bodily Economics." *Cultures of Natural History.* Eds. N. Jardine, J. A. Secord and E. C. Spary. Cambridge: Cambridge UP, 1996.

Van Leer, David. "Nature's Book: the Language of Science in the American Renaissance." *Romanticism and the Sciences.* Eds. Andrew Cunningham and Nicholas Jardine. Cambridge: Cambridge UP, 1990.

Welch, Margaret. *The Book of Nature: Natural History in the United States 1825-1875.* Boston: Northeastern UP, 1998.

西村三郎『文明のなかの博物誌――西欧と日本』（上）（下）紀伊國屋書店、1999年。

http://www.mainichi.co.jp/news/selection/archive/199908/32/083/e032-4001/html（1999年8月31日）

http://abcnews.go.com/sections/science/DailyNews/whale_hippo_990830html（1999年8月30日）

5. 天文学・宇宙観

Brush, Stephen G. *Nebulous Earth: The Origin of the Solar System and the Core of the Earth from Laplace to Jeffreys.* Cambridge: Cambridge UP, 1996.

Collier, Katharine Brownell. *Cosmogonies of Our Fathers: Some Theories of the Seventeenth and the Eighteenth Centuries.* New York: Octagon, 1968.

Corson, David W. *Man's Place in the Universe: Changing Concepts.* Tucson: U of

Arizona, 1977.

Crowe, Michael J. *The Extraterrestrial Life Debate, 1750-1900*. Mineola: Dover, 1986.

Danielson, Dennis Richard ed. *The Book of the Cosmos: Imagining the Universe from Heraclitus to Hawking*. Cambridge: Perseus, 2000.

Filkin, David. *Stephen Hawking's Universe: The Cosmos Explained*. New York: Perseus, 1997.

Gleiser, Marcelo. *The Dancing Universe: From Creation Myths to the Big Bang*. New York: Dutton, 1997.

Greene, John C. "Some Aspects of American Astronomy 1750-1815." *Isis* 45 (1954): 339-58.

Harrison, Edward. *Darkness at Night: A Riddle of the Universe*. Cambridge: Harvard UP, 1987.

——. *Cosmology: The Science of the Universe*, 2nd ed. Cambridge: Cambridge UP, 2000.

Hawking, Stephen. *The Illustrated A Brief History of Time*. New York: Bantam, 1996.

Hetherington, Norriss S. ed. *Cosmology: Historical, Literary, Philosophical, Religious, and Scientific Perspectives*. New York: Carland, 1993.

Jaki, Stanley L. *Planets and Planetarians: A History of Theories of the Origin of Planetary Systems*. New York: John Wiley & Sons, 1978.

Kolb, Rocky. *Blind Watchers of the Sky: The People and Ideas that Shaped Our View of the Universe*. Reading: Addison-Wesley, 1996.

Lachièze-Rey, Marc and Jen-Pierre Luminet. *Celestial Treasury: From the Music of the Spheres to the Conquest of Space*. Cambridge: Cambridge UP, 2001.

Munitz, Milton K. ed. *Theories of the Universe: From Babylonian Myth to Modern Science*. New York: Free Press, 1957.

North, John. *The Measure of the Universe: A History of Modern Cosmology*. Oxford: Clarendon, 1965.

——. *The Norton History of Astronomy and Cosmology*. New York: Norton, 1995.

Odom, Herbert H. "The Estrangement of Celestial Mechanics and Religion." *Journal of the History of Ideas* 27 (1966): 533-48.

Osserman, Robert. *Poetry of the Universe*. New York: Doubleday, 1995.

Sagan, Carl. *Cosmos*. New York: Ballantine, 1980.

Singer, S. Fred ed. *The Universe and Its Origins: From Ancient Myth to Present Reality and Fantasy*. New York: Paragon House, 1990.

Stephenson, Bruce, Marvin Bolt and Anna Felicity Friedman. *The Universe Unveiled:*

Instruments and Images through History. Cambridge: Cambridge UP, 2000.
Toulmin, Stephen and June Goodfield. *The Fabric of the Heavens: The Development of Astronomy and Dynamics*. Chicago: U of Chicago P, 1961.
Verdet, Jean-Pierre. *The Sky: Mystery, Magic, and Myth*. Trans. Anthony Zielonka. 1987; New York: Harry N. Abrams, 1992.

II　個別項目

1. 時計

Barnett, Jo Ellen. *Time's Pendulum: The Quest to Capture Time—From Sundials to Atomic Clocks*. New York: Plenum Trade, 1998.
Cipolla, Carlo M. *Clocks and Culture 1300-1700*. New York: Walker, 1967.
Dohrn-van Rossum, Gerhard. *History of the Hour: Clocks and Modern Temporal Orders*. Trans. Thomas Dunlap. Chicago: U of Chicago P, 1996.
Faber, F. C. "The Cathedral Clock and the Cosmological Clock Metaphor." *The Study of Time II*. Eds. J. T. Fraser and N. Lawrence. New York: Springer-Verlag, 1975.
Landes, David S. *Revolution in Time: Clocks and the Making of the Modern World*. Cambridge: Harvard UP, 1983.
Macey, Samuel L. *Clocks and the Cosmos: Time in Western Life and Thought*. Hamden: Archon, 1980.
O'Malley, Michael. *Keeping Watch: A History of American Time*. Washington, D. C.: Smithsonian, 1990.
Whitrow, G. J. *Time in History: Views of Time from Prehistory to the Present Day*. Oxford: Oxford UP, 1988.
『エピステーメー』1976年2月号。朝日出版社。

2. からくり人形・機械論

Anderson, Allan Ross. "Introduction." *Minds and Machines*. Ed. Allan Ross Anderson. Englewood Cliffs: Prentice-Hall, 1964.
Asimov, Isaac and Karen A. Frankel. *Robots: Machines in Man's Image*. New York: Harmony, 1985.
Bedini, Silvio A. "The Role of Automata in the History of Technology." *Technology and Culture* 5 (1964): 24-42.
Campbell, Blair. "La Mettrie: The Robot and the Automaton." *Journal of the History of Ideas* 31 (1970): 555-72.

Channell, David F. *The Vital Machine: A Study of Technology and Organic Life*. New York: Oxford UP, 1991.

Cohen, John. *Human Robots in Myths and Science*. South Brunswick: Barne, 1967.

Eco, Umberto and G. B. Zorzoli, *The Picture History of Inventions: From Plough to Polaris*. Trans. Anthony Lawrence. New York: Macmillan, 1963.

Geduld, Harry M. "Genesis II: The Evolution of Synthetic Man." *Robots, Robots, Robots*. Eds. Harry M. Geduld and Ronald Tottesman. Boston: New York Graphic Society, 1978.

Haber, F. C. "The Cathedral Clock and the Cosmological Clock Metaphor." *The Study of Time II*. Eds. J. T. Fraser and N. Lawrence. New York: Springer-Verlag, 1975.

La Mettrie, Julien Offray de. *Man a Machine and Man a Plant*. Trans. Richard A. Watson and Maya Rybalka. Indianapolis: Hackett, 1994.

Maurice, Klaus and Otto Mayr eds. *The Clockwork Universe: German Clocks and Automata 1550-1650*. Washington D. C.: Smithsonian, 1980.

Mayr, Otto. *Authority, Liberty & Automatic Machinery in Early Modern Europe*. Baltimore: Johns Hopkins UP, 1986.

Price, Derek J. de Solla. "Automata in History: Automata and the Origins of Mechanism and Mechanistic Philosophy." *Technology and Culture* 5 (1964): 9-23.

Reichardt, Jasia. *Robots: Fact, Fiction, and Prediction*. New York: Viking, 1978.

Rosenfield, Leonora Cohen. *From Beast-Machine to Man-Machine: Animal Soul in French Letters from Descartes to La Mettrie*. New York: Octagon, 1968.

Schaffer, Simon. "Enlightened Automata." *The Sciences in Enlightened Europe*. Eds. William Clark, Jan Golinski and Simon Schaffer. Chicago: U of Chicago P, 1999.

Stephenson, Bruce, Marvin Bolt and Anna Felicity Friedman, *The Universe Unveiled: Instruments and Images through History*. Cambridge: Cambridge UP, 2000.

Wood, Gaby. *Edison's Eve: A Magical History of the Quest for Mechanical Life*. New York: Knopf, 2002.

泡坂妻夫『乱れからくり』1977年；日本推理作家協会賞受賞作品全集（33）双葉文庫、1997年。

鈴木一義著、大塚誠治写真『からくり人形』学習研究社、1994年。

竹下節子『からくり人形の夢　人間・機械・近代ヨーロッパ』岩波書店、2001年。

立川昭二『からくり』法政大学出版局、1969年。

立川昭二『甦るからくり』NTT出版、1994年。

中野不二男『「からくり」の話』文藝春秋、1997年。

3. クロノメター・経度の確定

Andrewes, William J. H. ed. *The Quest for Longitude*. Cambridge: Harvard UP, 1996.

Bertele, Hans von. *Marine & Pocket Chronometers: History & Development*. West Chester: Schiffer, 1991.

Gould, Rupert T. "John Harrison and his Timekeepers." *The Mariner's Mirror* 21 (1935): 115-39.

——. *The Marine Chronometer: Its History and Development*. 1923; London: Holland, 1960.

Howse, Derek. *Greenwich Time and the Longitude*. Oxford: Oxford UP, 1980.

Sobel, Dava. *Longitude: The True Story of a Lone Genius Who Solved the Greatest Scientific Problem of His Time*. New York: Penguin, 1995.

Sobel, Dava and William J. H. Andrewes. *The Illustrated Longitude*. New York: Walker, 1998.

Taylor, E. G. R. *The Haven-Finding Art: A History of Navigation from Odysseus to Captain Cook*. New York: Abelard-Schuman, 1957.

——. "A Reward for the Longitude." *The Mariner's Mirror* 45 (1959): 59-66.

Turner, A. J. "France, Britain and the Resolution of the Longitude Problem in the 18th Century." *Vistas in Astronomy* 28 (1985): 315-19.

Williams, J. E. D. *From Sails to Satellites: The Origin and Development of Navigational Science*. Oxford: Oxford UP, 1992.

4. 飛行・気球の歴史

Crouch, Thomas D. *The Eagle Aloft: Two Centuries of the Balloon in America*. Washington, D. C.: Smithsonian, 1983.

Gibbs-Smith, C. H. *Flight Through the Ages: A Complete, Illustrated Chronology from the Dreams of Early History to the Age of Space Exploration*. New York: Crowell, 1974.

Gillispie, Charles Coulston. *The Montgolfier Brothers and the Invention of Aviation 1783-1784*. Princeton: Princeton UP, 1983.

Glaisher, James and Camille Flammarion, W. de Fonvielle and Gaston Tissandier. *Travels in the Air*. London: Richard Bentley & Son, 1871.

Hart, Clive. *The Dream of Flight: Aeronautics from Classical Times to the Renaissance*. New York: Winchester, 1972.

——. *Images of Flight*. Berkeley: U of California P, 1988.

——. *The Prehistory of Flight*. Berkeley: U of California P, 1985.

Hodgson, John Edmund. *The History of Aeronautics in Great Britain from the Earliest Times to the Latter Part of the Nineteenth Century*. London: Oxford UP, 1924.

Marshall, Alfred W. *Flying Machines: Past, Present, and Future: A Popular Account of Flying Machines, Dirigible Balloons and Aeroplanes*. London: Percival Marshall, n. d.

Upson, Ralph H. and Charles de Forest Chandler. *Free and Captive Balloons*. New York: Ronald, 1926.

天沼春樹『飛行船ものがたり』 NTT出版、1995年。

インファンチエフ、B. H.　藤川健治訳編 『気球と飛行船物語』 社会思想社、1977年。

喜多尾道冬『気球の夢——空のユートピア』 朝日新聞社、1996年。

コットレル、レナード　西山浅次郎訳 『気球の歴史』 大陸書房、1977年。

ジャクソン、ドナルド・デール　タイム・ライフ・ブックス編集部編　木村秀政監修　西山浅次郎・大内一夫訳 『初めに気球ありき』 タイム・ライフ、1981年。

篠田皎『気球の歴史』 講談社、1977年。

5. 大衆日刊紙

Crouthamel, James L. *Bennett's* New York Herald *and the Rise of the Popular Press*. Syracuse : Syracuse UP, 1989.

——. "The Newspaper Revolution in New York: 1830-1860." *New York History* 45 (1964): 91-113.

Hudson, Frederick. *Journalism in the United States from 1690 to 1872*. New York: Harper & Row, 1969.

Mott, Frank Luther. *American Journalism: A History: 1690-1960*. 3rd Ed. New York: Macmillan, 1962.

O'Connor, Richard. *The Scandalous Mr. Bennett*. Garden City: Doubleday, 1962.

Schiller, Dan. *Objectivity and the News: The Public and the Rise of Commercial Journalism, 1830-1900*. Philadelphia: U of Pennsylvania P, 1981.

6. 博物館・ライシアム

Bode, Carl. *The American Lyceum: Town Meeting of the Mind*. Carbondale: Southern Illinois UP, 1968.

Bringham, David R. *Public Culture in the Early Republic: Peale's Museum and Its Audience*. Washington, D.C.: Smithsonian, 1995.

Conway, James. *The Smithsonian: 150 Years of Adventure, Discovery, and Wonder.* New York: Knopf, 1995.

Impey, Oliver and Arthur MacGregor. *The Origins of Museums: The Cabinet of Curiosities in Sixteenth- and Seventeenth-Century Europe.* London: Stratus, 2001.

Kohlstedt, Sally Gregory. "Parlors, Primers, and Public Schooling: Education for Science in Nineteenth-Century America." *Isis* 81 (1990): 425-45.

Lenoir, Timothy and Cheryl Lynn Ross. "The Naturalized History Museum." *The Disunity of Science: Boundaries, Contexts and Power.* Eds. Peter Galison and David J. Stump. Stanford: Stanford UP, 1996.

Orosz, Joel J. *Curators and Culture: The Museum Movement in America 1740-1870.* Tuscaloosa: U of Alabama P, 1990.

Outram, Dorinda. "New Spaces in Natural History." *Cultures of Natural History.* Eds. N. Jardine, J. A. Secord and E. C. Spary. Cambridge: Cambridge UP, 1996.

Sellers, Charles Coleman. *Mr. Peale's Museum: Charles Willson Peale and the First Popular Museum of Natural Science and Art.* New York: Norton, 1980.

7. P. T. バーナム

Harris, Neil. *Humbug: The Art of P. T. Barnum.* Boston: Little, Brown and Company, 1973.

Saxon, A. H. *P. T. Barnum: The Legend and the Man.* New York: Columbia UP, 1973.

Wallace, Irvin. *The Fabulous Showman: The Life and Times of P. T. Barnum.* New York: Knopf, 1959.

8. 自然神学

Barrow, John D. and Frank J. Tipler. *The Anthropic Cosmological Principle.* Oxford: Oxford UP, 1986.

Bozeman, Theodore Dwight. *Protestants in an Age of Science: The Baconian Ideal and Antebellum American Thought.* Chapel Hill: U of North Carolina P, 1977.

Brock, W. H. "The Selection of the Authors of the Bridgewater Treatises." *Notes and Records of the Royal Society of London* 21 (1966): 162-79.

Brooke, John Hedley. "Natural Theology and the Plurality of Worlds: Observations on the Brewster-Whewell Debate." *Annals of Science* 34 (1977): 221-86.

——. *Science and Religion: Some Historical Perspectives.* Cambridge: Cambridge UP, 1991.

Cannon, Walter. "The Problem of Miracles in the 1830s." *Victorian Studies* 4 (1960-61): 5-32.

Conser, Walter H., Jr. *God and the Natural World: Religion and Science in Antebellum America.* U of South Carolina P, 1993.

Gundry, D. W. "The Bridgewater Treatises and Their Authors." *History* 31 (1946): 140-52.

Shapin, Steven. "'Nibbling at the Teats of Science': Edinburgh and the Diffusion of Science in the 1830s." *Metropolis and Province Science in British Culture, 1780-1850.* Eds. Ian Inkster and J. B. Morrell. London: Hutchinson, 1983.

Topham, Jonathan. "Science and Popular Education in the 1830s: The Role of the *Bridgewater Treatises*." *British Journal of the History of Science* 25 (1992): 397-430.

——. "Beyond the 'Common Context': The Production and Reading of the *Bridgewater Treatises*." *Isis* 89 (1998): 233-62.

Whewell, William. *Astronomy and General Physics Considered with Reference to Natural Theology.* London, 1833.

9. カント、ラプラス、ウィリアム・ハーシェル、ジョン・ハーシェル

Anon. "Astronomy of Laplace." *American Quarterly Review* (1830): 175-180.

Anon. "Bowditch's Translation of the Mécanique Céleste." *North American Review* (1839): 143-180.

Anon. "The Cosmology of Laplace by Daniel Kirkwood." *Proceedings of the American Philosophical Society* 18 (1879): 324-26.

Cannon, Walter F. "John Herschel and the Idea of Science." *Journal of the History of Ideas* 22 (1961): 215-39.

Gillispie, Charles Coulston. *Pierre-Simon Laplace, 1749-1827: A Life in Exact Science.* Princeton: Princeton UP, 1997.

Hahn, Roger. "Laplace's Religious Views." *Archive international d'histoire des sciences* 8 (1955): 38-40.

——. "Laplace as a Newtonian Scientist: A Paper Delivered at a Seminar on the Newtonian Influence Held at the Clark Library, 8 April, 1967." Los Angeles: U of California P, 1967.

——. "Laplace and the Mechanistic Universe." *God and Nature: Historical Essays on the Encounter between Christianity and Science.* Eds. David C. Lindberg and Ronald L.

Numbers. Berkeley: U of California P, 1986.

Hoskin, Michael A. *William Herschel and the Construction of the Heavens*. London: Oldbourne, 1963.

——. "John Herschel's Cosmology." *Journal for the History of Astronomy* 18 (1987): 1-34.

Jaki, Stanley L. "The Five Forms of Laplace's Cosmogony." *American Journal of Physics* 44 (1976): 4-11.

——. Introduction to *Universal Natural History and Theory of the Heavens* by Immanuel Kant. Trans. Stanley L. Jaki. n. p.: Scottish Academic P, 1981.

Kant, Immanuel. *Kant's Cosmology*. Trans. W. Hastie. Rev. Ed. and Intro. Willy Ley. New York: Greenwood, 1968.

Numbers, Ronald L. *Creation by Natural Law: Laplace's Nebular Hypothesis in American Thought*. Seattle: U of Washington P, 1977.

Schaffer, Simon. "The Great Laboratories of the Universe: William Herschel on Matter Theory and Planetary Life." *Journal for the History of Astronomy* 11 (1980): 81-111.

——. "Herschel in Bedlam: Natural History and Stellar Astronomy." *British Journal for the History of Science* 13 (1980): 221-39.

——. "The Nebular Hypothesis and the Science of Progress." *History, Humanity and Evolution*. Ed. James R. Moore. Cambridge: Cambridge UP, 1989.

——. "Uranus and the Establishment of Herschel's Astronomy." *Journal for the History of Astronomy* 12 (1981): 11-26.

Watkins, Eric. "Kant on Rational Cosmology." *Kant and the Sciences*. Ed. Eric Watkins. Oxford: U of Oxford UP, 2001.

Whitrow, Gerald James. "The Nebular Hypotheses of Kant and Laplace." *Actes* (12th Congrès International d'Histoire de Sciences) (1968): 175-80.

Williams, M. E. W. "Was There Such a Thing as Stellar Astronomy in the Eighteenth Century?" *History of Science* 21 (1983): 369-85.

10. 地質学

Gould, Stephen Jay. *Time's Arrow, Time's Circle: Myth and Metaphor in the Discovery of Geological Time*. Cambridge: Harvard UP, 1987.

Greene, Mott T. *Geology in the Nineteenth Century: Changing Views of a Changing World*. Ithaca: Cornell UP, 1982.

King, Clarence. "Catastrophism and Evolution." *American Naturalist* 11 (1877): 449-79.

Lawrence, Philip. "Heaven and Earth—The Relation of the Nebular Hypothesis to Geology." *Cosmology, History, and Theology*. Eds. Wolfgang Yourgrau and Allen D. Breck. New York: Plenum, 1977.

Lyell, Charles. *Principles of Geology*. Ed. and Intro. James A. Secord. 1830; London: Penguin, 1997.

11. ディック、ニコル

Astore, William J. *Observing God: Thomas Dick, Evangelicalism, and Popular Science in Victorian Britain and America*. Aldershot: Ashgate, 2001.

Brashear, John A. "A Visit to the Home of Dr. Thomas Dick: The Christian Philosopher and Astronomer." *Journal of the Royal Astronomical Society of Canada* 7 (1913): 19-30.

C. [Alex Caswell] "Architecture of the Heavens." *Christian Review* 6 (1841): 595-620.

Collins, Paul. "Walking on the Rings of Saturn." *Banvard's Folly: Thirteen Tales of Renowned Obscurity, Famous Anonymity, and Rotten Luck*. New York: Picador, 2001.

Dick, Thomas. *Christian Philosopher; or, the Connection of Science and Philosophy with Religion*. Philadelphia: Key & Biddle, 1833.

Gavine, David. "Thomas Dick, LL. D., 1774-1857." *Journal of the British Astronomical Association* 84(1974): 345-50.

J. P. N. [John Pringle Nichol] "State of Discovery and Speculation Concerning the Nebulae." *Westminster Review* 25 (1836): 217-27.

Nichol, John Pringle. *Views of the Architecture of the Heavens, in a Series of Letters to a Lady*. 1837; New York: Dayton & Newman, 1842.

P. "The Nebular Hypothesis." *Southern Quarterly Review* 10 (1846): 227-42.

Smith, J. V. "Reason, Revelation and Reform: Thomas Dick of Methven and the 'Improvement of Society by the Diffusion of Knowledge.'" *History of Education* 12 (1983): 255-70.

12. チェインバース

Anon. "The Milky Way: Our Astral System." *Manchester Guardian* (Jan. 22, 1945), 8.

Chambers, Robert. *Vestiges of the Natural History of Creation and Other Evolutionary Writings*. Ed. and Intro. James A. Secord. Chicago: U of Chicago P, 1994.

Hertzman, Rudolph. "Thoughts of a Silent Man, No. 2." *Broadway Journal* 1 (March

1845): 163-64.
J. G. S. [Chambers]. "Motion of Our Solar System." *Manchester Guardian* (Feb. 8, 1845), 5.
Jones, B. H. "Motion of the Solar System." *Manchester Guardian* (Jan. 29, 1845), 8.
Secord, James A. "Behind the Veil: Robert Chambers and *Vestiges*." *History, Humanity and Evolution*. Ed. James R. Moore. Cambridge: Cambridge UP, 1989.
——. *Victorian Sensation: The Extraordinary Publication, Reception, and Secret Authorship of* Vestiges of the Natural History of Creation. Chicago: U of Chicago P, 2000.
Strong, Edward. "*Vestiges of Creation* and Its Reviewers." *New England and Yale Review* 4 (1846): 113-27.
Yeo, Richard. "Science and Intellectual Authority in Mid-Nineteenth Britain: Robert Chambers and *Vestiges of the Natural History of Creation*." *Victorian Studies* 28 (1984): 5-31.

13. フンボルト

Anon. [John Crosse]. "Review of *Kosmos* and *Vestiges of the Natural History of Creation*." *Westminster Review* 44 (Sept. 1845): 76-103.
Codlewska, Anne Marie Claire. "From Enlightenment Vision to Modern Science?: Humboldt's Visual Thinking." *Geography and Enlightenment*. Eds. David N. Livingstone and Charles W. J. Withers. Chicago: U of Chicago P, 1999.
Dettlebach, Michael. "Humboldtian Science." *Cultures of Natural History*. Eds. N. Jardine, J. A. Secord and E. C. Spary. Cambridge: Cambridge UP, 1996.
——. "Global Physics and Aesthetic Empire: Humboldt's Physical Portrait of the Tropics." *Visions of Empire: Voyages, Botany, and Representations of Nature*. Eds. David Miller and Peter Hanns Reill. Cambridge: Cambridge UP, 1996.
Humboldt, Alexander von. *Cosmos: A Sketch of a Physical Description of the Universe*. 2 vols. Trans. E. C. Cotte. 1858; Baltimore: Johns Hopkins UP, 1997.
Nicolson, Malcolm. "Alexander von Humboldt and the Geography of Vegetation." *Romanticism and the Sciences*. Eds. Andrew Cunningham and Nicholas Jardine. Cambridge: Cambridge UP, 1990.

14. 「ユリイカ」機械

Altick, Richard D. *The Shows of London*. Cambridge: Harvard UP, 1978.
Anon [William Makepeace Thackeray]. "The Eureka." *Punch, Or the London Charivari*

9 (1845): 20.

Anon. "Extraordinary Novelty—The Eureka." Advertisements. *Illustrated London News* (June 28, 1845): 414.

Anon. "The Eureka." *Illustrated London News* (July 19, 1845): 45.

Clark, J. "Eureka." *Athenaeum* (5 July, 1845): 669-70.

——. "A Latin Hexameter Machine." *The Living Age* 7 (Nov.1, 1845): 214-15.

Nutall, P. A. "The Eureka." *Athenaeum* (28 June, 1845): 638.

Timbs, John. *Curiosities of London Exhibiting the Most Rare and Remarkable Objects of Interest in the Metropolis with Nearly Sixty Years' Personal Recollections.* London, [1867]: 320.

W. "A Latin Hexameter Machine." *Athenaeum* (21 July, 1845): 621.

15. 象形文字・暗号

Donoughue, Carol. *The Mystery of the Hieroglyphs: The Story of the Rosetta Stone and the Race to Decipher Egyptian Hieroglyphs.* New York: Oxford UP, 1999.

Irwin, John T. *American Hieroglyphics: The Symbol of the Egyptian Hieroglyphics in the American Renaissance.* Baltimore: Johns Hopkins UP, 1980.

Kahn, David. *The Code-Breakers: The Comprehensive History of Secret Communication from Ancient Times to the Internet.* Rev. Ed. New York: Scribner, 1996.

Kippenhahn, Rudolf. *Code Breaking: A History and Exploration.* Woodstock: Overlook, 2000.

Man, John. *Alpha Beta: How 26 Letters Shaped the Western World.* New York: John Wiley, 2000.

Parkinson, Richard. *Cracking Codes: The Rosetta Stone and Decipherment.* Berkeley: U of California P, 1999.

Pope, Maurice. *The Story of Decipherment from Egyptian Hieroglyphs to Maya Script.* Rev. Ed. London: Thames & Hudson, 1999.

Robinson, Andrew. *Lost Languages: The Enigma of the World's Undeciphered Scripts.* New York: McGraw-Hill, 2002.

——. *The Story of Writing: Alphabets, Hieroglyphs & Pictograms.* London: Thames & Hudson, 1995.

Rosenheim, Shawn James. *The Cryptographic Imagination: Secret Writing from Edgar Poe to the Internet.* Baltimore: Johns Hopkins UP, 1997.

Singh, Simon. *The Code Book: The Science of Secrecy from Ancient Egypt to Quantum*

Cryptography. 青木薫訳 『暗号解読――ロゼッタストーンから量子暗号まで』新潮社、2001年。

Sole, Robert and Dominique Valbelle. *The Rosetta Stone: The Story of the Decoding of Hieroglyphics*. New York: Four Walls Eight Windows, 2002.

Wrixon, Fred B. *Codes, Ciphers & Other Cryptic & Clandestine Communication: Making and Breaking Secret Messages from Hieroglyphs to the Internet*. New York: Black Dog & Leventhal, 1998.

III 作品論

1.「鐘楼」

Melville, Herman. *The Piazza Tales*. New York: Modern Library, 1996.

（1）機械文明への批判

Fenton, Charles A. "'The Bell-Tower': Melville and Technology." *American Literature* 23 (1951): 219-32.

Fogle, Richard Harter. *Melville's Shorter Tales*. Norman: U of Oklahoma P, 1960.

Rogin, Michael Rogin. *Subversive Genealogy: The Politics and Art of Herman Melville*. New York: Knopf, 1983.

Vernon, John. "Melville's 'The Bell-Tower." *Studies in Short Fiction* 7 (1970): 24-76.

（2）奴隷反乱の比喩

Donaldson, Scott. "The Dark Truth of *The Piazza Tales*." *PMLA* 85 (1970): 1082-86.

Fisher, Marvin, "Melville's 'Bell-Tower': A Double Thrust." *American Quarterly* 18 (1966): 200-07.

Karcher, Carolyn L. *Shadows over the Promised Land: Slavery, Race, and Violence in Melville's America*. Baton Rouge: Louisiana State UP, 1980.

Riddle, Mary-Madeleine Gina. *Herman Melville's Piazza Tales: A Prophetic Vision*. Goteborg, Sweden: Acta Universitatis Gotnourgensis, 1985.

2.「美のアーティスト」

Hawthorne, Nathaniel. "The Artist of the Beautiful." *Mosses from an Old Manse*. The Centenary Edition X. Columbus: Ohio State UP, 1974.

Washizu, Hiroko. "A Hidden Design: *Mosses from an Old Manse*." *Volume of Blank Pages: A Study of Nathaniel Hawthorne*. Seijo U, 1988.

3.「メルツェルのチェス・プレイヤー」

Anon [Robert Willis]. "An Attempt to Analyse the Automaton Chess Player of M. de Kempelen." *Edinburgh Philosophical Journal* (1821): 393-98.

Anon. "Automaton Chess-Player." *Edinburgh Magazine* (Feb. 1819). Rpt. *The Cabinet of Curiosities, or Wonders of the World Displayed: Forming a Repositor of Whatever is Remarkable in the Regions of Nature and Art, Extraordinary Events, and Eccentric Biography*. New York: Piercy and Reed, 1840.

Anon. "A Chess Humbug." *Harper's Weekly* (Sep 27, 1879), supplement: 779-80.

Anon. "Observation upon the Automaton Chess Player, now exhibiting in this city, by Mr. Maelzel, and upon various Automata and Androides." *Franklin Journal and American Mechanic's Magazine* 3 (1827): 125-32.

Atkinson, George. *Chess and Machine Intuition*. Norwood: Ablex, 1993.

Brewster, David. *Letters on Natural Magic Addressed to Sir Walter Scott*. London: Murray, 1832.

Carroll, Charles Michael. *The Great Chess Automaton*. New York: Dover, 1975.

Evans, Henry Ridgely. *Edgar Allan Poe and Baron von Kempelen's Chess-Playing Automaton*. Kenton: International Brotherhood of Magicians, 1939.

G[eorge] A[llen]. "The History of The Automaton Chess-Player in America." *The Book of the First American Chess Congress*. Ed. Daniel Willard Fiske. New York: Rudd & Carleton, 1859.

Gargano, James A. "The Question of Poe's Narrators." *A Collection of Critical Essays*. Ed. Robert Regan. Englewood Cliffs: Prentice-Hall, 1967.

G[eorge] W[alker]. "Anatomy of the Chess Automation." *Fraser's Magazine for Town and Country* 19 (1839): 717-80.

Harrison, James A. Notes to Edgar Allan Poe's "The Unparalleled Adventures of One Hans Pfaall." *The Complete Works of Edgar Allan Poe*. Virginia Edition I. Ed. James A. Harrison. New York: AMS, 1965.

Irwin, John T. "Handedness and the Self: Poe's Chess Player." *Arizona Quarterly* 45 (1989): 1-28.

Johnson, Barbara. "The Frame of Reference: Poe, Lacan, Derrida." *Yale French Studies* 55-56 (1977): 457-505.

Ketterer, David. *The Rationale of Deception in Poe*. Baton Rouge: Louisiana State UP, 1979.

Levitt, Gerald M. *The Turk, Chess Automaton*. Jefferson: McFarland & Company, 2000.

Lindberg, Gary. *The Confidence Man in American Literature.* New York: Oxford UP, 1982.

Lock, Richard Adams. *The Moon Hoax: Or, Discovery That The Moon Has A Vast Population of Human Beings.* 1856; Boston: Gregg, 1975.

Mabbott, Thomas Ollive. Introduction to Edgar Allan Poe's "The Balloon Hoax." *Collected Works of Edgar Allan Poe.* Vol. III. Ed. Thomas Ollive Mabbott. Cambridge: Harvard UP, 1978.

——. Introduction to Edgar Allan Poe's "The Conversation of Eiros and Charmaion." *Collected Works of Edgar Allan Poe*, vol. II. Ed. Thomas Ollive Mabbott. Cambridge: Harvard UP, 1978.

Pessen, Edward. *Jacksonian America: Society, Personality, and Politics*, 2nd Ed. Urbana: U of Illinois P, 1985.

Poe, Edgar Allan. "Maelzel's Chess-Player." *The Complete Works of Edgar Allan Poe.* Virginia Edition XIV. Ed. James A. Harrison. New York: AMS, 1965.

Power, Patrick. "The Automaton Chess-Player." *Chamber's Journal* 654 (1823): 433-36.

Stein, Gordon. *Encyclopedia of Hoaxes.* Detroit: Gale Research, 1993.

Standage, Tom. *The Turk: The Life and Times of the Famous Eighteenth-Century Chess-Playing Machine.* New York: Walker, 2002.

Tomlinson, Charles. "The Automaton Chess-Player." *Saturday Magazine* 13-17 (July 13, July 17, August 14, August 28 & Sep 18, 1941): 4-5, 21-22, 60-61, 75-77 & 110-12.

Wimsatt, W. K., Jr. "Poe and the Chess Automaton." *American Literature* 11 (1939-40): 138-51.

Wilcock, Robert. *Maelzel's Chess Player: Sigmund Freud and the Rhetoric of Deceit.* Lanham: Rowan and Littlefield, 1994.

Wittenberg, Ernest. "'*Echec!*': the Bizarre Career of 'The Turk.'" *American Heritage* 11 (1960): 33-37 & 82-85.

江戸川乱歩『幻影城』(1954年;双葉社、1995年)。

4.「クロノメトリカルズとホロロジカルズ」

Melville, Herman. *Pierre or The Ambiguities.* Eds. Harrison Hayford, Hershel Parker and G. Thomas Tanselle. Evanston: Northwestern UP, 1971.

(1) 神の時間帯人間の時間の対比(代表例)

Bercovitch, Sacvan. *The American Jeremiad.* Madison: U of Wisconsin P, 1978.

(2) ピエールの理想と現実の対比

①プリンリモンのことばを素直に解釈した場合
Higgins, Brian and Hershel Parker. "The Flawed Grandeur of Melville's *Pierre*." *New Perspectives on Melville*. Ed. Faith Pullin. Edinburgh: Edinburgh UP, 1978.
Krieger, Murray. *The Tragic Vision: Variations on a Theme in Literary Interpretation*. New York: Holt, Rinehart & Winston, 1960.
Moore, Richard S. *That Cunning Alphabet: Melville's Aesthetics of Nature*. Amsterdam: Rodopi, 1984.
Mumford, Lewis. *Herman Melville*. New York: Harcourt, Brace and Company, 1929.
Radloff, Berhard. *Cosmopolis and Truth: Melville's Critique of Modernity*. New York: Lang, 1996.
Watkins, Floyd C. "Melville's Plotinus Plinlimmon and Pierre." *Reality and Myth: Essays in American Literature in Memory of Richard Croom Beatty*. Eds. William E. Walker and Robert L. Welker. Nashville: Vanderbilt UP, 1964.
②プリンリモンのことばをアイロニカルに解釈した場合
Higgins, Brian. "Plinlimmon and the Pamphlet Again." *Studies in the Novel* 4 (1972): 27-38.
Milder, Robert. "Melville's 'Intentions' in *Pierre*." *Studies in the Novel* 6 (1974): 186-99.
Murray, Henry A. Introduction to *Pierre*. New York: Hendricks House, 1949.
Sten, Christopher. *The Weaver-God, He Weaves: Melville and the Poetics of the Novel*. Kent: Kent State UP, 1996.
Thompson, Lawrence. *Melville's Quarrel with God*. Princeton: Princeton UP, 1952.
Williams, John B. *White Fire: The Influence of Emerson on Melville*. Long Beach: California State U, 1991.

5.「ハンス・プファールの比類なき冒険」「気球ペテン」「メロンタ・タウタ」
Locke, Richard Adams. *The Moon Hoax: Or, A Discovery That The Moon Has A Vast Population of Human Beings*. 1856; Boston: Gregg, 1975.
Poe, Edgar Allan. *The Complete Works of Edgar Allan Poe*. 17 vols. Ed. James A. Harrison. 1902; New York: AMS, 1965.
——. *Collected Works of Edgar Allan Poe*. 3 vols. Ed. Thomas Mabbott. Cambridge: Harvard UP, 1978.
Williams, William Carlos. *In the American Grain*. New York: New Directions, 1956.
(1) 雑誌編集者ポウと詐欺事件や法螺話の素材としての気球
Alterton, Margaret. *Origins of Poe's Critical Theory*. New York: Russell & Russell, 1965.

Bailey, J. O. "Sources for Poe's *Arthur Gordon Pym*, 'Hans Pfaal,' and other pieces." *PMLA* 57 (1942): 513-35.

Brigham, Clarence S. *Poe's "Balloon Hoax."* Metuchen: American Book Collector, 1932.

Falk, Doris V. "Thomas Low Nichols, Poe, and the 'Balloon Hoax.'" *Poe Newsletter* 5 (1972): 48.

Ketterer, David. *The Rationale of Deception in Poe*. Baton Rouge: Louisiana State UP, 1979.

[Norris, Walter B.]. "Poe's Balloon Hoax." *The Nation* (Oct 27, 1910): 389-90.

Posey, Meredith Nelly. "Notes on Poe's *Hans Pfaall*." *Modern Language Notes* 45 (1930): 501-07.

Reiss, Edward. "The Comic Setting of 'Hans Pfaall.'" *American Literature* 29 (1957): 306-09.

Reynolds, David S. *Beneath the American Renaissance: The Subversive Imagination in the Age of Emerson and Melville*. Cambridge: Harvard UP, 1988.

Scudder, Harold H. "Poe's 'Balloon Hoax.'" *American Literature* 21 (1949-50): 179-90.

Weissbuch, Ted N. "Edgar Allan Poe: Hoaxer in the American Tradition." *New York Historical Society Quarterly* 45 (1961): 291-309.

Wilkinson, Ronald Sterne. "Poe's 'Balloon Hoax' Once More." *American Literature* 32 (1960): 313-17.

——. "Poe's 'Hans Pfaall' Reconsidered.'" *Notes and Queries* 13 (1966): 333-37.

Wimsatt, W. K. Jr. "A Further Note on Poe's 'Balloon Hoax.'" *American Literature* 22 (1951): 491-92.

(2) 気球を借りた皮肉や当てこすり

Auerbach, Jonathan. "Poe's Other Double: The Reader in the Fiction." *Criticism* 24 (1982): 341-61.

Greer, H. Allen. "Poe's 'Hans Pfaall' and the Political Scene." *ESQ* 60 (1970): 67-73.

Ketterer, David. "Poe's Usage of the Hoax and the Unity of 'Hans Pfaal.'" *Criticism* 13 (1971): 377-85.

Pollin, Burton R. "Politics and History in Poe's 'Mellonta Tauta': Two Allusions Explained." *Studies in Short Fiction* (1971): 627-31.

Scherman, Timothy H. "The Authority Effect: Poe and the Politics of Reputation in the Pre-Industry of American Publishing." *Arizona Quarterly* 49 (1993): 1-19.

Whalen, Terence. *Edgar Allan Poe and the Masses: The Political Economy of Literature in Antebellum America*. Princeton: Princeton UP, 1999.

(3) SFとしての解釈

Ketterer, David. "Edgar Allan Poe and the Visionary Tradition of Science Fiction." *New Worlds for Old*. Garden City: Anchor, 1974.

Sloane, David E. E. and Michael J. Pettengell. "The Science Fiction and the Landscape Sketches." *A Companion to Poe Studies*. Ed. Eric W. Carlson. Westport: Greenwood P, 1996.

6. バートラム、クレヴクール、ジェファソン

Anderson, Douglas. "Bartram's Travels and the Politics of Nature." *Early American Literature* 25 (1990): 3-17.

Bartram, William. *Travels Through North and South Carolina, Georgia, East and West Florida.* New York: Literary Classics of the United States, 1996.

Cashin, Edward. *William Bartram and the American Revolution on the Southern Frontier*. Columbia: U of South Carolina P, 2000.

Crèvecoeur, J. Hector St. John de. *Letters from an American Farmer*. Ed. Susan Manning. Oxford: Oxford UP, 1997.

Jefferson, Thomas. *Notes on the State of Virginia*. Ed. William Peden. Chapel Hill: U of North Carolina P, 1954.

Jehlen, Myra. "J. Hector St. John Crèvecoeur: a Monarch-Anarchist in Revolutionary America." *American Quarterly* 31 (1979): 204-22.

Looby, Christopher. "The Constitution of Nature: Taxonomy and Politics in Jefferson, Peale, Bartram." *Early American Literature* 22 (1987): 252-73.

Regis, Pamela. *Describing Early America: Bartram, Jefferson, Crèvecoeur, and the Influence of Natural History*. Philadelphia: U of Philadelphia P, 1992.

Robinson, David. "Crèvecoeur's James: The Education of an American Farmer." *Journal of English and Germanic Philology* 80 (1981): 552-70.

Silver, Bruce. "William Bartram and Other Eighteenth-Century Accounts of Nature." *Journal of the History of Ideas* 39 (1978): 597-614.

7. 「ラパチーニの娘」

Bensick, Carol Marie. *La Nouvelle Beatrice: Renaissance and Romance in "Rappaccini's Daughter*." New Brunswick: Rutgers UP, 1985.

Hawthorne, Nathaniel. "Rappaccini's Daughter." *Mosses from an Old Manse*. The Centenary Edition X. Columbus: Ohio State UP, 1974.

Liebman, Sheldon W. "Hawthorne and Milton: the Second Fall in 'Rappaccini's Daughter.' " *New England Quarterly* 41 (1968): 521-35.

Price, Sherwood R. "The Heart, the Head, and 'Rappaccini's Daughter.' " *New England Quarterly* 27 (1954): 399-403.

Renzo, Richard. "Beatrice Rappaccini: A Victim of Male Love and Horror," *American Literature* 48 (1976): 152-64.

Rosenberry, Edward H. "Hawthorne's Allegory of Science: 'Rappaccini's Daughter.' " *American Literature* 32 (1960): 39-46.

Smith, Allan Gardner Lloyd. *Eve Tempted: Writing and Sexuality in Hawthorne's Fiction.* London: Croom Helm, 1984.

Uroff, M. D. "The Doctors in 'Rappaccini's Daughter.'" *Nineteenth-Century Fiction* 27 (1972): 61-70.

Washizu, Hiroko. "A Failed Work／An Unfailed Work: 'Rappaccini's Daughter.' " *Volume of Blank Pages: A Study of Nathaniel Hawthorne.* Seijo U, 1988.

8. ラルフ・ウォルド・エマソン

Beach, Joseph Warren. "Emerson and Evolution." *University of Toronto Quarterly* 3 (1934): 474-97.

Brown, Lee Rust. *The Emerson Museum: Practical Romanticism and the Pursuit of the Whole.* Cambridge: Harvard UP, 1997.

Cabot, James Elliot. *A Memoir of Ralph Waldo Emerson.* 2 vols. Boston: Houghton Miffin, 1887.

Cameron, Kenneth Walter. "Emerson, Thoreau, and the Society of Natural History." *American Literature* 24 (1952): 21-30.

——. *Young Emerson's Transcendental Vision: An Exposition of His World View with an Analysis of the Structure, Backgrounds, and the Meaning of* Nature (1836). Hartford: Transcendental Books, 1971.

Clark, Harry Hayden. "Emerson and Science." *Philological Quarterly* 10 (1931): 225-60.

Dant, Elizabeth A. "Composing the World: Emerson and the Cabinet of Natural History." *Nineteenth-Century Literature* 44 (1989): 18-44.

Emerson, Ralph Waldo. *The Early Lectures of Ralph Waldo Emerson.* Eds. Stephen E. Whicher, Robert E. Spiller and Wallace E. Williams. 3 Vols. Cambridge: Harvard UP, 1959-1972.

——. *The Collected Works of Ralph Waldo Emerson.* 5 vols to date. Cambridge: Harvard

UP, 1971-.
——. *The Journals and Miscellaneous Notebooks of Ralph Waldo Emerson*. Eds. William H. Gilman et al. 16 vols. Cambridge: Harvard UP, 1960-1982.
——. *The Letters of Ralph Waldo Emerson*. 6 vols. Ed. Ralph L. Rusk. New York: Columbia UP, 1939-.
——. *The Topical Notebooks of Ralph Waldo Emerson*. Eds. Ralph H. Orth, Susan Sutton Smith and Ronald A. Bosco. Columbus: U of Missouri P, 1990-.
Harding, Walter. *Emerson's Library*. Charlottesville: UP of Virginia, 1967.
Robinson, David M. "Emerson's Natural Theology and the Paris Naturalists." *Journal of the History of Ideas* 1 (1980): 69-88.
——. "Fields of Investigation: Emerson and Natural History." *American Literature and Science*. Ed. Robert J. Scholnick. UP of Kentucky, 1992.
Sealts, Merton M., Jr. and Alfred R. Ferguson eds. *Emerson's* Nature: *Origin, Growth, Meaning*. 2nd ed. Carbondale: Southern Illinois UP, 1979.
Wilson, Eric. "Emerson and Electromagnetism." *ESQ* 42 (1996): 93-124.
——. *Emerson's Sublime Science*. New York: MacMillan, 1999.

9. 『ユリイカ』

Poe, Edgar Allan. *Eureka: A Prose Poem*. Ed. James A. Harrison. New York: Putnam, 1848; New York: AMS, 1965.

(1) ポウ自身の宇宙観

Basore, John W. "Poe as an Epicurian." *Modern Language Notes* 25 (1910): 86-87.
Benton, Richard P. ed. *Poe as Literary Cosmologer: Studies on Eureka: A Symposium*. Hartford: Transcendental Books, 1975.
Bond, Frederick Drew. "Poe as an Evolutionalist." *Popular Science Monthly* 71 (1907): 267-74.
Carlson, Eric W. "Poe's Vision of Man." *Papers on Poe*. Ed. Richard Veler. Springfield: Chantry Music, 1972.
Davidson, Edward H. "*Eureka*." *Poe: A Critical Study*. Cambridge: Harvard UP, 1957.
Hume, Beverly A. "Poe's Mad Narrator in *Eureka*." *Essays in Arts and Sciences* 22 (1993): 51-65.
Ketterer, David. *The Rationale of Deception in Poe*. Baton Rouge: Louisiana State UP, 1979.
McCaslin, Susan. "*Eureka*: Poe's Cosmogonic Poem." *Romantic Reassessment*. Ed.

James Hogg. Salzburg, Austria: Institut für Anglistik und Amerikanistik, 1981.
Nordstedt, George. "Poe and Einstein." *Open Court* 44 (1930): 173-80.
O'Donnel, Charles. "From Earth to Ether: Poe's Flight into Space." *PMLA* 77 (1962): 85-91.
Page, Peter C. "Poe, Empedocles, and Intuition in *Eureka*." *Poe Studies* 11 (1978): 16-21.
Pollin, Burton R. "Empedocles in Poe: A Contribution of Biefeld." *Poe Studies* 13 (1980): 8-9.
Quinn, Patrick F. "Poe's *Eureka* and Emerson's *Nature*." *ESQ* 31 (1963): 4-7.
Valery, Paul. "On Poe's 'Eureka'"(1927). Trans. Malcom Cowley. *The Recognition of Edgar Allan Poe: Selected Criticism Since 1829*. Ed. Eric W. Carlson. Ann Arbor: U of Michigan P, 1966.
(2) メタフィクション
Carton, Evan. *The Rhetoric of American Romance: Dialectic and Identity in Emerson, Dickinson, Poe, and Hawthorne*. Baltimore: Johns Hopkins UP, 1985.
Dayan, Joan. "The Analytic of Dash: Poe's *Eureka*." *Genre* 16 (1983): 437-466.
——. *Fables of Mind: An Inquiry into Poe's Fiction*. New York: Oxford UP, 1987.
Golding, Alan C. "Reductive and Expansive Language: Semantic Strategies in *Eureka*." *Poe Studies* 11 (1978): 1-5.
Halliburton, David. "*Eureka:* A Prose Poem." *Edgar Allan Poe: A Phenomenological View*. Princeton: Princeton UP, 1973.
Holman, Harriet R. "Hog, Bacon, Ram, and Other 'Savans' in *Eureka*: Notes toward Decoding Poe's Encyclopedic Satire." *Poe Newsletter* 2 (1969): 49-55.
——. "Splitting Poe's 'Epicurean Atoms': Further Speculation on the Literary Satire of *Eureka*." *Poe Studies* 5 (1972): 33-37.
Irwin, John T. *American Hieroglyphics: The Symbol of the Egyptian Hieroglyphics in the American Renaissance*. Baltimore: Johns Hopkins UP, 1980.
——. *The Mystery to a Solution: Poe, Borges, and the Analytic Detective Story*. Baltimore: Johns Hopkins UP, 1994.
Manning, Susan. "'The plots of God are perfect': Poe's *Eureka* and American Creative Nihilism." *Journal of American Studies* 23 (1989): 235-51.
Miecsnikowski, Cynthia. "End(ing)s and Mean(ing)s in *Pym* and *Eureka*." *Studies in Short Fiction* 27 (1990): 55-64.
Peeples, Scott. *Edgar Allan Poe Revisited*. New York: Twayne, 1998.
Pitcher, Edward William. "Poe's *Eureka* as a Prose Poem." *American Transcendental*

Quarterly 29 (1976): 61-71.

Riddel, Joseph N. *Purloined Letters: Originality and Repetition in American Literature*. Ed. Mark Auerlein. Baton Rouge: Louisiana State UP, 1995.

Swirski, Peter. *Between Literature and Science: Poe, Lem, and Explorations in Aesthetics, Cognitive Science, and Literary Knowledge*. Montreal: McGill-Queen's UP, 2000.

Tate, Allen. "The Angelic Imagination: Poe as God." *The Forlorn Demon: Dialectical and Critical Essays*. Chicago: Regnery, 1953.

Williams, Michael J. *A World of Words: Language and Displacement in the Fiction of Edgar Allan Poe*. Durham: Duke UP, 1988.

(3) 時代性

Allen, Michael. *Poe and the British Magazine Tradition*. New York: Oxford UP, 1969.

Alterton, Margaret. *Origins of Poe's Critical Theory*. New York: Russell & Russell, 1965.

Bachinger, Katrina. "Tit for Tat: The Political Poe's Ripostes to Nineteenth Century American Culture and Society." *Romantic Reassessment*. Ed. James Hogg. Salzburg, Austria: Institut für Anglistik und Amerikanistik, 1981.

Campbell, Killis. "Poe's Reading." *Texas Studies in English* 5 (1925): 166-196.

Cantalupo, Barbara. "Eureka: Poe's 'Novel Universe.'" *A Companion to Poe Studies*. Ed. Eric W. Carson. Westport: Greenwood, 1996.

——. "'Of or Pertaining to a Higher Power': Involution in *Eureka*." *American Transcendental Quarterly* 4 (1990): 81-90.

Casale, Ottavio M. "Poe on Transcendentalism." *ESQ* 50 (1968): 85-94.

Conner, Frederick W. "Poe & John Nichol: Notes on a Source of *Eureka*." *...All These To Teach: Essays in Honor of C. A. Robertson*. Eds. Robert A. Bryan et al. Gainsville: U of Florida P, 1965.

——. "Poe's *Eureka*: The Problem of Mechanism." *Cosmic Optimism: A Study of the Interpretation of Evolution by American Poets from Emerson to Robinson*. Gainsville: U of Florida P, 1949.

Limon, John. "How to Place Poe's *Arthur Gordon Pym* in Science-Dominated Intellectual History, and How to Extract It Again." *North Dakota Quarterly* 51 (1983): 31-47.

Maddison, Carol Hopkins. "Poe's *Eureka*." *Texas Studies in Literature and Language* 2 (1960): 350-67.

Moss, Sidney P. "Poe as Probablist in Forgues': Critique of the Tales." *ESQ* 60 (1970): 4-13.

Welsh, Susan. "The Value of Analogical Evidence: Poe's *Eureka* in the Context of a

Scientific Debate." *Modern Language Studies* 21 (1991): 3-15.

Whalen, Terence. *Edgar Allan Poe and the Masses: The Political Economy of Literature in Antebellum America.* Princeton: Princeton UP, 1999.

Wylie, Clarence R., Jr. "Mathematical Allusions in Poe." *Scientific Monthly* 63 (1946): 227-35.

(4) 象形文字・暗号

Bringham, Clarence S. *Edgar Allan Poe's Contribution to* Alexander's Weekly Messenger. n.p.: Folcroft Library Editions, 1973.

Friedman, William F. "Edgar Allan Poe, Cryptographer." *American Literature* 8 (1936): 266-80.

Rosenheim, Shawn. "'The King of 'Secret Readers': Edgar Poe, Cryptography, and the Origins of the Detective Story." *ELH* 56 (1989): 375-400.

Russell, Daniel. "Emblems and Hieroglyphics: Some Observations on the Nature of Emblematic Forms." *Emblematica* 1 (1986): 227-43.

Wimsatt, W. K., Jr. "What Poe Knew About Cryptography." *PMLA* 58 (1943): 754-779.

図版出典

（図1）出典なし

（図2a）Engravings from Hunter's original drawing, published in David Collins, *Account of the English Colony in New South Wales*, 1802. National Library of Australia.［Ann Moyal, *Platypus: The Extraordinary Story of How a Curious Creature Baffled the World.* Washington, D.C.: Smithsonian, 2001, 5.］

（図2b）Photograph of platypus feeding, taken at Burleigh Heads Sanctuary, 1972. Pictorial Collection, National Library of Australia.［*Platypus*, 203.］

（図3）John Gast, "American Progress" (1872). Gene Autry Western Heritage Museum, Los Angeles.［Merritt Roe Smith and Leo Marx eds, *Does Technology Drive History?: The Dilemma of Technological Determinism.* Cambridge: MIT, 1996, 12.］

（図4）A. J. Russell, "East and West Meeting at the Laying of the Last Rail." Yale Collection of Western Americana, Beinecke Rare Book and Manuscript Library.［Sarah H. Gordon, *Passage to Union: How the Railroads Transformed American Life, 1829-1929.* Chicago: Dee, 1997, jacket.］

（図5a）H. Gravelot, "Vaucanson's Automata, as exhibited in 1739." British Library.［Gaby Wood, *Edison's Eve: A Magical History of the Quest for Mechanical Life.* New York: Knopf, 2002, illustration 1.］

（図5b）"The purported guts of Vaucanson's duck." 出典不明。［*Edison's Eve*, illustration 2.］

（図5c-d）P. Fallgot, "Two photographs, taken in the 1890s." Musée des arts et métiers—Cnam, Paris.［*Edison's Eve*, illustrations 3 & 4.］

（図6）G. Oestmann, "Verge-and-foliot escapement."［Gerhard Dohrn-van Rossum, *History of the Hour: Clocks and Modern Temporal Orders.* Chicago: U of Chicago P, 1992, 49.］

（図7）"Fusée and spring barrel." 出典不明。［Otto Mayr, *Authority, Liberty & Automatic Machinery in Early Modern Europe.* Baltimore: Johns Hopkins UP, 1986, 9.］

（図8）Tobius Stimmer, "The second astronomical clock of Strasbourg Cathedral at its completion in 1574."［*Authority*, 13.］

（図9）"The Difference Engine No. 1 – portion, 1832." Science Museum / Science &

Society Picture Library.［Doron Swade, *The Difference Engine: Charles Babbage and the Quest to Build the First Computer.* New York: Viking, 2000, illustration 7.］

（図10）"The Cotton Gin." Smithsonian.［David Freeman Hawke, *Nuts and Bolts of the Past: A History of American Technology 1776-1860.* New York: Harper & Row, 1989, 99.］

（図11a）1809 patent drawing for Fulton's Steamboat. American Society of Mechanical Engineers.［David P. Billington, *The Innovators: The Engineering Pioneers Who Made America Modern.* New York: John Wiley & Sons, 1996, 46.］

（図11b）Fulton's notebook. 出典不明。［*Innovators*, 46.］

（図11c）Cynthia Owen Philip, *Robert Fulton: A Biography.* New York: Franklin Watts, 1985, following p. 180.［*Innovators*, 47.］

（図12）Anne de Tribolet, "Front and back views of Jacquet-Droz's eighteenth-Century writing automaton." Musée d'art de d'histoire, Neuchâtel.［*Edison's Eve*, illustrations 18 & 19.］

（図13）Pierre & Henri-Louis Jaquet-Droz, "The Musician." Musée d'Art et d'Histoire, Neuchâtel.［Jasia Reichardt, *Robots: Facts, Fiction, and Prediction.* New York: Viking, 1978, 14.］

（図14）The front and back views of Kempelen's chess player, published to show that no man could possibly be hidden inside the machine, and an attempt to expose Kempelen, drawn by Joseph Friedrick Freiherr zu Racknitz. Princeton University Library, Cook Chess Collection, Department of Rare Books and Special Collections.［*Edison's Eve*, illustrations 5-7.］

（図15a-d）Four diagrams showing how the Turk's operator concealed himself by moving back and forth on a sliding seat and opening and closing various folding partitions. 出典不明。［Tom Standage, *The Turk: The Life and Times of the Famous Eighteenth-Century Chess-Playing Machine.* New York: Walker & Company, 2002, 198-99.］

（図16）The automaton chess player. 出典不明。［Albert A. Hopkins, *Magic: Stage Illusions and Scientific Diversions.* New York: Arno, 1977, 371.］

（図17）Currier and Ives, *Across the Continent: "Westward the Course of Empire Takes Its Way,"* 1868. Library of Congress.［Brooke Hindle and Steven Lubar, *Engines of Change: The American Industrial Revolution, 1790-1860.* Washington D.C.: Smithsonian, 1986, 126.］

（図18）Front view of H-1. National Maritime Museum, Greenwich, London.［Dava Sobel and William J. H. Andrewes, *The Illustrated Longitude.* New York: Walker and

Company, 1998, 92.〕

（図19）Side view of movement of H-2. National Maritime Museum. 〔*Longitude*, 104.〕

（図20）General view of H-3. National Maritime Museum. 〔*Longitude,* 120.〕

（図21）General view of H-4. National Maritime Museum. 〔*Longitude*, 131.〕

（図22ab）General view of K-1. National Maritime Museum. 〔*Longitude*, 170.〕

（図23）Twelve-inch astronomical quadrant by John Bird, c. 1767. Science & Society Picture Library. 〔Robert Bud and Deborah Jean Warner, *Instruments of Science: An Historical Encyclopedia,* New York: Garland, 1998, 502.〕

（図24）Trade card, depicting an octant in use by R. Rust, c. 1783. Science & Society Picture Library. 〔*Instruments*, 420.〕

（図25）Sextant by Troughton, with double-frame design, c. 1790. Whipple Museum of the History of Science, Cambridge. 〔*Instruments*, 531.〕

（図26）Peter Apian, *Introductio Geographica Petri Apiani in Doctissimas Verneri Annotationes*, title page. 〔William J. H. Andrewes ed, *The Quest for Longitude.* Cambridge: Collection of Historical Scientific Instruments, 1996, 151.〕

（図27）William Allen's map of proposed standard time zones in 1883. National Museum of American History, Smithsonian. 〔Michael O'Malley, *Keeping Watch: A History of American Time.* Washington, D.C.: Smithsonian, 1990, 112-13.〕

（図28）Verge escapement controlled by a pendulum. 出典不明。〔*Greenwich Time*, 207.〕

（図29）Leonardo's "helicopter." AKG Photo. 〔Michael White, *Leonardo: The First Scientist.* New York: St. Martin's Griffin, 2000, 305.〕

（図30）Aerostatical Experiment at Versailles, 19 September 1783. Gimbel Collection 1069. 〔Charles Coulston Gillispie, *The Montgolfier Brothers and the Invention of Aviation 1783-1784* (Princeton: Princeton UP, 1983), frontpiece.〕

（図31）Balloon at Versailles near to capsizing, 19 September 1783. Gimbel Collection 1067. 〔*Montgolfier*, plate V.〕

（図32）The first manned aircraft, dimensions and characteristics. A gift to the author 〔Gillispie〕 from Jean and Michele Darde. 〔*Montgolfier*, plate VII.〕

（図33）The Charles-Robert ascent, looking toward the château des Tuileries. Gimbel Collection 1128 A. 〔*Montgolfier*, figure 21.〕

（図34）The Pilatre-d'Arlandes flight seen from Benjamin Franklin's terrace at Passy. A gift to the author 〔Gillispie〕 from Marc de Laperouse. 〔*Montgolfier*, plate VI.〕

（図35）Zambeccari's first public balloon experiment, Artillery Ground, Moorfields, Nov. 25, 1783. Contemporary plate published by I. Marshall. ［J. E. Hodson, *The History of Aeronautics in Great Britain from the Earliest Times to the Latter Half of the Nineteenth Century.* Oxford: Oxford UP, 1924, figures 12.］

（図36a）Signed admission ticket for Zambeccari's first ascent, Tottenham Court Road, Mar. 23, 1785. 出典不明。［*Aeronautics*, figure 51.］

（図36b）Zambeccari's first ascent, Mar. 23, 1785 (Contemporary engraving published by Carington Bowles). 出典不明。［*Aeronautics*, figure 52.］

（図37）Blanchard and Jeffries leaving Dover, Jan. 7, 1785 (Engraving published by H. Humphrey). 出典不明。［*Aeronautics*, figure 49.］

（図38）フランスに向けてドーヴァーを出発するブランシャールとジェフリーズの気球。Science Museum, London. ［ドナルド・デール・ジャクソン、西山浅次郎・大谷内一夫訳『始めに気球ありき』（出版地不明：タイム ライフ ブックス、1981年）、33。］

（図39）First channel crossing by balloon, 1785. 出典不明。［C. H. Gibbs-Smith, *Flight through the Ages: A Complete, Illustrated Chronology from the Dreams of Early History to the Age of Space Exploration.* New York: Crowell, 1974, 39.］

（図40）An American representation of Blanchard's Philadelphia balloon. 出典不明。［Tom D. Crouch, *The Eagle Aloft: Two Centuries of the Balloon in America.* Washington, D.C.: Smithsonian, 1983, 109.］

（図41a）1819年7月6日のマドレーヌ・ブランシャール墜落死事故。Deutsches Museum, Munich. ［『気球』、50。］

（図41b）マドレーヌ・ブランシャール墜落死。National Air and Space Museum, Smithsonian. ［『気球』、41。］

（図42a）ジュールとカロリーヌ・デュリューフ夫妻救助。Deutsches Museum, Munich. ［『気球』、51。］

（図42b）ゴットフリートとヴィルヘルミナ・ライヒャルト夫妻。Deutsches Museum, Munich. ［『気球』、51。］

（図42c）グラハム夫人の気球公演。Harvard Theatre Collection. ［『気球』、50。］

（図42d）Mme Delon rises above the heads of a Philadelphia crowd, June 25, 1856. 出典不明。［*Eagle*, 207.］

（図43）Poster announcing a John Wise ascent from Columbus, Ohio, July 4, 1851. 出典不明。［*Eagle*, 203.］

（図44）The "Vauxhall" or "Nassau" Balloon over the Medway, 1837 (Original

water-colour drawing). 出典不明。［*Aeronautics*, figure 90.］

（図45）Handbill of Green's 495th ascent, July 9, 1852. 出典不明。［*Aeronautics*, figure 96.］

（図46）1803年のエティエンヌ・ロベルトソンの飛行。National Air and Space Museum, Smithsonian Institution. ［『気球』、40。］

（図47）気球到達高度。Drawing by Frederic F. Bigio from B-C Graphics. ［『気球』、126。］

（図48）Coxwell and Glaisher's famous high altitude ascent, Wolverhampton, Sept. 5, 1862. ［*Aeronautics*, figure 100.］

（図49）Illustration of life on the moon, inspired by J. A. Locke's "Moon Hoax." Colonel Richard Gimbel Aeronautical Library, USAF Academy. ［William J. Astore, *Observing God: Thomas Dick, Evangelicalism, and Popular Science in Victorian Britain and America.* Aldershot: Ashgate, 2001, 219.］

（図50）The three regions of air. Gregor Reisch, *Margarita Philosophica.* Strasbourg, 1555. ［S. K. Heninger, Jr., *A Handbook of Renaissance Meteorology: With Particular Reference to Elizabethan and Jacobean Literature.* Durham: Duke UP, 1960, 40.］

（図51）The classical cosmology: the earth, composed of the four elements earth, water, air and fire, is surrounded by the spheres bearing the planets and stars. The British Library Arundel Ms. 83 f.123r. ［Peter Whitfield, *Landmarks in Western Science: From Prehistory to the Atomic Age.* New York: Routledge, 1999, facing 33.］

（図52）チャールズ・グリーン、トマス・モンク・メイソン、ロバート・ホランドとその友人たち。Library of Congress. ［『気球』、53。］

（図53）Monck Mason's model aerial machine, 1843 (Litograph by G. Scharf). 出典不明。［*Aeronautics*, figure 122.］

（図54a）Franklinia alatamaha by William Bartram, 1788. Natural History Museum, London. ［Christoph Irmscher, *The Poetics of Natural History from John Bartram to William James.* New Brunswick: Rutgers UP, 1999, 47.］

（図54b）Franklinia from F. A. Michaux, *North American Sylva* (1810). Universitats und Landesbibliothek Bonn. ［*Poetics*, 49.］

（図54c）Franklin Tree, woodcut from C. S. Rafinesque's *Atlantic Journal and Friend of Knowledge* 1 (1832). Gray Herbarium, Harvard University. ［*Poetics*, 53.］

（図54d）John James Audubon and Maria Martin, *Flora*: "Gordonia pubescens" (Franklinia alatamaha). New York Historical Society. ［*Poetics*, 54.］

（図55）Admission ticket to Peale's Museum. Massachusetts Historical Society,

Boston. ［*Poetics*, 70.］

（図56）Charles Willson Peale, “The Artist in His Museum” (1822). Pennsylvania Academy of the Fine Arts, Philadelphia. ［*Poetics*, 63.］

（図57）Titian R. Peale, “The Long Room, Interior of Front Room in Peale’s Museum” (1822). Detroit Institute of Arts. ［*Poetics*, 73.］

（図58）John James Audubon, “Brown Thrasher,” *Birds of America*. New York: Welcome Rain, 1997, plate 116.

（図59）Sally Gregory Kohlstedt, “Parlors, Primers, and Public Schooling: Education for Science in Nineteenth-Century America,” *Isis* 81 (1990), 438.

（図60）Small orrery sold by W. & S. Jones of London, c. 1810. Museum of the History of Science. ［Gerald L’E Turner, *Nineteenth-Century Scientific Instruments*. London: Sotheby, 1983, plate XXVI.］

（図61a）Gyroscope by J. B. Dancer, Manchester. Museum of the History of Science. ［*19c Instruments*, figures 4［8］.］

（図61b）Polytrope by M. Sire E. Hardy. Teyker’s Museum. ［*19c Instruments*, figures 4［9］.］

（図62）Barnum’s American Museum Illustrated, cover (1850). Harvard Theatre Collection. ［*Poetics*, 144.］

（図63）The “Fejee Mermaid” from Barnum’s Autobiography. ［A. H. Saxon, *P. T. Barnum: The Legend and the Man*. New York: Columbia UP, 1989, n. p.］

（図64）Barnum’s American Museum, posterbill, 6 Jan 1845. Harvard Theatre Collection. ［*Poetics*, 124.］

（図65）The “What Is It?” in Barnum’s Gallery of Wonders, published by Currier & Ives, number 12. Shelburne Museum, Shelburne, Vermont. ［*Barnum*, n. p.］

（図66）“Zip, Original What Is It” by an unknown photographer (Philadelphia, 1903). Harvard Theatre Collection. ［*Poetics*, 133.］

（図67）パドヴァ植物園の設計図。G. ポッロ『パドヴァ薬草園』（1591）。［J. プレスト、加藤暁子訳『エデンの園――楽園の再現と植物園』（八坂書房、1999年）、76。］

（図68）Giambattista della Porta, *Phytognomonica*. Naples: Orzio Salviani, 1588, 317. Houghton Library, Harvard University. ［Lorrain Daston and Katharine Park, *Wonders and the Order of Nature 1150-1750*. New York: Zone Books, 1998, 169.］

（図69a）Ferrante Imperato, *Dell’historia naturale*. Naples: Constantino Vitale, 1599. New York Public Library, Astor, Lenox, and Tilden Foundation. ［*Wonders*, 152.］

（図69b）Benedetto Ceruti and Andrea Chiocco, *Musaeum Francisci Calceolari Iunioris Veronensis.* Verona: A. Tamus, 1622. Houghton Library, Harvard University. ［*Wonders*, 153.］

（図70）View of the botanic garden at Pisa, from M. Tilli, *Catalogus plantarum horti Pisani.* Florence, 1723. ［Joy Kenseth ed, *The Age of the Marvelous.* Hanover: Hood Museum, 1991, 151.］

（図71）Jardin Royal of Paris, from Guy de la Brosse, *Description du jardin royal des plantes médicinales.* Paris, 1636. Sherard 392, Department of Plant Sciences, University of Oxford. ［N. Jardine, J. A. Secord and E. C. Spary, *Cultures of Natural History.* Cambridge: Cambridge UP, 1996, 49.］

（図72）Giambattista della Porta, *Phytognomonica.* Naples: Orzio Salviani, 1588, title page. Houghton Library, Harvard University. ［*Wonders*, 168.］

（図73）Plan of Jardin des Plantes in 1812, from J.-P.-F. Deleuze, *Historie de description du Muséum Royal d'Historie Naturelle*, vol. 2. Paris, 1823. ［Lee Rust Brown, *The Emerson Museum: Practical Romanticism and the Pursuit of the Whole.* Cambridge: Harvard UP, 1997, 64.］

（図74）Zoology galleries of the Museum in 1815. 出典不明。［*Cultures*, 253.］

（図75）Skeleton and bones of the Madrid *Megatherium.* 出典不明。［*Cultures*, 252.］

（図76）Kenneth Walter Cameron, *Young Emerson's Transcendental Vision: An Exposition of His World View with an Analysis of the Structure, Backgrounds, and the Meaning of* Nature (1836). Hartford: Transcendental Books, 1971,13.

（図77）Thomas Dick, *The Christian Philosopher; or, The Connection of Science and Philosophy with Religion.* Phildelphia: Key & Biddle, 1833, frontpiece.

（図78a）Orrery by George Graham (London, 1704-9). 出典不明。［Bruce Stephenson, Marvin Bolt and Anna Felicity Friedman, *The Unveiled Universe: Instruments and Images through History.* Cambridge: Cambridge UP, 2000, 134.］

（図78b）Orrery attributed to James Ferguson (England, c. 1780). 出典不明。［*The Unveiled Universe*, 135.］

（図78c）Grand orrery by Thomas Heath (London, c. 1740, expanded c. 1797). 出典不明。［The *Unveiled Universe*, 135.］

（図78d）Grand orrery by Thomas Heath (London, c. 1740, expanded c. 1797). 出典不明。［The *Unveiled Universe*, 135.］

（図79）"The Eureka," *The Illustrated London News* (July 19, 1845).

（図80a）The Rosetta Stone. 出典不明。［Carol Donoughue, *The Mystery of the Hieroglyphs: The Story of the Rosetta Stone and the Race to Decipher Egyptian Hieroglyphs.* New York: Oxford UP, 1999, 4.］

（図80b）The Rosetta Stone, as it would originally have looked, before it was broken. British Museum, London.［Andrew Robinson, *Lost Languages: The Enigma of the World's Undeciphered Scripts.* New York: McGraw-Hill, 2002, 57.］

（図80c）The Rosetta Stone. 出典不明。［*Mystery*, 7.］

（図81a）A detail of the hieroglyphic inscription. 出典不明。［Richard Parkinson, *Cracking Codes: The Rosetta Stone and Decipherment.* Berkeley: U of California P, 1999, 24.］

（図81b）Champollion's decipherment of Greek royal names in hieroglyphic writing. 出典不明。［Maurice Pope, *The Story of Decipherment from Egyptian Hieroglyphs to Maya Script*, Revised Edition. London: Thames and Hudson, 1999, 72.］

（表1）Derek Howse, *Greenwich Time and the Discovery of the Longitude.* Oxford: Oxford UP, 1980, 154-55.

（表2）Anthony Smith, *The Free Life: The Spirit of Courage, Folly and Obsession.* New York: Pushcart, 1995, 315-18.

（表3）Carl Bode, *The American Lyceum: Town Meeting of the Mind.* Carbondale: Southern Illinois UP, 1968, 48.

（表4）サイモン・シン、青木薫訳『暗号解読――ロゼッタストーンから量子暗号まで』（新潮社、1999年）、57。

著者について

鷲津浩子（わしづ・ひろこ）

筑波大学大学院教授（人文社会科学研究科 文芸・言語専攻）。一九八八年、文学博士（筑波大学）。一九九五年、成城大学から米国ウィスコンシン州立大学ミルウォーキー校（ＵＷＭ）へ交換教授として派遣され、イーハブ・ハッサンと共同授業を担当。一九九八年、日米教育委員会（フルブライト）研究者に選ばれＵＷＭ20世紀（現21世紀）研究所の国際研究員になる。

二〇〇二〜二〇〇五年度、日本学術振興会科学研究費基盤研究(B)(2)「Epistemological Framework と英米文学」の研究代表者。二〇〇三年度〜現在、筑波大学アメリカ文学会（ＡＬＳＵＴ）代表、一九九六〜二〇〇六年度、『アメリカ文学評論』（ＡＬＳＵＴ機関誌）の編集者。論文集『アメリカ文学とテクノロジー』（〈共編著〉ＡＬＳＵＴ、二〇〇二年）、『イン・コンテクスト』（〈共編著〉「Epistemological Framework と英米文学」研究会、二〇〇三年）を刊行。二〇〇三年、International Association of University Professors of English（ＩＡＵＰＥ）の会員に選出された。

時の娘たち

二〇〇五年四月一日　第一刷発行

著　者　鷲津浩子
発行者　南雲一範
装幀者　岡孝治
発行所　株式会社南雲堂
東京都新宿区山吹町三六一　郵便番号一六二-〇八〇一
電話東京（〇三）三二六八-二三八四（営業部）
（〇三）三二六八-二三八七（編集部）
振替口座　〇〇一六〇-〇-四六八六三
ファクシミリ（〇三）三二六〇-五四二五
印刷所　壮光舎
製本所　長山製本所

ISBN4-523-29297-3 C3098

亀井俊介の仕事/全5巻完結

各巻四六判上製

1＝荒野のアメリカ

アメリカ文化の根源をその荒野性に見出し、人、土地、生活、エンタテインメントの諸局面から、興味津々たる叙述を展開、アメリカ大衆文化の案内書であると同時に、アメリカ人の精神の探求書でもある。

２１６１円

2＝わが古典アメリカ文学

植民地時代から十九世紀末までの「古典」アメリカ文学を「わが」ものとしてうけとめ、幅広い理解と洞察で自在に語る。

２１６１円

3＝西洋が見えてきた頃

幕末漂流民から中村敬宇や福沢諭吉を経て内村鑑三にいたるまでの、明治精神の形成に貢献した群像を描く。比較文学者としての著者が最も愛する分野の仕事である。

２１６１円

4＝マーク・トウェインの世界

ユーモリストにして懐疑主義者、大衆作家にして辛辣な文明批評家。このアメリカ最大の国民文学者の複雑な世界に、著者は楽しい顔をして入っていく。書き下ろしの長篇評論。

４０７７円

5＝本めくり東西遊記

本を論じ、本を通して見られる東西の文化を語り、本にまつわる自己の生を綴るエッセイ集。亀井俊介の仕事の中でも、とくに肉声あふれるものといえる。

２３４７円

＊定価は税込価格です。